La Rigole du diable

Sylvie Granotier

La Rigole du diable

ROMAN

Albin Michel

À Sandrine Treiner

1

En ce début d'après-midi, par ailleurs semblable à tous les autres, sa mère l'emmène en promenade dans sa poussette, la berce de sa voix rieuse de maman invisible, lui raconte le vent qui chante et s'enroue dans les branches, les hirondelles qui rivalisent de virtuosité pour frôler l'étang où elles se rafraîchissent de quelques gouttes d'eau avant de repartir en arrondi parfait dans les nuages.

La petite fille ne comprend pas tous les mots mais suit des yeux le doigt de sa mère imitant les oiseaux en vol plané jusqu'à hauteur de son visage.

Ensuite, elles rentreront à la maison où le biberon tiédi précédera la sieste.

C'est une vie rassurante où l'imprévu n'existe pas.

Elles s'arrêtent à la lisière du bois, à l'ombre des arbres. La petite fille s'amuse à déformer les rayons du soleil en plissant les yeux.

Avant que les hurlements commencent, avant que la terreur maternelle la terrorise à distance, avant que l'affolement strident lui transperce les oreilles, avant que la petite fille fuie une angoisse beaucoup trop grande pour elle dans un sommeil d'exil, d'un geste large, sa maman lui a laissé le ciel entier comme écran de cinéma avant de la quitter sur un « Je reviens », ultime promesse jamais tenue. Il paraît que l'enfant n'a pas pu voir, de là où elle était, le corps gisant au sol, ce qu'il en restait, massacrée à coups de poing, mais le moment de l'abandon reste inscrit pour toujours dans sa mémoire d'adulte.

Le ciel est calme et clair par-dessus la Seine, la circulation nerveuse et grise le long des quais. Catherine Monsigny ne saisit pas ce qui relie cet instant filant à ce point figé de son passé, souvenir flou, probablement recomposé, qui a généralement la délicatesse de la laisser tranquille. Elle avait fini par se persuader qu'il avait cessé d'émettre depuis la contrée lointaine de son enfance.

Elle traverse le Pont-Neuf et immobilise son engin place Dauphine.

Elle secoue la tête, s'esquinte les oreilles en tirant brusquement sur son casque, l'enferme dans le coffre, attrape sa serviette, son grand sac.

Elle marche vers le palais de justice, à pas pressés, maudissant sa petite taille, enfile sa robe en montant les escaliers et, sur un mode automatique bien rodé, remplace les images anciennes malvenues par un résumé rapide du dossier qu'elle s'apprête à plaider.

Son client, comment déjà… Cédric Devers, est poursuivi pour coups et blessures. Il reconnaît une forme de violence et la justifie par le harcèlement qui l'a précédée. Selon sa version, il a rencontré une femme dans un bar, Monique Lemaire, cinquante-six ans, l'a ramenée chez lui pour une petite séance entre adultes consentants. *Ciao,* pas à la prochaine, il n'y en aura pas.

Monique ne l'entendait pas de cette oreille, l'a harcelé au téléphone et, un soir de trop, s'est collée à la sonnette de son suborneur jusqu'à ce qu'il réagisse. Il a ouvert la porte, erreur fatale. Avec l'entêtement propre aux ivrognes, elle n'a rien voulu entendre, a tenté de forcer l'entrée. Contraint de mettre un terme au bruyant assaut, il a fini par la pousser, elle est tombée, avec, pour conséquences, quelques ecchymoses et trois jours d'ITT.

Catherine n'a pas encore rencontré son client, ils se sont parlé au téléphone. Un coup d'œil rapide dans le grand hall lui révèle qu'il est encore plus en retard qu'elle. Elle passe la tête dans la salle d'audience, vérifie où ils en sont.

L'affaire en cours va prendre un peu de temps.

Tant mieux, son client aura celui d'arriver.

Tant pis, elle n'aime pas attendre.

Elle fait les cent pas.

– Maître Monsigny ?

Des doigts lui effleurent l'épaule, elle se retourne d'un bloc et croise le regard le plus… gris, vert ? qu'elle ait jamais vu. On peut même dire qu'elle tombe dedans et se raccroche au soutien le plus proche, l'aplomb professionnel qui joue et gagne en toutes circonstances, ton pète-sec, regard coupant :

– Cédric Devers ? Vous êtes en retard.

La trentaine adolescente, classieux malgré son jeans et son sweat enfilés à la va-vite, il la dévisage, pas gêné, comme font les enfants, pleine face et sans ciller.

On dirait qu'il n'en finira jamais de la regarder.

L'avocate se détourne et se dirige vers la salle d'audience, parce qu'il est grand temps, parce qu'elle veut échapper à ce regard embarrassant.

Le ton de la professionnelle est d'autant plus coupant que Cédric Devers l'a déroutée. Une sensation peu caractéristique.

– Je vous avais demandé de vous mettre en costume. Vous entrez sur une scène de théâtre. L'attitude, le vêtement, c'est ce que la juge va voir d'abord.

– Une femme donc ?

Il se mord les lèvres pour écraser son sourire de séducteur suffisant. Trop tard. Le ton même de sa question sous-entend qu'il en fait son affaire : les femelles, c'est son terrain de prédilection.

Dans la bouche d'une femme, la grossièreté masculine devient une arme. Tout en se disant qu'il a vraiment de beaux yeux, Catherine cingle de façon réflexe :

– Le seul étalon qui la fait mouiller, c'est la cause des femmes. Ouais. Une salope féministe. Venez.

– On a un peu de temps, non ?

– Impossible de savoir, sauf que le retard du prévenu joue toujours contre lui. Ce n'est pas sorcier à deviner.

– Il y avait une queue interminable pour entrer.

– Il fallait lire votre convocation.

– Rassurez-moi, vous êtes bien mon avocate. Je veux dire, vous êtes là pour me défendre ?

– Oui, c'est pour cela que je ne prends pas de gants. Personne n'en prendra avec vous. Autant vous y préparer.

L'assurance affichée par Cédric Devers se craquelle instantanément. Encore un matamore. Il écarte les mains devant lui, la voix incertaine :

– Je… je vous explique ?

Elle tapote le dossier sous son bras. Tout y est, elle lui signifie par là qu'elle n'a pas besoin de plus.

Il l'arrête à la porte :

– Monsigny, c'est votre nom de jeune fille ?

– C'est mon nom. Point.

La réplique siffle entre les lèvres pincées par l'ironie. Elle ne va pas lui faire la grâce d'expliquer qu'elle est une célibataire en voie de fossilisation, ce qu'il prendrait pour une invitation.

Il reçoit le message, conscient d'avoir adroitement scié la branche sur laquelle il n'était même pas encore assis : elle le prend pour un zozo.

En vérité, Catherine est au boulot. Portrait-robot en accéléré : Cédric Devers, quarante ans en dépit des apparences, graphiste, dirige sa propre agence, bon salaire, propre sur lui. Il s'agit maintenant de découvrir l'autre, la victime, car les apparences pèsent lourd en dépit de la neutralité professionnelle affichée par le personnel judiciaire.

– Une fois qu'on sera dans la salle, montrez-moi Mme Lemaire.

Il opine, se tait, enfin.

Elle le défendra. Au mieux. C'est son métier.

Ils sont toujours dans le sas entre le dedans et le dehors quand elle l'arrête de la main, avec un regard approbateur :

– Restez dans cet état d'esprit, un peu inquiet, fragile, incertain. Cela jouera plus en votre faveur qu'une pose de séducteur à la petite semaine.

Elle n'attend pas la réponse pour entrer et faire la salle.

Sur les bancs du public, c'est la clientèle ordinaire de la correctionnelle, apeurée, déroutée, habituée. Quelques robes noires garnies d'hermine ou pas, s'apprêtent sur les bancs de la défense. Les confrères blasés arborent l'air d'ennui des professionnels de la profession que des affaires autrement importantes attendent ailleurs, d'autres lisent le journal ou papotent à voix basse.

Devers s'assoit en bout de rang et, d'un mouvement de menton, indique à son avocate une femme robustement bâtie.

Monique Lemaire est barmaid, une profession qui joue contre elle, implique qu'elle en a vu et en verra, empêche qu'elle joue les oies blanches. Mais elle a eu l'intelligence de soigner son apparence. Ni bijou ni maquillage, pantalon sombre, sous la veste modeste une chemise blanche impeccable, boutonnée haut.

Quand même, elle est tapée comme un vieux chaudron, à se demander ce qu'il a pu lui trouver.

La Lemaire se tourne vers son avocat et Catherine voit que la chemise pourtant sobre semble devoir exploser sous la poussée des seins épais, lourds.

Compris. La dame exsude le sexe. On ne va pas contre sa nature. Il y a des femmes comme ça, leur corps parle à leur place. En l'occurrence, il parle à charge.

Catherine salue le collègue qu'elle doit affronter. Connu sous le sobriquet de tsé-tsé, il a le génie des phrases interminables sans chute.

Il est la bonne nouvelle du jour.

La mauvaise consiste dans le tandem procureur-juge qui en a marre de voir des couples qui ne sont plus unis que par la misère se cogner faute d'espace. Séparez-vous donc ! Pour aller où ?

C'est, une fois encore, ce qui est en train de se jouer. Un couple de concubins, lui récidiviste, problème d'alcool, mésentente, trois enfants. À eux deux, ils gagnent 1 500 euros par mois, pas de quoi payer deux loyers.

Avec Cédric Devers, elles tiennent, pour une fois, un nanti. Ce qui pourrait incliner le fléau dans le mauvais sens.

Catherine, oubliant son propre retard, ne peut s'empêcher de jeter un œil vengeur à son client avant de le propulser vers la cour. À cinq minutes près, ils rataient l'audience !

Comme prévu, la juridiction attentive ausculte la plaignante avec des gants molletonnés.

Mme Lemaire en a gros sur le cœur. Son récit est passablement embrouillé. Déterminée à charger son amant de passage, elle insiste avec véhémence sur le fait qu'il l'a baisée dès le premier soir qui fut également le dernier, comme elle ne le précise pas. Tout indique pourtant qu'elle était parfaitement consentante. Elle l'avait cru gentil, il l'a fichue à la porte au petit matin, sous prétexte qu'il devait partir au boulot, alors qu'elle a besoin de récupérer le matin, vu qu'elle travaille de nuit. Autant la traiter de voleuse pendant qu'il y était.

Devers se révèle un bon élève. Il écoute avec attention et respect, répond aux questions directement, sans fioritures. Humblement.

Alors que la barmaid joue l'air du sentiment sur une partition qui chantonne plutôt la solitude prête à s'arrimer au premier radeau venu, lui énonce les faits, mentionne avec dignité son propre désarroi ce soir-là.

Il est désolé de la tournure qu'a prise ce qui a été un malentendu dont il est sans doute responsable. Il a été touché, un soir de solitude, par une femme en détresse.

Elle a espéré plus qu'il ne pouvait donner. Il s'en veut de ce quiproquo dont il est clairement seul responsable.

L'avocat de la serveuse gesticule. Trop. Il s'agite, ne voit aucune excuse possible au comportement injustifiable d'un homme coupable d'avoir abusé de la naïveté confiante d'une femme méritante. Il agrémente ses poncifs de commentaires lyriques, ses paroles s'enchaînent sans conclusion significative.

Le regard de la procureure fixe les boiseries où la liste de ses courses doit être en train de s'inscrire. La présidente tripote son dossier d'une main fatiguée.

Catherine se dit qu'il va falloir réveiller les troupes.

Elle se lève et du haut de son mètre soixante-trois et demi, d'une voix douce mais nette, à petites phrases courtes et incisives, elle dresse le portrait d'un homme rangé, sans antécédents de violence, comme le démontre sa tentative d'utiliser d'abord les mots pour raisonner une femme hors de contrôle, venue frapper à sa porte au milieu de la nuit, à qui il a eu la faiblesse d'ouvrir par compassion et par crainte, sans doute aussi, d'un scandale public. Il n'y a pas eu d'acte de violence à proprement parler, un geste maladroit plutôt, né de l'exaspération devant l'entêtement d'une femme prise de boisson, un comportement idiot mais compréhensible dont il regrette les conséquences comme il l'a dit lui-même.

Elle demande la relaxe et se rassied, explique à mi-voix qu'il faudra attendre la fin de l'audience pour avoir le résultat.

Quand la juge se retire, sa montagne de dossiers sous le bras, ils sortent aussi et Catherine plante son client pour appeler le cabinet.

Dans la cour où elle est descendue fumer une clope, elle observe du coin de l'œil l'agitation de Devers. Il ne fait plus le mariole. Il vient même lui demander ce qu'elle pense, un enfant inquiet dont la bêtise s'avère plus conséquente que prévu. Il a du charme quand il arrête de jouer les gros bras et Catherine éprouve du plaisir à le dépouiller des derniers vestiges de son armure en fer-blanc.

Elle ne sait pas trop. Avec un tribunal comme celui-là, tout est possible, il est donc impossible d'anticiper dans quel sens elles vont trancher.

Guettant un signe de réconfort, il la félicite pour sa plaidoirie. Il a noté qu'elle avait fait court, eu égard au nombre d'affaires à suivre, ce qui a pu amadouer la cour. Non, ce n'est pas un imbécile.

De temps en temps, son regard change, ne paraît plus capter les informations que son interlocuteur lui envoie silencieusement, et s'absorbe dans une contemplation qui fige ses yeux et les agrandit.

C'est déconcertant.

Elle dit :

– C'est sûr que votre copine n'a pas démarré avec un bon jeu dans les mains. La vie est injuste.

Cédric Devers ferme les yeux.

– Vous pouvez répéter ça ?

– La vie est injuste ? C'est une banalité.

Elle fronce légèrement les sourcils, il est bizarre.

Après une inquiétude si marquée, il écoute le verdict, sans trop d'attention.

Elle escomptait une semaine de travaux d'intérêt général, c'est la relaxe.

Elle tend la main à son client, on l'attend, elle est pressée, le signifie.

Il ouvre la bouche, change d'avis, la referme, ça tombe bien, elle n'avait pas l'intention de boire le verre de la victoire avec lui.

Elle remet sa robe dans son sac. À déposer au pressing. Il suit des yeux la fine silhouette accentuée par la jupe étroite et la veste cintrée. Il ne peut s'empêcher de la croquer dans sa tête. Il lui remonte ses blonds cheveux en chignon pour dégager le cou gracile, exagère sa taille fine d'une ceinture de cuir rouge, fait virevolter une robe fleurie autour de ses cuisses. Quand elle a disparu, il lui fait monter une marche, sa robe s'ouvre, dégage ses jambes frêles. Le tissu aux couleurs d'été tombe au sol, les seins surgissent, petits, ronds.

Il tourne les talons, il ferait bien d'aller travailler.

Catherine a rejoint son scooter, elle vérifie l'heure et décide qu'elle peut et doit s'autoriser un crochet par la Goutte d'Or.

2

C'EST UN IMMEUBLE VÉTUSTE. La misère et le temps ont marqué la façade de cicatrices profondes. Le bâtiment semble devoir s'effondrer d'un instant à l'autre mais, à l'image de l'association militante qu'il abrite, il tient par conviction plus que par solidité.

Dans l'escalier branlant, Catherine subit les murs lépreux, l'odeur rancie, les débris de verre qui balisent la route jusqu'à la porte qui annonce : DROITS POUR TOUS.

Elle a déjà essayé de contraindre le propriétaire, habile procédurier, à rénover l'immeuble en détresse. En vain. La dégradation avance, aussi inexorable que la détresse des sans-papiers que l'avocate défend bénévolement.

Elle n'a pas dit son dernier mot. Dans un domaine, comme dans l'autre.

La porte du deux-pièces qui fait office de bureau ne tient que verrou fermé, elle est donc perpétuellement ouverte, un symbole puissant selon Daniel, président de l'association, qui s'entête à voir les verres à moitié pleins, même s'ils sont vides.

À l'intérieur, le mobilier a été intégralement récupéré sur les trottoirs du quartier où chaque étape du progrès social rejette la précédente. C'est le syndrome IKEA : remplacement du canapé deux places par un trois places, du fauteuil de bureau basique par le modèle ergonomique, etc.

Daniel a dû mettre le holà à l'enthousiasme des bénévoles qui débarquaient à toute heure avec leurs trouvailles de la nuit.

Un bruit de chasse d'eau.

Elle a été réparée, note Catherine, avec satisfaction.

Daniel sort des toilettes en se reboutonnant. Il a sa tête des mauvais jours, sourcils embroussaillés, cheveux aussi, œil cerné de noir, ongles aussi.

– Si tu as une mauvaise nouvelle, oublie de m'en parler, s'il te plaît. Souad s'est fait ramasser après avoir sauté le portillon du métro, à La Chapelle, là où ça grouille de contrôleurs, Mimi s'est remise au tapin et Ali est à nouveau au mitard. Il fait le malin, mais il a toutes les chances d'être expulsé. Pour trois barrettes de shit. Et toi, ça va ?

– Je te répondrai dans deux heures après le rendez-vous avec mon boss…

– Et après, je t'invite à dîner pour fêter ça.

– Pas le bon jour.

– Hier pas terrible, demain pas mieux… Laisse-moi deviner : tu es venue récupérer le dossier de Myriam.

Elle sourit que oui. Il se renfrogne, se passe la main dans les cheveux, doigts écartés, sans résultat notable. C'est toujours la même tignasse ébouriffée, incontrôlable. Il va droit à un tiroir, ouvre, sort une chemise, la tend à Catherine et va bouder devant son ordinateur.

Il a la susceptibilité des faibles et son militantisme le protège de la vie, deux mauvais points aux yeux de Catherine.

Elle considère l'association comme un marchepied et son bénévolat comme un apprentissage, persuadée d'être dix fois plus utile et efficace que Daniel encombré par ses bons sentiments. Et aujourd'hui, elle touche le jack-pot, à condition que son boss l'autorise à traiter l'affaire Myriam Villetreix, née N'Bissi, qui lui a demandé de la défendre aux assises, au printemps. Pile au moment de son anniversaire, signe éminemment favorable, a décidé Catherine.

« Vieux bouc cherche jeune poule en vue extase rurale. »

Typique de l'humour de Daniel, cette parodie de rubrique « Rencontres », collée sur le carton de la chemise qu'elle tient dans les mains, accompagne la photo d'un homme d'une soixantaine d'années en polo de laine boutonné jusqu'au cou, cheveu gris bien lissé, œil clair et gentil, doux sourire figé, Gaston Villetreix, la victime.

Gaston était un gentil mari. Il avait de la joie à rattraper et pour ça je l'ai bien aidé. Pourquoi je n'en profiterais pas maintenant ? Je croyais que les gens m'aimaient bien ici mais ils me crachent tous dessus maintenant. Et la prison, c'est affreux. Surtout quand on n'a rien fait. Je pleure tout le temps maintenant.
Il aimait bien ma cuisine qui l'a jamais rendu malade. Si quelqu'un a mis le poison, c'est pas moi, c'est tout. La cousine m'a dit que Daniel, il laissait personne dans la merde et moi j'y suis. Alors merci de ce que vous pouvez faire. Myriam.

Catherine n'arrive toujours pas à dégager la part de sincérité du sentiment général de roublardise que dégage la lettre de Myriam. Elle regarde le dos raide et stoïque de son camarade :

– Excuse-moi de te déranger, Daniel. On a une adresse pour la cousine ?

– Où tu vis ? Cousine, c'est comme frère, ou pote, c'est pas sa cousine germaine. En l'occurrence, c'est la fille qui lui a donné notre adresse. Le fameux 11 septembre 2001. T'aurais vu notre tête, on était dix devant la télé, toc toc…

– Tu me l'as déjà raconté cent fois, Daniel.

– Excuse-moi de continuer de trouver ça dingue… Une fille très sympa. Elle travaille au salon de coiffure sur le boulevard à Barbès, à côté du marchand de pompes Barracuda là… Tu vois ? Elle s'appelle… Tania… Enfin Tania… Tania. Tu dis Tania, tout le monde la connaît.

Quand Catherine lui tapote l'épaule en guise d'au revoir, Daniel hoche la tête sans la lever, farouchement absorbé par son écran.

Catherine est spontanément attirée par les hommes plus âgés et Daniel ne mesure pas que son comportement adolescent est contre-productif. De façon rédhibitoire. Peut-être que Myriam aussi avait besoin d'être rassurée par la maturité d'un partenaire plus âgé.

Pourvu que Renaud accepte, pourvu que Renaud accepte.

Sa première vraie affaire, ses premières assises. Une affaire inhabituelle. Dont la presse pourrait bien s'emparer. Si elle s'y prend avec adresse.

Elle tire la porte qui bascule à nouveau en position ouverte, appuie sur la minuterie et déclenche, top chrono, deux secondes de lumière : l'ampoule a pété. Noir complet. Mieux vaut ne pas penser à ce qui risque de grouiller sous ses pieds.

A pas peur ! Son père mesurait le degré de ses terreurs d'enfant à l'intensité frénétique avec laquelle elle répétait : « A pas peur. »

Elle se met à chantonner *Stand by me, no I won't be afraid…*

Pauvre et orphelin, travaillant dur pour mener à bien des études de médecine, son père a eu trente ans dans les années 1970 et elle n'a pas idée de la musique qu'il écoutait.

Est-ce que la vie ressemble jamais à une chanson des Beatles ? Sûrement pas celle de son père, cet homme admirable qu'elle est incapable d'admirer.

Au carrefour Barbès, le marché de la misère bat son vide, de vieilles nippes passent de main en main, les marchands de cigarettes sauvages bloquent les tourniquets du métro et les trottoirs sont jonchés des cartes peu aguichantes des marabouts locaux.

Catherine ajuste son oreillette sous son casque, l'œil sur l'ennemi à quatre roues, et appelle le cabinet :

– Sophie ! C'est Catherine, j'arrive. Maître Renaud est là ? J'ai eu des appels ?

Puis elle écoute ses messages.

Cédric Devers : « Je n'ai pas eu le temps de vous remercier, mais vous êtes vraiment bonne. Merci beaucoup. »

Elle tique le temps d'une grimace sur l'ambigu, « Vous êtes bonne », mais les clients qui prennent la peine de remercier après coup, c'est rare et bon à prendre, surtout quand ils ont les yeux si verts. Ou gris ? Changeants. Voilà d'un coup le graphiste inscrit dans la colonne « envisageable » des affaires à suivre.

Stéphanie voudrait savoir si la flasque avocate compte laisser son coussinet de chairs molles gagner la guerre, ou si elles se retrouvent à la gym.

Dans mes rêves, se dit Catherine.

Elle lui fera un texto parce que la conversation avec Stéph, on sait quand ça commence, à peu près, parce que parfois ça commence avant d'avoir décroché, mais quand ça finit, c'est une autre histoire.

Félix : « On démarre les préparatifs pour le réveillon avec karaoké et promo au complet. Daigneras-tu te joindre à l'humble troupeau des organisateurs, star des prétoires et des bavoirs… »

Quel con ! Ils étaient tous verts quand elle a été choisie par Renaud, sa tête de liste d'employeurs potentiels, après un unique rendez-vous.

Elle rappelle. Messagerie : « Cher répondeur, sois gentil de transmettre au soutier de la justice ordinaire qu'un miracle de la génétique a permis que je reste simple et qu'en dépit d'invitations conjointes de la chancellerie et de la présidence, je viendrai, avec plaisir et de préférence, me frotter au prolétariat des prétoires, ne serait-ce que pour mesurer la distance parcourue. On m'a parlé d'une salle dans le dix-neuvième, pas chère, avec un sous-sol pour danser. Je me renseigne. Bisous. »

Catherine se dit qu'ils s'y prennent drôlement à l'avance avant de mesurer qu'ils sont quasiment en décembre. Elle descend l'avenue de l'Opéra si familière qu'elle ne la voit plus depuis longtemps et se gare à sa place habituelle, sous les fenêtres du cabinet Renaud d'où elle peut régulièrement vérifier qu'un délinquant boutonneux n'est pas en train de scier sa chaîne antivol.

Dans l'ascenseur, elle vérifie ses cheveux, les brosse pour qu'ils ondulent plus régulièrement sur ses épaules, les fait un peu gonfler. Maître Renaud n'apprécie ni le laisser-aller, ni la désinvolture.

Elle jette ses affaires en vrac dans le maquis de son bureau, sans changement notable. L'expérience prouve que, parvenu à un certain niveau, le désordre ne progresse plus.

Un petit coucou à Sophie qui brandit des doigts croisés contre le mauvais sort.

Elle toque.

– Entrez.

Elle adore la basse rocailleuse de Maître Renaud dont on devine l'accent à peine perceptible qui accentue des syllabes incongrues. Il n'a pas le phrasé pointu parisien. Elle non plus mais elle craint toujours que sa voix filetée ne parte dans tous les sens, comme elle-même a tendance à faire, quand celle de Maître Renaud émerge, puissante et sensuelle, des profondeurs du diaphragme.

Le bureau de son patron lui en impose chaque fois : murs d'un blanc crayeux, cuir souple des fauteuils kaki, larges, sensuels, patine arrogante du bureau 1920. L'ensemble est impressionnant avec douceur. Parfaitement éclairée par la porte-fenêtre en vis-à-vis, une immense photo occupe le mur de gauche. Il faut que l'œil s'y pose longuement, calmement, pour discerner que le monochrome noir vibre du mouvement à peine perceptible de la mer prolongée d'un ciel de nuit profonde.

Aucun papier ne traîne jamais sur le bureau du patron, car le cerveau de l'homme supérieur contient tous les dossiers et maître Renaud ne feint jamais d'être occupé par une autre tâche dont on le dérangerait, car l'homme supérieur n'a rien à prouver.

Il a la beauté de son quotient intellectuel et le charme de celui qui n'a jamais songé à s'en inquiéter : épaisseur sans mollesse, œil noir, gourmand, indéchiffrable, lèvres ourlées.

Malgré sa réputation de vieux lion qui aime la chair fraîche, il n'a rien tenté avec Catherine. Il n'aurait eu qu'à ouvrir les bras pour qu'elle tombe dedans, ce qui aurait été une grande et parfaite catastrophe. Pour elle. Il n'empêche qu'elle y pense à chacun de leurs tête-à-tête.

Elle annonce la relaxe obtenue d'un ton neutre. Inutile de plastronner, Renaud a l'habitude de dire que, dans son cabinet, l'excellence est la peine plancher.

Il enregistre sans commentaire et prend la parole sans transition :

– Vous aurez affaire à la cour d'assises la plus répressive de France.

Catherine s'efforce à l'impassibilité tandis que les tambours du Bronx lui défoncent la poitrine.

– Vous avez beaucoup à perdre et pas mal à gagner, ce qui va généralement de pair. L'affaire ne vous dispensera pas de vos tâches au cabinet. Vous n'aurez qu'à travailler dans le train. Le cabinet paiera vos frais en attendant, comme on espère, que votre cliente redevienne solvable.

– Merci, monsieur.

– La partie sera difficile. Je vous fais confiance. Un conseil. Vérifiez cette histoire de mariage. Mais sinon, pas d'enquête. On n'est pas aux États-Unis, ici. Ne cédez pas à vos penchants romanesques.

Elle se restreint en conséquence et remercie une fois seulement, sobrement.

Renaud déteste les épanchements qu'il dit de synovie, à effets invisibles et pernicieux.

Elle sort, calme et digne, à peine la porte franchie, saute d'un bond jusqu'au bureau de Sophie, lève les bras, coudes à la taille, se déhanche avec enthousiasme.

Sophie ne bronche pas. Suivant son regard, Catherine découvre que la porte du patron, mal enclenchée, s'est rouverte, offrant au vieil avocat une vue imprenable sur la parodie enthousiaste de sa jeune collaboratrice.

En balbutiant des excuses, Catherine repart fermer la porte pendant que Sophie écrase son sourire dans un épais dossier qui en a absorbé d'autres.

3

On peut rêver d'un appartement minimaliste à la sobriété élégante où la cohabitation de l'essentiel avec le nécessaire produirait immanquablement du beau, et accumuler, avec enthousiasme, souvenirs à trois sous, meubles boiteux en attente d'un improbable rafistolage et vêtements naufragés à l'avenir bouché, produisant immanquablement du moche. De même qu'on peut rêver du bureau idéal de son patron et se vautrer dans un réduit obscur à la table jonchée de notes désordonnées.

Chaque janvier, récapitulant ses résolutions pour l'année à venir, Catherine inscrit en tête de sa liste : ordre et sobriété, pour reconnaître, décembre venu, que ses vœux sont restés lettre morte.

Elle parcourt les numéros de téléphone griffonnés sur des Post-it, elle en décolle certains, les réduit en boule, les lance vers la poubelle, rate. Elle se baisse pour les ramasser.

Le bout de lange tant sucé, tété, malaxé qu'il ne tient plus qu'à trois fils parfaitement détachés sur l'herbe verte, tout proche qu'il soit, reste inaccessible. Elle hurle, ceinturée à sa poussette, ne peut que tendre vainement son petit bras trop court, au commencement de l'interminable abandon. Sa maman n'est pas là, sa maman n'accourt pas, la passerelle qui la reliait au monde entier a disparu.

Catherine soupire, ouvre la main au-dessus de sa corbeille à papier, se redresse, empile trois classeurs dont l'un glisse, mal fermé, les papiers s'éparpillent. Elle les récupère, les rajuste dans leurs crochets, referme.

Il faut être riche et puissant pour échapper au désordre et à l'accumulation. Un jour, sa réussite professionnelle, tel le baiser du prince charmant, la métamorphosera en créature rare, impeccable, élégante, au goût d'acier et à l'organisation exemplaire.

Elle saisit son Iphone.

– Papa ?

– Ah, c'est toi !

Trois syllabes, un long discours : « Tu ne m'appelles jamais, tu me manques mais je ne veux pas t'encombrer de mes demandes ni peser dans ta vie bien que je t'aie tout sacrifié et que je sois seul et sans raison d'être sinon l'existence de ma fille… »

D'un bond familier, Catherine passe outre cet art parental de la culpabilisation que son père a hissé au rang des beaux-arts.

– Je sors du bureau de Renaud. C'est fait. Je vais plaider aux assises. J'y pars la semaine prochaine.

– Tu quittes Paris ?

– Je ferai des allers et retours.

– Tu peux me dire de quoi il s'agit maintenant ? Si ta superstition t'y autorise, bien sûr.

– Un meurtre dans la Creuse.

Le silence de l'autre côté est tel que Catherine vérifie la présence de son père au téléphone.

– Oui, oui, je suis là. En Creuse, tu dis ?

– On ne dit pas dans la Creuse ? Oui, je sais, ce n'est pas très glamour, on peut trouver mieux, mais à mon âge, c'est une chance démente. Une belle histoire rurale.

– Un meurtre ?

– Papa ! C'est les assises ! Une femme noire accusée d'avoir tué son paysan de mari. Pas mal, non ?

– C'est le tribunal de Limoges ou de Guéret ?

– Ça, c'est la meilleure ! Tu connais la région, toi ?

Un blanc pourrait s'installer que Catherine remplit aussitôt, trop impatiente pour s'en alerter.

– Je vais être archi-occupée, c'est rien de le dire. Mais je suis contente ! C'est pour ça, je voulais t'annoncer…

– Moi qui espérais que tu viennes à Gaillac… C'est quand ?

– Du 6 au 8 mars.

– Mais le 8, c'est ton anniversaire !

– Oui, c'est bien ce que je dis, on a le temps ! Surtout qu'on va se voir à Noël.

– Bon, je ne vais pas te déranger plus longtemps.

– Mais papa, c'est moi qui t'ai appelé !

– Non, mais j'apprécie. Vraiment. Tu me raconteras comment ça s'est passé ? Tu restes combien de temps ?

– Je vais voir ma cliente en prison, je fais l'aller et retour. C'est un premier contact.

– Ça m'étonnerait que tu aies envie d'y traîner. Pas terrible comme coin.

– Ça tombe bien, je n'y vais pas en touriste. Ils n'avaient pas un slogan ?…. Enfance en Creuse, enfance heureuse…

– Vacances… Vacances en Creuse…

Ah oui, une vieille publicité surgie d'on ne sait où.

Catherine rit de son lapsus. Pas lui, le lugubre à la face figée par le malheur, le veuf professionnel du bonheur perdu et de la vie gâchée, ligoté par un grand, un unique, un impossible amour. Dans la famille Monsigny, on demande la fille ! Celle qui a payé comptant la décision paternelle que le cours de la vie était interrompu pour toujours. Seulement, le barrage, c'est lui qui l'a construit, pierre à pierre, lui aussi qui a choisi d'élever son enfant dans l'eau stagnante d'un présent sans passé et de garder pour lui les quatre années d'eau vive, de souvenirs heureux, idylliques, s'il faut l'en croire. Et sur parole, car, de traces du paradis, point. Il a tout éliminé, photos, vêtements, objets, tout ce qui avait trait à la morte est passé à la trappe suite au décret pris à l'unanimité de lui tout seul que c'était mieux pour l'orpheline.

Inutile de ressasser, Catherine a appris à se passer des souvenirs et de leurs traces. Elle rouvre les yeux qu'elle a fermés, exaspérée, en raccrochant.

Elle lui a proposé cent fois de s'installer à Paris. C'est lui le retraité. Elle n'a pas le temps de faire sept heures de train pour subir ses regards inquiets et dégoulinants d'attente.

Qu'il garde ses secrets, elle a le sien. Une photo, une seule, son viatique, trouvée dans un recueil de poésies de Rimbaud, entourée d'un cadre de carton à l'ancienne. Elle sait que c'est sa mère parce qu'elles ont la même blondeur, le même sourire. La jeune fille avance, conquérante et radieuse du haut de ses vingt ans, sans crainte et pour toujours, une main tendue vers l'avenir, la main portant l'alliance, et son mari ébloui, forcément ébloui par sa radieuse épouse, Violet. À cette inconnue, Catherine s'adresse en douce, demande conseil, dans son regard étincelant, elle puise de la force.

Une drôle de photo, peut-être prise en voyage de noces, devant un panneau avec un nom de ville aux lettres coupées, en partie masquées VAVE – LE. Elle ne saura jamais l'intitulé complet.

Elle a seize ans. Elle vient de passer son bac. Avec mention. Le jour de sa plus grande haine.

Dans le cabinet de consultation au bureau d'une vilaine modernité en bois clair et verre, aux murs d'un triste beige couverts de reproductions fades, elle attend, pareille à une patiente ordinaire, impatiente de retrouver des potes pour fêter les résultats, une sortie que son père a autorisée. Solennel et déterminé, il accapare le temps, le sature de silence jusqu'à la déclaration préliminaire :

– Comme tu sais, ta mère est morte.

Bête et maladroite introduction.

Si au moins, il manifestait un peu d'émotion, éclatait en sanglots, mais non, il réprime tout et parle comme un mauvais prof récite son cours.

– Nous habitions à la campagne. Elle t'a emmenée en promenade comme tous les jours.

– Je sais.

– Non, tu ne sais pas. Tu crois te souvenir mais ce sont des souvenirs inventés. Tu étais trop petite. Et tu dormais. C'était l'heure de ta sieste. Elle a laissé ta poussette à l'ombre des arbres près d'une clairière et elle s'est éloignée. Quand tu t'es réveillée, tu t'es mise à pleurer, c'est ce qui a alerté un promeneur. C'est lui qui a trouvé le corps de Violet. Battue à mort. Mais tu n'as pas pu entendre, elle était trop loin.

Elle retient la question insolente : Comment tu peux être sûr ? Tu y étais ? Elle réprime son envie de sauter de sa chaise et de courir s'enfermer dans sa chambre pour se préparer. Ça devrait être un jour de joie. Merci papa.

Ensuite, il fait un truc dégueulasse. Il annonce qu'elle a le droit aujourd'hui de lui poser des questions, toutes les questions qu'elle veut, mais ensuite, ils n'en parleront plus. À seize ans, l'avenir seul compte. C'est pour ça qu'il ne lui dira pas où ça s'est passé. Il ne veut pas qu'elle se tracasse à chercher, à savoir. Tout a été fait pour retrouver le meurtrier, tout, elle peut le croire.

Et pas d'ascendants à retrouver, non plus.

Une maman anglaise, déroutée, paumée, sans famille. Apparemment, ça leur allait bien à tous les deux d'entamer une vie qui commencerait avec eux, de planter leurs propres racines. Est-ce de refuser le passé qui a détruit l'avenir ?

– Elle avait un accent ?

– Très léger. Doux, joli.

Bien sûr.

L'adolescente a honte de son filet de voix inquiète quand elle pose la seule question qui lui vienne :

– Elle m'aimait ?

– Plus que tout. Elle t'a allaitée pendant huit mois.

Sensation d'écœurement amer dans la bouche. Ce n'est pas ce qu'elle attend.

Elle n'a plus de questions. Il ne saura pas lui répondre. Il en rajoute même, la réduisant encore davantage au silence :

– Ça a été la pire des catastrophes. Si tu n'avais pas été là, je serais mort de chagrin.

Il n'y a que son propre malheur qui l'intéresse, en fait. Il lui a proposé un marché de dupes. Elle n'arrive pas à le regarder. Il aurait dû choisir un espace intime plutôt que son lieu de travail, elle devrait être dans ses bras, protégée, caressée, rassurée, sans ce bureau entre eux.

Si elle ouvre la bouche, elle va hurler, si elle bouge, elle va tout casser.

Il conclut de ce même ton professoral :

– On ne construit pas une vie sur un passé par définition irréversible. Sans le nier, on le met de côté, histoire de ne pas sans cesse trébucher sur les vestiges d'autrefois. Sauf qu'il fait le contraire et se laisse entraver par une morte, incapable de surmonter un chagrin trop grand pour lui. Catherine se confronte pour la première fois à l'incohérence du monde adulte. Elle décide qu'elle sera cohérente. Elle se fait des promesses, prête à aller en enfer plutôt que de les trahir. Elle aime son père. Il est sa seule famille. Mais elle ne lui sacrifiera rien. Il est responsable de ses choix, elle le sera des siens.

Elle quittera Bordeaux, elle ira à Paris faire ses études. Ce seront des études de droit.

Elle s'est effacée de l'histoire de son père en le quittant, comme il a effacé l'histoire de sa fille en se taisant. Égalité.

Elle sort son carnet où elle inscrit tout, au jour le jour, entame une nouvelle page. Maintenant que les assises sont à elle, elle peut inscrire ses notes dans le carnet officiel.

De mémoire, elle reprend les points essentiels du récit de Daniel :

Myriam N'Bissi, trente-trois ans, déboule à l'association le 11 Septembre 2001.

Ce n'est pas un hasard. La famille dont elle dit ne pas se rappeler le nom, qui l'a ramenée du Gabon et chez qui elle habite, réduite à l'esclavage, reste scotchée à l'écran de télévision comme le reste de la planète.

Myriam en profite. Elle se perd dans la ville avant qu'on lui indique l'adresse de Droits pour Tous.

Elle voit l'affiche de Daniel avec la photo de Gaston : Vieux bouc cherche jeune poule.

Daniel lui donne la lettre de Gaston Villetreix, soixante et un ans, qui cherche une femme, même sans papiers. Il a les moyens de l'entretenir comme il faut. Il est propriétaire de sa maison.

Myriam sait lire, note Catherine.

Ils se rencontrent, ils font affaire. Ils se marient.

Vérifier le mariage ? Pourquoi Renaud a-t-il dit cela ?

Myriam s'installe dans le village de Saint-Jean-les-Bois.

« J'adore », se dit Catherine.

Un bête de vieillard quand même. Aller se chercher une Africaine sans papiers et la ramener dans sa campagne.

Elle essaie de se représenter le tsunami dans la vie et du vieux et de son village, mais comme elle ne connaît ni la campagne ni les vieux, cela ne la mène pas plus loin que des représentations folkloriques d'une négresse en boubou et en sabots dansant dans une cour de ferme avec un grand-père en béret.

Le mariage tient six ans. Jusqu'à la mort de Gaston. Le médecin signe le permis d'inhumer. Officiellement, crise cardiaque. Il venait de partager avec sa femme un poulet pimenté qu'elle leur avait mijoté pour le dîner.

Myriam hérite et décide de vendre les biens familiaux déjà entamés par le nouveau train de vie de Gaston.

Les cousins Villetreix sont ulcérés. Non seulement, ça ne se fait pas, mais ils comptaient sur l'héritage du vieux garçon.

Ils s'inquiètent, soudainement, du pot de cyanure, récupéré autrefois dans une mine d'or désaffectée et gardé dans une grange pour se débarrasser des animaux nuisibles, constatent sa disparition avant de le retrouver dans un placard de la cuisine… de Myriam. Ils demandent et obtiennent une autopsie du corps, laquelle révèle que Gaston a été empoisonné au cyanure.

Catherine tient ces informations de Daniel qui les tient de Myriam, autant dire que ce sont autant d'éléments à vérifier.

Catherine réserve un billet de train sur Internet pour le 4 novembre au matin. Elle doit descendre à La Souterraine puis prendre un car à défaut de louer une voiture.

Elle consulte une carte routière.

Il faudra aviser. L'avantage du train, c'est qu'elle peut y travailler, mais les horaires sont contraignants et, surtout, elle n'aura pas de moyen de locomotion sur place et, quoi qu'en dise Renaud, elle compte circuler un peu pour prendre la mesure des lieux, sentir l'ambiance.

Par précaution, elle prévoit un retour sur le dernier train du soir, mais logiquement, elle devrait être rentrée plus tôt.

Gaston a été empoisonné, c'est un fait.

Pourquoi Myriam aurait-elle attendu toutes ces années ? Que s'est-il passé qui aurait justifié qu'elle passe à l'acte ? En admettant qu'elle ait souhaité sortir de ce mariage. Les poches pleines, de préférence.

Après une vie terrible, elle était enfin peinarde. Elle aurait pris le risque insensé de tomber entre les mains de la justice, de tout perdre ? En pariant qu'elle s'en sortirait, libre et riche. Un pari risqué.

Et les cousins ? S'ils étaient coupables, auraient-ils pris le risque de révéler le meurtre ?

Et puis, ils n'avaient rien à gagner à tuer Gaston…

Sauf s'ils réussissaient à faire accuser Myriam.

Mais alors, ils l'auraient mise en cause immédiatement après la mort de Gaston. De toute façon, il n'y a pas de victime innocente.

Pourquoi le mot victime est-il féminin ? s'interroge Catherine avant de stopper la succession de questions auxquelles elle n'a pas les moyens de répondre. Faudra voir ce qu'en dit sa cliente !

Elle a hâte de la rencontrer. C'est un personnage romanesque, une héroïne des temps modernes. Quel périple !

La petite orpheline gabonaise réussit à échapper à ses tortionnaires dans un pays inconnu, séduit un vieux paysan cynique, bouleverse son morne quotidien, lui fait découvrir les plaisirs de la vie mais, jalousée par des avaricieux doublés de racistes convaincus, elle se retrouve accusée du meurtre d'un homme qu'elle avait fini par chérir tendrement et termine aux assises où Catherine Monsigny, jeune avocate néophyte, dans des débuts éblouissants, la lave de tout soupçon et lui fait recouvrer la liberté.

– Catherine !

La voix de Sophie la ramène sur la planète Renaud avec, en guise de harpon, son vieil humour pas drôle.

– Combien de temps encore attendrai-je les attendus ?

– C'est quasiment fait.

– Tu chiffres quasiment à combien, en gros ?

– Une demi-heure ?

Ce qui est se vanter mais elle va essayer de rattraper le temps perdu à rêvasser. L'histoire de sa vie.

Elle écrit en lettres capitales dans son carnet : CUPIDITÉ.

Souligne quatre fois pour faire bonne mesure.

Renaud a beau dire, elle mènera sa barque à sa façon. Le résultat seul compte et elle a bien l'intention d'épater son patron. Il l'estime, elle voudrait qu'il l'admire. À peine la pensée s'est-elle articulée dans son esprit qu'elle s'en repent comme d'un blasphème.

Par ricochet, elle capte le regard de son client du matin. Cédric Devers, yeux verts. Pourquoi ses yeux l'ont-ils autant frappée ? Comme s'ils lui en rappelaient d'autres. Les yeux de maman sont des émeraudes...

Elle s'ébroue.

Jette un œil sur le texto qui vient de s'afficher. Stéphanie !

Elle répond en accéléré :

« IMPOSSIBLE. À LA BOURRE. PRÉPARE ASSISES DE GUÉRET. +++. BISOUS. »

La réponse surgit, à peine le texto envoyé :

« C OÙ ÇA ? »

Elle répond :

« CHERCHE PAS. »

Et ferme son portable avant de se plonger dans l'ennuyeuse paperasserie.

Mais d'abord, elle va s'en griller une dans le cagibi dont la fenêtre bâille sur le ciel maussade.

4

À CHAQUE ARRÊT DU TRAIN, les annonces lancées dans des micros mal réglés assourdissent l'audition, puis c'est le vendeur ambulant qui tâche d'aguicher le voyageur avec ses sandwichs sous Cellophane et ses gourmandises variées, sucre et chocolat et vice versa et, comme personne ne se sent obligé de sortir de la voiture pour converser avec son téléphone portable, dont la sonnerie doit rester sonore et puissante pour vaincre le bruit du train, toute activité intellectuelle est condamnée d'avance.

Acheter des boules Quiès pour la prochaine fois, se dit Catherine.

Mieux.

Elle enfile ses oreillettes Sennheiser toutes neuves, les branche sur son téléphone et lance la musique en aléatoire.

Bowie, *Absolute Beginners.* Ça lui va bien.

Elle retourne à son écran d'ordinateur, ouvre le dossier presse où elle a réuni les articles parus sur l'affaire que Renaud doit plaider à la fin de la semaine. Il défend un pédophile qui sévissait dans une pension ultracatholique chic fréquentée par des enfants de ministres.

Hard Lines, chante Bowie, bien vu David.

Catherine n'a pas osé demander à son patron pourquoi il était si contrarié par le retentissement médiatique. Qu'importe qu'on vous blâme ou vous loue, du moment qu'on parle de vous.

Le grand avocat aurait-il peur de perdre... publiquement ?

L'idée est chassée à peine effleurée.

Peur, Maître Renaud ? Impensable. Dieu a-t-il peur ?

Et si Dieu a peur, ses créatures n'ont plus qu'à se couvrir la tête de cendres.

Le train ralentit, s'arrête. C'est seulement Orléans. Guéret est la ville où on n'arrive jamais.

Catherine se plonge dans le travail. Pendant que le paysage défile et fait le beau derrière les vitres du wagon, déroulant sa gamme de saison en écharpes rouge, rouille et or, que les cours d'eau varient de tons au moindre éclat du soleil indécis, Catherine plonge dans ses dossiers et s'active, aveugle et sourde à la nature oisive.

Synthétisant les contenus de la presse, elle note, à part, les noms des journalistes qui couvriront le procès auquel elle compte bien assister. Il ne restera plus qu'à bavarder avec eux et mentionner l'étonnante et passionnante affaire qu'elle doit plaider ce printemps. Un fait divers fascinant.

La presse est sur son banc. Vêtue de sa robe d'avocate, elle quitte Renaud, qui vient de chuchoter à son oreille, pour se présenter aux journalistes, sous prétexte de leur confier discrètement une information confidentielle.

Ou alors, plus simple, elle leur pose une question anodine :

– Vous serez là pendant les trois jours ?

Il y en aura bien un pour proposer d'aller boire un café pendant une interruption de séance. Après ce sera à elle de jouer. Si la presse nationale descendait à Guéret pour sa plaidoirie, ce serait le début de la gloire.

La modestie de la ville où elle finit par arriver la ramène au réel. Catherine pensait qu'une préfecture était forcément de grande taille. Comment attirer dans ce lointain cul-de-sac les journalistes parisiens qui ont déjà du mal à franchir le périphérique ?

Le car dépose les voyageurs devant la gare SNCF qui ne serait donc pas en activité, ce que Catherine note comme une première bizarrerie locale.

Il s'agit maintenant de bien se repérer. Elle s'immobilise, dos à la station.

Elle peut rejoindre la prison à pied d'après son plan qu'elle déplie, fait tourner jusqu'à ce que la rue dessinée soit dans le même axe que la vraie rue en face d'elle. Elle pose le doigt, suit le tracé qui part sur la... droite.

Elle espère que personne ne l'aura vue agiter sa main, celle avec laquelle on écrit, comme la débile qu'elle est dès qu'il est question d'orientation. L'espace la déroute totalement, autre handicap issu de la scène primitive.

Endormie à l'orée d'un bois inextricable, réveillée dans la terreur sans le rassurant repère maternel, confrontée à un visage étranger avant la cohue générale qui redouble sa confusion d'enfant, confondue par l'effondrement du socle paternel et ensevelie sous les mensonges lui affirmant que maman était partie, mais qu'elle allait revenir, elle a perdu pour toujours le sens de l'orientation. À grandes causes, petits effets.

Elle arrive au rond-point, vérifie sur le papier, le contourne. La petite rue qui monte doit être la bonne, puis à gauche. Victoire.

Dix minutes de marche, top, pour rejoindre la place rectangulaire bordée d'arbres imposants sur laquelle donnent la mairie, massive, opaque, et le tribunal situé à angle droit. La place semble être à usage exclusif de parking. Putains de bagnoles.

Il suffit de descendre ensuite le trottoir du tribunal pour rejoindre la prison qui, avec sa façade en meulière et ses petites fenêtres grillagées, ressemble à un dessin d'enfant.

Catherine est consciente de faire terriblement jeune. Sa petite taille n'aide pas. Ses tenues classiques sont supposées la vieillir mais lui donnent plutôt l'air d'une adolescente déguisée en femme. Pour ce grand jour, elle a mis ce qu'elle possède de plus chic, un tailleur-pantalon avec des escarpins et un imperméable Burberry's noir, cadeaux extorqués à son père pour fêter ses débuts professionnels, un bon investissement, comme le prouve le regard respectueux du vigile dans son box, qui lui permet de tenir ferme sur sa position quand elle découvre le cagibi sans porte devant lequel le gardien s'écarte pour la laisser entrer :

– Cet endroit ne convient pas. J'ai besoin d'une table, nous avons des papiers à établir, des documents à examiner. Soyez gentil de me trouver un endroit correct.

C'est une petite maison d'arrêt, à l'activité réduite. S'il veut bien se donner la peine, il peut lui faire cette fleur. Elle le regarde en silence, patiente et ferme. Elle lui complique la vie. Aucune règle ne l'oblige à obtempérer.

Il est embarrassé, réfléchit avec lenteur, soupire. Il ne veut pas perdre la face en se montrant trop vite accommodant. Le temps qui passe joue en faveur de Catherine. Le non aurait été immédiat, le oui est inéluctable.

– Bon, exceptionnellement... la salle de cours est libre, je vais vous l'ouvrir. Vous avez de la chance, c'est calme aujourd'hui.

Comme s'ils refusaient du monde le reste du temps...

C'est une méthode apprise : toujours exiger mieux d'emblée, faire chier par principe, imposer un rapport de force, se situer comme dominant et obtenir le respect. C'est aussi une manière de s'aguerrir, car l'avocat ne doit jamais craindre de déclencher l'hostilité.

Et en plus, ça marche, se réjouit Catherine qui incline sèchement la tête, en guise de remerciement.

Elle se retrouve dans une salle de classe, mal éclairée par une fenêtre en hauteur protégée par des barreaux. Cinq tables en Formica forment un plateau central irrégulier. Sur le tableau blanc, une phrase dont un humoriste a effacé cinq lettres, « ignes » : « Je lis les cons ».

Des chaises sont empilées dans un effondrement bancal. Les couleurs fanées de l'affiche du film, *Jour de fête*, dont l'angle supérieur droit est tristement rabattu, loin d'égayer la morosité de la pièce, la renforcent.

Mais Catherine a endossé le rôle de maître Monsigny, autant dire maître du monde. Son moral est inoxydable. Elle pose son sac, enlève son imperméable, dégage tranquillement deux chaises, teste leur stabilité, les installe de part et d'autre d'une des tables. Elle a tout son temps. En prison, le personnel ne se presse qu'à l'heure de la sortie.

Elle s'assied, dos à la fenêtre. C'est un jour sombre mais un peu de clarté tombera sur sa cliente.

Elle n'a pas récupéré le dossier d'instruction, délibérément, pour garder l'esprit libre. Elle veut que Myriam s'engage en connaissance de cause, qu'une union librement consentie remplace le mariage arrangé entre sa cliente et elle.

Elle sort de sa sacoche un beau carnet en moleskine acheté pour l'occasion, le même stylo à plume rentrante que celui de son patron, un marqueur et, pour parachever l'impression de sérieux, les feuilles imprimées d'un vieux dossier.

Elle entend la grille au fond du couloir, les pas qui se rapprochent.

Ma cliente ! se dit-elle, plus émue qu'elle n'aurait imaginé avant de déchanter dans la seconde.

Myriam Villetreix née N'Bissi n'a rien d'exotique. L'enfermement a grisé sa peau plutôt claire. Elle est grande mais se tient voûtée, un peu épaisse, elle traîne les pieds, chaussée de savates qui claquent mollement. Elle porte un survêtement délavé, ses cheveux très courts accentuent le dessin de son crâne, une boule bien ronde, régulière. L'œil est triste, la poignée de main fuyante. Elle pose une grande enveloppe en kraft sur la table.

Catherine lui fait signe de s'asseoir, prie le gardien de fermer la porte.

Elle s'attendait à un oiseau des îles coloré et exubérant, elle est face à un pauvre volatile déplumé. Elle entend en écho une phrase captée au hasard d'une conversation : « Les clients sont rarement à la hauteur de notre attente. » Prenant le hardi contre-pied de ses convictions, elle décide qu'une apparence de victime est un atout pour la défense.

– Je m'appelle maître Monsigny, j'ai beaucoup travaillé avec Daniel…

– Vous êtes… très jeune.

La déception est réciproque. Voilà qui commence bien. Catherine se redresse, lève le menton, trop, le remet à bonne hauteur.

– Je travaille dans un gros cabinet parisien, très connu.

L'auto-justification est une erreur fatale. Toujours. Elle enchaîne sans transition avec un mélange de sécheresse, d'autorité et de menace sous-jacente.

– Vous avez le droit de requérir un autre avocat. Je suis venue de Paris pour vous rencontrer et faire connaissance. Il est encore temps de revenir sur votre décision. Je n'ai toujours pas retiré le dossier d'instruction. Nous sommes libres l'une et l'autre.

Myriam secoue lentement la tête en entendant l'adjectif saugrenu que Catherine corrige aussitôt.

– Je veux dire qu'après ce premier contact, nous pouvons, l'une comme l'autre, décider de ne pas poursuivre.

Myriam Villetreix, née N'Bissi, lui emboîte le pas, sans coup férir. Elle a marqué le point qu'elle souhaitait en ouverture. Elle passe la main.

– Pardon. Ce n'est pas ce que je voulais dire. C'est plutôt l'image qu'on a : quand il y a une affaire à la télé, les avocats ont toujours les cheveux gris, on n'en voit pas des jeunes… pour les grosses histoires.

– Tout le monde commence par commencer.

– Pas moi.

Myriam ne fait pas d'humour.

– Moi, je n'ai jamais commencé. Je veux dire que je n'ai jamais tué personne. Et ça vous devez le savoir. Pardon mais c'est important. Parce que…

Sa bouche tremble, ses yeux se remplissent de larmes.

– Il faut d'abord que vous me croyiez, sinon…

– Si je deviens votre avocate, je serai de votre côté. Absolument. Le mieux serait de me raconter. À votre façon.

Catherine essaie de trouver la bonne distance. Neutre et bienveillante ? Il faut un peu plus que ça,

Elle avance les doigts et touche ceux de la détenue, puis s'aventure à les couvrir entièrement. La main, sèche et froide, se réchauffe à son contact. Elle essaie d'obtenir le même résultat avec les mots.

– Et si on commençait par le début, par votre enfance ?

Mauvaise pioche. Le mot « enfance » déclenche un déluge de larmes. Le déluge prend de court l'avocate qui n'a pas pensé à se munir de Kleenex, elle a encore beaucoup à apprendre. Elle sort de son sac un petit foulard de soie en variations de turquoises et le tend à la pleureuse en priant qu'elle ne se mouche pas dedans. Myriam refuse d'un geste de la main et se contente de s'éponger avec la manche de son survêt.

– Pardon. Mon enfance… C'est ma grand-mère qui m'a élevée. À Lambarene. Mes parents étaient morts. Et pour ma grand-mère, j'étais une princesse. Elle était gentille, elle me gâtait, elle disait qu'un jour je deviendrais quelqu'un. Mais elle aussi est morte. Elle faisait le ménage chez un couple de Français qui rentraient au pays, ils m'ont emmenée pour que je m'occupe des enfants. Jusqu'au jour où j'ai réussi à m'enfuir.

– Vous enfuir ?

– Ils regardaient la télévision à cause de l'attentat, vous savez, les avions dans les tours. Le 11 Septembre. J'en ai profité. J'étais surveillée tout le temps. Ils ne me traitaient pas bien. Et j'avais peur qu'ils me retrouvent pour me mettre en prison. C'est ce qu'ils disaient.

Malgré l'insistance de son avocate, Myriam refuse fermement de lui donner le nom de la famille qui l'a hébergée cette première année en France. Elle a encore peur d'eux. En dehors de sa manie de demander pardon, la jeune femme ponctue ses phrases de longs silences, sa diction est aussi molle que sa poignée de main. Elle est terne et ennuyeuse plutôt qu'émouvante. Ce qui pose un vrai problème. Pour changer et de sujet et d'ambiance, Catherine désigne l'enveloppe que Myriam a emportée.

– C'est quoi ?

Sans répondre, la détenue en sort des photos qu'elle commente au fur et à mesure.

La photo de mariage de ses parents, la seule trace qu'elle ait d'eux.

Ils sont jeunes et rieurs. Lui en costume blanc étincelant, elle en robe de satin longue et évasée, un voile encadrant un visage dont le sourire déforme les traits. La photo un peu floue a été prise dans un studio sur fond de fausse Venise. Il y a un Photomaton de Myriam enfant, très jolie, intimidée, grands yeux écarquillés, les dents mordant sur la lèvre inférieure. Puis Myriam, plus âgée, tenant par la main deux enfants blancs, sur fond de cactus.

– C'est les enfants de la famille dont je m'occupais. Là, ils étaient encore gentils, ils avaient cinq et neuf ans.

L'air absent, ses cheveux longs retenus en arrière, contrairement aux enfants, Myriam ne regarde pas l'objectif mais un peu sur le côté, avec une moue craintive. Difficile de lui donner un âge.

– J'avais trente-deux ans. C'était en Afrique.

– Vous travailliez déjà pour la même famille ?

– Non. Je vendais des tissus sur le marché.

Elle fait plus jeune. Une photo avec Gaston. Prise également dans un studio de photographe. Il a les cheveux clairsemés gris clair, le visage doux, le menton inexistant, l'œil un peu tombant mais les lèvres pleines. Il porte une chemise à carreaux et un pantalon de toile. Il est assis sur une chaise. On reconnaît bien l'homme figurant sur l'affichette de Daniel. Myriam, debout à côté de lui, lui tient la main. Ses cheveux sont longs, attachés par un ruban rouge. Elle porte une robe à pois et des chaussures à talons.

S'ensuit une farandole de photos d'elle toute seule, sur un manège, devant la mer, à une terrasse de restaurant.

C'est cette femme-là que Catherine voudrait retrouver, cette femme jolie et gaie, pétillant d'énergie, que Myriam elle-même semble avoir perdue de vue. Une femme rognée, effacée par quoi ?

Les entailles de l'injustice ? Les morsures du remords ?

Ou simplement une vie qui a perdu son sens ? À quel embranchement ?

Quand la visite touche à sa fin, l'avocate n'en peut plus, oppressée, nerveuse. C'est plus pernicieux que l'effet habituellement produit par les prisons et la cause en est évidente : la lourdeur, la passivité fataliste de Myriam se propagent comme une gangrène et nous feront perdre, songe Catherine.

Elle résiste au désir violent de secouer la prisonnière jusqu'à ce qu'une énergie vitale relance la circulation sanguine, que la curiosité de l'avenir dérouille les neurones, anime son regard, affermisse sa voix.

La photo de sa mère s'interpose.

Ce sourire, cet allant, cette énergie n'ont pas empêché sa mort. Est-ce qu'elle a souri à son assassin avec la même confiance ? C'était quelqu'un de familier, forcément. On ne massacre pas à coups de poing une femme indifférente, étrangère. Le crime est chargé d'une passion dont la victime est forcément complice.

Alors qu'elle a réussi à éliminer de sa vie, toutes ces années, un passé insoluble, Catherine s'irrite de le voir revenir en force. Il ne manquerait plus qu'après l'avoir abandonnée, la morte lui pourrisse la vie. Elle la contraint déjà à emprunter le rôle si peu confortable du procureur.

« Je suis avocate, se répète-t-elle. Je défends. »

La voix de Myriam, submergée par l'image maternelle omnipotente, reprend l'avantage. Elle est en train de décrire le bonheur conjugal qui baignait ses jours d'eau de rose.

Sûr qu'à Saint-Jean-les-bois, seule Noire parmi les Blancs, mariée à un vieux péquenaud, la vie devait être idyllique. Je te crois, ma poule.

Le sarcasme, c'est la mauvaise humeur qui cherche à faire de l'esprit, se rappelle Catherine

Elle est de mauvaise humeur, c'est indéniable. Ses premières assises, sa première cliente et elle commence par être de mauvais poil. Et n'en finit pas d'évoquer sa mère en sous-texte.

Quelque chose ne tourne pas rond. Elle essaie de se fixer sur le récit de Myriam. Il faudra lui apprendre l'authenticité. Même jouée, mais plausible. Pas gagné.

– Bon, lance Catherine qui pense le contraire, je vais y aller. Vous me confirmez que vous me choisissez pour votre défense ?

Myriam opine mollement. Catherine attend.

– Oui, je le confirme.

– Comme vous l'avez déjà signifié par courrier, vous n'avez rien d'autre à faire. La prochaine fois, j'aurai lu le dossier d'instruction. Il ne faudra pas m'en vouloir, mais je vous poserai des questions un peu… méchantes. Pas parce que je les pense. Parce que c'est ce que l'accusation fera. D'accord ?

Elle appelle le gardien, commence à rassembler ses affaires, Myriam s'affole. Catherine s'en va ? Catherine reviendra ? Catherine la croit ? Catherine va la sortir de là ?

– Oui, dit Catherine, machinalement.

Elle est debout, ses papiers rassemblés, elle regarde Myriam :

– Si ce n'est pas vous, à votre avis, qui aurait pu vouloir tuer Gaston ?

– Personne. Il était gentil avec tout le monde.

Voilà qui fait avancer nos affaires, se dit Catherine en regardant la démarche ralentie de sa cliente qui suit le gardien vers les grilles.

Ralentie.

– Myriam !

Elle rejoint sa cliente en quelques pas rapides.

– Vous prenez des médicaments ?

– Euh. Oui.

– C'est quoi ?

– Ceux que le docteur me donne.

– Parce que vous êtes malade ou bien ?

– Parce que je suis triste et malheureuse.

– Dites-lui qu'il faut arrêter le traitement.

– Au docteur ?

Myriam se détourne, apeurée par le oui péremptoire de son avocate qui, du coup, se demande où une femme aussi soumise face à l'autorité aurait pu trouver la détermination nécessaire pour commettre un meurtre.

5

LE TRIBUNAL est un petit bâtiment clair et, aussi surprenant que cela paraisse, accueillant. Du vigile de l'entrée, à la greffière, à la juge d'instruction, toutes les personnes croisées sont affables, attentives, les regards curieux sans insistance. Mais elles lui sont toutes étrangères. C'est la même sensation qui l'a cueillie tout à l'heure en prison : le souffle de la solitude balaie Catherine d'un petit courant d'air glacé et elle se met à calculer le temps d'attente avant le car puis le train qui la ramènera à Paris, à la maison.

Pas si professionnelle décidément, elle n'a pas pensé à se munir d'une valise à roulettes et se retrouve bien encombrée avec le gros dossier d'instruction qui lui remplit les bras, lui fait descendre avec précaution l'escalier qui mène au hall d'entrée, où elle se retrouve bloquée par un petit homme à l'œil vif, et à la tête de grenouille :

– Vous êtes maître Monsigny ?

Il la parcourt d'un regard critique.

– Vous êtes bien jeune.

Elle pense « vieux con » et, malgré ses bras qui commencent à faiblir, attend, puisqu'il semble avoir quelque chose à lui dire.

– Vous venez de Paris ? Vos premières assises ? Bienvenue à vous. On vous a prévenue ? C'est du rustique ici.

Faut faire simple. Et puis, on n'est pas nombreux, tout le monde se connaît. C'est familial quoi ! Et vous passez quand ? Au printemps ? Alors, avec un peu de chance, les experts se déplaceront parce que, les jours de verglas… Si vous avez besoin de plus de renseignements, n'hésitez pas…

– À venir vous consulter ? Vous êtes bien aimable…

– Roland Perret. Votre président.

Il grimpe l'escalier d'un pas vif, content de lui. Elle descend, hausse les épaules, imperméable à ce qui ressemble fort à un bizutage. Elle se sent jeune et forte et invincible.

Sur le trottoir, un type d'une trentaine d'années fait les cent pas. Jeans et blouson de toile, cheveux courts mal coupés, nez de travers, bonne tête, il la hèle avec la brutalité des timides :

– Catherine Monsigny ?

Les nouvelles circulent vite à Guéret.

Il se présente :

– Louis Bernier. Je travaille à *La Montagne*, justice, faits divers. Vous auriez le temps pour un petit entretien ?

Elle hésite un quart de seconde avant de se souvenir qu'elle a besoin de la presse, toute la presse.

– Devant un café, alors, je suis frigorifiée.

Il l'entraîne vers une autre place, petite, séduisante avec ses façades colorées dans des ocres et roses à l'Italienne.

La ville reprend du caractère, l'ambiance est animée, plus douce aussi.

Ils entrent dans un café-restaurant dont les sombres boiseries évoquent un pub anglais. Louis salue la patronne en habitué, présente Catherine qui se trouve instantanément sortie de l'anonymat familier et protecteur qu'assure la grande ville. Elle devra s'y faire

Elle commande un croque-madame et un demi. Bernier se contente d'un café. Il lui explique que la région est calme et sûre, les faits divers rares et modestes et que l'affaire Villetreix a fait couler beaucoup d'encre. On est dans l'inédit tous azimuts. Meurtre, exotisme, et maintenant la jeune avocate de Paris.

– Je ne vais pas pouvoir vous dire grand-chose. Devoir de réserve !

– Quelques questions générales, une photo.

Catherine pense à toute vitesse qu'elle n'est pas maquillée mais que le costume la met en valeur. Est-ce une bonne idée ? Elle ne voit pas en quoi ça peut lui nuire. Elle n'est pas obligée de répondre à tout et puis elle veut qu'on parle d'elle, c'est un début.

Elle explique donc comment elle s'est retrouvée sur l'affaire. Oui, elle découvre cette région si charmante. Oui, elle a été très bien accueillie.

– Vous n'avez pas de liens avec la Creuse ?

– Non. Pourquoi ?

– Une impression…

– Première fois que je mets les pieds ici.

Elle explique son travail avec Droits Pour Tous, mais, sur le dossier même, se contente des platitudes de rigueur. Sa cliente est évidemment affaiblie et meurtrie. La prison est une lourde épreuve.

Louis aimerait justement qu'elle pose sur fond de prison.

Catherine descend se poudrer, se blusher, se mascariser dans les minuscules toilettes. Son chignon tient à peu près. Un peu de brillant sur les lèvres. Elle noue son écharpe de soie blanche porte-bonheur qui sera sa marque de fabrique. Les assises sont la grande occasion qu'elle attendait pour l'inaugurer.

Elle décide de ne pas sourire, d'avoir l'air grave et concerné, mais se sent empruntée sous le regard curieux des passants.

– Vous me faites un petit sourire ?

Bernier n'en a pas fini avec elle.

En guise de remerciement, si ça l'intéresse, il propose de l'emmener à Saint-Jean-les-Bois pour qu'elle se fasse une idée du décor. Et il la déposera à La Souterraine, ce sera plus rapide que le car. Et bien plus agréable, se dit-elle, calculant rapidement l'ample marge de sécurité avant le train du soir.

Le gros break Peugeot est muni d'un siège pour bébé à l'arrière, des petites voitures jonchent le sol, une boîte de Kleenex, une peluche, une bouteille d'eau entamée, des journaux en vrac réussissent à occuper l'ensemble des sièges. Louis dégage une place pour Catherine, esquisse un geste vers l'arrière, avec un petit haussement d'épaules qui n'est pas d'excuse mais plutôt de constatation résignée.

L'avocate parvient à caser son dossier et son sac et constate qu'en gardant les pieds joints, elle réussit à ne rien aplatir sous ses semelles.

En chemin, il lui indique l'emplacement de la future médiathèque, la mosquée en construction. L'air de rien, il signifie que sa ville est vivante, active.

Catherine le trouve décidément très sympathique mais le réoriente vers le seul sujet qui l'intéresse vraiment. Elle aimerait son avis sur le sentiment de la population envers Myriam.

– En général, c'est un peu chaud. Normal. À Saint-Jean, où ils ont appris à connaître Myriam, c'est moitié, moitié. Il y a les pro-cousins et les autres. L'ancien maire, celui qui a marié Gaston, qui a arrangé les papiers pour Myriam, penche pour l'accident, ça lui évite de prendre parti ! Et comme il a signé le permis d'inhumer… Sinon, dans les campagnes, en général, on n'aime pas trop les étrangers.

– Il n'y a pas que dans les campagnes.

– Sans doute. Disons qu'ici, un étranger ne passe pas inaperçu.

– Et vous, vous en pensez quoi ?

– Moi, je suis journaliste, je ne pense pas.

– Allez, sérieux, entre nous.

– Je me dis que le poison, c'est une arme de femme et que la vie à Saint-Jean, quand on n'a pas l'habitude… Et puis, avec du cyanure, un accident est improbable. S'en procurer est d'ailleurs à la portée de tout le monde.

Il lui raconte alors la découverte par un collègue de la mine d'or mise en faillite où traînaient à ciel ouvert des résidus du labo, du cyanure en particulier et conclut :

– Du cyanure, on en trouve aussi dans les laiteries. On a eu des cas de suicide comme ça. C'est une mort rapide.

En découvrant les premières maisons de Saint-Jean-les-Bois, leurs jardins à l'ancienne, Catherine tombe sous le charme.

Bernier tourne en direction de l'église, ravissante, la route s'arrondit le long d'un grand jardin bordé d'un muret et débouche sur un étang immense, dégagé d'un côté, environné d'arbres de l'autre, longé par un chemin où s'élève une bâtisse carrée, simple, aux murs de larges pierres, les volets de bois peints couleur kaki, la cheminée fumant.

– C'est un décor de conte, s'exclame Catherine.

– Oui, aussi, sourit Bernier.

Trois pavillons modernes font office de banlieue.

Bernier fait le tour du village par l'arrière, en longeant des prés où paissent des vaches, noires et curieuses. La voiture vient se garer sur une placette aux pavés irréguliers au milieu de laquelle trône un joli puits de pierres sèches à la margelle murée.

– Ils l'ont fermé quand le vieil Étienne s'est jeté dedans.

Catherine détourne le regard.

De l'autre côté de la ruelle étroite, sur la façade d'une maison au crépi jauni par l'âge, un volet pendouille, sorti de ses gonds, peint d'un rose violent qui détonne sur le reste des maisons.

– C'est ici, dit Louis. La maison de la famille Villetreix. La couleur des volets, c'est Myriam.

– Mais il n'y a personne dans le village…

– Si. Ils sont chez eux ou au travail. Beaucoup sont à la retraite. Je vous montrerai la maison d'un pote à moi.

Jeune. Installé ici. Son projet est une maison entièrement écolo. Il fait tout lui-même. Vous voulez voir l'intérieur de chez Gaston ?

Il lui indique la grosse pierre plate sous laquelle elle trouvera la clé.

– Comment vous savez ça ?

– Tout le monde le sait.

Il la regarde, rigolard, comme si elle était tombée de la dernière pluie. Et puis lui explique. Oui, tout le monde sait tout sur tout le monde. Pourtant si les gens sont facilement indiscrets sur les petites choses, quand il y a un secret à tenir, il reste inaccessible. Et si quelqu'un colporte ce qui ne doit pas se savoir, tout le monde aura beau être au courant, on le contredira mordicus.

– Et la police, enfin, les gendarmes, ils font comment ? Dans leurs enquêtes ?

– Ah, voilà. Dans les villages, il y a des informateurs. Pas officiels. Des bavards, colporteurs de nouvelles. Le gendarme passe, on boit un coup, on échange les nouvelles et…

– Le café est où ?

– À Saint-Jean, il n'y en a pas. Plus. Ni de commerçants.

Elle regarde la maison abandonnée qui sent le vide, l'absence. Les ruelles désertes. Le silence. Un nuage sombre, épais, colossal, rattrape le soleil, bâche le ciel qui disparaît sous le noir.

La solitude et la mélancolie tombent à nouveau.

Elle veut rentrer. De toute façon, l'heure a tourné. Elle panique soudain à l'idée de rater son train. Pourquoi s'est-elle mise entre les mains d'un inconnu, à dépendre de son bon-vouloir ?

Elle se tourne vers Bernier, lui fait un sourire de fille tout en se promettant de louer une voiture la prochaine fois :

– Non, je vais attendre que Myriam m'y autorise. En tout cas, c'est gentil de m'avoir amenée. Vous pouvez me ramener à La Souterraine maintenant ?

– La Souterraine ? On y est en quarante minutes ! On va passer voir Olivier puisqu'on est là.

Et il sort de voiture sans attendre sa réponse, tourne sur la droite, disparaît. Catherine vérifie l'heure sur son téléphone.

Il est certain qu'elle a le temps, moins certain qu'elle ait envie de se coltiner l'écolo du coin à qui elle n'a pas de question précise à poser, mais plus certain que tout : elle ne va pas perdre de vue son unique moyen de rejoindre la gare. Elle claque la portière. Il ne ferme pas sa voiture ? C'est son affaire. Elle court un peu, se tord les chevilles, tourne à droite.

Louis l'attend en se roulant une cigarette. Elle essaie de faire semblant de n'avoir pas couru, ne se reconnaît pas dans ce soudain accès de panique.

– C'est par là.

À la sortie du village, il emprunte un chemin qui ne mène nulle part. Enfin, si, à un petit bois. Un tracteur passe au loin. Indifférent.

A pas peur, se dit-elle en essayant de se rappeler si on l'a vue monter dans le break, si quelqu'un saura qui suspecter au cas où elle ne reviendrait pas.

Chaque pas fait un boucan énorme, le sol est jonché de feuilles mais qui y a-t-il pour l'entendre si elle crie ?

Louis jette des regards attentifs à droite, à gauche.

Il vérifie qu'il n'y a personne.

Catherine agrippe son sac par le fermoir, arme défensive potentielle.

Louis, s'arrête, avance le cou et soudain, file entre les arbres.

Catherine affermit sa voix sans grande réussite :

– C'est pas par là !

– Je reviens.

Elle attend. Il est en train de sortir un sac plastique de sa poche, le genre qui vous étouffe en un rien de temps. Elle calcule qu'en courant, il lui faut deux minutes pour retrouver la route. À condition d'enlever ses escarpins.

Elle reste aux aguets, tente de calmer sa respiration, guette.

Louis s'est baissé pour écarter des feuilles, il creuse d'un geste délicat et dégage des champignons jaunes qu'il enfourne dans son sac. Revient, souriant :

– Il a plu hier. C'est un bon coin, facile d'accès.

Elle prend un air entendu. Elle se sent ridicule.

Le chemin continue à travers les arbres et débouche sur une maison de bois. La cheminée fume sur le toit. Par une fenêtre grande ouverte, la musique les rejoint, inattendue : *Archive*.

Et avant même qu'ils aient rejoint la porte, elle grince vers l'intérieur, laissant apparaître un homme d'une trentaine d'années ou moins. Ou plus. Il a le cheveu mi-long et hirsute, une dégaine de « djeun », jeans large et tee-shirt des Clash, une trace de suie comme une balafre sur la joue, pas plus étonné que ça.

– Louis, salut.

Les deux hommes se serrent la main.

– Mlle Monsigny, l'avocate de Myriam.

Sa paume est rêche, sa peau chaude.

– Entrez.

– On ne vous dérange pas ? demande Catherine en découvrant un écran d'ordinateur allumé sur des combinaisons de propositions complexes.

– J'ai toujours le temps de faire une pause. C'est même pour ce luxe-là que je suis rentré au pays.

Non seulement il sait qui elle est mais, de toute évidence, il s'attendait à cette visite. Catherine se tourne vers Louis qui est plongé dans la contemplation d'un petit tableau plus authentiquement naïf que lui.

Elle a été piégée, elle aimerait savoir pourquoi mais ne leur fera pas la fleur de poser la question. À sa grande surprise, elle n'a pas à attendre, la réponse se profile d'elle-même, annonçant un détour plus profitable que prévu.

– En vérité, je suis content de vous voir parce que… je me sens un peu responsable de toute cette histoire. Pas coupable, hein, Votre Honneur ? responsable. Un peu.

– Votre Honneur, c'est américain.
– Au temps pour moi.
Olivier, il s'appelle Olivier, lui propose du thé et met l'eau à chauffer tout en parlant. Il a le corps et la voix tranquilles. Au-dessus de son bureau, des dessins d'enfant et la photo d'un gamin qui lui ressemble, même s'il a la tête à l'envers, en train de faire la roue.
Marié, bien sûr. On ne vient pas s'enterrer dans un trou pareil si on n'est pas accompagné. Bien accompagné.
En contraste avec ses inquiétudes absurdes, elle goûte au confort d'être en sécurité, chaudement à l'abri, elle écoute :
– Quand j'ai commencé à construire ma maison, je louais une chambre à la mère de Gaston. C'était ce qu'on appelle une bonne mère ou une mère abusive selon le point de vue.
Il a dit « je », ne peut-elle s'empêcher de noter.
Bien qu'il fasse bon dans la maison, Louis s'est collé le dos à la cheminée, par habitude sans doute. Il encourage son ami.
– Raconte-lui.
– C'était le 11 Septembre 2001.
– Je veux dire depuis le début. Depuis Camille.
– Tout l'arbre généalogique ? J'espère que vous avez un peu de temps.
Le regard de Catherine passe de l'un à l'autre. Ils se moquent ? Ils sourient mais sans ironie.
– Non, pas tout l'arbre, une génération suffira.
– C'est drôle, non ? On dit arbre généalogique, et c'est aussi un arbre qui fournit la pomme à Ève.
– Eh bien, moi, je propose qu'on revienne à nos moutons, l'interrompt Louis qui ajoute pour la jeune femme : Olivier adore théoriser sur tout.
En un quart de seconde, Catherine se découvre un garde-temps insoupçonné, plein à craquer. Son entrée dans la maison d'Olivier a arrêté les aiguilles de l'horloge collective, comme si un charme agissait sur le lieu.

Tout se prête à une histoire au coin du feu qui crépite et éclaire la pièce sombre, y projetant des ombres mouvantes.

Olivier a une voix douce et vive en même temps. Jambes écartées, le bol entre les deux paumes, il regarde pensivement les flammes, y puise l'inspiration.

Catherine se cale contre les coussins. Elle est prête. Elle a tout le temps du monde.

6

LES HOMMES Villetreix n'ont pas de chance, c'est leur malédiction. Une malédiction qui leur vient des femmes. Non pas qu'ils les choisissent mal, puisqu'ils ne les choisissent pas, c'est elles qui jettent leur dévolu sur eux. En toute bonne foi. Personne n'a l'idée de construire son propre malheur. Tous nos choix sont dictés par l'espoir.

Ainsi en est-il du mariage réunissant Camille et Huguette, un mariage tardif des deux côtés, la dot considérable de la mariée y tenant le premier rôle.

Camille est un homme doux, malheureusement porté sur la bouteille, ce qui en a découragé plus d'une, y compris la fortune qui n'a frôlé sa vie qu'en courant.

Huguette dispose d'un physique ingrat, d'un caractère grincheux et d'une amertume de naissance que sa vie morne ne fera qu'amplifier jusqu'à sa mort. Héritière d'un paquet de propriétés, maisons, terrains, fermes en louage, il ne lui manque qu'un mari et, surtout, un fils.

Bien qu'ayant passé la trentaine, elle obtient les deux *in extremis*. Femme de discipline, surtout quand elle s'applique aux autres, elle accomplit le miracle de préserver son mari de l'alcool et d'une mort prématurée pour le remercier, sans doute, d'avoir accompli son devoir de géniteur. Privé de son euphorisant, Camille sombre dans une dépression qui ne trouve son terme que lorsqu'il meurt bêtement d'un mauvais calcul, ce qui est un peu l'histoire de sa vie, quand l'arbre qu'il vient d'abattre lui tombe pile dessus.

Nous sommes en 1974. Des retours à la nature de néo-ruraux comme on ne disait pas alors, il y en a, ici comme ailleurs, mais plutôt moins qu'ailleurs et à Saint-Jean, aucun.

Camille laisse à sa veuve ses propriétés intactes puisqu'il n'a jamais eu l'heur de les boire et un fils de trente ans, également intact, Gaston.

Aux yeux de son fils, Mme Villetreix n'est pas la femme rude et sèche que tout le monde craint, mais sa mère, la seule qu'il ait, la seule qu'il connaîtra jamais. Comme tous les enfants, il s'en accommode. Il la craint, ce qui peut être une forme d'affection, ou du moins de lien.

Habitué à la férule maternelle, Gaston n'envisage jamais un pas de côté. Élevé pour répondre aux attentes et besoins d'Huguette, il s'y applique. Un homme de devoir qui ne peut même pas imaginer que l'alternative existe.

Mme Villetreix décrète qu'il est inutile de faire des études quand on peut honnêtement travailler de ses mains, inutile de chercher une fiancée quand on a une mère pour tenir le ménage et mettre la soupe sur la table.

Gaston est d'un naturel doux et soumis. Les trois jeunes filles qu'il a tenté d'introduire dans leur vie ne réussissent pas à passer sous les fourches caudines dressées par la mère et, comme la veuve Villetreix a une santé de fer, Gaston se fait à l'idée que sa vie s'écoulera ainsi entre télé et café recuit, avec un repas de famille chaque mois. Repas obligé et sans charme car les cousins, proches voisins, jalousent les biens de la mère, dont elle ne tire pourtant d'autre satisfaction que celle de la possession.

Arrive le 11 Septembre 2001. Tout le monde s'en souvient, tout le monde se focalise sur l'événement du jour, l'attentat sur le World Trade Center, comme s'il ne s'était rien passé d'autre ce même jour.

C'est pourtant le jour qui doit changer radicalement la vie de Gaston Villetreix.

Il se lève, comme d'habitude, à six heures trente, prépare le café et jette un œil incertain vers l'étage où sa mère n'apparaît pas.

Gaston ne transgresse jamais l'interdit monumental de la chambre conjugale. Il n'y met ni les pieds ni le nez.

A huit ans, la découverte qu'une brebis avait tué son agneau nouveau-né en se couchant dessus a ancré en lui l'idée que les mères ont le droit de mort sur leurs enfants puisqu'elles leur donnent la vie. Cette terreur inconsciente a fondé sa docilité passive.

Cet événement considérable, la grasse matinée d'Huguette, rend sa matinée incertaine. Il sort les poules, change les vaches de pré, il plaisante avec le facteur qui leur apporte *La Montagne* tous les jours, lui annonce que sa mère dort encore, que ça doit être la deuxième fois en soixante ans. Les deux hommes rigolent et concluent qu'à quatre-vingt-dix ans, on a droit à un peu de repos.

C'est, en l'occurrence, le repos éternel. L'heure du déjeuner étant passée, celle des infos de midi aussi, à l'heure où le premier avion se fracasse dans une tour du World Trade Center, Gaston cogne doucement à la porte de sa mère. Puis plus fort. Il appelle, prend son courage à deux mains, car Huguette a le caractère vif et la parole cinglante. Il entre.

Plus exactement, il passe la tête. Sur la table de nuit, il voit le dentier en transparence dans son verre d'eau, se tourne vers sa mère qui gît, la tête en arrière, bouche ouverte dans une immobilité suspecte. Il s'approche, la touche à l'épaule. Elle est raide et froide. Plus que d'habitude.

Par précaution, il appelle le docteur Blanchard. Le docteur est en tournée. Gaston n'a pas l'idée de le déranger sur son portable. La mort n'est pas du domaine des urgences. Il s'assoit à la table de la cuisine et attend.

Ce décès est inattendu. Rien ne l'a préparé à affronter la vie seul. Il pensait sincèrement que sa mère vivrait plus longtemps que lui. Que c'était dans l'ordre des choses.

À soixante ans passés, il est orphelin comme le serait un petit enfant. Il ne pleure pas. Il n'a pas été élevé comme ça.

Sa mère a toujours pourvu à ses besoins, sévère mais juste. Il n'empêche qu'il s'est toujours tenu à carreau, les bornes du déplaisir maternel étant aléatoires.

Difficile d'imaginer à quoi il songe en attendant le docteur.

Il n'a de souvenir de son père que ceux concoctés par sa mère qui se référait à son défunt mari par un « Ce pauvre Camille » dont la commisération cachait mal le mépris. Par exemple, elle disait : « Il y en a qui scient la branche sur laquelle ils sont assis, ce pauvre Camille est resté sous l'arbre qu'il venait de tronçonner. »

Mais du coup, quand elle disait de son fils : « Ce pauvre Gaston, c'est tout son père », l'affaire était entendue.

Tout cela pour expliquer que Gaston n'a pas une très haute idée de lui-même ni de sa capacité à affronter la vie.

Une chose est certaine, pourtant. Accoudé à la toile cirée, il n'est pas triste. Un petit souffle de liberté lui effleure les narines, éveillant chez lui un goût du large dont il n'a jamais soupçonné l'existence.

Lors de son premier séjour après l'enterrement, Olivier hume cette différence chez le vieil orphelin. Il aime bien Gaston, une bonne personne, un homme gentil et attentif aux autres. Il n'a pas envie de le voir finir comme Étienne au fond du puits. Il lui faut une femme. Il n'est jamais trop tard pour se mettre en ménage. Internet rebute Gaston, il s'en méfie. *Exit* l'idée d'un site de rencontres.

Mais le principe lui plaît et il révèle une ténacité à toute épreuve. Il vient de découvrir le concept d'avenir. Il pense, pour la première fois, que l'on peut être acteur de sa vie. Il a un projet. Et il agit.

Il va à Aubusson acheter un veston en laine à carreaux gris et un aller et retour en train pour Limoges.

À l'agence matrimoniale, rien ne lui plaît, ni la femme trop maquillée, trop souriante, trop sucrée qui le reçoit, ni ce qu'il lit dans son regard. Comme tous les grands silencieux, il sait voir derrière les apparences.

Ce n'est pas là qu'il trouvera la solution.

Un soir pas plus morne que les autres, il regarde une émission de reportages à la télé où un homme, qu'il trouve sympathique et barbu, parle de son association de défense des sans-papiers.

C'est la deuxième révélation qui va ouvrir Gaston aux plaisirs de l'existence, amener aussi sa fin prématurée, car tout se paye décidément ici-bas.

Il envoie son mot à Daniel, avec sa photo. Son raisonnement n'est pas idiot, il possède une monnaie d'échange pour obtenir ce qu'il veut. Une femme contre un statut légal.

Myriam voit l'affichette de Daniel, écrit à Saint-Jean-les-Bois. Gaston lui envoie un billet de train et il la ramène de La Souterraine, fier comme s'il avait inventée. Et clair avec ça. Mariage, famille, tout est sur la table.

Il s'est trouvé une femme, il ne va pas la lâcher. Les obstacles ne comptent plus. Elle n'est jamais repartie.

– Elle n'était pas chaude, la Myriam… Pardon ! Je veux dire… se retrouver dans un village isolé, avec rien que des Blancs partout et pas des gais lurons, je vous ferai dire… mais le Gaston y est allé, faut voir comme. Ils se sont essayés le premier soir et, apparemment, ça a marché des deux côtés. Suffisamment pour faire affaire. Et le reste a suivi.

– Vous ne pensez pas qu'elle l'ait tué, alors. Elle n'avait pas de raison.

– La vérité ? Je n'en sais rien. Les gens sont mystérieux. J'aime bien Myriam, c'est une fille courageuse à qui la vie n'a pas fait de cadeau jusqu'à Gaston. Alors peut-être qu'après y avoir goûté, elle en a voulu plus. Ou peut-être que c'était un accident. Une fois, j'ai mangé chez eux. Je ne sais pas ce qu'elle mettait dans ses ragoûts, mais j'ai failli y laisser ma gorge. Sûr qu'il aurait été impossible de détecter du poison là-dedans. Gaston ? Il lui était tellement reconnaissant qu'il lui aurait mangé les semelles en s'extasiant. Je vous ressers un peu de thé ?

Catherine regarde Olivier, tête penchée.

– Vous inventez ! Ou alors, vous brodez ! Vous ne pouvez pas savoir tant de choses.

– C'est un conteur. C'est pour ça que je voulais vous le présenter. Personne ne vous fera de tableau plus exact de l'environnement.

Olivier bascule dans son grand fauteuil de cuir et s'étire, les pieds sur la table basse. Son ronronnement est inaudible mais perceptible.

Catherine émet une espèce de rumpf, comme un rire qui passerait par le nez. Elle pourrait s'endormir, bercée par un récit sans chute. Le craquèlement du feu, l'odeur âcre, la tiédeur du thé sont familiers, étonnamment. Elle sent poindre les larmes, s'en étonne, se redresse.

– Oh là là, il est quelle heure ?

Elle voit l'affolement de Louis.

– Oui, il faut qu'on y aille, tout de suite.

Olivier reste calme, il n'a pas de train à rater.

– La prochaine fois, je vous raconterai Myriam, vous voulez ?

Catherine veut.

Louis commente qu'avec son stock d'histoires, Olivier pourrait ouvrir une bibliothèque orale. Le conteur prend l'air penaud et joue les repentis :

– J'aime les gens. Et puis, c'est bien que les vies laissent des traces, vous ne trouvez pas ?

Si, si, Catherine trouve aussi.

Elle n'a aucune envie de partir et, pourtant, il est impératif qu'elle attrape son train, ce qu'elle manifeste avec vigueur, en se retrouvant à la porte, imper enfilé, sac à la main, en quelques secondes, sans doute pour se persuader d'une urgence qu'elle éprouve si peu.

7

C'EST UNE LONGUE PIÈCE sans âme au papier peint figurant un pré fleuri. Entre le lit à deux places, le petit lit et le lit pliant plié, il y a de quoi coucher cinq personnes. La salle de bains ferme par une portière en accordéon, la table est en Formica, il fait nuit, l'ambiance est lugubre.

Catherine, la tête à l'envers, se contente d'une giclée d'eau froide sur la figure, se passe la main dans les cheveux en guise de brushing. De toute façon, elle n'a pas de trousse de toilette. Sa tenue si classieuse hier s'est fripée en une journée, le ciel est plombé et les néons clignotent avec ce petit bruit métallique qui anticipe la panne.

Il est six heures et demie du matin et Louis l'attend, l'air penaud, dans la salle du petit déjeuner, déserte mais ouverte.

Louis ne se contentera pas de l'amener à l'arrêt du car, il veut la déposer à La Souterraine. C'est à cause de lui qu'elle a raté son train, c'est la moindre des choses. Il n'est même pas sûr qu'il y ait un car à cette heure-ci.

Elle dit merci avec une telle aigreur que le journaliste recule sa chaise pour mettre une distance explicite entre eux deux : comme les enfants, il fait semblant de ne pas être là.

La veille, il l'a lâchée pour rejoindre son épouse et ses enfants autour de la table familiale. Il ne l'y a pas invitée, elle ne le souhaitait pas non plus, mais le fait est qu'il l'a abandonnée devant une pizza à peine décongelée.

Catherine n'a pas envie de subir sa mine de condamné à mort et lui explique en deux mots que, simplement, elle n'est pas du matin, enfin pas du matin qui précède le café, quelle que soit l'heure. Ça ira mieux après. Elle ne lui en veut pas.

Louis se penche en avant. Si elle veut bien lui donner son adresse mail, il lui fera parvenir son papier avant publication.

Sans répondre, elle lève les deux paumes à la verticale vers lui. Plus tard, je vous en prie.

ELLE NE PEUT PAS PARLER.

Elle a pensé très fort en espérant que le silence transmette aussi les majuscules.

Louis se penche sur son café, l'air profondément concentré, s'efforce sans résultat notable à une cool attitude. Il attend une clémence qu'il devine improbable, mais l'homme vit d'espoir…

Sa comédie est inutile car Catherine garde les yeux sur sa tasse et enfourne à la suite trois sandwichs improvisés avec les moyens du bord : carrés de mauvais jambon et fines tranches de fromage industriel coincés entre deux tranches de pain de mie caoutchouteux. Le matin, elle s'empiffre, telle une arme à feu qu'il faut charger à bloc pour obtenir une détonation efficace.

Une chose après l'autre. Enfin réveillée, elle coche sa liste mentale.

Un texto au cabinet pour annoncer qu'elle sera là en début d'après-midi, le tour de sa chambre où elle aurait tendance à laisser traîner… une petite culotte sous le lit, celle qu'elle n'a pas eu le cœur de remettre un second jour d'affilée, un crayon tombé du sac, une feuille volante de la procédure, le passage à la caisse pour payer sa note qui ne lui sera pas remboursée, gémit-elle intérieurement.

Alors, oui, sans hésitation, elle laisse le journaliste porter sa sacoche d'ordinateur, accepte, sans remerciement abusif, le grand sac plastique qu'il a eu la bonne initiative de lui apporter pour y ranger son dossier qui lui semble encore plus lourd et encombrant que la veille. Oui, Louis Bernier est gentil. C'est bien le moins.

Elle est en train de réfléchir à l'ordre des opérations à accomplir, à partir du moment où elle mettra le pied sur le quai de la gare d'Austerlitz, quand la voiture de Louis contourne le troisième rond-point avant de prendre la direction de Limoges. Depuis leur départ de l'hôtel, elle enregistre machinalement la route à suivre pour rejoindre la gare.

Cela fait dix fois que Louis quête l'autorisation de la déranger par le truchement d'un regard appuyé et bruyamment muet. Elle cède et se tourne vers lui. Sa voix précautionneuse souligne l'air revêche de sa passagère qui lui sourit, alors, avec ce qu'elle espère être de la bienveillance.

– Vous pensez revenir bientôt ?

– Oh, le plus souvent que je pourrai. Je vous ferai signe bien sûr. Maintenant que j'ai vu, je pense que j'aurai intérêt à louer une voiture…

Elle n'enregistre pas immédiatement l'interruption spontanée de son conducteur :

– On peut vous en prêter une.

Catherine le questionne du regard. Il a un cousin qui possède une seconde voiture, celle de son ex-femme, dont il ne fait rien et il suffira que Catherine prenne en charge l'assurance, par exemple, le temps qu'elle utilisera le véhicule… Et d'ailleurs, il a aussi des amis qui ont des chambres d'hôtes à Aubusson, il l'emmènera voir. Ce sera moins cher et plus agréable pour elle. Est-ce sa façon de se faire pardonner ? Apparemment pas. C'est la nature de Louis de trouver des solutions aux problèmes des autres.

– Tout le monde est comme ça dans la Creuse ou c'est juste vous ?

– Vous voulez dire… ?

– Gentil, serviable, à solutions.

– Oui et non. On est aussi défaitistes, pessimistes et cancaniers. Et peu fiables !

Au temps pour elle. Ils rigolent ensemble.

– À propos de Creusois, vous connaissez mon futur président, un petit bonhomme à l'œil méchant ?

– Perret ? Il vous a fait son message d'accueil ?

– En quelque sorte…

– Il adore mettre en boîte les gens de la capitale. Prenez ça comme une manifestation d'humour.

– Je préfère votre gentillesse.

Elle l'a dit sincèrement et il reçoit le compliment, sans façons. Le silence les absorbe, alors, confortablement.

Dans le train, Catherine songe qu'elle vient peut-être de rencontrer un ami d'un genre nouveau, robuste et fiable. À se demander si ce n'est pas la première fois de sa vie et qu'est-ce que ça dit d'elle, alors ?

Elle choisit immédiatement de plonger dans ses dossiers plutôt que dans des oubliettes connues et privées. Même pour elle. Surtout pour elle.

Car Louis est aussitôt remplacé par Olivier qui lui procure également un délicieux et troublant sentiment de nouveauté.

Elle met les bouchées doubles pour ne pas penser au néo-rural, écologiste et disciple de Schéhérazade qui s'infiltre par tous les interstices disponibles en dépit de l'acharnement de l'avocate à s'absorber dans son travail.

Une voix familière l'arrête net en plein milieu de la gare d'Austerlitz :

– Je peux vous déposer quelque part ?

– Qu'est-ce que vous faites là ?

Question idiote car Cédric Devers l'attend, s'est renseigné avec assez d'habileté pour obtenir de Sophie, secrétaire pourtant rouée, l'heure et le lieu de son retour à Paris. Le charme, toujours le charme, pense-t-elle, déraisonnablement irritée d'en être elle-même la victime enthousiaste.

Elle corrige en quelque sorte sa première réaction :

– J'ai mon scooter, merci.

– Alors, vous inviter à déjeuner.

Elle lui fait pleine face, yeux dans les yeux :

– Pourquoi ?

– Je crois que vous le savez aussi bien que moi.

Elle le sait, n'a qu'à tendre l'oreille pour entendre tonitruer sa réaction chimique quand elle est à proximité de Devers. De la chimie et rien d'autre. Il leur suffira d'emmêler leurs corps, le temps prescrit, pour éteindre l'embrasement. Aucun risque d'incendie. Et elle n'est pas attendue avant deux heures au cabinet.

Elle ne l'estime pas assez pour se sentir obligée d'édulcorer sa propre impatience et l'affaire est sans conséquence, sans importance, se convainc-t-elle, impérative pourtant.

Elle regarde sa montre :

– Vous connaissez un hôtel correct dans le coin ?

Il est choqué, essaye de ne pas le montrer, de rester à égalité avec cette femme qui souffle, sans le savoir, sur des braises anciennes dont il ne lui dira rien de peur d'être réduit en cendres. Une deuxième fois.

– On peut aller chez moi, suggére-t-il. Ce n'est pas si loin.

Il habite dans le douzième, derrière la gare de Lyon, en remontant vers Daumesnil. Il lui donne l'adresse, le code et part comme une flèche en se rappelant qu'il y a un bon mois qu'il s'est promis de faire le ménage.

Elle s'en moquera sans doute. Lui pas.

Elle connaît bien Paris, il a beau foncer, ils se retrouvent nez à nez devant la porte cochère, entrent ensemble.

Elle est enfermée avec des pensées qui n'ont, d'évidence, rien à voir avec lui.

Dans l'escalier où il la précède, elle répond au téléphone, mécaniquement. Il est rassuré d'entendre que c'est un appel de travail. Il se sent déjà des droits sur elle. Une sale manie.

Elle dépose son ordinateur, le sac en plastique, son sac à main et son imperméable, soigneusement empilés, dans l'entrée. Elle ne veut rien oublier en partant.

Elle entre dans le living, agréable à l'œil en dépit de la poussière. Des chaussettes traînent, humiliantes pour Cédric, invisibles pour Catherine.

Meubles industriels détournés, beaucoup de métal, de bois brut, des magazines en vrac au sol, les restes d'un apéro de la veille, plusieurs verres, bouteilles vides. Un grand bar sépare le living de la cuisine où règne un chaos de première grandeur. La porte bâille sur une chambre sans apprêts, lit défait, draps incertains, vêtements abandonnés sur le kilim aux couleurs encore vives.

Catherine englobe le tout d'un regard, sans faire de détail. Elle sourit à son ex-client :

– C'est par là ?

Une interrogation affirmation qui précède de peu son déplacement vers la chambre. À l'entrée, elle s'arrête, se retourne vers lui qui reste planté au milieu de la pièce, échoué sur une terre étrangère et intimidante.

– Vous venez ?

Elle enlève sa veste, ses chaussures.

Il prie qu'elle ne se déshabille pas entièrement, qu'elle ne fasse pas tout le boulot.

De fait, elle s'allonge sur le lit et attend poliment qu'il vienne s'allonger contre elle, qu'il défasse un à un les boutons de son chemisier, explore sa peau du plat de la main qui glisse sous sa ceinture, découvre sa nudité sous son pantalon.

Elle sourit de sa surprise, soupire d'aise, se pelotonne au creux de sa poitrine, le désape d'une main, le cajole de l'autre. Leur baiser est la permission enfin donnée de combler ses envies à elle d'abord.

Jamais il n'a senti une femme aussi violemment égotiste dans sa quête de plaisir. Elle est irrésistible et frustrante en même temps. Elle ne lui a pas laissé la place ni le temps de l'approcher, de la séduire, la conquérir. Il y a quelque chose de viril dans l'ardeur de Catherine qui le trouble, le déroute, dans tous les sens du terme.

Elle n'économise pas non plus l'expression de sa jouissance et celle de l'homme pâlit en comparaison.

Autres femmes, autres épreuves.

Monique Lemaire, dans le bistrot de Pigalle, heure de fermeture. Lassitude du regard sous la paupière turquoise, commissures fatiguées des lèvres trop rouges. Son corps lourd, ses gros seins tombants, ses hanches qui tirent sur les coutures de sa jupe droite. À moitié déshabillée, sa chair épaisse, ses cuisses rougies. Passive et obéissante. Excitante, ha, ha, il se met à râler en jouissant soudain dans l'une et dans l'autre, il ne sait pas vraiment laquelle.

Il aimerait n'avoir jamais rencontré Catherine.

Il rouvre les yeux en sentant le lit vide.

Elle ferme la porte de la salle de bains derrière elle.

Il appelle :

– Tu as cinq minutes ?

Elle crie en retour, la bouche pâteuse de dentifrice, elle lui a emprunté sa brosse à dents :

– Oh non, j'ai déjà accumulé un retard irrattrapable.

Et comme pour se rattraper justement, elle ajoute d'un ton malicieux :

– Qui valait la peine.

Et ça lui en fait à lui, énormément. Dans une inversion pénible, il se voit endosser le rôle de la barmaid, prêt à s'incruster, à plaider pour obtenir le résultat impossible d'une réciprocité parfaite de désir et de sentiment. Il décide de la jouer désinvolte, à contre-pied de ce qu'il éprouve. Il s'adosse aux oreillers, allume une cigarette.

Catherine sort de la salle de bains, fraîchement étrillée, encore plus jolie, visage rosi détendu dont il s'autorise à se sentir responsable, histoire de retrouver un peu de sa mâle dignité.

– Je peux en avoir une ?

Elle prend la cigarette avec un plaisir enfantin et, du coup, s'autorise une pause sur le bord du lit pour fumer avec son amant.

Quand elle se lève pour partir après un baiser distrait sur la joue, il la retient de la main, un poil trop brutalement :

– Tu sais à quoi tu me fais penser ?

Elle lui fait face et plonge dans une lumière verte, aveuglante, dangereuse, recule le buste, il la retient, la main serrée sur son bras. Le tic-tac du cœur de Catherine l'avertit qu'il y a danger.

– Au paysan qui repousse son assiette quand il a fini sa soupe.

L'instant redevient inoffensif, elle se dégage en douceur, lisse sa jupe.

– Ce n'est pas gentil pour vous cette métaphore.

Elle tourne les talons, rassemble ses affaires, passe la porte d'entrée et descend l'escalier en guettant, malgré elle, l'ouverture d'une porte, des pas précipités dans son dos, l'homme furieux se ruant sur elle pour lui faire payer… Dieu sait quoi. Comme il a déjà fait payer la serveuse pas assez soumise à la loi du mâle. Cédric n'est pas un gentil. Elle est bien placée pour le savoir. La porte reste fermée, l'escalier silencieux et le temps d'arriver à son scooter a déjà balayé sa stupide inquiétude. Il a un peu de ventre, mais c'est un bon amant.

8

Cédric s'adosse à la porte de son appartement pour ne pas la franchir puis va guetter à la fenêtre. Catherine jette un regard vers l'étage, sort son casque, range ses affaires dans le coffre, monte, démarre et disparaît au coin de la rue.

Il ne faut plus la revoir.

Il appelle Paul à l'agence, annonce, d'une voix enrouée, qu'il a pris froid. Il se sent brûlant de fièvre.

Il a besoin de vacances. Ce serait la meilleure solution. Partir pour ne pas céder à la tentation. Il pressent un danger devant lequel il ne sera pas de force.

Il s'habille à la hâte, descend, prend sa voiture et quitte Paris. Il roule vite pour ne pas se laisser rattraper par ses souvenirs.

Comme s'il ne se doutait pas qu'il jouait avec le feu. Elles sont pareilles. C'est lui qui a changé.

On va d'ébauche en ébauche et un jour, on rencontre l'original. Mais laquelle est l'original ?

Il met un CD de Massive Attack dans son lecteur. Monte le son. Attaque massive, attaque en règle. Il scande le rythme des chansons qu'il connaît par cœur.

Quel âge a-t-il ? Tous ses amis ont acheté des Espace pour caser la famille et négocié des emprunts pour acheter un appartement. Époux, pères, installés dans la vie, traçant la route des générations successives, ils ne roulent pas à tombeau ouvert en écoutant de la musique pour ados.

Il se gare devant le château de Saint-Germain, il marche vers la forêt, s'enfonce dans les bois. En fatiguant son corps, il espère assommer son cerveau. Et puis, trop tard, il entend, comme si c'était aujourd'hui, en cet instant précis, le temps aboli :

– Je te présente la femme du docteur.

Il l'a vue de loin, s'est cru le héros de *L'Éducation sentimentale*.

Il fait un temps de début du monde. L'air scintille de vie, des myriades de moucherons volètent en désordre, affolés par le printemps. La vivacité du cours d'eau argente les roches glissantes sur lesquelles Arthur et lui tentent de maintenir un équilibre instable.

Arthur pêche à la mouche, Cédric fait semblant de s'initier. Une autre initiation l'attend.

Il voit, le premier, la silhouette gracile en robe à fleurs, les jambes nues, les pieds dans l'eau glacée, les cheveux négligemment attachés par une grosse barrette d'écaille qui dégagent la nuque poétique, légèrement ployée au-dessus de la main qui frôle l'eau sans jamais capturer le courant insaisissable. Plus le moment est précieux, plus le regard est précis. C'est une intuition des sens. N'en perds rien, pas une miette, car, plus tard, tu ne pourras retrouver la sensation que par l'évocation des détails. Les reflets changeants d'ombre et de lumière qui ajoutent à la transparence de la peau. Les fins anneaux d'or dans le lobe des oreilles que le soleil isole dans un éclat tranchant. Le chapeau de paille négligemment accroché à une branche, les genoux osseux comme ceux d'une petite fille, dégagés par la jupe remontée sur les cuisses où les éclaboussures laissent de fines gouttelettes.

Une nymphe qui disparaîtra s'il la quitte une seconde des yeux.

Elle est absorbée dans une rêverie qui l'isole du monde.

Arthur, tout à sa pêche, fait tourner son poignet, le long fil ondoyant au-dessus de sa tête, évitant habilement les obstacles, cherchant la petite créature qu'il faut dissocier de l'élément liquide quand elle surgit d'un bond léger avant de replonger dans les remous.

Cédric voit tout à coup la ligne tournoyer en direction de l'apparition et attrape rudement le bras d'Arthur qui pousse une exclamation de reproche puis, suivant le regard de son ami, découvre la jeune femme et sourit instantanément, surpris et joyeux.

– Cédric, je te présente la femme du docteur.

Elle n'a même pas sursauté, tourne vers eux son visage très pâle aux contours effacés par les mèches folles échappées de la barrette. Elle en glisse un bout rebelle derrière son oreille, elle a les yeux couleur d'eau vive, c'est tout ce qu'il voit, tout ce qu'il se rappelle, le visage produit un effet de ravissement qui l'aveugle. Il est saisi, le cerveau vide, bête et muet.

La bouche fine et charnue sourit mais le regard est d'une tristesse poignante.

– Arthur ! Vous m'avez prise pour une truite.

– C'est sans risque ! À peine capturées, je leur rends la liberté.

– Elles en ont de la chance.

Elle tend la main vers eux, demande un appui pour se lever. Il se précipite, glisse, tombe dans l'eau de tout son long.

Arthur, empêtré de son attirail, rit tellement qu'il n'est d'aucun secours et c'est elle qui s'avance dans l'eau et lui tend la main secourable qu'il a été incapable de lui offrir.

Elle est à peine plus âgée qu'eux. Mariée. C'est tout ce qu'il enregistre alors. Arthur et elle échangent quelques banalités. Lui reste sidéré et ne la quitte pas des yeux. Il ne peut profiter davantage de cet éblouissement, Arthur insiste pour qu'ils retournent à la voiture au plus vite et au sec avant qu'il n'attrape la mort.

Il a bien prononcé les mots : attraper la mort.

Les histoires d'amour finissent mal.

L'amour est une supercherie.

Longtemps après, il s'est dit que ce jour-là, il avait tout bonnement commencé de tisser le fil d'une fiction.

Peut-être pas ce jour.

Peut-être le jour où elle est venue le chercher.

Le vendredi suivant, au marché de Felletin. Il lit le journal à la terrasse du Grand Café, en attendant la mère d'Arthur qui vient régulièrement déposer ses achats à ses pieds.

– Non, non, ne bouge pas, reste là, lis ton journal.

Il n'insiste plus.

Elle est seule à nouveau. Cette jeune maman, jeune mariée, installée dans son village depuis deux ou trois ans, surgit sous la forme d'une ombre, cette fois, entre lui et le soleil.

Elle lui tend la main.

– Vous êtes seul ?

Il a mué depuis longtemps, mais sa voix sort difficilement, enrouée, lui fait honte. Un peu d'humour. Il sait être drôle quand il n'y a pas d'enjeu.

– Je suis tombé à l'eau, Arthur s'est enrhumé.

– La vie est injuste ! Je peux m'asseoir ?

Il se lève d'un bond, manquant renverser sa chaise, va lui chercher un fauteuil libre à la table à côté. Elle a un accent, à peine perceptible.

– Je me sens un peu responsable. C'est pour m'aider que vous avez glissé.

– Et c'est Arthur qui a écopé ! Tout va bien.

Il n'en revient pas, redoute que la mère de son ami ne surgisse, interrompant un tête-à-tête inespéré car il n'a cessé de songer à elle ces derniers huit jours, a discrètement interrogé son ami. Pas assez discrètement car Arthur lui a fait la leçon :

– C'est certainement la plus jolie femme de la région, mais elle est mariée avec un notable, étranger au pays mais quand même. Ici tout se sait, elle n'a aucune marge de manœuvre quand bien même elle s'intéresserait à un encore boutonneux comme toi, elle a un grand bébé à s'occuper et...

– Elle est malheureuse.

– Que tu crois ! Ne commence pas à te raconter des histoires. Tu lis trop de romans. Ce n'est pas parce qu'une femme est inaccessible qu'on doit en tomber amoureux.

Cédric réalise tout à coup qu'il s'est perdu, chemin faisant. Il n'y a plus que des arbres autour de lui, il n'entend aucun bruit de voiture indiquant une route proche. Il croyait connaître cette forêt par cœur mais il n'a pris aucun repère. Il est sorti du chemin balisé, voilà le résultat quand on se laisse happer par un passé qui n'a plus aucune réalité.

L'histoire de sa vie.

Combien de fois Arthur lui a-t-il reproché de fuir le réel, c'est-à-dire le présent, d'être toujours hier ou demain ?

Quand on voit ce qu'aujourd'hui lui propose...

C'est bien sa faute. Il voulait quoi ? Remettre les compteurs à zéro, effacer, réparer. Se réparer. Pourquoi est-ce que ce ne serait pas possible ?

Et peut-être un jour parler, se libérer.

« Tu te rappelles ce gros bébé bouclé, la pauvre petite orpheline ? Elle est avocate. À Paris. Elle travaille avec Renaud, un ami de mon père. Elle s'appelle maître Catherine Monsigny. »

Le monde est petit.

Elle aurait aussi bien pu devenir flic. Pour retrouver l'assassin de sa mère. Après tout, elle est le seul témoin.

Il paraît que les traumatismes créent des blocs de mémoire qui restent enfouis jusqu'à ce qu'ils remontent à la surface. Isolés. Sans queue ni tête mais précis.

Elle ne l'a pas reconnu, c'est sûr.

Faut-il qu'il s'en assure ?

Ce serait si doux. La vie ne repasse jamais deux fois le même plat. Sauf là. C'est comme une deuxième chance. Une deuxième chance de foutre sa vie en l'air ?

Foutrement tentant.

Il a envie d'action. Agir empêche de penser.

En attendant, il faut qu'il cherche la sortie. Il y en a toujours une. Pas forcément fatale.

9

Tout l'après-midi, Catherine répand le vif-argent de son bien-être par les bureaux hausmanniens du cabinet Renaud.

Elle présente au patron sa revue de presse qui ne servira sans doute à rien car le huis clos s'annonce. Il le regrette pour son client qui a, paradoxalement, besoin de la publicité. Elle écoute d'une oreille distraite. Le huis clos signifie pas de journalistes, pas de journalistes signifie une occasion ratée de leur faire l'article sur l'affaire Villetreix.

– Voilà un type qui a fait trois ans d'analyse, après passage à l'acte, sans jamais aborder le problème de sa pédophilie avec son psy. Comme il dit : « J'étais verrouillé. » Voilà un homme public que sa carrière politique, son milieu social, son contexte familial ligotaient. Du jour où il a été arrêté, il a tout confessé, même ce qui ne lui était pas encore reproché. Il vivait dans la terreur de l'exposition. C'est fait, le voilà soulagé. La prison a joué son rôle, l'obligeant à affronter le réel.

– La prison l'a libéré, elle risquerait désormais de l'emprisonner.

– Vous comptez plaider à ma place, Catherine ?

Mais il sourit en disant cela, n'attend pas de réponse. Il a l'habitude d'essayer ses thèmes devant elle. Elle a de bons réflexes, elle lui sert de caisse de résonance. Elle est comme une jeune pouliche qui hésite entre la révérence soumise et l'opposition fracassante. Elle a décidé de régler son Œdipe avec lui. Il se demande si l'on peut dire ça pour une fille et son père. Son père. Piqûre de rappel du réel. Elle est séduisante, séduite aussi, bien sûr, mais elle n'est pas pour lui. Il n'est pas inutile d'en faire un mantra. La fille de l'ami d'un ami. Qui pourrait être la fille qu'il n'a pas eue. Qu'il n'aura pas. L'ambiguïté de la formule le fait sourire. Il congédie Catherine et, pour parachever la barricade qu'il dresse devant ses impulsions, il appelle sa femme, propose de la retrouver sur les Grands Boulevards pour la séance de vingt heures de cette comédie romantique qu'elle rêve de voir et pas lui.

La conscience en paix, il repart dans ses notes.

Pas de commentaire signifie qu'il est content de son travail, Catherine le sait et pousse un soupir de satisfaction. Tactiquement, elle s'en veut de dépendre autant de son approbation. Il serait temps qu'elle l'impressionne, l'étonne.

Pas sur ses affaires à lui. Ce serait idiot.

Mais sur l'affaire Villetreix…

Pendant les vingt minutes passées avec le patron, la pile de dossiers sur son bureau a doublé de hauteur. Elle toque à la porte de Sophie, exceptionnellement fermée, passe la tête :

– Ils sont par ordre d'urgence ?

– Ils sont tous ultra-prioritaires à égalité.

– Super ! Dites-moi, c'est vous qui avez eu Cédric Devers au téléphone ?

– Oui. Ça s'est arrangé ? Il était très ennuyé de vous harceler mais apparemment, il craignait un vice de procédure…

– Rien que ça !

– C'était du pipeau ?

– Oh, un prétexte. No problemo.

Et elle repart en chantonnant, n'en prend conscience qu'en croisant maître Corbeau, comme elle l'appelle, qui tente un sourire bienveillant :

– Vous, vous êtes amoureuse !

– Justement pas ! Sinon, je ne chanterais pas.

La joie rend égoïste. Lucie Bois, dite maître Corbeau à cause de sa voix éraillée, a épuisé sa vie à s'occuper de sa mère malade. Elle ne plaide jamais, mais collecte des informations en tout genre sur les affaires criminelles, presse, jurisprudence, c'est une encyclopédie à la mémoire prodigieuse. Il semblerait que l'amour ne soit pas inscrit sur sa feuille de vie et pourtant elle en rêve car il faut bien rêver de ce qu'on ne connaît pas, sinon l'existence se réduit à une peau de chagrin.

Radieuse et momentanément sotte, Catherine, très contente de sa réplique, se contente de penser en enfilade que, le jour où elle sera amoureuse, elle prendra le deuil, une douche froide et un Tranxène. Dans cet ordre. Mais son corps exulte, ça oui. S'il ne se montre pas trop encombrant, Cédric fera l'affaire quelque temps encore.

« La prochaine fois… » Olivier a quand même manifesté l'envie de la revoir, la certitude de la revoir.

Elle secoue la tête : la campagne, le sentiment, le feu de bois, la solitude, une vie minuscule.

Pour d'autres.

Quand elle passe chez le Vietnamien, il est déjà vingt et une heures, elle embarque crevettes, riz et légumes sautés avec une soupe bien chaude et, dix minutes plus tard, elle est en pyjama, enduite de crème, la procédure Villetreix, devant elle, une carte de la Creuse déployée sur sa gauche et sur sa droite, les barquettes réchauffées au micro-ondes.

Oui, la vie est belle et la nuit sera courte.

À trois heures du matin, Catherine est à mi-chemin. Elle a tenu la promesse faite à elle-même de conjurer son impatience et de tout lire, dans l'ordre, par le menu, un bloc-notes à la main pour repérer ce qui, en première lecture, lui fournit une matière intéressante. Elle est plongée dans le rapport d'autopsie dont les termes lui restent obscurs. Elle se renseignera.

Son esprit s'arrête par association d'idée à la mort de madame Villetreix mère. Comme dans le cas du fils, c'est le docteur Blanchard qui a signé le permis d'inhumer avec le même diagnostic d'arrêt cardiaque.

Le vieux médecin de famille s'est contenté d'un rapport succinct. Pas plus que pour Gaston, il n'avait de raison d'envisager un décès suspect.

Gaston est le témoin numéro un. Mais il est mort. Il s'est peut-être confié à son ami Olivier.

Catherine fait semblant de ne pas voir qu'elle accumule les prétextes pour revoir le néo-rural.

Exhumer la mère pour une autopsie ?

Sa pensée file. Imaginons que la mère et le fils aient été empoisonnés, à l'identique, tous les deux, Myriam n'étant pas entrée dans la vie des Villetreix à l'époque, elle serait mise hors de cause, automatiquement.

Non, pas automatiquement. À fouiller.

La mise en garde du patron pointe l'oreille, elle la chasse. Pour l'épater, il faudra bien prendre le risque de lui désobéir.

La coïncidence du 11 septembre est intéressante. Gaston et Myriam ont recouvré la liberté le même jour. Une note à jouer peut-être.

La « fortune » de Gaston est difficile à évaluer. Les biens, à la campagne, on les garde. Paradoxalement, ils sont souvent de l'ordre du virtuel. À la vente, le prix réel peut être inférieur au prix évalué.

Quant à la croqueuse de diamants…

En six ans, le couple, nouvellement constitué par le fils docile et la créature du diable, a vendu une ferme à des collègues et une grange à des Anglais. Bien vendue. Cent mille euros. Quatorze mille euros par an dépensés en plus des revenus habituels de la famille qui, jusque-là, avaient suffi à pourvoir au quotidien. Là où le bât blesse, c'est que l'argent a été dépensé, si l'on peut dire, en pure perte. Voyage au bord de la mer, décorations frivoles dans la maison d'habitation et fringues pour madame.

Ah, les fringues…

Catherine garde en tête les dépositions des fameux cousins, constitués partie civile. Deux couples, des Villetreix. Les deux frères, soixante-cinq et soixante-huit ans, un maçon et un électricien, ont combiné leur savoir-faire dans une affaire prospère. Les femmes tiennent les comptes et le secrétariat. En bonne entente.

Et c'est toujours en bonne entente qu'ils ont vu arriver la négresse.

« Déjà, se marier à l'âge de Gaston, quand on a toujours été célibataire, c'est une folie. Et ce n'est pas le fait qu'elle soit noire, on n'est pas racistes, mais c'était une jeunesse. Elle n'allait pas nous faire croire qu'elle était tombée amoureuse d'un vieux comme Gaston qui n'avait jamais rien eu pour plaire aux filles. Même jeune. D'accord, il avait toujours été blagueur, et pas le dernier pour faire valser les grand-mères mais là, ce n'était pas drôle, c'était ridicule. Gaston, il a bien voulu claquer un peu de fric au début, mais il tenait aussi de sa mère. Le naturel a repris le dessus, la Myriam elle n'avait pas eu son content. »

Ils expliquaient aussi leur certitude que c'était une moins-que-rien, voire une pute, par un témoignage très direct. Une nuit, dans la pièce éclairée, ils avaient vu l'Africaine en soutien-gorge et pagne se trémousser, les bras levés, maquillée comme pour aller au bal. Et le pharmacien leur avait laissé entendre que le jeune marié s'était fait prescrire du Viagra. Il ne pouvait pas assurer face au tempérament de la femme qui lui aurait fait avaler n'importe quoi. Le cyanure étant inclus par inférence dans n'importe quoi.

Leur théorie, c'est que Gaston avait fermé les cordons de la bourse et que la Myriam, ça ne lui convenait pas.

« Elle ne s'était pas mariée pour vivre modestement dans une maison sans confort… surtout qu'elle faisait tout. Pas de femme de ménage chez Gaston. Ça, là-dessus, rien à dire, elle gardait l'intérieur impeccable, ça se voyait qu'elle avait été domestique. Mais c'est pas pour autant qu'elle aimait ça. »

Catherine note : voir le docteur Blanchard.

Puis pense soudainement à la remarque de Renaud sur le mariage à vérifier.

Ils ont bien été mariés à Saint-Jean-les-Bois. Par le maire donc. De l'époque. Le même Blanchard.

Mariage ou pas, Gaston avait rédigé un testament-donation en faveur de Myriam devant notaire.

À vérifier aussi sur quoi ils s'étaient basés pour établir l'identité d'une sans-papiers.

Il y a tellement de paramètres dans cette histoire que Catherine se sent submergée. Elle sait qu'il n'a jamais été question qu'elle affronte toute l'affaire, seule, qu'elle peut compter sur Renaud, mais elle met un point d'honneur à déblayer au mieux et un maximum. En son for intérieur et sans témoin, elle se demande si elle sera à la hauteur de la tâche. Il s'agit quand même de la vie, de l'avenir d'une femme.

Elle jette les restes de son dîner asiatique à la poubelle. Pas de tri sélectif ce soir, ou plutôt ce matin.

Elle range les papiers épars, referme le dossier.

Elle suit du doigt les méandres de la… Gartempe. Quel drôle de nom. Elle est si fatiguée. Elle se passerait bien de se brosser les dents.

Devant le miroir de la salle de bains, elle enfourne la brosse à droite, de bas en haut, derrière…

La guerre que lui faisait son père matin et soir.

10

DANS LA SALLE DE BAINS EN BOIS au chauffage incertain, il fait froid quand elle sort de la baignoire en plastique posée dans la grande baignoire. Elle exagère le bruit avec ses dents parce que ça claque à l'oreille et dans la bouche et qu'elle aime bien le bruit qui lui fait des frissons et elle continue, alors même que la grande serviette chauffée sur le radiateur l'enveloppe, et que les bras de sa maman l'entourent et frottent, frottent, jusqu'à ce que sa peau devienne toute rouge et elle crie d'arrêter, d'arrêter, ça fait mal mais ce n'est pas vrai, ça ne fait pas mal, c'est que du bonheur.

Sa maman dit au téléphone : tu me donnes du bonheur, que du bonheur.

Mais elle s'adresse à quelqu'un d'autre et les mots s'impriment, slac, au fer rouge. Puis ils sont recouverts par tant d'autres souvenirs évènements, plus ou moins importants.

Alors pourquoi réapparaissent-ils cette nuit ?

Catherine secoue la tête. Elle les a inventés ?

Les mots la dérangent, même en souvenir, parce qu'ils ne sont pas plus adressés au mari qu'à l'enfant. Elle en est sûre. Comme la petite enfant qu'elle était savait que c'étaient des mots interdits, qu'elle ne devait ni entendre, ni comprendre.

Elle se rince la bouche, se regarde dans le miroir.

Qu'est-ce qu'il lui arrive ? Elle a suivi jusqu'ici les consignes paternelles, pas seulement pour le brossage de dents. Ne plus y penser, oublier. La mémoire comme un labyrinthe où il ne faudrait pas se risquer sous peine de s'y perdre.

Elle aurait des souvenirs de sa mère ? Elle ne s'en connaissait aucun, à part la dernière promenade et voilà qu'il en surgit de partout. Sans accent. Si les phrases venaient de sa mémoire, elles devraient être teintées d'accent, même léger.

Son épuisement empêche le sommeil.

Dès qu'elle ferme les yeux, elle entend les hurlements de sa mère qui se transforment en rires étouffés. C'est archibizarre. Les cauchemars sont souvent archibizarres.

Le doudou est tombé, elle ne le rattrapera jamais. La forêt est menaçante. Elle ne traversera jamais la clairière. La solution est de l'autre côté, sur l'autre bord. Inatteignable.

Quand le téléphone sonne, dans son oreille semble-t-il, Catherine a l'impression d'être restée coincée dans une image répétitive. Ce serait ça le cauchemar absolu. Une séquence répétée à l'infini, sans avant, sans après. Le temps bloqué ne permettant à aucune histoire de se développer.

Elle vérifie l'heure avant de décrocher, persuadée qu'il doit être dans les quatre heures du matin puisqu'elle n'a pas dormi, aucune sensation de repos dans la tête ni dans le corps courbaturé.

– Kate, je ne te réveille pas ?

Immédiatement, elle prend sur elle et s'efforce de parler d'une voix claire et distincte pour s'épargner l'autoflagellation paternelle, « Mon dieu je te réveille, pardon, je suis désolé, je te rappellerai… », nourrissant la culpabilité réflexe de l'enfant « Non, papa, tu ne peux pas me déranger, tu es tout ce que j'ai, tout ce que j'aime… ».

– Pas du tout, j'ai la bouche pleine de dentifrice. Attends, je me rince et je reviens.

Elle file dans la salle de bains, se passe un gant sur la figure, boit au robinet, respire à fond, son mensonge-reflexe la fait sourire. Oui, papa je me brosse les dents matin et soir. Elle reprend l'appareil.

– Comme tu ne m'as pas appelé, je m'inquiétais...

– Je ne t'appelle pas tous les jours, papa.

– Non, mais là, c'était ton premier gros voyage professionnel et puis...

– En fait, j'ai enquillé non-stop depuis mon retour.

– Oui, bien sûr, je comprends

La phrase rituelle qui signifie le contraire. « Je ne comprends pas que tu n'aies pas deux minutes pour ton père prêt à se contenter de miettes que tu ne prends même pas la peine de lui jeter. »

Catherine reste calme. De toute façon, elle a été éduquée à ne jamais élever la voix. Contrôle, sang-froid, l'affectivité doit être contrainte, sous peine de déborder comme un tsunami dévastateur.

– Écoute, ça s'est bien passé. Je suis restée une nuit supplémentaire, à cause d'un journaliste...

Râclement de gorge. Voilà, ils ont retrouvé leurs marques.

– Pas ce que tu crois, papa, ta fille n'est pas une gourgandine ! Non, un journaliste plein d'informations et de contacts utiles. Adorable. Marié, père de famille. Pas mon genre. Non, en tout bien tout honneur.

– Oui, bien sûr... Et en dehors du journaliste, tu n'as rencontré personne ?

– Pourquoi tu me demandes ça ?

– Je ne sais pas. Ta voix peut-être.

Elle a quinze ans. Elle est lycéenne. Elle rentre chez son père à huit heures moins le quart, car chez elle, bien qu'on dîne souvent à vingt et une heures, on doit être prêt à dîner à vingt heures.

Elle a pris cinq minutes sur le trottoir à l'angle de leur rue pour calmer son cœur, retrouver sa pâleur coutumière mise à mal par une heure de flirt frénétique avec Thibaut, le beau gosse de sa classe, qu'elle va jeter après usage pour cause de trop de romantisme, mais ceci est une autre histoire. Pour l'instant, c'est la commotion interne, inattendue, délicieuse.

Elle tourne la clé, entre, accroche son manteau. Son père lit le journal dans le salon, sous la lumière de l'unique lampe allumée. Ça aussi, c'est coutumier, familier.

Elle sourit, pas trop fort :

– Ce soir, on dîne à l'heure alors ?

– Tu étais avec qui ?

La question, prononcée naturellement, suffit à dérouter l'adolescente. Dire, ne pas dire. Elle se sent, en vérité, comme une femme adultère. Sait-il ? Pourrait-il savoir ? Mentir, ne pas mentir ? Tenir le mensonge mordicus ?

Oui.

– Je travaillais avec Alexandra, comme je t'avais dit. Pourquoi ?

– Pour rien, je me demandais. Mme Rocard nous a fait des tomates farcies.

– Humm.

– Va te laver les mains.

Est-ce elle qui entend un double sens à tout ou lui qui en met ? Le fait est qu'à chaque fois qu'un garçon ou un homme a croisé sa route, si l'on peut appeler ça comme ça, son père a été en alerte. C'est comme un sixième sens.

Au fil des ans, elle a appris à affirmer avec conviction le contraire de ce qui s'était passé, une pratique qui la sert dans sa profession.

Le problème, c'est qu'elle n'a jamais été sûre que son père soit dupe.

– J'ai rencontré trois clients, un greffier, un contrôleur de train, un président de cour. Pas mal en deux jours, même pour une bête de sexe comme moi.

Il rit. Elle adore quand il rit. Le rire partagé est un lien entre eux. Un lien rare.

Le docteur Monsigny reste assis à côté du téléphone raccroché.

Il est rasé, habillé, la vaisselle du petit déjeuner lavée,

essuyée. L'appartement est impeccable. Les journées sont longues. Pour les remplir, il se fixe des tâches quotidiennes. Il n'arrive pas à dormir au-delà de cinq heures du matin. Il lisait beaucoup, mais les romans ne font plus écho à sa vie. Il se sent déplacé dans ces mondes exotiques où les gens sentent, vivent, souffrent, se battent, conquièrent. A quoi bon ?

Il préfère maintenant les ouvrages d'histoire ou d'économie qui ont l'avantage de demander une grande concentration qui ressemble à une évasion.

Il sait bien qu'il a réveillé Catherine. Il n'a jamais été dupe de ses petits mensonges. Elle a la voix de sa mère, le visage de sa mère, les attitudes de sa mère, le rire de sa mère. Il ne saura jamais si c'est une bénédiction ou une malédiction. Elle est la preuve vivante d'un amour vécu, partagé. Et le rappel qu'il lui a été arraché.

Étudiante déjà, Catherine travaillait souvent tard dans la nuit. Il l'appelait au matin avant de partir pour son cabinet et se mordait les doigts d'entendre la voix atone et incertaine qui trahissait la fatigue d'une nuit trop courte.

Elle lui manquait trop après son installation à Paris. Elle lui manquera toujours. Il pourrait aussi bien mettre cette phrase au pluriel. Elles lui manqueront toujours. Né sous le signe de la solitude, ascendant perdant.

Il a été un bon médecin, un médecin moyen, il n'a rien accompli de vital, d'essentiel qui justifie son passage sur la terre. Il aimerait croire qu'il va retrouver son épouse dans un autre monde où ils seront abrités sous le même lotus, selon la tradition chinoise. Il faudrait qu'elle l'ait aimé autant que lui l'a aimée.

L'aurait-elle épousée sinon ? N'était-elle pas obligée de l'épouser ? Elle n'avait pas le choix. Si, on a toujours le choix. Il ne regrette rien. Il l'a rendue heureuse.

Au moins, il lui a offert la vie dont elle rêvait.

Quelquefois il se dit qu'ils ont joué des rôles. Des mannequins dans une vitrine. Une image d'Épinal offerte au regard des autres. En toute sincérité.

Quand la petite est couchée, ils veillent dans le salon. Violet lui lit de la poésie, il lui raconte ses patients. Toute la journée, il quête les histoires amusantes, les petits potins, les anecdotes qui pourront nourrir sa conversation du soir. Pour la divertir.

Il ne sait rien de sa vie d'avant et son ignorance le ronge. Elle dit que son enfance est un mauvais mélodrame et que son histoire d'amour clermontoise n'en est pas une. Il n'insiste pas. Elle lui est reconnaissante de sa discrétion qui n'est que l'expression de sa peur et de son insécurité. La confiance qu'elle lui témoigne agit comme un ciment, se rassure-t-il. Elle dit :

– Ma vie a commencé avec toi et Kate.

Et elle a continué avec un autre. Et le monde fragile de Monsigny s'est effondré.

Si Catherine avait fait ses études à Bordeaux, il aurait pu profiter de sa proximité. Elle l'a fui. Il a toujours été discret pourtant, peu exigeant.

L'a-t-elle fui parce qu'elle le trouve ennuyeux et triste et envahissant et dépendant ? Il s'étonne de l'éclair de haine pure qui le transperce. Qu'est-ce qu'elles attendaient de lui ? Les femmes demandent l'impossible et puis elles vous trahissent.

Il regarde l'heure. Il va descendre acheter le journal et prendre un café au bistrot sur la place. Une heure de gagnée. Après, il réparera le tuyau de la douche qui fuit et ce sera l'heure des infos et du déjeuner.

Une histoire qui remonte à vingt ans ne doit pas venir brouiller la vie de sa fille. Ce n'est pas en vain qu'il l'aura protégée toutes ces années. Il fera tout pour que le passé reste à sa place. Dans l'oubli.

Ce n'est pas un pressentiment qui le trouble, mais un retour de mémoire. Il a tout fait pour que rien…

À peine apparu, le souffle du passé se dissipe dans le courant du jour, ce n'est pas un effet de sa volonté.

11

APRÈS QU'UN CLIENT a été déferré à Nanterre, Catherine saute dans le RER. Elle consulte sa montre toutes les cinq minutes, elle arrive en courant au palais de justice et glisse sur ses talons pour freiner et ne pas s'encastrer dans la masse imposante de maître Renaud noblement vêtu de sa robe impeccable, chaussé de Weston parfaitement cirées, les ongles manucurés. Il n'y a que ses cheveux qu'il n'essaie pas de dompter, délibérément, car ils lui donnent justement cet air léonin impressionnant.

Enfin, qui impressionne Catherine.

C'est bien d'elle d'arriver telle la souris Jerry devant ce Raminagrobis qui retient un sourire démenti par son visage sombre.

– J'ai eu peur d'être en retard !

– On va passer tard. La presse est là. Ils n'ont finalement pas demandé le huis clos. Je n'aime pas cette affaire, je ne le sens pas, ce type.

Il s'agirait donc de sentir ses clients, d'être en phase avec eux ? Le pénaliste continue d'un ton rogue, comme si c'était sa faute à elle :

– C'est un pervers. Profondément, c'est un pervers.

– Vous voulez dire qu'il est dangereux ?

– C'est un pédophile et, comme la majorité de ses congénères, il fait semblant de trouver ça mal mais le fond du fond, c'est qu'il ne voit pas ce qu'on lui reproche.

– Vous voulez dire que si vous lui permettez de recouvrer la liberté, il recommencera ?

Renaud hausse les épaules, agacé.

– Évidemment.

– Et… ça vous pose un problème de conscience ?

Elle voit bien qu'elle l'énerve, il ne fait rien pour le cacher, mais elle a besoin de savoir.

– Mais non. Je vais faire mon travail au mieux. C'est pour cela qu'il me paie et qu'il me paie bien. Et le boulot de la partie civile est de le faire condamner. Que le meilleur gagne… Écoutez, pensez aux joutes du Moyen Âge. Deux chevaliers en armure s'élancent l'un contre l'autre avec leur lance. Il suffit de se convaincre que Dieu soutient l'innocence pour que l'issue du combat détermine un jugement inattaquable. Un tribunal ne recherche pas la vérité, ça, c'est, éventuellement, le boulot des flics. Nous, on combat, plus ou moins à la loyale, et celui qui gagne est le bon. Allons-y.

Parfois, Catherine aimerait être un petit bout de lui qui suivrait les méandres de ses raisonnements, de ses connaissances. En attendant, elle le suit de près, murmure qu'elle sera au premier rang, là, à quoi il répond par un hochement de tête. Catherine n'en souhaitait pas plus. Les journalistes ont pu observer sa proximité avec Renaud. Elle s'assied très lentement en balayant le banc de la presse d'un regard bienveillant.

Elle n'a rien mangé de la journée. Elle commence à avoir faim, c'est malin, pas le moment.

Autour d'elle, foulards Hermès, lodens, cachemires et perles annoncent le beau monde, celui du prévenu avant la chute. Aujourd'hui, seul sur le banc des accusés, en dépit de son costume bleu marine de bonne coupe, sa chemise gris pâle, sa cravate élégante, c'est un exclu, passé de l'autre côté de la frontière. La préventive l'a sans doute amaigri, ses traits sont sans grâce. Il semble étonnamment calme, presque serein, très attentif.

Le gamin qui se lève pour témoigner a seize ans, le visage poupin, détendu en dépit de la situation, ses cheveux blonds raides tombent dans son cou, il a l'aisance de son milieu. Quand il fait allusion à son agresseur, il regarde le banc des accusés, sans gêne.

Oui, M. Lunz lui a proposé des cours particuliers pour qu'il se hisse en tête de classe. Oui, il en a été flatté. Au début, ça s'est passé normalement et puis un jour, sur le canapé, l'adulte lui a passé le bras autour des épaules.

Il ne se rappelle pas comment ils en sont arrivés là mais, à la fin, ils étaient nus, le professeur se frottait contre son ventre. Oui, jusqu'à l'éjaculation. Des deux. Non, il n'y a jamais eu pénétration ni tentative de viol.

Le ton est posé, factuel.

Aucune gêne apparente devant les questions inquisitrices de la présidente.

L'accusé ne nie rien. Il a d'ailleurs tout reconnu, comme la cour lui en a fait crédit, dès que les flics sont arrivés chez lui.

Il s'exprime bien, froidement, pas l'ombre d'un affect dans ses propos. C'est sans doute la perversité que pointait maître Renaud, une incapacité à considérer l'autre autrement que comme objet de son désir.

Fugitivement, Catherine pense à Cédric Devers. Y aurait-il une perversité dans le rapport qu'elle noue avec les hommes ? Est-elle juste, comme Lunz, une consommatrice de chair ?

Lunz n'y a pas résisté. Ça y est, il a prononcé le mot amour. Le mot qui est supposé effacer tout crime. Je l'ai fait par amour. Le mot de trop. Même les juges sont des midinettes. Personne ne veut voir le mot amour accolé à une déviance. Catherine, du haut de son inexpérience, se dit que l'amour est le cache-saloperie le plus utilisé.

Je l'aimais trop, je l'ai étranglée. Je l'aimais et lui aimait mes caresses, mes attouchements. De quoi rendre d'autant plus cyniques les juges sur leur perchoir.

Deux heures déjà.

Les avocats des parties civiles sont à la tâche. C'est interminable, d'autant qu'ils redisent tous la même chose.

Les deux avocats des deux gamins, l'avocat de l'école privée où sévissait Lunz, l'avocat d'une association de défense des enfants…

Si Catherine suit les débats d'une oreille plus ou moins attentive, elle ne quitte pas Renaud des yeux. Il semble parfois absent, une manière de signifier que les propos émis sont sans importance, puis il se redresse soudain, vif, marche jusqu'à la barre, s'apprête à prendre la parole, la juge demande :

– La défense a une question ?

Il regarde les jeunes gens, la juge, prend son temps, tout le monde attend, alors, il se contente d'agiter la main en dénégation.

– Non, je vous remercie, madame la juge, pas de question.

Puis il va se rasseoir.

Mais quand enfin, il pose une question au directeur de l'école qui tente d'esquiver, il ne lâche pas d'un pouce. Il est brutal, direct, le regard inquisiteur.

Subtilement, il déplace la culpabilité vers les autorités en charge, vers le responsable de l'établissement.

Catherine profite de la pause pour rejoindre le groupe de faits-diversiers occupés à fumer dans la cour. Catherine demande du feu, se présente. Elle précise qu'elle n'a pas assisté maître Renaud pour cette affaire-là mais qu'elle est venue prendre une leçon avant ses premières assises, en mars…

Un soupçon d'intérêt s'évanouit quand elle mentionne Guéret. Trop loin, trop rural sans doute. Elle continue d'un ton guilleret sur ce mariage ni blanc ni gris entre une sans-papiers africaine et un agriculteur à la retraite.

Seul le type du *Parisien* fait mine d'être intéressé. Elle lui extorque sa carte, prend un air affairé et repart.

Elle se dit que c'est une mise en bouche, mais note qu'aucun numéro de portable ne figure sur la carte. Tout en montant les marches, elle fouille dans son sac. Pas le moindre petit bout de chocolat, ni le moindre vieux biscuit. Ça va être la plaidoirie et elle a peur que son ventre ne se mette à gargouiller.

La salle se remplit, elle échange un regard avec le journaliste du *Parisien*. Pourvu que ça ne tourne pas au plan drague.

L'accusé est antipathique, n'a manifesté d'émotion que lorsqu'il s'est agi de s'apitoyer sur lui-même, les gamins ont été courageux même s'ils n'ont pas fait bouger Catherine de son credo de base sur la culpabilité fondamentale des victimes. Loin d'être de blanches colombes, ces gamins ont été flattés de l'intérêt particulier que leur portait leur prof, ils ont même sans doute joué de leur pouvoir de séduction pour garder leur statut de chouchou.

L'heure a sonné et Catherine a le trac, comme à l'entrée en scène d'une vedette vénérée dont on redoute qu'elle ne bafouille son texte, rate ses effets et lasse la salle.

Renaud se lève, marque un temps comme pour une méditation qui rassemblerait tout ce qui vient d'être dit, puis il relève les yeux, s'adresse respectueusement à la cour et annonce d'une voix forte la culpabilité établie, indéniable, déterminante de son client.

Cette annonce déroutante est suivie d'une défense et illustration rapides du rôle de la défense. Eu égard à la fatigue générale, sachant que d'autres affaires doivent suivre, l'avocat affirme qu'il fera au plus rapide mais que, bien sûr, personne dans cette salle et lui, moins que quiconque, ne souhaite voir rogné le rôle sacré et imprescriptible de la défense.

S'appuyant solidement sur la solitude écrasante de l'inculpé, son silence obligé face à une famille sourde et aveugle, à une classe sociale qui préfère la lâcheté du déni à la confrontation au réel et à la vérité, à une hiérarchie qui n'assume pas ses responsabilités, Renaud réussit, peu à peu, comme on détache la gangue d'un fruit, à évoquer une sympathie inattendue pour un homme qui, au fond, peut-être, la mérite un peu. Et il n'hésite pas à mentionner rudement ce qu'il apparente à une forme de complicité parentale.

Enfin, l'avocat s'en remet entièrement à la cour, sous-entendu, dans son infinie sagesse, sans demander autre chose qu'une justice rendue utilement.

Catherine décide illico de travailler sa voix. La sienne est trop frêle. Comment avoir une autorité aussi vibrante sans des cordes vocales souples et musclées ?

Elle se lève avec tout le monde quand les juges se retirent pour délibérer. Elle sort, descend l'escalier monumental, se réfugie dans la cour. Saisie de terreur par anticipation, elle se projette, affrontant un jury populaire, s'en veut d'avoir alerté la presse, de risquer le fiasco médiatique. Elle allume une cigarette, voit le journaliste du *Parisien* débouler. En plus, il a pu voir qu'elle avait un briquet.

Elle se sent nulle.

Il vient vers elle. Elle prend l'air distant. Il a une faveur à lui demander. Elle se détend. Il est tard, il doit partir. Elle veut bien lui envoyer le verdict par texto ?

Et comment donc ! Elle enregistre son numéro de portable dans son téléphone, se congratule intérieurement. Pas si malhabile que ça !

Une voix familière la hèle :

– Vous n'allez pas attendre la décision. Il est tard et il fait froid.

– Je préférerais, si ça ne vous ennuie pas.

Il sourit.

– Alors, je vous emmène chez Caro après.

C'est le bistrot où il va traditionnellement manger des huîtres à la sortie du tribunal. C'est la première fois qu'il lui propose de l'accompagner et avec les huîtres, ils serviront du pain et du beurre qui lui caleront l'estomac. La vie est pleine de solutions simples.

Renaud s'éloigne avec un confrère de la partie civile venu le féliciter.

Pour se donner une contenance, elle sort son portable et appelle Cédric Devers. Deux sonneries, puis c'est la messagerie : « Cedric Devers, pas là, laissez votre numéro, je vous rappelle au plus vite. »

C'est court, deux phrases pour se décider, le bip se déclenche, elle parle : « Catherine Monsigny. Tant pis. »

Elle raccroche, se mord les lèvres. Débile. « Tant pis ! »

Deux sonneries signifient qu'il a vu son numéro s'afficher et choisi de ne pas répondre. Pauvre type.

Elle redresse les épaules, menton conquérant. Pauvre type. Elle va dîner avec quelqu'un d'autrement plus intéressant que lui.

Il est vingt-deux heures trente quand la cour revient, après délibération. Les juges ont le visage tiré par la fatigue d'une journée trop longue, pas encore finie.

Lunz reste en prison, Renaud lui a fait gagner un an, mais pour le prévenu qui se voyait déjà libre, le choc est visible.

L'espoir. Toujours cette saloperie d'espoir. Même pour les salauds.

Catherine attend son patron qui murmure quelques paroles de réconfort à son client. Ça fait partie du boulot.

Le hall est en train de se vider. La mère d'une des victimes, kilt, twin-set et médaille religieuse, attend. Catherine, prête à s'interposer, se demande comment éviter un esclandre à son patron, mais lui ne semble pas plus ému que cela. Il s'arrête à hauteur de la femme, attentif et disponible.

D'un ton compassé, elle dit avoir hésité à l'aborder, mais elle a pensé qu'il aurait été incorrect d'intervenir avant la plaidoirie et elle a préféré attendre. Voilà, ils se connaissent, enfin… pas directement mais elle était en classe avec sa sœur, Isabelle Renaud.

L'avocat, débonnaire et courtois, s'intéresse, questionne, sans marquer de vraie surprise.

– Ah oui, vous étiez à Passy avec elle. Votre nom de jeune fille ? Je lui dirai…

Renaud prend le bras de Catherine et l'entraîne d'un pas rapide en chuchotant :

– Ouf ! C'est la meilleure…

Catherine se rappelle les mots durs, violents même, qu'il a employés pour fustiger un monde qui se révèle être le sien. Celui de sa famille. Il a une pensée si libre, elle ne l'imaginait pas sorti d'un univers catholique bien-pensant, friqué.

Comme s'il lisait dans ses pensées, Renaud rigole :

– Hé oui, on peut cordialement détester le monde dont on est issu. Au début, on les aime parce qu'on croit les connaître et puis un jour… J'étais étudiant quand une jeune fille est venue me trouver et m'a annoncé qu'elle était ma demi-sœur. Pendant quinze ans, mon père avait eu une double vie.

Renaud se tait un moment, Catherine n'ose rien demander.

– Au bout de quinze ans, il a dû commencer à trouver cela fatigant et il a rompu net avec sa maîtresse, l'abandonnant à la précarité. C'était un grand magistrat. Respecté. Vous aimez les huîtres, j'espère.

12

ÉQUILIBRER ÉLÉGAMMENT texte et photos. En écho à l'économie chancelante, au basculement des valeurs, à la perte générale des repères, ce cliché d'un homme, en apesanteur à la verticale d'une colline, accroche le regard, mais il ne faudrait pas qu'il détourne l'attention des mots.

La réunion avec l'équipe du magazine a tourné surtout autour de la question du rapport textes, images. Ils veulent un changement radical de leur maquette. En même temps, ils réagissent peureusement à la perte de leurs habitudes.

Elle l'a appelé. Il a bien fait de ne pas répondre. Danger.

Se le redire à chaque fois : Catherine Monsigny, danger.

Tant pis. Quel étrange message. Tant pis, on ne se rencontrera pas, cette histoire n'aura pas lieu.

Tant pis, vous n'êtes pas là, je rappellerai.

Elle a laissé un message. C'est un fait. Assez ambigu pour laisser la porte ouverte à son initiative.

À lui de décider de la rappeler ou pas.

Il réduit l'image sur l'écran. S'il l'encadre en détachant les paragraphes du texte avec un intitulé coloré… un intitulé en forme de question, une bonne accroche, intrigante : Qu'est-ce que l'argent ? Où va l'argent ?

Non, ça ne colle pas. Il est fatigué.

Cédric clique sur le site de ses concurrents anglais. Il essaie d'imaginer la maquette qu'ils vont proposer.

Ils sont à la mode, mais les lecteurs français n'ont pas les mêmes habitudes visuelles, ni le même goût que les Anglo-saxons. Le cahier des charges demande de l'audace, il faut bousculer les habitudes. Jusqu'à quel point ?

Cette femme l'obsède. La femme d'avant. Il ne la connaît pas. Elle l'obsède parce qu'il a perdu toute chance de la connaître.

C'est dangereux de vouloir la retrouver dans Catherine qu'il n'arrive pas à dissocier de la morte. Il y est allé parce qu'il aurait crevé de frustration en n'essayant pas. Mais c'est la quête la plus vaine qu'on puisse imaginer.

Il se croyait vacciné. Avec toutes les raisons de le croire. Chèrement payé, le vaccin se devait d'être efficace.

Non, il ne l'appellera pas.

Cela semblait si innocent, si pur, si inévitable.

Le café à Felletin ce vendredi matin. Il fait beau ? Oui, il fait beau. Forcément.

Elle lui demande tout à trac quand il cherche encore comment alimenter la conversation :

– Vous avez une adresse ?

Il vient de lui dire qu'il repart à Paris le lendemain. Elle n'arrive pas à masquer sa contrariété.

– On pourrait s'écrire... Vous me raconteriez... je vous raconterais...

La mère d'Arthur arrive, mal à propos, s'exclame en voyant la jeune femme, quelle bonne surprise. Elle la salue, ne l'embrasse pas. Pas des intimes. Ouf.

– Je disais à notre ami qu'au marché de Felletin, on est sûr de faire de bonnes rencontres.

Cédric vient d'entrer dans un autre monde, celui de la clandestinité. Les voilà reliés par un secret avant même d'avoir quelque chose à cacher. Donc, ils vont avoir quelque chose à cacher. Une femme mariée, avec un enfant, c'est grisant.

Les deux femmes parlent de choses sans intérêt qu'il n'écoute pas.

Il va partir demain, il risque de ne pas la revoir. Il dit d'un ton si peu naturel qu'il craint d'être démasqué sur-le-champ :

– En tout cas, je n'ai qu'une envie, c'est revenir. Enfin… si on veut bien de moi.

Il n'est pas mécontent de la formule à double sens.

La maman d'Arthur sourit que ce sera un plaisir.

Elle dit, avec sa charmante pointe d'accent et ses minuscules anglicismes :

– Oh oui, on a besoin d'être visités dans notre campagne isolée. Oh, je vais vous laisser mon adresse, si vous voulez bien m'envoyer les références du livre dont vous m'avez parlé. On a faim… d'informations ici.

Et tout en parlant, elle inscrit ses coordonnées en petites lettres appliquées sur le ticket de caisse du marchand de légumes et le lui tend.

Ce bout de papier froissé sera son talisman pendant des mois jusqu'au jour où il le déchirera comme il enfouira au fond d'une boîte les lettres qu'elle lui a envoyées, tous ces mots qui ont avivé les couleurs de sa vie, accompagnées de l'unique photo qu'il a prise d'elle.

Mots trompe-l'œil, trompe le cœur. Un amour virtuel, une fiction si rarement frottée au réel qu'elle résiste à tout, même au temps.

La première fois dans les bois, malgré les feuillages humides, allongés sur une bâche, leurs mains glacées se réchauffant à la peau sous les vêtements encombrants. La fébrilité des baisers et ses mots à ELLE, viens sur mon ventre, viens dans ma bouche, viens contre mes seins, viens et reviens, son souffle haletant n'empêchant jamais les mots d'illustrer, de tenter, sens comme je ruisselle, tu aimes ça ? Tu aimes ça, mon amour ?

Elle enfile sa tête sous son pull et suce son corps centimètre par centimètre, des lèvres et de la langue jusqu'à ce qu'il n'en puisse plus et la pénètre brutalement, s'enfonçant loin dans son ventre, jouissant trop vite…

Est-ce d'avoir disparu qu'elle reste aussi présente, littéralement, dès qu'il l'évoque, abolissant le temps ?

La réunion a lieu demain matin. Il doit travailler.

Et si Catherine parvenait à effacer le fantôme de l'autre ?

N'est-ce pas cela aussi la tentation ?

Ses manières brusques, son détachement annoncé éloignent le spectre de la dépendance assortie de demandes constantes de preuves, de sacrifices… Catherine est indépendante, forte, autonome.

Il était si jeune. Elle en voulait trop, plus qu'il ne pouvait donner.

S'il compte avancer dans son travail, il faut prendre d'abord une décision.

Il réécoute le message sur son mobile. Ce n'est guère que la douzième fois.

Si peu de mots, tant de sens possibles. Tant pis.

Les mots rendent fous. Il agrandit l'image sur l'écran, la désaxe.

C'est encore plus troublant s'il faut tourner le magazine pour essayer de trouver le bon sens. Quand on croit y être, c'est là qu'on n'y est plus. Il appuie sur la touche rappeler, bâille pour ouvrir sa gorge qu'il sent coincée, messagerie, ouf : « Bonsoir, c'est Cédric. Désolé, je suis sur une charrette de dingue pour demain matin, je vais y passer la nuit. N'hésitez pas à me rappeler, ça me fera un break. Je vous… À bientôt, j'espère. »

C'était bien commencé mais la fin craint. Merde. Le ton était juste, détaché et chaleureux en même temps. Il a renoncé au tutoiement comme elle. Est-ce la situation – ce double fantomatique du passé – qui le rend maladroit comme un tout jeune homme ? Ce qui est charmant à dix-sept ans est grotesque à quarante.

Un début de partie, l'ouverture des premiers coups, l'issue incertaine.

Maintenant, il ne s'agit pas d'attendre qu'elle rappelle. Vu l'heure, c'est improbable. Son mobile était fermé, elle doit être couchée.

Il attaque la rubrique « Livres ». Fastoche. Un papier central décadré vers le bas et des petits satellites illustrés de photos de couvertures ou d'auteurs.

Quel con. Pourquoi ne pas dire simplement, je vous embrasse. Ou même, je t'embrasse. Aujourd'hui tout le monde s'embrasse sur répondeur. Je t'embrasse, bisous, bises, ça ne veut rien dire, c'est la formule de politesse universelle qui n'engage à rien, n'engage que celui qui la reçoit. Éventuellement. À bientôt, j'espère, craint carrément. Nase. On ne peut pas mieux dire. Quand on se veut pointu, genre tueur –, on se montre plus inventif.

C'est peut-être ce qu'il a le plus regretté, leurs mots. Elle lui donnait du talent. Il devenait conteur, humoriste, il s'intéressait à tout ce qui était susceptible de nourrir sa curiosité. Pourquoi n'ont-ils pas pu s'en contenter ?

Pourquoi est-ce qu'on en veut toujours plus ?

Pourquoi ne pas en rester là avec Catherine ?

Un beau souvenir fugitif vaut mieux qu'une longue réalité banale.

Le courrier des lecteurs. Là-dessus, il n'a pas l'ombre d'une idée. Super.

Il a besoin d'un petit verre, juste un. Pour ranimer les troupes. La bouteille neuve bien givrée supplie qu'on la débouche.

Ah, les femmes, toutes pareilles.

Ça le réchauffe, ça le détend. Trois verres plus tard, il a trouvé la solution. Elle est calligraphique et non cagriphallique.

Il n'a besoin de personne. Surtout pas d'une femme.

Tu prends une femme mariée, mère de famille en plus, avec un mec qui se casse le cul pour qu'elle ne manque de rien, béat devant elle et elle… Oui, mais c'est bien ça le hic. Les femmes, tu baisses la garde deux minutes, t'es mort. Faut pas leur montrer. Même si t'es dingue d'elle, tu la rabaisses, comme ça, au passage, et là, elle file doux. Comme la Lemaire qui lui fait un procès. Soi-disant pour retrouver sa dignité de barmaid. C'est pas comme s'il l'avait battue. Il n'est pas brutal. C'est elle qui s'est vautrée. Un peu de dignité, merde, c'est le minimum. Qu'est-ce qu'il a fichu du dossier de Paul ? Quel bordel dans ce bureau. Ah, voilà. Ça, c'est fait. Il lui reste quoi ?

Il tape vite, un peu cacophonique mais pas mal, déroutant sans qu'on s'y perde. Des typos très marquées plutôt que des variations subtiles. Voilà.

Rentrer ou ne pas rentrer. Voilà la question.

Il s'allonge sur le canapé, sa bouteille à portée de main.

Il ne la rappellera pas. Il va la suivre. C'est ça la solution.

Il va la rappeler, pour prendre des nouvelles. Il va lui parler du projet de magazine, il est bon quand il parle de son travail, la flatter en lui demandant son avis et puis, mine de rien, demander où elle en est de son affaire creusoise et, surprise ! Il sera dans le train.

Retour sur les lieux du crime.

Il en aura le cœur net.

Les femmes, ça parle, ça parle.

Trop.

Je n'aime plus ma vie. Je croyais l'aimer, je ne l'aime plus. Depuis toi. Je suis prête à tout. Repartir de zéro. L'enfant ? L'enfant n'en mourra pas. Alors que moi, je meurs à petit feu, dans ma prison, cernée.

L'enfant, sans jamais la nommer.

Les enfants n'en meurent jamais. Ce sont des survivants.

Quel bordel.

Non, elle est bien la maquette, elle est super. On va emporter le morceau. Il suffit de laisser Paul parler. Il est bon pour ça. Moi, je suis un créatif, un créateur.

Demain il fera jour.

Il ricane.

Inch'allah.

Dieu seul le sait. Et comme je le connais, il ne va pas me faire de confidences.

C'est comment ? L'implacable silence des étoiles.

Non, c'est pas ça.

Rien à foutre.

De rien.

13

SOUS LA CLARTÉ HIVERNALE, ni tristes, ni monotones, les paysages déroulent leur incroyable variété, de village en village. Les maisons sont belles, rustiques, sans coquetterie, bien bâties, en grosses pierres solides, les volets témoignent par leur choix de couleurs parfois exubérantes de timides audaces.

Une fois la clé détachée de son support magnétique sous l'aile arrière, dans la Golf bleu marine garée sur le parking de la gare, en plus des papiers dans la boîte à gants, Louis a laissé un itinéraire, dit bis, pour que Catherine découvre la région si elle veut bien perdre un peu de temps qui sera autant de gagné.

Elle est fatiguée. Elle a mis les bouchées doubles pour s'assurer quatre jours dans la Creuse mais, dès que le moteur démarre, Paris disparaît dans la stratosphère, une sensation de liberté incroyable s'empare d'elle, accentuée par l'autoroute qui la mène rapidement jusqu'à Guéret où elle décide d'emprunter le chemin buissonnier recommandé par le journaliste.

La route devient plus étroite, plus accidentée aussi, encore plus étroite quand elle s'engage sous le panneau où une figure chevaline annonce un club d'équitation.

Tout droit à partir de là, clament triomphalement les consignes, alors que la route ne cesse de tourner, si étroite, sans visibilité, que Catherine reste en troisième, l'oreille alerte. Elle traverse une forêt, sent naître des envies de promenade.

Son portable vibre, elle jette un œil, c'est Cédric. Elle ne répond pas.

Depuis quinze jours, ils n'en finissent pas de se rater.

Elle pense que c'est un signe. Elle croit, dur comme fer, à la synchronicité qu'elle n'a jamais rencontrée mais qui paraphe, à ses yeux, la vérité du sentiment.

Elle croit à l'absolue réciprocité du sentiment.

Elle croit à tout ce qu'elle n'a jamais connu.

Un petit moulin abandonné sur la gauche, un panneau annonçant « La Lune » à trois kilomètres s'intercalent entre les panneaux salvateurs certifiant qu'au bout, il y aura Aubusson. Le futur donne une nuance de virtuel inquiétante. Elle corrige : qu'il y a Aubusson.

Où elle entre, deux heures plus tard. Oui, cette route rallonge nettement, mais elle ne regrette pas le détour, ne sent même plus la fatigue.

À droite. Le rond-point. Tout droit, après le rond-point, c'est-à-dire en virant à droite. Elle commence à comprendre le code local, tout droit est une coquetterie de langage, une forme de mise en garde contre toute déviation abrupte. Elle accélère et manque rater le grand portail en bordure de route à la sortie de la ville.

Une jolie enseigne en peinture vieillie annonce « CHAMBRES D'HÔTES ». Elle a presque dépassé l'entrée, un coup d'œil dans le rétroviseur, petite marche arrière et elle roule jusqu'à un bâtiment carré qui ouvre sur le jardin par de grandes fenêtres d'ateliers. Elle se gare à côté d'un camion blanc.

– J'arrive !

Une voix de femme sortie de nulle part précède l'arrivée de la propriétaire des lieux qui l'accueille sans formalité, elle s'appelle Françoise et s'excuse de ne pas ôter ses gants en caoutchouc, elle est en pleine peinture, mais son mari arrive, il va lui montrer sa chambre.

Le voilà. Un grand gaillard barbu, œil clair, déboule du fond du jardin. Il se présente :

– Jean-Claude.

La rivière proche déroule son refrain changeant, plus puissant que la circulation extérieure.

La femme regagne son atelier. Catherine suit Jean-Claude dans une autre maison qui sera la sienne, de plain-pied, petite. Il y a des livres sur les étagères, des magazines abandonnés, des meubles anciens, des cheminées, de bons fauteuils. Elle a la jouissance d'une cuisine équipée, d'une salle de bains confortable et d'une chambre spacieuse, peinte d'un vieux rose délavé, rideaux de lin rouges, tapis épais.

Elle peut faire du feu dans la cheminée, travailler dans le petit salon où elle trouve le numéro de *La Montagne* où sa photo a paru. Elle l'avait déjà, se trouve horrible, mais c'est gentil.

Elle n'en revient pas d'être si bien logée en payant tellement moins cher qu'à l'hôtel. Louis a bien fait les choses. Elle se sent à l'abri ici, entre campagne et ville. Elle s'installe, va au supermarché tout proche acheter quelques provisions.

Quatre jours, une éternité, trop courte quand on a tant à faire. Elle commence par le moins urgent : allumer le feu. Essayer d'allumer le feu.

On toque à la porte. Son hôte vigilant demande si elle aimerait qu'il lance une petite flambée dans sa cheminée. Le foyer jonché d'allumettes trahit l'incompétence de la Parisienne.

Jean-Claude explique comment placer le petit bois, enflammer le papier journal. Sans condescendance.

Il la quitte.

Elle appelle Louis, ne sait comment le remercier. Ils prennent rendez-vous pour le lendemain en fin de journée.

Elle sort son carnet de moleskine, qui n'est déjà plus aussi flambant, pour recenser les questions qu'elle doit poser à Myriam. Elle dodeline et quand elle se réveille, le jour tombe. Dans la cuisine, une casserole pleine de soupe avec un petit mot : « On en avait trop, si ça vous dit ! »

Son petit somme l'a reposée. Tant pis pour sa liste, tant pis pour le travail. Ça attendra. Elle se laisse aller à une détente inhabituelle.

Au matin, un toc-toc délicat à la porte la réveille.

Elle va vite ouvrir la porte qu'elle a verrouillée à double tour, la veille au soir.

Jean-Claude se marre. Ils ne ferment jamais ici, ni les maisons, ni les voitures.

Elle se sent bête.

Il lui dépose du pain frais, il s'inquiète de l'avoir réveillée. Elle l'en remercie. Embarquée dans un sommeil profond, elle était prête à faire le tour du cadran.

En buvant son café, elle se rappelle son rêve de la nuit. Cédric allongé nu, offert comme une femme. Un très beau corps d'éphèbe. Ses mots disaient le contraire de ce que sa pause indiquait : il ne pouvait pas coucher avec elle, c'était fini, voilà.

Et elle se retrouve vexée à cause d'un rêve.

Ce qui la fait rire. Tu parles comme il ne veut plus d'elle. Il est accro. Démonstration. Elle compose son numéro et fait une moue capricieuse en entendant la messagerie. « Désolée, je n'ai pas eu le temps de vous prévenir que je partais quelques jours à la campagne. Tant pis. »

Elle a pris l'habitude en manière de jeu, de conclure ses messages, d'un « tant pis » supposé rappeler la légèreté de leurs rapports. Si on peut parler de rapports quand ils n'en ont eu qu'un.

Tout la porte à flâner et elle doit se rudoyer pour récapituler l'ordre du jour : grand-mère, patrons, mariage, meurtre.

Elle toque à la vitre de l'atelier où Françoise décape une armoire. Elles échangent un petit signe, Catherine grimace son admiration, monte dans sa voiture, démarre et stoppe net à l'embouchure de la route évitant de peu un camion qui arrivait à grande vitesse. Ce serait étrange de mourir ici avant d'avoir rien accompli. Elle secoue la tête pour chasser ces pensées morbides.

Cette fois, elle prend la route la plus directe et doit ralentir, au bout de dix kilomètres, à cause d'un tracteur qu'elle ne peut pas doubler pour cause de flux continu sur l'autre voie. Elle sent qu'elle va avoir du mal à s'adapter au rythme local, guette l'opportunité de dépasser l'engin poussif, le double enfin, accélère et freine tout aussi brutalement, déclenchant le klaxon furieux et justifié de l'automobiliste qui la suivait. Elle s'excuse de la main, va se garer sur le bas-côté, descend, marche jusqu'au panneau qui a provoqué son arrêt intempestif et irrésistible : LAVAVEIX-LES-MINES.

La photo de sa mère s'inscrit en surimpression : vave Le. C'est ça qui lui a sauté à la figure. Coïncidence ?

Ça pourrait. Ou pas.

Ou alors, elle est passée dans un univers parallèle.

Elle remonte en voiture, roule à petite vitesse. Le bourg n'évoque rien. Un village que la nationale a fendu en deux, le privant d'identité. Une série de magasins s'aligne sur le côté gauche de la commune tout en longueur.

Une fois franchi le panneau de sortie, l'interrogation lui explose à la figure : Qui a tué la jolie jeune femme inoffensive et confiante de la photo ? Suivie de la question subsidiaire : Pourquoi ?

Elle fond en larmes. Elle n'a pas l'habitude d'extérioriser ses émotions, elle n'est pas émotive, elle est factuelle, concrète. Les questions sans réponse ne sont pas de bonnes questions. C'est tout. C'est une bonne raison pour ne pas les poser.

C'est monstrueux de ne pas avoir cherché à y répondre. C'est aberrant de ne pas les avoir posées.

Elle renifle, attrape un bout d'essuie-tout judicieusement placé dans la portière, se frotte le visage, se mouche.

Elle est épuisée comme après un marathon.

Tout le reste de la route, elle est aux aguets, à l'affût d'un signe qui, comme un dard, réactiverait une information tapie dans sa mémoire.

Chou blanc.

La coïncidence serait trop énorme. La vie ne vous rattrape pas par les cheveux pour vous ramener en arrière. À moins qu'elle ne veuille solder de vieux comptes ?

14

À Guéret, la circulation se déroule au compte-gouttes, la vitesse est très limitée par une suite de ronds-points efficaces, les voitures sont rares, les piétons invisibles, la ville semble désertée par ses habitants.

Sur la grande place, c'est le contraire, à croire que tous les véhicules s'y sont donné rendez-vous. Il faut tourner comme dans un manège jusqu'à ce qu'une voiture se retire et cède sa place, pour vite s'y enfiler. Guéret, la ville où il s'agit de se garer pour mieux disparaître.

Encore troublée, Catherine se fait souffler trois emplacements à la suite, avant de réussir sa manœuvre.

Elle enfile son manteau, rassemble ses affaires, verrouille, puis décidant de se couler dans les mœurs locales, déverrouille sa portière.

Un nouveau maton la mène au parloir sans qu'elle ait le réflexe d'exiger un espace plus favorable. Elle essaie de retrouver une concentration minimale mais son esprit volette sans se fixer.

Myriam arrive de son pas nonchalant, le teint gris, l'œil inquiet, déclenchant l'antipathie immédiate de son avocate qui n'a qu'une envie, bien qu'elle n'y cède pas : la secouer brutalement pour la réveiller. Elle prend sur elle, s'efforce de trouver un petit fond de tempérance, se lève, tend la main. Les poignées molles la dégoûtent.

Un peu d'empathie ne ferait pas de mal, mais sa cliente n'y met franchement pas du sien.

Catherine pense emprisonnement, solitude, peur, elle sourit pour chasser les mauvaises pensées, elle évoque la voix de son maître, cherche à donner du moelleux à la sienne :

– J'ai une bonne nouvelle, je reste jusqu'à lundi et je reviendrai vous voir avant de prendre le train.

Myriam n'a même pas l'air d'enregistrer.

– Vous avez arrêté les médicaments ?

Myriam secoue la tête d'un air coupable.

– Pourquoi ?

La prisonnière ne sait pas pourquoi. On les lui donne le soir, elle les prend. Elle est habituée à l'obéissance.

Catherine laisse provisoirement tomber.

– Je voudrais qu'on fasse venir votre grand-mère pour le procès.

– C'est pas possible.

Un cri du cœur.

– Pourquoi ?

– Parce qu'elle est morte.

– Mais vous n'en êtes pas sûre. Ça vaudrait le coup de faire des recherches.

– Elle ne m'aurait pas laissée sans nouvelles. Et puis elle était vieille.

– Mais peut-être que vos patrons ont intercepté ses courriers ou ses appels.

– Elle n'a pas le téléphone.

– Vous avez bien une adresse, quelque chose.

– Ben non. Même si elle était rentrée au village, c'est impossible.

– Il n'y a personne que vous puissiez contacter ? Des amis ?

– C'était il y a longtemps...

Elle n'y croit pas, ne fera pas l'effort. C'est incompréhensible.

Le reste est à l'avenant. Jusqu'à la date de naissance, incertaine. C'est les voisins qui savent de qui on est nés, quand. À peu près. Du moment que quelqu'un sait… Oui, bien sûr, sur son passeport, c'était indiqué : 4 janvier 1968. Mais ce n'est pas sûr. Le mariage ? Le maire s'est débrouillé. Elle s'est débrouillée. Après, il a fait faire les papiers. Elle est française. Du passé, elle veut faire table rase. Sa vie a commencé comme Mme Villetreix de Saint-Jean-les-Bois. Ses patrons ? Non, ils ne s'appelaient pas Lévèque. Oui, c'est ce qu'a écrit la presse locale mais ils l'ont inventé.

Qui ? Le maire ? Le journaliste ? Elle ? Elle ne se rappelle pas. Le nom de la rue ? Elle ne sait pas, ne se souvient pas. Ce serait utile, pourtant.

Myriam semble indifférente à tout. Désespérante.

Catherine lui a apporté des vêtements, des magazines. Elle les prend, dit merci, sans enthousiasme, et sa mâchoire s'ouvre spontanément, sans qu'elle prenne la peine d'abriter son interminable bâillement derrière la main.

– Vous voulez qu'on arrête un peu ?

– Non, non.

Catherine revient sur l'enquête des gendarmes. Le jour du meurtre, enfin, le jour de la mort de Gaston, après avoir préparé le poulet dans la cuisine, Myriam a-t-elle eu une autre activité ? A-t-elle quitté les lieux ?

– Non. Pas une seconde. Je suis restée pour surveiller la cuisson.

– Comment pouvez-vous en être sûre ?

– Parce que je faisais toujours comme ça.

Bien sûr quand l'enquête a été ouverte, les restes de poulet avaient été jetés depuis longtemps. Mais c'était le moyen le plus pratique pour faire avaler du poison à Gaston. Myriam ne semble pas mesurer que si la cocotte était restée un moment sans surveillance, cela pourrait arranger ses affaires.

– Et vous ? Vous en avez mangé du poulet ?

– Ben oui. C'était le dîner.

– Et Gaston, qu'est-ce qu'il a fait ce jour-là ?

– Comme d'habitude. Il a lu le journal.

Elle cherche dans sa mémoire. Catherine essaie de rester patiente. Myriam lui semble butée, bornée. Elle ne comprend pas pourquoi. Les médocs n'expliquent pas tout.

L'enfance de Myriam se résume à la proximité des corps, sensations, plutôt que souvenirs. Le rythme du pas de sa mère décolle son ventre de bébé du dos protecteur, puis l'y recolle en ventouse. Le corps n'est jamais enfermé dans le froid de la solitude, il est posé sous le bras, écrasé contre la poitrine, manié par les grandes mains, contact permanent de la chair tiède, souffle de la respiration, un cœur marquant le tempo de l'autre, palpitation grouillante des organes, ronronnement du ventre, éclats des voix, des rires. Jamais séparée, la petite fille est toujours reliée à une autre vie.

Jusqu'à la séparation de la mort. Le père parti là où on aurait moins besoin de lui, restent la mère et les cousines et les tantes et les vieilles et les hommes de passage. Les hommes, c'est les cris et les larmes. Et la maladie.

Et la mort. La fête aussi.

Les bals, quand sa mère l'habille en princesse et ressemble à une déesse, les étoffes bleu brillant drapées comme un emballage luxueux jusqu'à la coiffe dressée, immense. Ça commence à petits pas, légers déhanchements, le temps d'évaluer la salle, de saluer les amis, avant que la chaleur et le rhum et la bière ne fassent monter la température, accélèrent le rythme des danseurs, appuient le claquement des mains.

Elle ne sera jamais grande et belle comme sa mère, mais elle essaie, enfant, se pose, comme elle, les mains sur les hanches, menton levé, pour gronder, exiger, exister. Elle fait claquer ses nu-pieds, flac, flac, épaules en arrière, tête cherchant le plafond.

Et puis un jour, la mère cadavre, la mère squelette, le visage sans joues, les yeux enfoncés et tristes, la peau éteinte, tout éteint. Elle ne veut plus toucher sa fille ni l'embrasser. Pour ne pas la contaminer.

Le froid et la solitude commencent là. Pour toujours.

Comment cette avocate aux jolis vêtements, à peine sortie de son école, protégée par la vie, pourrait-elle imaginer l'effet de la prison sur Myriam ?

Elle a traîné dans les rues, habité des squats, mais la froide solitude de cet endroit qui sépare les gens, pas seulement de l'extérieur, mais entre eux, par des murs internes invisibles…

Les détenues de sa cellule sont arabes, musulmanes, elles parlent entre elles, elles ont leur langue. Avec Myriam, elles ne pratiquent que des échanges utiles, terre à terre. Elle est noire et meurtrière, son âme est noire aussi.

Avec les siens, les grands rires font écho en cascade, les paumes de main claquées, les embrassades, les voix fortes remplissent l'air, la distance, l'espace, l'indifférence, le silence, le froid.

Ce n'est pas un mensonge de s'inventer une grand-mère pour les temps difficiles.

Une grand-mère qui fait le pain comme au village, pétrit la pâte pendant que Myriam fait des lignes d'écriture bâton et répète les mots à haute voix, comme à l'école. Une grand-mère qui raconte des histoires de serpents magiques qui parlent et d'amoureux que des disputes tribales séparent et ça ne se termine pas toujours bien, mais ça dit que la vie est aussi un conte qu'il faut imaginer. Elle se les répète dans sa tête pour s'empêcher d'oublier qui elle doit être.

Se représenter la nuit, noire, sans lune, sans étoiles, où, sous les replis du sommeil, on peut entendre la peur, entendre les murmures affolés, sentir aussi, au risque d'étouffer, l'odeur aigre et désagréable de la vieille qui l'enserre trop fort, par-dessus le grand tissu râpeux.

Puisqu'elle ne voit rien, elle entend, toujours, le bruit de la paille qui crisse, le bruit sourd des bottes déplacées. À travers la toile, une main se plaque sur sa bouche, il faut se taire, malgré les bruits d'explosion atténués par des couches épaisses. Elle écarquille les yeux contre le tissu, elle panique comme dans une prison, elle s'efforce de ne pas dormir, rester éveillée pour ne pas mourir.

C'est inscrit, ce sera son récit. Ses parents ont été tués à coups de fusil, les corps emmenés empêchant toute cérémonie, sa grand-mère l'a sauvée, l'emmenant chez des cousins, une nouvelle famille où l'on n'est pas à deux bouches près, même si la vie est difficile.

Sa grand-mère a changé de couleur de peau, c'est du marron strié de gris dont Myriam suit le dessin du doigt pour recomposer une image disparue.

Bien sûr que sa grand-mère est morte. C'était pas le genre à abandonner sa petite-fille, qu'elle regardait comme un grand marabout, si bonne à l'école. Et c'est pour ça qu'elle a voulu croire en la parole des Blancs sur qui reposaient tous les espoirs d'une meilleure vie.

Le Noir aime la couleur, c'est connu. Elle a donc aussi aimé les couleurs, en a mis plein la maison de Gaston. C'était ce qu'on aurait attendu d'elle, de l'Africaine exilée.

Elle dit à Gaston :

– Le soleil, il rigole pas souvent chez vous, mais il sera toujours chez lui à la maison.

Et elle se met à tout peindre, en rose et bleu et jaune.

Un jour, elle ne sait plus quand, l'émerveillement des débuts est mort emportant dans son sillage l'étonnement du vieux Creusois ravi d'avoir une aussi belle fille pour lui. Mais il interdit qu'on touche à la chambre maternelle. La tornade africaine doit se contenter du rez-de-chaussée.

Myriam se résigne. Comme elle se résigne au silence qui est retombé sur leur vie conjugale, comme elle a toujours su se résigner, même au pire. Avant de rebondir.

Au début, il rit avec elle, raconte ses histoires, écoute les siennes. L'emmène en voyage, construit le livre mémoire de leur union avec ses photos souvenirs.

Elle est bavarde, parfois elle parle comme on chante, pour le plaisir des sons avant que les habitudes reviennent. Celles de Gaston.

Elle lui est reconnaissante d'avoir essayé, d'avoir pris ce risque avec elle et pour ça, elle le bichonne, essaye de se couler au plus près de son regard. Mais c'est l'union de l'huître et de la truite. Plus l'enfant.

S'il y avait eu un enfant, peut-être. Bon, elle a menti. Menti sur tout, son âge d'abord mais ce n'est pas vraiment un mensonge, elle se sent une vieille âme, comme lui avait dit la Chinoise du squat, ça lui avait plu. Une vieille âme. Ce qu'elle est.

Quand la vérité est trop moche, on ne va pas en plus la raconter. C'est mieux de broder des histoires terribles, effrayantes, incroyables mais pas moches, plutôt comme on a envie que la vie soit. Des histoires d'Afrique, de guerre et de trahisons.

Qu'est-ce qu'elle peut savoir ou comprendre Mlle Monsigny avec son air de fierté et ses certitudes ?

Myriam n'est pas idiote, elle entend derrière les mots, elle sait ce que Catherine attend d'elle, mais aujourd'hui, elle pourrait se laisser mourir de découragement et de fatigue.

Elle en viendrait même à regretter Gaston le taiseux, le prudent, le peureux.

Elle répond aux questions par monosyllabes. Elle les entend à peine.

Elle ne peut pas dire la vérité à l'avocate qui en tirerait des conclusions qui seraient fausses.

Ce soir-là, elle a préparé le poulet, et elle n'a que de mauvaises pensées dans la tête. Peut-être que l'empoisonnement a commencé là. Elle se dit qu'elle ne profite pas de la vie et que celle-ci file à grande vitesse sans l'attendre. Elle sait, a su dans la confiance des débuts, que Gaston était riche et elle ne peut pas comprendre sa folie de tout garder.

Être riche, c'est dépenser, sinon, on est juste pauvres.

D'abord, elle se dit que veuve, elle pourrait faire ce qu'elle voudrait, tout vendre et partir. Peut-être même repartir dans son pays imaginaire où l'on vit vieux, très vieux, quand les militaires ne vous tuent pas à coups de fusil. Et elle achèterait une maison pour y installer sa grand-mère qui ne serait pas morte et qui recommencerait à faire le pain et à lui jeter des petits bouts de pâte comme à un petit chiot. Et qui lui raconterait des histoires et chanterait des chansons et qui l'aiderait à trouver un homme, un de ces bons à rien beaux parleurs comme elle en a rencontré, mais là, elle aurait de l'argent, elle pourrait entretenir un séduisant sapeur, hâbleur, menteur mais gentil et respectueux et fidèle, même si c'est fidèle à son argent, c'est quand même fidèle.

Et quand elle rentre dans le salon où Gaston lit *La Montagne*, dans cette pièce où toutes les couleurs accumulées lui paraissent ce jour-là moches et artificielles, un mauvais décor de mauvais spectacle et qu'elle dit d'un ton joyeux que son poulet parfume toute la maison, comme s'ils avaient pris l'avion pour un autre pays, sans même lever la tête de son journal, il lui conseille de fermer la porte, justement pour éviter les odeurs.

Elle est face à la glace au-dessus de la cheminée et elle se voit, vieille avant l'âge. Elle baisse la tête sur ses pieds en savates et son pantalon informe et son vieux pull. C'est sa faute aussi, elle se laisse aller, elle se laisse embourber. Le granit, disait Gaston, c'est le granit qui nous rend tristes mais non, c'est la glaise qui l'englue, elle est tombée dedans, elle aussi. À force.

Elle se plante devant Gaston :

– Ça ne va pas, Gaston.

– Non, ça ne va pas, il lui dit. Si tu ne changes pas tes façons, ça ne va pas durer.

Et là, un glaçon lui encercle le cœur. Son mari est prêt à la chasser, comme une domestique dont on n'est pas content.

Elle lève la tête dans le parloir, répond à Catherine d'un ton d'ennui profond :

– Ce soir-là, comme d'habitude, j'ai rejoint Gaston au salon et on a regardé les infos à la télé et on a discuté du programme qu'on allait regarder. Moi, j'étais fatiguée, mais Gaston n'avait pas envie de se coucher. Il ne dormait pas bien. Il préférait s'endormir devant la télé et après, il montait.

Ah, l'avocate mord à l'hameçon.

– Il ne se sentait pas bien ?

– Ça faisait un moment. Il avait des grands coups de fatigue. Je lui disais d'aller voir le docteur mais il disait qu'il n'allait pas commencer à s'écouter, il n'avait pas été élevé comme ça.

– Vous l'avez dit aux gendarmes ?

– Je sais plus, mais je sais une chose, c'est qu'ils ne croyaient que ce qu'ils avaient envie. Si ça les contredisait, ils me traitaient de menteuse.

– Ce n'est pas dans les interrogatoires.

– C'est pas moi qui les ai écrits non plus.

– Mais une chose est sûre, il y avait du cyanure dans l'estomac de Gaston. Et si ce n'est pas vous, ce serait qui ? Un des cousins ou les deux ? Mais pourquoi ?

– Si je suis coupable, c'est eux qui héritent, non ? Et si je suis coupable, qui va vous payer, au fait ? Vous devrez vous mettre d'accord avec eux, non ? Vu comme vous me croyez pas non plus.

Catherine n'est pas supposée avoir d'état d'âme, mais elle ne se voit pas faire équipe avec une cliente qui, non seulement ne lui plaît pas, qu'elle ne comprend pas, mais qui lui est résolument hostile et peut se montrer agressive à contre-temps. Il faut réfléchir, trouver une parade ou le chemin qui la ramènera à Myriam. Mais pas maintenant. Pas aujourd'hui. Elles ne sont d'humeur ni l'une ni l'autre. Cathérine se lève, froide, fermée, rassemble ses affaires, appelle le maton :

– À lundi.

Myriam ne réagit pas. Elle reste assise, penchée comme si sa tête ou plutôt ses pensées étaient trop lourdes pour elle.

15

OBJECTIVEMENT, le dossier n'est pas mauvais.

Il y avait du cyanure, conservé au fond d'un bocal, dans la grange des cousins. Tout le monde le savait, était susceptible de le savoir.

Myriam aussi, d'après la femme du cousin qui se rappelle très bien une conversation devant Gaston et sa femme, où on en avait parlé.

Le bocal s'était retrouvé dans la cuisine du couple.

En admettant que Myriam s'en soit servie pour tuer son mari, pourquoi aurait-elle laissé une preuve aussi incriminante derrière elle, quand il suffisait de remettre le bocal à sa place ?

La vérité est qu'il n'y a pas l'ombre d'une preuve tangible contre Myriam, un faisceau d'indices, peut-être, mais rien qui doive la faire condamner par un jury bien cadré.

Le souci tient à la personnalité de l'Africaine, le facteur humain dont Catherine se demande si elle est capable d'en affronter les complexités.

Est-ce un problème de culture, de différence intrinsèque qui nourrit le malentendu ? Dans ce cas, l'avocate doit le repérer et le dévitaliser. Elle a déjà défendu des Africains dont la nonchalance donnait une impression d'insolence et de désinvolture qui étaient plutôt les marques de leur fatalisme.

Un jour comme aujourd'hui, antipathique, passive, Myriam pue la culpabilité.

Elles ont à peine trois mois pour travailler son personnage, mais encore faudrait-il y mettre de la bonne volonté. Là, elle ne donne pas envie de l'aider. Et son regard sur Catherine est... décourageant. Vexant.

Je n'ai pas à être vexée, se dit Catherine. Renaud lui a souvent conseillé de laisser humeurs et susceptibilités au vestiaire.

– Ne vous inquiétez pas, vous les retrouverez intactes à la sortie !

Elle se demande si elle n'a pas le trac, tout simplement, si elle n'a pas intérêt à profiter de ce passage à vide pour examiner sa conscience en évitant de laisser son esprit s'envoler vers un passé intime et inaccessible, susceptible de brouiller un présent professionnel concret qui doit rester sa priorité.

Rester concentrée, elle y parvient très bien, elle a passé Lavaveix sans même s'en rendre compte. Elle est à fond dans le présent où, malheureusement, son euphorie de la veille est remplacée par un découragement sans fond. Elle continue de récapituler comme ça vient, se remémore l'ensemble des témoignages concordants, parmi lesquels ceux des cousins : « Gaston était heureux, jamais il n'a manifesté la moindre méfiance à l'égard de son épouse. Son commentaire réitéré était : "J'ai eu de la chance et elle aussi, on est à égalité et quand je ne serai plus là, elle ne sera pas lésée non plus. Ni le petit." »

Car il rêvait d'un héritier. Jamais venu en six ans de mariage.

Catherine a du mal à se représenter ce Gaston pris dans un tourbillon de rêves après une existence aussi verrouillée. Quelle énergie, quel optimisme il lui a fallu pour ne pas se couler, se laisser couler dans le courant de sa vie après la mort de sa mère. Oser se marier pour faire un bébé, avec une femme noire.

Gaston méritait de vivre.

Elle ne doit pas se poser la question de la culpabilité de Myriam. D'une certaine façon, cela ne la regarde pas. Elle doit prendre appui sur tout ce qui est favorable à sa cliente. Et c'est là que Louis…

Elle a encore failli rater le tournant vers la maison d'hôtes.

Elle déboule à grande vitesse dans la cour au sortir du chemin en pente et freine brutalement pour éviter le camion blanc garé au milieu de la cour.

Jean-Claude passe la tête à l'étage.

– Vous n'avez pas l'air comme ça, mais vous êtes une vraie cascadeuse.

– Je suis désolée, j'ai raté le portail.

– Parce qu'en plus vous avez embouti notre beau portail d'époque !

– Enfin, failli… Ça vous arrive de vous mettre en colère ?

– Quand y a motif, je n'hésite pas. Sinon, je ne gaspille pas mon énergie. Ça va ? Bonne journée ?

– Hum hum.

– Vous voulez voir les artisans à l'œuvre ? Françoise ! il hurle tout à coup. T'es visible ?

– Je suis dans la pièce du fond !

Le passage du portail en dépit du dérapage non contrôlé a déjà rasséréné Catherine. Jamais elle ne s'est sentie aussi protégée que dans cette maison. Pardon papa, pense-t-elle piteusement.

Elle laisse son dossier dans la voiture et va attendre Jean-Claude au pied de l'escalier métallique extérieur qu'il dévale sans précaution.

– C'est pas à faire quand ça gèle, je vous le dis pour l'avenir.

– Même à sec, je ne m'y risquerais pas.

– Suivez-moi. La patronne est en train de « customiser » du bois blanc.

Françoise l'a entendu et proteste :

– Du bois blanc ! Je ne me donnerais pas tout ce mal pour du bois blanc.

Elle a peint la grosse armoire sans charme dans un gris souris qu'elle est en train de délaver. Le meuble a un cachet nouveau.

– Demain, je cire.

– Et après-demain, ça part en Italie chez un décorateur branché pour quatre fois son prix de départ.

– C'est beau. Ça rend bien. Et c'est du travail aussi. Il n'y a pas tromperie ! s'exclame Catherine admirative.

– On sent l'avocate !

– Ah, si tout pouvait être aussi simple que de vous défendre !

– On nous accuserait de quoi encore ?

– Escroquerie sur la marchandise.

– Hé, on ne fait pas semblant que c'est autre chose qu'une armoire repeinte. Pas de faux document, pas de mensonge. C'est rien que de la déco.

Un bruit de moteur se rapproche, s'arrête. Portière qui claque.

– Vous attendez quelqu'un ?

– Ah oui, Louis !

– Business ? Quand vous aurez fini, venez boire le café en haut tous les deux ! Vous avez mangé ?

– Oui, à Guéret et avec plaisir... je veux dire pour le café !

Ce n'est pas le moindre de leur charme, on devient vite sans façons avec des gens comme ça. Elle retraverse l'atelier vitré et débouche dans la cour où la Golf est restée, moteur allumé, portière ouverte, clignotant en marche...

– Vous aviez les flics aux trousses ou quoi ?

– Non, l'esprit ailleurs.

– Eh ben.

Elle remet tout en ordre, précède son visiteur dans sa maisonnette, découvre que le petit bois a été dressé en bûcher dans la cheminée du salon et s'émeut de tant d'attentions.

Elle prend le temps de rafraîchir son maquillage dans la salle de bains et revient, tenant un petit plateau, de nouveau elle-même, prête à attaquer bille en tête, mais le rythme indigène impose de d'abord parler du temps, commenter les paysages entrevus, échanger les nouvelles générales.

Elle prévient Louis qu'ils sont attendus dans la grande maison, pour le café, plus tard, une manière de signifier qu'ils seront alors en situation de bavardage, mais l'avocate parisienne doit admettre qu'elle n'a pas les rênes en main. Elle se résigne à lâcher prise, elle dit tout le bien qu'elle pense des paysages, surtout les forêts, tout le mal qu'elle pense de Guéret, surtout la circulation, tout ce qu'elle pense de la gentillesse des gens... Et lui, il a passé une bonne journée ?

– Calme plat.

Il a soupiré. Elle fonce. Profitant de ses loisirs, si les temps sont propices, ne pourrait-il pas glaner quelques renseignements pour elle ? Tout ce que l'enquête de police révèle est automatiquement versé au dossier. D'où l'hésitation de Catherine à solliciter de nouveaux témoignages dont elle ne peut pas savoir s'ils lui seront favorables ou pas. Mais si Louis déniche de nouveaux éléments, elle pourra trier ce qui lui est utile ou pas. Et le journaliste engrangera un matériel de première main pour son journal.

– Attendez, doucement. Les gendarmes ont enquêté. Le travail a été fait. Je ne me sens pas de partir en chasse quand le gibier est déjà dans la besace. Et, en plus, je vous le dis poliment, je n'ai pas besoin de vous pour ça.

– C'est que j'ai une théorie... Vous voyez que je joue franc-jeu...

Le regard de Louis exprime son scepticisme proche du doute fondamental sur cette improbable qualité de l'avocate.

– J'envisage que Gaston et sa mère soient morts de la même façon. Empoisonnés.

– Hein ? Vous plaisantez ? s'esclaffe Louis. Genre tueur en série ? Remarquez, tant qu'à créer de l'événement, autant y aller carrément.

Catherine a le sentiment d'être passée au degré zéro de la crédibilité, ce qui renforce sa combativité.

– Je suis parfaitement sérieuse. Après tout, le docteur Blanchard a bien signé un permis d'inhumer dans les deux cas. Et si les symptômes étaient les mêmes…

– Une seule famille, une seule arme, un seul tueur ? À une époque où Myriam ne connaissait même pas l'existence de la Creuse ?

– Précisément.

– Vous partez du principe qu'elle est innocente.

– Non, que toutes les voies n'ont pas été explorées.

– Et vous en avez d'autres comme ça ?

– Pas pour l'instant.

– Je vous conseille de revenir parmi nous, Catherine. Vous êtes en Creuse ici. Nous sommes des gens simples. Vous êtes en train d'élaborer un scénario bien trop sophistiqué.

– Eh bien, moi, je crois que la cupidité affûte l'esprit. Et là, il y a de l'argent en jeu quand même ! Mais bon, disons, donnant-donnant. Vous suivez le procès aux premières loges et vous m'aidez un peu pendant la préparation. Rien d'illégal. Qu'est-ce que vous risquez ?

– De me faire mal voir…

– Alors, prenez le temps de réfléchir. Et on en reparle. On enchaîne avec le café ?

– Vous êtes gonflée quand même !

Mais il rit et elle essaie de ne pas penser à la réaction de Renaud s'il a vent de ce qu'elle vient de mettre en branle. Elle se réconforte d'un grand coup de tête bravache en arrière : seuls les résultats comptent. Et s'il faut piper les dés pour appuyer une conviction, c'est une forme de devoir professionnel.

Tandis qu'ils traversent la cour, elle change de sujet. Il aurait des balades à lui indiquer ?

– Près de… comment était-ce déjà ? Lavaveix-les-Mines ? Il y a de jolis coins par là ?

– Moi, je préfère du côté d'Ars, sur votre gauche quand vous allez vers Guéret. Mais il y a aussi de beaux coins en descendant sur… Je vous montrerai sur la carte.

– Super. Merci.

C'est exactement ce qu'elle ressent. C'est super, merci la vie et ça ira. Pour tout, ça allait aller. Et Lavaveix, fallait laisser tomber. Combien de panneaux pouvait-il y avoir en France dont les lettres auraient correspondu ? Pontaven-les-deux-Églises, Bellavere-les-bains…

16

À VINGT-DEUX HEURES, Catherine est couchée, appuyée contre trois énormes oreillers, son carnet de plus en plus avachi sous le coude, son dossier éparpillé. Elle prend des notes, sent ses paupières clignoter, bâille, les lignes dansent. Elle se résigne, pousse tout par terre, éteint, étreint son oreiller, écrase sa joue dans le mou avec satisfaction, dégage le nez pour respirer tranquillement.

Elle pense au feu devant lequel elle a dîné. Pas tout à fait éteint, il risque de faire sauter des petites braises volatiles, une étincelle sur le fauteuil rembourré, le feu enflammera la toile et le molleton, couvant d'abord, puis se répandant du tapis au canapé, même si la chaleur la réveille, ce qui n'est pas sûr, il sera trop tard, avec tout ce bois dont est fait la maison, elle sera réduite en cendres, et en tant que seule occupante, elle-même directement incinérée.

Elle soulève les trois tonnes qu'il lui semble peser, allume, traverse la chambre, pieds nus. Est-ce le gravier qu'elle a entendu crisser ?

Elle s'arrête, tend l'oreille, une marche craque.

Ce sont les bruits de la campagne qu'aucune rumeur de la ville ne vient masquer.

Elle traverse le couloir, jette vivement un œil vers la porte vitrée. Il fait noir. Comment aurait-elle pu voir une ombre traverser ? Ridicule.

L'âtre rougeoie. Elle a bien fait de se lever. Elle écarte le pare-feu, dissémine les braises. L'air embrase le reste de bûche. Mauvaise manœuvre. Elle remue ses orteils glacés par le carrelage. Le feu est saisi par un retour de flamme. Cédric ne l'a pas rappelée.

Elle s'enveloppe les pieds dans le plaid qui décore le canapé et reste accroupie, l'œil absorbé par les couleurs changeantes qui montent, se mêlent, disparaissent.

Toute proche une voix chuchote :

– Tu dors, petite pomme ?

Elle soulève ses paupières, essaie désespérément de dégager un bout d'œil. C'est si bon, ce bruit de feu d'artifice léger, comme entendu de loin, c'est doux de fondre à la chaleur qui lui brûle le visage et douillet de sentir ses petits pieds entortillés sous le pull de sa maman.

Si elle dort, elle va être soulevée, passer du chaud de la cuisine au froid de l'escalier puis à la fraîcheur des draps, à la dureté des barreaux du lit et à la solitude du sommeil.

– Non, dit-elle sans émettre le moindre son.

Elle est dans son lit, trop tard, elle a raté la traversée pendant laquelle elle a dormi. La silhouette penchée au-dessus d'elle, la main qu'elle agrippe disent que sa maman est là et veille. Elle serre la main qui ne la lâchera pas. Jamais. Les lumières orangées jouent au-dessus de sa tête, les ombres des petits animaux de la ferme se suivent dans une ronde interminable, une voix chantonne un air familier :

– Dégringole, petit loir.

Elle n'est pas seule. Elle ne sera jamais seule.

Maman me manque.

Catherine a le visage baigné de larmes. Le feu ne la réchauffe plus. C'était une dernière flambée, elle est retombée. Les braises rougeoient doucement, il n'y a plus de risque. Elle ajuste le pare-feu, enroule l'extrémité du tapis par précaution, s'enveloppe dans le plaid, repart dans le couloir, frémit sous le courant d'air. Il y a de la lumière à l'étage de la maison de brique. Elle n'est pas seule. Elle va dormir.

Elle laisse tomber le plaid au sol, trop fatiguée, retrouve la tiédeur de son lit, reprend son oreiller, s'enfonce dans sa douceur, mais le sommeil a fui, remplacé par une inquiétude sans objet, la pire de toutes.

Sans objet ?

Maman me manque.

Comme lui manquent la présence d'un corps, l'écho d'une attention, le retour d'une parole, un regard qui lui donne consistance.

Quel est ce chagrin ancien qui la submerge, la rend vulnérable à tout ?

Je suis l'enfant abandonné à la haute mer. Elle a oublié le poème. Son père lui lisait de la poésie. C'est dans un recueil de Rimbaud qu'elle a trouvé la photo de sa maman rescapée de l'holocauste paternel.

Comment peut-on effacer une personne, refuser qu'il en subsiste la moindre trace ? C'est une muraille protectrice qu'il prétendait élever autour de sa petite fille. Pourquoi n'a-t-elle pas eu de grands-parents ?

Le père de son père est mort dans un accident. Sa mère a dû le mettre en pension et c'est une grand-tante célibataire qui le prenait en vacances. De cela non plus il ne voulait pas parler, une vie difficile, c'est tout ce qu'il a dit de sa propre mère, absente, malade.

Elle voit se dessiner un cortège de fantômes qui émergent du vide pour l'y attirer. Elle s'est construite sans ancêtres, sans histoire, sans références, elle a poussé sans tuteur, elle s'est convaincue que c'était sa force.

Elle tombe dans le trou d'air d'un sommeil peuplé de cauchemars indistincts. Quand elle se réveille, c'est en inspirant l'air bruyamment comme après une plongée en apnée. Des mots émergent du chaos nocturne :

– *Twinkle, twinkle, little star.*

Il fait jour, midi ! Elle s'est fait une belle et ridicule peur de citadine, mais elle a retrouvé la berceuse, la vraie : *Twinkle twinkle, little star.* Il lui semble réinventer sa maman, petit bout par petit bout.

Jean-Claude est penché sur le moteur de son camion. Elle ouvre la porte, salue, respire l'air, va s'étriller sous une douche interminable, se lave les cheveux, s'enduit de crème et s'installe dans la cuisine avec une série de cartes d'état-major que ses hôtes lui ont dénichées.

Elle se laisse guider par les noms des hameaux au hasard, elle trouvera une petite auberge où déjeuner, elle flotte.

Elle enfile un jeans, des bottes en caoutchouc trouvées dans le placard du couloir. Elle récupère son sac dans le salon. Le plaid est étalé sur le canapé. Elle hésite, vague souvenir de la couverture en mohair tombant au sol, dans sa chambre. Le tapis qu'elle avait replié vers le canapé est déroulé... Françoise et Jean-Claude seront passés par là.

Cela la trouble. Ils ne sont jamais entrés sans prévenir.

Elle hésite à leur demander, mais ce serait grossier comme un reproche. Elle était si vasouillarde cette nuit. L'exactitude de ses souvenirs est sujette à caution.

Une région où il ne se passe rien, sans évènements, un cercle de gentillesse, elle ne risque rien.

Quand elle fait démarrer sa voiture, Françoise la hèle :

– Vous avez notre portable ? Si vous vous perdez ?

– Je vais suivre des chemins de randonnée, c'est balisé.

– Bonne balade. À tout à l'heure.

Elle a envie de marcher, de fatiguer son corps encore englué de malaise, elle a envie de nature silencieuse qui n'évoque rien, ne rappelle rien à part l'indifférence du temps et de ces objets inanimés que sont, croit-elle, les arbres.

Que l'indifférence soit avec moi, se dit-elle sans ironie.

Elle laisse sa voiture sur un talus après un croisement de routes qu'elle pourra retrouver grâce aux noms repérés sur la carte.

Ces vingt dernières minutes, elle n'a croisé aucune voiture, elle ne pourra compter que sur elle-même, mais les chemins existent parce qu'ils mènent quelque part, se rassure-t-elle en suivant le sien et elle a vu, de loin, suffisamment de cheminées fumant, de toits luisant pour savoir que les hommes n'ont pas complètement déserté les lieux.

Le chemin est jonché de feuilles aux couleurs éblouissantes, un tapis d'orfèvre, toutes les nuances de l'or, pâle, rouge, jaune éclatant. Elle a l'impression de glisser sur un sol mouvant.

Ça grimpe un peu, mais le passage est large, pratiqué. Elle marche vite, respire profondément, elle laisse l'air écarter ses côtes, délier sa gorge. Elle exerce sa voix : « Ah, que vous savez mal vous défendre pour un homme de cour… »

Elle reprend plus fort, sa voix monte, elle cherche les graves.

Un monticule surmonté d'une construction fermée, un cube blanc, comme une cuve d'eau ou un relais. Elle grimpe dessus pour se repérer et découvre un paysage qui porte son œil loin à travers prés et haies, sans une seule habitation cette fois, une image de la terre sans hommes.

La planète a commencé sans les hommes et finira sans eux.

« Que ne me dites-vous que des affaires de la dernière importance… »

Le chemin s'étrécit un peu, mais il reste clairement marqué.

Elle s'engage vers une trouée de lumière à gauche, entre les arbres, s'éloigne des sentiers battus. Le passage semblait dégagé mais son pied reste soudain prisonnier d'un enchevêtrement de ronces, elle perd l'équilibre, se rattrape de justesse à un tronc. Elle a chaud, sa poitrine palpite bêtement d'un sentiment d'aventure. Elle se tait. Tel un mirage, la clairière devinée n'en finit pas de reculer, inaccessible, renforçant son désir de l'atteindre.

Elle s'arrête ? Est-ce une bête ? Elle perçoit un craquement de branches et de feuilles décalé du rythme de ses propres pas.

Elle guette à travers les arbres.

Plus rien.

Presque désappointée, elle repart et s'enfonce dans un sol poisseux, marécageux. L'idée de revenir sur ses pas est inacceptable. Elle oblique pour contourner l'obstacle, espère un cours d'eau à franchir qui la remettra au sec.

Elle se retourne d'un bloc. L'impression d'être suivie. Née certainement de la peur de se perdre, se dit-elle.

Elle fouille le long d'un arbre mort tombé au sol et trouve un bâton de bonne taille dont elle teste la solidité. Il précédera sa marche, l'avertira des obstacles.

Elle essaie de trouver un repère qui lui assure de suivre une ligne droite. Au loin, une zone plus sombre de sapins. En contournant la sapinière par l'extérieur, elle devrait déboucher quelque part, sur un champ peut-être. Les distances réelles sont infiniment plus grandes que ce que son œil a cru voir. Elle a faim et soif. Même pas pensé à prendre une bouteille d'eau, faut-il être cruche. Pas envie de rire. Pourquoi est-elle incapable de s'en tenir à une sage décision, telle que suivre les chemins de randonnée ?

Elle se voit déjà appelant Aubusson, pour dire quoi ? Comment la retrouveraient-ils ? Son inquiétude grandit et elle s'interdit de s'arrêter. Marcher, marcher. Elle se retourne encore.

La forêt est naturellement bruyante, mais c'est aussi un bon endroit pour agresser une promeneuse aussi peu dégourdie !

Une grande nostalgie la prend, de la ville, de ses rues nommées, numérotées, de ses bus, de ses métros, de ses passants, de ses voitures, de ses repères constants. Si elle s'en sort, sûr qu'on ne l'y reprendra pas.

Elle va s'en sortir.

Et puis, soudain, une tache de vert tellement plus clair, tellement plus continu la guide, elle accélère le pas, courrait presque si les obstacles ne s'obstinaient pas à lui barrer la route, jusqu'à la sortie du bois, où la tache verte se transforme en champ, vide mais au bout duquel elle devine un chemin, percevant même, au loin, un bruit de tracteur. La civilisation à portée de main.

Elle s'arrête un moment pour jouir d'un sentiment de délivrance, de sécurité retrouvée, avant de fouler l'herbe à grandes enjambées.

Elle contourne la forêt de sapins, franchit des barbelés derrière lesquels quelques vaches lèvent mollement la tête pour la regarder. C'est le dernier obstacle, car de l'autre côté, c'est bien du macadam, une route, une vraie route qu'elle arrive à gagner sans se faire piétiner par le paisible troupeau qui la rassure. A pas peur !

Au loin, un croisement, avec un panneau. Elle sort sa carte, vérifie. Au bout de cette route, son croisement, là où sa voiture l'attend et après, la petite auberge de campagne.

Un muret attire son attention, inattendu, charmant, à peu près conservé bien qu'il n'ait l'air de délimiter qu'encore un peu de forêt. Des lauriers au vert luisant se profilent en nombre derrière lui. Elle inspire. Quelque chose parle en elle une langue inconnue et quand elle voit qu'un chemin indistinct, comme une grande allée en partie envahie par une jungle sauvage, s'ouvre sur sa droite, elle ne peut y résister. Elle fait attention cette fois, note le chemin parcouru, s'avance, portée par un sentiment de déjà-vu. Elle frémit d'exaltation joyeuse.

Elle avance au milieu des lauriers et s'enfonce à nouveau dans la forêt enchevêtrée.

17

Ce qui guide Catherine dans ce labyrinthe indistinct est aussi impérieux que mystérieux. Plus d'inquiétude, ni de fatigue, elle va où elle doit et s'arrête soudain devant l'éclat d'un buisson jaune soleil, étincelant d'une intensité lumineuse, qui évoque le printemps, dont elle se rassasie avant d'être à nouveau alertée par une sensation qui détonne simplement de l'ambiance générale. Le buisson ardent marque l'entrée d'un autre monde. Deux pas suffisent à lui découvrir les ruines d'un château.

Le détail des vestiges, le petit balcon de fer forgé au dessin élégant surplombant désormais le vide et ouvert sur un intérieur parfaitement creux, tout indique que cette demeure fut de noble apparence. Plus de toit, des murs écroulés mais un escalier de pierre à l'enroulé subtil, mais des cadres de fenêtres élégants. Des ruines romantiques plutôt qu'inquiétantes…

Le château de la Belle au bois dormant, décide-t-elle, et pense à sa mère car tout, décidément, l'y ramène.

« C'était une nuit d'orage et de tempête. Ouh, ouh, faisait le vent. Le prince-médecin allait dans les rues, triste et solitaire. Il était prêt à attendre toute une vie la femme qu'il reconnaîtrait du premier coup d'œil. »

Catherine connaît la suite, elle pouffe, l'œil brillant de certitude.

« Mais il se trompait, car elle l'attendait invisible et pauvre, trempée par la pluie sur un triste banc et si un éclair blanc ne lui avait pas arraché un cri de terreur, il ne l'aurait peut-être même pas vue, à l'abri de son parapluie… »

Catherine ne se lassait pas d'entendre ce conte inventé par son père pour la consoler, sans doute, de la disparition de sa mère.

Dans les contes aussi, les gentilles princesses meurent, piquées par de méchantes sorcières. Et si la réalité ressemble à un conte, si la petite Catherine est née d'une rencontre magique, extraordinaire, où son père joue le rôle du prince providentiel, sa vie, comme dans un conte, sera pleine de magie et d'événements heureux.

Oui, ces ruines évoquent un décor de conte.

Celui de son papa n'était pas mal trouvé. Il a fait de son mieux, se répète-t-elle comme souvent. Ce n'était pas évident d'élever une petite fille pour cet homme solitaire, plus âgé, décalé. Il lui a transmis, malgré lui, sa réserve, son goût du secret et de la solitude, mais aussi le fantôme d'une maman chimérique et fragile, d'une victime que contredit la précieuse photo d'une Violet conquérante et sûre.

Il y a quelque chose de gai dans cette maison.

En s'appuyant sur le pan de mur encore solide, elle monte l'escalier qui s'enroule vers l'intérieur où poussent, en invasions barbares, un arbre au milieu des ronces, des taillis touffus.

Elle repère l'emplacement de l'ancienne cheminée et perçoit, plus loin, dans la même perspective, une tache noire incongrue sur la palette de teintes naturelles. Le noir n'est pas une couleur. Catherine se hisse sur la pointe des pieds et la perd. Elle se penche pour essayer de voir derrière l'arbre où quelqu'un se cache. Cette fois, c'est sûr, il y a une personne, un homme vêtu de noir, qui l'observe. Une pierre se détache sous son pied, elle se sent basculer, se rétablit, collée au pan de mur.

Elle agite les bras et se met à crier :

– Ho hé ! Y a quelqu'un ?

Puis elle descend l'escalier le plus vite qu'elle peut et part en courant vers la forme entraperçue. Sans réfléchir. Si quelqu'un la suit, elle veut savoir pourquoi. Elle fait quelques pas sur la droite, revient sur sa gauche, s'éloigne davantage, scrute devant elle, derrière elle.

Un bruit de portière, de moteur, une rumeur qui s'éloigne.

L'intrus est parti. Elle se retourne et ne voit plus la maison qui doit être toute proche pourtant. Magie blanche ou magie noire ? Elle espère ne pas se tromper de direction tandis qu'elle rebrousse chemin et repère, enfin, un pan de mur écroulé.

On ne voit la maison que de très près, sinon, elle se confond avec la jungle environnante. Catherine s'approche, intriguée par une tache rouge foncé sur l'escalier.

Une unique rose rouge à longue tige, un pourpre somptueux.

Comment l'intrus aurait-il pu ? Il ne serait pas seul ?

Elle cherche des yeux, mal à l'aise. Elle n'a plus la sensation d'une présence. C'est forcément quelqu'un d'ici. Et c'est pour elle.

Jean-Claude, Olivier… Louis ?

Elle prend la rose, la respire. Une rose sans épine et sans odeur, comme elles sont aujourd'hui. Tant pis. C'est un cadeau. Une rose, l'intention ne peut être mauvaise.

Elle repart vers la route, sa rose à la main. Elle reviendra.

– Je reviens. Je reviens tout de suite, ma petite pomme.

Maman fait pipi dans l'herbe. Maman lui fait faire pipi dans l'herbe parce que c'est doux, les petits brins qui caressent les fesses. Elle lui montre les herbes qui piquent, qui font des boutons rouges plein la peau. À éviter.

Les histoires de maman, c'est Mimi Cracra et Petit Ours brun et puis des berceuses avec des mots qui n'existent pas.

Dans son monde de petite enfance, il n'y a que sa maman, comme si elles avaient vécu à deux, l'une pour l'autre.

Catherine s'arrête net : « Une enfant adoptée ? »

Elle sait que tout le monde a eu ce fantasme-là, un jour ou l'autre. Pas elle. Jamais.

Et pourtant ? Aucune image de famille où ils sont tous les trois. Aucun souvenir à trois.

Sur la route, elle passe un pré, bien propre, bien délimité où court un petit chien noir, jeune sans doute, vu l'énergie de son galop où il lance tout son corps fin. Ses longues oreilles montent et descendent au rythme de sa course. Il est seul. On dirait qu'il a un but et, pourtant, il ne fait que parcourir des cercles réguliers qui le ramènent exactement au même endroit à chaque étape de sa course folle. Il court en rond. Catherine ralentit, s'arrête, fascinée parce que ça n'a pas de sens. Pour elle. Pour lui, sans doute si.

Elle redémarre, son œil accroche la jauge d'essence, elle est en zone rouge. Elle ne sait pas depuis combien de temps. Tout fait métaphore tout à coup, ce qui est absurde.

Elle se dirige vers un petit pont romain annoncé. La campagne est vide, la panne sèche inéluctable.

Un tracteur enfin, au loin, s'immobilise sur le bas-côté pour lui faire place. Elle freine à sa hauteur. La conductrice est une grande femme solide, belle comme une héroïne de western.

– De l'essence ?

L'agricultrice répète interloquée, réfléchit :

– Le plus près, c'est dans une vingtaine de kilomètres. À l'entrée du supermarché. Vous pouvez pas le rater. C'est tout droit.

Catherine retient un sourire, mais pour une fois, c'est vrai.

Quand elle pénètre dans le parking du supermarché, un jeune homme blond, assis dans sa voiture, lui fait un sourire. Elle y répond par un signe de tête, appréciant une nouvelle fois la gentillesse des gens.

Elle fait le plein, roule doucement jusqu'à la cabine en préfabriqué où elle doit payer. La caissière saisit sa carte de crédit, le regard absent.

Une auberge ? Pour déjeuner ? À cette heure-ci ? Il est quatorze heures. Peut-être au café, tout droit par là, ils pourront lui faire un sandwich.

La jeune femme se fige derrière sa vitre, la carte bancaire de Catherine serrée dans sa main. Elle parle d'un ton d'inquiétude sourde et sinistre :

– J'ai déposé mon fils chez mes beaux-parents et j'ai oublié de lui donner son blouson.

Catherine, interloquée, répond d'une voix rassurante :

– Ça devrait aller, il fait doux. Il y a un problème…

Elle veut parler de la carte de paiement mais la caissière poursuit :

– Son cousin m'a dit que son père me trouvait moche et bête. À dix ans !

Perdue, Catherine cherche quoi dire, ce n'est pas grave, les enfants sont parfois provocants, mais la femme continue, elle n'a pas besoin de réponse, d'écoute seulement. Elle sait bien que c'est vrai que son beau-frère l'aime pas. Mais c'est pas bien qu'un enfant répète. Catherine la coupe, elle est désolée, elle est pressée.

– Bien sûr, dit la caissière qui s'affaire, soudain, la mécanique retrouvée jusqu'au sourire automatique et désespérant qui ponctue la formule obligée :

– Merci et bonne journée à vous.

Catherine accélère et jette un œil machinal dans son rétroviseur.

Le jeune homme blond a démarré juste derrière elle. Elle tourne sur une petite route à droite, il suit.

Elle se dit qu'elle devient parano, qu'elle doit se calmer quand le conducteur déboîte, accélère pour être à sa hauteur, l'interroge du regard, indiquant le sous-bois proche. Elle fait non de la tête, accélère, paniquée maintenant. Il accélère aussi, lui fait une queue-de-poisson, amorce un demi-tour et, furieux, lui fait un doigt par la vitre et repart.

Elle regarde la rose. Elle trouve toujours un sens aux évènements, mais les informations qui se succèdent là sont agressives et contradictoires. Déplaisantes. Elle prend la fleur, casse la tige, broie les pétales et balance le magma par la fenêtre.

Quand elle retrouve la nationale qui mène à Aubusson, elle se rassérène, elle veut rentrer, se changer les idées, cesser de poser des questions dont elle n'aura pas les réponses.

Et, de nouveau, l'effet magique du portail franchi lui permet de rallier un monde de normalité et de gentillesse.

Françoise a préparé une tarte aux pommes, si ça lui dit.

Ils ont invité des potes du théâtre à venir dîner. Si ça lui dit.

Elle dit oui à tout car tout sera bien et tout est bien jusqu'au milieu de la nuit quand la vrille d'un regard insistant l'extirpe des profondeurs du sommeil. Elle hésite au seuil du réveil, retenue par un rêve en train de s'effacer inexorablement.

L'instinct de survie l'emporte. Elle est en danger. Il y a quelqu'un dans sa chambre.

Elle ouvre les yeux sur une silhouette assise dans le fauteuil près de la porte, immobile, un fantôme silencieux et flou. Elle inspire bruyamment, un petit cri bref dans le noir, la surprise, la peur, l'incrédulité s'y mêlent. Elle cherche à l'aveugle l'interrupteur de la lampe qui tombe. Le fracas recouvre toutes les données sonores.

Elle s'affole, tâtonne, reconnaît au toucher son téléphone portable, appuie sur le bouton. La lumière, rassurante déjà, jaillit. Elle brandit l'appareil comme une lampe de poche. Le fauteuil est vide. La chambre est vide, la fenêtre fermée, la porte ouverte.

Apeurée, elle récupère la lampe de chevet, la repose sur la table, allume enfin.

La pièce est baignée de lumière, pas de noir, pas de zone sombre et, décidément, personne. Elle se lève. Marque un temps à la porte de sa chambre, ouverte. Ne l'avait-elle pas fermée ? Elle appuie sur tous les interrupteurs, partout où elle passe. Dans le couloir vide, elle récupère le bâton de promenade abandonné, l'idée d'avoir une arme suffit à ranimer son courage. Elle passe du salon à la salle de bains, vérifie la cuisine, d'une pièce à l'autre, elle chasse les ombres, vérifie les recoins.

Elle est seule dans la maisonnette.

Dehors, le noir règne, tout dort. Elle allume la lampe extérieure. Rien ne bouge. Le camion et la Golf sont à leur place.

Elle n'ose pas sortir vérifier la cour. Elle ferme le verrou, donne un tour de clé. Peu importe le ridicule.

Caché par le camion blanc, il l'observe, exposée en pleine lumière. Il devine son corps menu malgré le pantalon de pyjama large et froissé et le tee-shirt informe.

Elle est fragile et vulnérable. Elle a peur. Il jouit de sa peur, un plaisir nouveau. Il la tient entre ses mains. Immobile, invisible, il peut la regarder et la pétrifier de son regard, ou lui accorder l'illusion d'être tirée d'affaire, d'avoir inventé un intrus avant de faire à nouveau irruption puis de se retirer, la laissant désorientée, incertaine.

Ça commence toujours comme un jeu. Sans conséquence jusqu'aux conséquences. Graves.

Arthur s'engage dans un chemin pierreux, arrête la voiture.

– Viens, on va se rafraîchir avant déjeuner.

– Tes parents… ?

– Je leur ai promis de rouler doucement. Ça nous laisse de la marge !

Au bout du chemin, une petite crique sableuse et un lac à perte de vue, limpide et calme. Il fait chaud sans un souffle d'air.

Ils se désapent et plongent dans l'eau fraîche, parcourue de courants glacés. Il fait la planche, dérive lentement embrassant de ses bras ouverts la nature sauvage à perte de vue, sous un ciel idéal parcouru de minuscules cumulus. Il est collé à l'eau, cloué à l'eau même, bras en croix, pieds joints et son cœur et sa bite palpitent de la même attente. Prendre une femme, la posséder, être possédé par elle. Ce qui n'arrivera pas dans cette campagne solitaire.

Puis, comme une petite morte, le cœur pâmé,
Tu me dirais que je te porte
L'œil mi-fermé.

Il se met à hurler :

– Plus léger qu'un bouchon, j'ai dansé sur les flots qu'on appelle rouleurs éternels de puceaux !

– Parle pour toi !

L'eau de l'étang le porte, yeux fermés vers celle qui répondra si idéalement à son attente qu'il la transformera en un rêve de femme.

Il a froid, il en a marre.

Caché derrière le camion, il regarde Catherine toujours exposée en pleine lumière. La nuit est froide mais il brûle. Il est maître du monde. Il est l'ombre insaisissable qui entre et sort, sème les indices, petits cailloux brouilleurs de réel.

Elle le balade ? Chacun son tour. L'ironie de sa phrase sur sa messagerie… ce « tant pis » comme pour tourner en ridicule sa maladresse.

Il la tient dans le creux de sa main, il n'a qu'à refermer les doigts. Elle le pressent. Il la voit fermer le verrou. Ah, il ne pourra plus rentrer dans la maison. Elle a peur. Elle ne l'a pas volé. Il sent la colère qui couve et il l'entretient à petit feu pour qu'elle dure, à bas régime. Il la contrôle. Il décidera quand elle peut s'embraser.

18

LE CIEL EST BLEU, teinté de jaune sans virer au vert ou peut-être est-ce l'éclat du soleil, en démonstration de puissance, qui sature l'azur miraculeux. Les oiseaux eux-mêmes semblent grisés par tant de lumière et volent en tous sens, incapables de se poser, profitant à plein d'un horizon sans obstacle.

La route est rouge, jonchée de feuilles dont on ne distingue plus les contours, des variations subtiles désunissent la couleur de base à moins qu'un effet du rayonnement ne s'amuse à les teinter de clair ou de foncé par gradations successives.

Le macadam est invisible, il n'y a plus qu'une étendue sans frontière sous les roues de la voiture. Il faut rester concentrée pour ne pas donner dans les fossés et les arbres seuls indiquent le virage ou la ligne droite.

En ce dimanche de froid sec, la voûte est de brocart, un somptueux tissu éclairé à contrejour, aucun dessin visible, un réseau minutieux de fines broderies suivant le désordre d'une inspiration débridée, du vieil or aux reflets noisette au rouge grenade, de l'argent vieilli à l'ocre, le rouille de plus en plus intense jusqu'à l'orange vif, les sous-bois restent opportunément dans l'ombre, bannissant le vert et le brun, un fond simple et modeste posé pour mettre en valeur la splendeur du plafond céleste.

Catherine le voit mais s'en fout. Barricadée dans sa maison, elle a peu et mal dormi, submergée par des cauchemars d'un réalisme effrayant.

Un homme jeune très beau, encadré par des flics qui le poussent dans un ascenseur, lui jette un regard d'une méchanceté qui dit qu'il l'atteindra même du fond d'un cachot, que c'est lui qui a gagné, et alors il vieillit à vue d'œil, la beauté se transforme en masque hideux, ridée par la malfaisance, la bouche, un trait sanguinolent.

Une abstraction d'homme, comment dire autrement, sans visage, sans vrai contour mais très réel, très présent, armé d'une branche épaisse et solide, c'est tout ce qu'elle voit vraiment, qu'il abat sur elle et elle ouvre la bouche et hurle de toutes ses forces mais aucun son ne sort et personne ne viendra à son secours.

Une nuit entière à être menacée, agressée, rouée de coups, a laissé sa peau ridulée et tendue en même temps. Ses cheveux sont ternes, aussi défaits qu'elle.

Elle bascule le rétroviseur, se regarde, consternée. Elle attend le premier chemin où se garer sans risque. Elle fouille dans son sac, sort un miroir, un mascara, de la poudre. Fébrile, elle tente un coup de crayon, trop épais, il déborde, elle a cent ans. La poudre semble se fixer dans les creux, marquant davantage son visage. Elle sort un kleenex pour tout effacer. Tout s'étale, c'est un désastre.

Découragée, elle se laisse aller contre le dossier, se rappelle une crème qui doit traîner dans sa trousse, s'enduit de gras et réussit à faire disparaître ses pauvres tentatives de camouflage.

Voilà. C'est réussi. Ses yeux sont rouges, sa peau luisante. Elle se pince les joues, essaie un sourire qui ne monte pas jusqu'aux yeux.

Elle est sérieusement tentée de renoncer.

Mais elle veut savoir, avant demain, comment Gaston a pu légalement épouser une sans-papiers et si Myriam a pu fournir, par inadvertance, des indications précises sur la famille qui l'a réduite en esclavage.

Elle n'est pas en mission de séduction. Ce serait même contre-productif.

D'accord avec Louis, elle veut élucider les symptômes de Mme Villetreix à sa mort, il faut ensuite vérifier l'accessibilité de l'endroit où le cyanure était stocké et la circulation entre les maisons, l'échange de visites entre les cousins, Myriam et Gaston.

Elle a décrété qu'elle se chargeait d'Olivier, le voisin, dans la mesure où ils avaient eu un bon contact, ça n'avait rien de compromettant. Pour elle.

Quand elle l'a dit au téléphone, elle était sincère, factuelle, professionnelle. À voir son état tandis qu'elle se dirige vers Saint-Jean-les-Bois, elle en est loin. Elle est nerveuse, intimidée, avec l'atout supplémentaire de se sentir exceptionnellement moche, ce qui la met en rogne, contre elle-même aussi, d'en être tant affectée. Des épines lui perforent la peau sans désarmer. C'est parfait.

Elle est fatiguée et ne sait toujours pas comment prendre Myriam.

À part ça, elle reste une jeune avocate pleine de promesses qui a judicieusement choisi une affaire trop grosse pour elle.

Renfrognée, fermée, tendue et déterminée, elle se gare devant l'église de Saint-Jean, marche jusqu'à la maison d'Olivier, sonne. Bon, la sonnette est hors service. Vive l'écologie moderne ! Furieuse, elle cogne à la porte.

Un silence dédaigneux lui répond.

Soulagement, détente, déception, colère se mêlent en un petit cocktail d'émotions contradictoires qui achève de la déstabiliser.

Elle repart comme si elle n'était venue que dans ce but, entre dans le village, voit un rideau s'abaisser brusquement dans la maison d'en face, s'en trouve bêtement humiliée. Elle relève le menton. Elle ne va pas se laisser intimider comme ça.

Elle marche jusqu'à la maison de Gaston, récupère la clé, l'enfonce dans la serrure, la porte s'ouvre sans qu'elle ait besoin de la tourner. Elle ne sait pas ce qu'elle cherche mais elle est déterminée à justifier son déplacement.

Elle hésite sur le seuil de l'intérieur sombre, ferme les yeux sur un mélange de bois brûlé, de vieilles pierres, de terre humide, une odeur retrouvée de son enfance. Elle frissonne mais c'est normal, il fait froid.

Son père la prend dans ses bras et la fait tourner en l'air, comme une toupie et elle hurle de peur et d'excitation. Catherine tâtonne et appuie sur l'interrupteur.

Elle retient une exclamation quand toutes les lampes déclenchées simultanément dévoilent une cacophonie de couleurs, depuis les tissus bariolés accrochés aux murs, jusqu'aux matelas couverts d'imprimés multicolores. Ça cogne de partout, miroirs de mosaïques, rideaux de dentelle rose pétard et bouquets de fleurs en plastique dans des vases eux-mêmes à grosses fleurs jaunes, rouges, roses. La poussière déposée par des semaines d'abandon n'a pas réussi à vaincre la couleur souveraine.

Elle ne dissimule pas non plus l'immense écran plat qui domine le salon de sa luxueuse splendeur. La note africaine triomphe aussi dans la cuisine, longue pièce à gauche de l'entrée où les étagères sont couvertes de vaisselle en fer-blanc, de bassines à fleurs, de verres à dessins dorés.

Le contraste est d'autant plus frappant avec l'étage conservé dans le jus maternel des chambres aux lits de bois austères, aux matelas étroits couverts de courtepointes molletonnées, encombrées de solides tables de nuit et de lourdes armoires.

Dans le couloir, une photo des parents de Gaston, Camille et Huguette, a échappé au sirocco africain et la salle de bains a gardé son relent d'inconfort originel. Baignoire sur pieds, à l'émail usé, dont le semblant de douche pendouille sur son support unijambiste, lavabo à la faïence jaunie.

Étrange juxtaposition de deux mondes qui n'ont pas su se mélanger. Serait-ce la clé du mystère ? se demande Catherine.

Elle a envie de repartir au plus vite. Elle ne sait pas si la tristesse qui l'a saisie tient à l'évocation, tapie en elle, prête à surgir, d'un bonheur d'enfance dont elle n'a pas su garder la trace ou à ce que raconte la maison, lugubre parce que la vie s'en est trop longtemps absentée. La poussière accentue l'aspect criard et bon marché des aménagements tentés par l'étrangère, le froid appesantit l'air stagnant, et les murs mêmes sont mornes et froids de n'être ni habités ni regardés. L'abattement général rend l'atmosphère sinistre et la maison muette.

Dans le grenier, Catherine parcourt du regard les piles de journaux jaunis, une vieille malle remplie de vêtements mangés par les mites, le fauteuil bancal, des chaises à la paille rongée, les crottes de souris, les toiles d'araignées.

L'ambiance étant à la hauteur de son moral, dix pieds sous terre, elle renonce à visiter la cave.

Une porte en bas vient de grincer. Catherine en est certaine. Ce n'est pas le vent. Il n'y en a pas. Quelque chose, quelqu'un se déplace furtivement.

Et soudain, proches, au-dessus de sa tête, des pas pesants retentissent. On marche. Catherine guette, l'œil fixe, les oreilles tendues, menacée en sandwich par en haut et par en bas. Un mouvement rapide attire son œil. Une souris vient de traverser le grenier.

Entre deux maux, choisir l'action. Elle descend l'escalier de planches, entre dans la chambre conjugale, ouvre la fenêtre, pousse les volets, prête à hurler si on l'attaque.

Elle cherche une arme, voit le tisonnier dans l'âtre mort, le saisit, bien en main. C'est un réconfort.

Cette fois, c'est sûr, quelqu'un monte l'escalier et une voix forte, une voix de femme appelle :

– Pas la peine de vous cacher ! Allez, montrez-vous !

Catherine hésite, bras levé, devant l'apparition dans le cadre de porte. Le visage est vaguement familier, une tête de brebis. C'est l'image qui lui vient aussitôt. L'intruse est âgée, plus de soixante ans, un corps rectangulaire sans forme, des bottes en caoutchouc et un tablier de ménagère impeccable, bleu clair à fleurs jaunes.

– Hé, vous n'allez pas me taper dessus en plus. Lâchez ça !

Car Catherine brandit le tisonnier, elle ne s'en rendait même pas compte.

– Pardon... J'ai eu peur.

– Normal. Quand on rentre chez les gens sans y être invitée...

– Mais il n'y avait personne.

– Justement !

– Mme Villetreix m'a autorisée...

– C'est pas chez elle ici...

– Je suis...

– Je sais qui vous êtes. Allez, on descend !

– Attendez... il y a quelqu'un là-haut... J'ai entendu des pas.

– Ça, c'est le loir. Vous l'avez dérangé. Voilà tout. Allez, vous pouvez reposer votre bazar à sa place.

La femme a les cheveux gris resserrés autour du crâne par une mise en plis serrée. En dépit de la rudesse de son ton, elle a un visage doux. Il y a de la mollesse dans ses traits comme si la pensée n'avait jamais été assez ferme pour les préciser.

Catherine pose le tisonnier, se redresse, tend la main :

– Maître Catherine Monsigny.

La femme ne la prend pas.

– Je vous ai dit que je savais qui vous êtes.

– Et vous ?

– Je suis la femme du cousin de Gaston. Ça vous va comme ça ?

C'est comme si la vie et son cours étaient redevenus normaux. Toute impression de fantastique évaporée, le naturel de Catherine reprend le dessus. Cette femme à la rudesse condescendante ne l'impressionne pas.

– Je vais vous demander de changer de ton. Je suis l'avocate de Myriam Villetreix, elle m'a demandé de passer chez elle. Quand je suis venue avec Louis Bernier, je n'ai pas eu l'impression que ça posait le moindre problème…

– Louis, on le connaît, c'est pas pareil. Si ça vous amuse de défendre une coupable, ça vous regarde, mais vous n'avez pas à venir fouiner comme ça.

Elle sauve la face mais le cœur n'y est plus.

– Myriam nie, vous savez. Le procès sert à ça, à faire sortir la vérité.

– Je peux vous la dire, moi, la vérité, pas besoin d'un procès. Gaston était faible, sans vouloir dire du mal des morts. Gentil, mais il n'avait pas inventé le fil à couper le beurre non plus. La Myriam est une maline. Elle joue l'oiseau des îles mais c'est un rapace. Vous pouvez demander autour de vous. Elle l'a brouillé avec tout le monde. Elle se donnait des airs comme si elle était chez elle. Notre famille est là depuis des générations. On n'a jamais bougé d'ici. Et voilà celle-ci qui arrive et qui veut faire la révolution.

– Vous êtes Josiane, c'est ça ?

– Et alors ?

– Vous avez dit vous-même aux gendarmes que Gaston était heureux avec elle.

– Les premiers temps ! C'était pas prévu qu'il ait une femme ; il n'en revenait pas. Normal. Il a fini par en revenir, croyez-moi. Et si elle était pas en prison, croyez-moi que la maison et le reste, tout aurait été liquidé, hop, comme ça.

Le seul intérêt de cette rencontre, se dit Catherine, c'est de lui montrer un témoin à l'œuvre. Une avocate avertie en vaut deux. Maintenant, il faut en finir et elle sait faire. Exercice pratique. Changement de ton et d'attitude.

L'intonation précise et sèche, Catherine demande à la femme du cousin de quitter les lieux, elle est chez Myriam jusqu'à plus ample informé et si une présence est légitime sur les lieux, c'est bien celle de l'avocate, en tant que représentante de la propriétaire légale.

La Josiane se retire en grommelant qu'on ne sait plus dans quel monde on vit.

Catherine, guillerette après cette victoire sans gloire, se met en quête d'un petit souvenir à apporter à la détenue, en signe de paix et de bienveillance. Elle ouvre la grosse armoire. Des draps occupent les étagères du haut, les vêtements de Myriam, les deux du bas. Un petit coffret rempli de colliers de perles colorées. De jolies écharpes mais il n'est pas sûr qu'elles soient autorisées en prison. Et puis, entre deux gilets, une petite poupée de chiffon cousue artisanalement, sans doute le seul jouet rescapé de l'épopée de Myriam, noire, la tête hérissée de cheveux en grosse laine, la bouche en cœur, vêtue d'un petit débardeur de coton et d'un pantalon à rayures, doigts et orteils soigneusement découpés, sandales en feutre ajustées sur les pieds. C'est exactement ce qu'il lui faut.

Sur sa lancée, Catherine ouvre les tiroirs de la commode.

On est chez Gaston. En dessous, des pantalons en grosse toile à rayures, soigneusement reprisés par endroits, vêtements restés pliés depuis longtemps, au-dessus deux blue-jeans et un pantalon de coton. Deux pulls à col montant et zipper. Des slips un peu informes, des chaussettes en laine… les sous-vêtements ne sont pas forcément révélateurs de la vie sexuelle.

Un placard aménagé dans le mur révèle des robes sur cintres dont celle à pois de la photo, et un costume d'homme, des chemises blanches. Dans le bas, au fond, Catherine extirpe un vieux missel relié, à la tranche dorée. En tombe la photo d'un communiant, au cheveu humide bien plaqué, la raie à gauche, au visage sérieux et régulier, lisse, œil confiant, un beau visage, se dit Catherine, un visage respirant les avenirs ouverts. Gaston à l'âge de tous les possibles.

Catherine se demande à quel moment les possibles se confondent en une unique porte étroite et remet le livre en place.

Elle jette un œil dans les tables de nuit, y voit un paquet de couches pour adultes.

Personne n'a mentionné l'incontinence de Gaston.

Choquée, elle referme.

Elle a hâte de sortir.

Elle referme avec la clé qu'elle pose dans sa cachette habituelle.

Saisie de mélancolie, plongée dans des pensées indistinctes, elle ouvre sa portière, s'apprête à monter quand une voix la hèle :

– Vous pourriez dire bonjour !

Elle se tourne avec un grand sourire censé dissimuler sa tête de déterrée. Plaisir, inquiétude, dépit, soulagement. Absent, ou présent, Olivier le voisin a l'art de susciter des mélanges chimiques détonants.

19

Le soleil mal placé sature l'image de lumière. L'église en perd ses contours, sa silhouette rustique et robuste tangue légèrement. En vérité, c'est le plissement de l'œil qui donne du mouvement au monument bien assis, se rassure Catherine devant le vacillement du monde.

Olivier aussi est bien d'aplomb sur ses deux pieds légèrement écartés.

Il suffit d'un pas vers l'ombre du portail pour que Catherine distingue les détails. L'écolo porte un pack de bières, coincé sous le bras droit, le journal dans la main gauche.

Catherine, aussitôt, se justifie. Au contraire, elle est passée chez lui, elle voulait le voir et puis, comme il n'était pas là, elle est allée chez Myriam… Elle s'interrompt, fait silence, penche la tête, esquisse un sourire qu'elle espère d'autodérision et dit :

– Bonjour.

Lui aussi la regarde. Vraiment. Cet homme semble toujours avoir le temps. La plus belle des possessions, pense soudain Catherine qui n'avait jamais entendu l'expression dans ce sens-là.

– Vous avez une petite mine.

Établi avec bienveillance, c'est un constat qu'il est impossible de mal prendre. Il semble réfléchir sans la quitter des yeux :

– Vous êtes pressée ?

– Ben non, c'est dimanche.

– Je vous emmène pique-niquer, alors. Mais d'abord, je ne sais pas si vous avez regardé… de toute évidence, non. Venez chez moi voir quelque chose de rare et de beau.

Lui non plus ne ferme pas à clé.

Elle le suit. Ils traversent la maison l'un derrière l'autre. Avec un geste qu'elle reconnaît, si semblable à celui de sa mère lui faisant cadeau de l'espace, de l'univers, il lui offre son jardin.

On dirait qu'elles tombent du ciel mais, en vérité, elles tombent des branches. Les feuilles, toujours elles, multicolores, confettis gracieux et légers, remplissent l'espace de leur chute continue à la régularité sidérante.

Elle cherche un commentaire autre que : « C'est beau. »

– L'automne est tardif.

C'est plus original.

– Ah mais justement, ce n'est pas un automne banal. C'est la première fois que je vois ça. L'automne est effectivement tardif. Il a fait très froid la semaine dernière, pendant deux jours, je pense que ça a accéléré la mort des feuilles qui ne tenaient plus aux branches qu'à un fil et comme aujourd'hui, il n'y a pas de vent pour les emporter, elles glissent doucement vers le sol sans se cogner, sans s'encombrer. Un phénomène quantique ou je ne m'y connais pas… Allez en piste !

Il jette un regard critique à ses baskets.

– Regardez dans la panière de l'entrée, vous trouverez des bottes à votre taille. Vous aimez le saumon fumé ?

Il la prend en charge spontanément, sans signe d'autorité particulière, généreusement et solidement. Elle n'a pas l'habitude. Elle se défait, comme un nœud trop serré. Elle respire, des larmes lui montent aux yeux et elle file vers l'entrée pour qu'il ne voie rien.

Olivier circule dans une Fiat Panda qui n'a pas dû rester neuve longtemps. Il demande, l'œil sur la route :

– Vous voulez me dire ce qui s'est passé ?

– Rien d'extraordinaire, je ne sais pas pourquoi ça m'a contrariée comme ça…

Catherine s'aperçoit qu'elle ne répond pas à la question. La simplicité de cet homme dénonce, par contraste, le plus petit détour, la moindre affèterie. Elle reprend. Autrement.

Elle raconte sa visite de la maison, interrompue par l'arrivée de Josiane.

Il ne pose pas de question, prend le temps de jauger l'ensemble :

– À la campagne, on est souvent brutal par timidité. La jolie Parisienne avec son pull en cachemire et son pantalon comme dans les magazines… on anticipe sur votre arrogance présumée et on y répond par avance. C'est pas une méchante, Josiane. Elle défend son territoire. C'est ce qu'on fait tous, non ? La différence, c'est la définition qu'on en donne. Ce serait quoi, le vôtre ? Votre terrain, votre pré carré, votre cachette secrète ?

– Mon enfance.

C'est sorti en dépit d'elle. Mais il ne pousse pas son avantage.

Elle est plongée dans ses pensées qui n'en sont d'ailleurs pas, elle savoure la sensation inédite d'un instant immobile qui se prolonge sans événement, étale, lisse.

« Jolie Parisienne. » Il la trouve jolie.

La voiture ralentit, doucement, le moteur est coupé. D'un mouvement de tête, il lui indique où regarder : un faon bondit, sa légèreté niant la gravité, hop, il a disparu.

Ils redémarrent.

Le temps de la route, il raconte le mariage de Gaston et Myriam. Une vraie noce de campagne. Un vent de folie soufflait. De jolie folie.

– Je suis allé voir Myriam en prison. C'est la Myriam d'avant-avant, je pense. L'oiseau en cage dans un bel appartement du seizième, l'éternelle victime roulée par la vie, roulée par les tempêtes de la vie. Mais pour moi, ce n'est pas la vraie Myriam. Une notion difficile à expliquer, j'avoue, mais…

Gaston a mis une cravate, il se tient bien droit, épaules en arrière, mais il se tripote les doigts dans tous les sens :

– Je vais me marier.

Un couple, c'est un couple. Des improbables, il y en a plein les villes et les villages et ils tiennent, c'est du solide. D'autres qui semblaient faits pour être ensemble de toute éternité pour l'éternité sont balayés au premier souffle et se séparent dans l'acrimonie et la violence.

Gaston et Myriam… Elle lui donne une virilité qu'il ne savait pas posséder. Pas seulement sexuellement. Elle projette sur lui ce dont elle a besoin : une carrure solide, des racines, de la loyauté, du courage.

Il tente de ressembler au reflet du miroir qu'elle lui tend. Pendant un temps.

Deux maltraités de la vie se remettent mutuellement d'aplomb.

Tout Saint-Jean est saisi de contagion. Parce qu'une belle histoire, c'est une belle histoire. On ne peut pas rester grincheux face à son évidence criante. Myriam accoste de beaucoup plus loin encore que Gaston. Pour arriver jusqu'à la terre ferme de Saint-Jean, il lui a fallu une énergie et une vitalité phénoménales. Elle a peur. Peur d'un accroc, de la police, du passé. C'est sûr qu'elle en rajoute dans l'humilité, la modestie.

Après… elle est comme tout le monde, elle croit au miracle. Le mariage, les papiers, la légitimité, la propriété, c'est le bonheur garanti. On ne sait jamais ce qui fera le bonheur. On sait juste qu'on est heureux ou pas.

Elle devrait l'être mais ne l'est pas. Elle s'affole à chercher ce qui pourrait la combler. Gaston et elle partent à la mer. En Bretagne ! Un désastre annoncé, ce face-à-face désœuvré.

Quand Olivier est en Creuse, il est tout le temps occupé à retaper sa maison. Ses séjours sont courts, il n'a pas les moyens de payer des artisans, il s'affaire, très occupé. Alors… Toc, toc.

– C'est moi. Je t'ai apporté…

Une tarte, un jus de fruits, des pommes de terre… Et la Myriam s'installe avec rien à faire. Elle s'ennuie, elle veut palabrer et ici, c'est comme partout, c'est codé. On parle entre soi, les potins, les informations. Myriam ne fait pas partie de la tribu. Il faudrait qu'elle se coule dans le moule commun, mais elle a d'autres ambitions. Des ambitions sans contour, sans réalité. Autre chose. Ce qui ne veut rien dire. Olivier lui semble plus proche. Plus compréhensif, plus compréhensible parce qu'il est d'ici et d'ailleurs aussi.

Il se gare en bas d'une côte. Il rigole :

– En fait, on va là-haut, mais ça se mérite !

Catherine ne peut s'empêcher de poser la question :

– Mais alors, vous aussi, vous croyez qu'elle est coupable.

– Je n'en sais strictement rien.

– Capable d'être coupable ?

– On l'est tous, non ? Et maintenant, silence, femme de la ville !

En bas du talus, ils rejoignent un petit pont ancien, une arche de pierres jointes qui enjambe un cours d'eau.

Derrière, un bout de jungle dans laquelle Catherine suit son guide en essayant d'adopter le même pas tranquille et régulier.

Pour escalader un espace rocheux, il lui tend la main dans son dos. Elle la saisit et découvre la solidité de sa poigne.

L'eau dévale la pente qu'ils remontent. Son tintamarre les accompagne.

Ils passent devant une maison aux volets clos comme le jardin l'est d'un muret. L'herbe est rase, pas une feuille en vue, pas d'arbre non plus. Une haie taillée en farandole de sabliers.

Ils franchissent une petite digue et débouchent sur une cascade d'un mètre de haut, entourée de rochers plats, assortie d'une table de pique-nique avec son banc de pierre.

– Et maintenant à l'eau !

Elle le suit, le pas vacillant, sur les roches glissantes. Il la guide du bras et ne la lâche que lorsque sa stabilité est assurée. Il avance alors à son tour, la précède à nouveau et reprend son rôle de chevalier du ruisseau.

Le temps s'est suspendu, en dépit du mouvement.

L'étrange impression d'avoir échappé au cours de la vie en suivant celui de l'eau. Cela pourrait durer toujours. Il n'y a plus que leurs deux souffles mêlés, le clapotis régulier et le jaillissement plus grossier des gerbes d'eau que chacun de leurs pas soulève. De part et d'autre, un enchevêtrement d'arbres et de ronces fait écran au monde.

Ils sont arrivés. Il n'a pas besoin de le dire, et d'ailleurs il se tait.

La rivière est élargie en bassin d'eau, ralentie par les deux dénivelés de roches dont l'un filtre le débit et l'autre permet l'écoulement.

Il retire son sac à dos, en sort un vieux duvet qu'il pose sur une roche bien plate. Une autre un peu plus basse fait office de table. Il dépose leur repas, le gros pain, la barquette de saumon, une bonne part de fromage, deux pommes et une bouteille qu'il débouche en priorité. Il verse le vin blanc dans deux gobelets en plastique.

Il l'invite à trinquer et boit en savourant le petit vin rugueux. Puis il part dans une rêverie dont elle ne se sent pas exclue puisqu'elle s'abandonne au même plaisir de suivre le mouvement argenté des éclats de soleil sur l'eau qui tressaille d'ombre en clarté, sans jamais se fixer.

C'est lui qui prépare les sandwichs :

– Chez moi, la femme n'est pas une ménagère.

Ils mangent en silence. Elle dévore pour de vrai. Il remplit leurs verres jusqu'à la dernière goutte et range la bouteille dans son sac.

D'un geste triomphant, il sort alors la surprise finale, un thermos de café chaud.

Le silence est doux.

D'un geste prompt, il attrape soudain un éclat argenté et lui montre une petite truite affolée au creux de sa paume. Il la rejette dans l'eau où elle fuit, disparaît dans le courant.

– Une future maman, à tous les coups.

Catherine s'entend dire d'une voix calme :

– Je venais d'avoir quatre ans. Quelqu'un a pris ma mère comme vous la truite, mais au lieu de la remettre à l'eau, il l'a massacrée.

– Ça s'est passé où ?

– Je ne sais pas. À la campagne

Elle sourit à peine.

– Ça doit être pour ça que je n'arrête pas d'y penser depuis que je suis ici.

Et puisqu'il ne lui demande rien, pour la première fois, elle raconte à quelqu'un d'autre qu'elle-même le 12 avril 1988.

Quand l'ombre gagne sur les rayons de plus en plus réticents du soleil, ils rangent ensemble les restes du repas. Olivier ajuste son sac à dos, mais ils ne repartent pas par la rivière.

Dans l'arc boueux qui fait office de plage, un chemin s'ouvre, assez commode pour qu'elle n'ait plus besoin de soutien, ce qu'elle se prend à regretter, qui les mène directement à la route qu'il n'y a plus qu'à descendre jusqu'à la voiture.

– C'est plus mystérieux par l'autre côté, se contente-t-il d'expliquer.

Sur la route, il lui dit qu'à son avis elle a beaucoup plus en commun avec Myriam qu'elle ne pense.

– Pourquoi ?

– Elle, on lui a tué ses deux parents, mais elle était, comme vous, petite et effrayée.

Plus tard, il parle de la famille Villetreix, des cousins. Il lui raconte pourquoi il est parti à Paris et comment il a décidé de revenir.

Puis il la ramène à sa voiture sans proposer de halte chez lui. Quand elle est au volant, il se penche et dit d'un ton sérieux :

– Il y a des secrets que les morts préfèrent emporter avec eux.

Elle se sent triste, déçue, dépitée, met le moteur en marche.

Il lui fait signe. Elle ouvre la vitre :

– Quand est-ce que vous revenez ? Me voir, je veux dire.

Et, comme elle n'a pas mis le chauffage et que la buée commence à couvrir le pare-brise, du doigt il y note un numéro de portable.

20

SUR LE QUAI DE LA GARE, Catherine n'en finit pas de ressasser son dépit et sa vexation. Furieuse aussi, saisie d'une envie irrésistible de punir cette resquilleuse qui veut profiter de tout sans rien donner : elle n'a qu'à se trouver un autre avocat qui accepte de la défendre pour trois euros cinquante ! Elle verra la différence !

Myriam n'a pas voulu la rencontrer.

Il doit y avoir une parade à ce genre de situation, une technique pour remonter le courant. Renaud lui a dit qu'elle pouvait lui demander conseil. Comme elle sera incapable de se fixer sur autre chose, elle compose le numéro de portable de son patron en priant qu'il réponde, ce qui serait un signe que la chance n'a pas totalement tourné.

– Oui, bonjour, c'est Catherine Monsigny… Je devais revoir ma cliente ce lundi et elle a refusé de quitter sa cellule.

Elle arrive, à peine, à maîtriser son ton spontanément geignard. La voix calme répond :

– Elle a besoin de réfléchir. Vous avez dû lui poser un dilemme, sans vous en rendre compte. Je trouve ça bien. Elle est active, d'une certaine façon, elle n'est pas là, en attente, prête à vous suivre au garde-à-vous.

Comment peut-on suivre quelqu'un tout en restant au garde-à-vous ? Aurait-elle surpris Renaud entre les bras d'une maîtresse ? Elle regarde l'heure qui est celle du déjeuner à laquelle il s'absente quotidiennement. C'est étrange qu'il n'ait jamais rien tenté avec elle.

Elle secoue la tête, il faut qu'elle arrête avec ses fantasmes de midinette, le voisin écolo d'un côté, l'amant obsessionnel de l'autre et le patron, figure œdipienne au centre.

– Pardon ? demande Renaud, qui a entendu un étrange bruit au bout du fil.

– Pardon, non, je me raclais la gorge. Envisagé sous cet angle… j'avais peur qu'elle ne me trouve pas à la hauteur…

– Vous ne devez jamais, jamais vous poser la question d'une évaluation de votre valeur par quiconque. Et surtout pas par votre client. Vous m'entendez ? C'est une règle d'or. Nous sommes régis par des rapports animaux. Le doute, l'attente sont immédiatement ressentis et là, vous êtes sûre de perdre tout crédit. Laissez-la macérer, avancez, tenez-la au courant. Allez, confiance, je sais que vous êtes à la hauteur, mais c'est vous qui devriez en être la première et le mieux persuadée.

Elle ne peut retenir un petit rire.

– Voilà un argument inattaquable.

– Vous rentrez quand ?

– Le train ne va pas tarder. Je serai au cabinet cet après-midi.

– Non, vous avez une comparution immédiate. Je vous passe Sophie, elle va vous expliquer.

Catherine sourit au monde. La vie reprend, son patron croit en elle, un petit accident de parcours est inévitable. Il y en aura d'autres. Elle jubile. La voilà remise en selle, avec des objectifs professionnels en vue, cadrés, précis, objectifs. À elle, le macadam et la pollution ! Les séjours au vert ne lui servent qu'à se raconter des salades sur sa mère, le voisin, son père… sans parler de l'entrevue avec Josiane, ridicule. Ce n'est pas du travail sérieux. Ce n'est pas elle.

Dans le train, une fois calée sur son siège, elle abaisse la tablette, sort son ordinateur et répond à ses courriers en retard.

Quand son portable annonce un texto, elle jette un œil, c'est le numéro de Cédric : « A tout de suite ! »

Elle prend deux secondes pour se demander comment il sait qu'elle est dans le train et qu'elle arrive à Paris puis réalise que son message n'implique rien. Il frime. C'est son genre.

Elle sort son carnet et note de faire des recherches sur la mort des parents de Myriam. Il y a tout le temps des guerres en Afrique et des massacres et des épidémies. Cela donnerait un cadre à sa défense. Une enfant grandie dans la terreur et la violence, trahie par les adultes à qui elle est confiée, ne va pas s'amuser à empoisonner son bienfaiteur quand elle trouve enfin asile.

L'argument pourrait se révéler contre-productif car la violence génère la violence. Elle ne va pas non plus interroger Renaud toutes les trois secondes. Elle manque de matériaux, d'informations parce qu'elle n'a pas accès à Myriam. C'est cela aussi que signifie cette fin de non-recevoir.

Elle sort ses dossiers pour le lendemain.

En correctionnelle, deux dealers de dix-neuf et vingt ans. Récidivistes. Hors réel. Le genre à se mettre la tête sur le billot en pensant qu'ils sont les héros d'un jeu vidéo. Qu'ils se taisent et ce sera déjà un grand pas pour l'humanité pensante.

Elle se dit ça mais elle les adore. Elle va s'amuser. Ce sont ses clients préférés. Sans doute parce que, depuis la naissance, on leur a imposé une route et une seule et que les fumeurs de pétards n'ont qu'à ne pas consommer. Et que mettre ces types-là en prison aujourd'hui, c'est préparer les gros voyous de demain.

Elle a ce fantasme, un jour, de plaider sur le fond, genre état de la société qui marche sur la tête. Elle est certaine que ça ferait du bien à tout le corps judiciaire qui applique les lois qu'on lui impose, auxquelles il est difficile de croire. Comment évacuer le politique du judiciaire quand il en est le socle de plus en plus encombrant ? La démocratie ressemble au parcours de l'équilibriste, instable, incertain, qui demande une vigilance de chaque instant. Elle secoue la tête entre rire et moquerie. Quand elle enfourche ce type de cheval, c'est qu'elle a envie d'avancer. C'est bon signe.

Il est bien sympathique cet Olivier mais il vit sur une autre planète où elle aurait vite fait de s'ennuyer.

Elle plonge dans cette jolie affaire Bouscard, une escroquerie dont Renaud lui a confié le dossier. C'est une Marocaine, une femme splendide, qui a écoulé tous les bijoux de son ex, un antiquaire du Louvre, lequel a disparu dans le désert, la même semaine que la joaillerie, sans laisser de traces. Un crime parfait. Catherine aime bien quand les femmes se rebiffent et font mentir l'adage selon lequel les hommes tuent davantage. Égalité en tous domaines !

C'est le genre de boulot qu'elle adore : traquer le vice de forme. Ça demande une attention et une concentration qui ne laissent la place à rien d'autre, exactement le type d'exercice dont elle a besoin. Si elle trouve, Renaud sera content.

Et elle trouve ! La Marocaine va sortir. Présentée au juge d'instruction vingt heures et quinze minutes après la garde à vue quand le délai légal est de vingt heures PILE. Les flics vont devoir manger leur képi.

Bien sûr, Cédric n'est pas à la gare. Elle le regretterait presque. Il aurait été parfait pour faire passer ce week-end imparfait qui l'a réduite, quatre jours durant, à l'inquiétude, la fébrilité, l'indécision. Elle ne se reconnaît pas dans cette personne-là.

Elle regarde l'heure, sa valise est trop lourde, elle la dépose à la consigne. Elle file au tribunal, plaide pour un renvoi qu'elle obtient. Le client récidiviste est content, elle aussi. À bientôt pour de nouvelles aventures.

Un voleur à la tire tunisien lui a raconté qu'à sa sortie de prison, il avait fait une encoche pour marquer sa place, où il reviendrait, un jour ou l'autre, immanquablement. Il faudra qu'elle le raconte à ses dealers.

Quand elle rentre chez elle, enfin, traînant sa valise de marche en marche, incapable de la soulever, elle découvre une rose rouge sombre posée sur son paillasson, comme une menace, pense-t-elle.

L'escalier est vide. La minuterie s'éteint alors qu'elle est en train de vider son sac à la recherche de ses clés. La lumière se rallume sans qu'elle ait fait un geste et pourtant, aucun pas, aucun bruit dans l'escalier.

Elle fouille un peu plus nerveusement, son trousseau est là, elle l'entend, le sent sous ses doigts, il est pris dans quelque chose qu'elle extirpe enfin... la poupée de Myriam. Impossible de démêler le jouet de chiffon et le porte-clés, elle tire un coup sec, arrive à insérer la clé dans la serrure, tourne, pousse sa valise à l'intérieur, jette son sac par terre, referme vite, tire le verrou.

Absurde.

Un agresseur aurait eu mille fois le temps de l'attaquer.

En sécurité, plus à même de penser, elle se dit que si c'est la même personne, et ce doit être la même personne, qui a déposé la rose ici et là-bas, elle cherche à l'inquiéter. Pas à l'agresser. Elle lui envoie un message. Pourquoi ?

Serait-ce lié à l'histoire de Myriam ? Une rose ?

Son téléphone ronronne : Cédric. Soulagement inattendu. Elle décroche.

– Tu es rentrée ?

– À l'instant.

– Je peux t'inviter à dîner ?

– ...

– Allez, je suis sûr que tu as bossé tout le week-end, dans le train aussi, et ton frigo est vide.

– Cédric ?

– Oui ?

– La rose, c'est toi ?

– Euh, une rose… merde, ça t'aurait fait plaisir ? Putain, qui c'est qui s'est permis de t'offrir une rose à ma place ?

Elle rit. Elle accepte l'invitation. Il est drôle, il est charmant, elle lui raconte la Marocaine, Myriam, la Creuse. Et, comme elle n'a pas envie de rester seule, et comme elle se sent bien avec lui et que ça ne mange pas de pain, après tout, elle lui propose de venir. Hésite à le prévenir d'un danger potentiel.

Si un cinglé fait une fixation sur elle, il pourrait s'attaquer à Cédric.

Mais non, tout se passe sans encombre et le désir occupe tout l'espace.

Tout en s'abandonnant aux mains habiles de son amant, passive cette fois, elle sent en elle un double mouvement de répulsion-attraction. L'autre jour, elle s'est servie de lui, ç'aurait pu être n'importe qui. Là, c'est bizarre, elle lui en veut de son empressement, elle voudrait être plus incertaine, il y a du dégoût dans son désir, elle voudrait qu'il la prenne, vraiment, et lui en veut par avance d'oser la soumettre. Elle n'a pas l'habitude des relations tordues. Elle a envie de lui faire mal, elle lui rentre les ongles dans les hanches, le tient à distance pour qu'il la force et il se prête au jeu, si c'en est un, s'en empare plutôt, augmente la mise jusqu'à l'explosion qui expulse les miasmes et le pus, la saleté, suivie du soulagement énorme et calme d'après l'orage, quand le ciel étale sa clarté bienveillante.

Quelque chose a changé entre leurs corps, elle ne maîtrise plus la situation comme la première fois.

Cédric ferme les yeux et les traits de son visage se verrouillent simultanément dans un masque mystérieux.

Elle le regarde, dessine les lignes du nez, des orbites, des lèvres qui s'animent l'une après l'autre et il sourit, ouvre les yeux, la regarde avec tendresse et même reconnaissance. Métamorphose.

Il la serre contre lui :

– Tu me rends fou.

Et elle prend cela pour un compliment.

Elle sait qu'elle ne peut pas lui demander de partir, ils ont un précédent, il le prendrait mal, elle se résigne à se faire une place contre son dos, les bras l'enserrant. Le lit est trop étroit, de toute façon.

Elle est épuisée, elle va s'endormir facilement. Elle dort déjà. Aveuglée par une lumière verte aussi stridente qu'une séquence musicale répétée à l'infini. Sans vraiment se réveiller, elle l'entend sortir du lit. Ce doit être la nuit. Elle dort.

Il a été discret et silencieux. Quand elle se réveille, il n'est plus là. Sur la gazinière, dans la cuisine, un petit mot gentil : « Ne m'en veux pas. Je dors mieux seul. » Comme elle.

21

CHEVEUX BLONDS en anglaises à moitié défaites encadrant l'ovale plein du visage régulier, bouche petite et capricieuse, œil calme et attentif, la femme, assise sur la droite, porte une longue tunique froncée, retenue sous la poitrine, dont le rouge orangé a des reflets de lumière pâle. Doublée de jaune, une étoffe bleue, soie ou satin, tombe en plis larges des épaules jusqu'au sol, marquant l'écartement des cuisses. L'assise est ample, assurée, mais le buste très droit, légèrement penché en avant, marque une alerte encore retenue. La main gauche, paume en avant, doigts recourbés est un mélange d'accueil et de rejet.

Le fauteuil de la femme est installé sur la terrasse d'une maison dont on ne voit qu'un mur et une ouverture, béant vers l'intérieur sombre.

Agenouillé sur un lit de verdure, dehors, l'ange, au pur regard d'enfant, lève la main droite en signe de bénédiction.

Le docteur Monsigny rejoint Catherine, suit son regard, fait mine d'examiner le tableau puis passe au suivant. Ils sont dans la galerie des Offices à Florence. Leur court séjour en tête à tête est la surprise de Noël faite à la fille par le père.

L'idée baroque de choisir le transport ferroviaire se révèle propice au dépaysement d'un voyage à rebours dans le temps. Mal aéré, le train de nuit aux mille arrêts, bruyant, inconfortable, trop chauffé, impose son charme suranné et ouvre la parenthèse parfaite, inespérée dont Catherine avait peut-être besoin.

Du vieil hôtel vermoulu avec ses hautes fenêtres bourgeoises, au salon viscontien, un peu décati quand même, ce qui le rend moins intimidant, en passant par les petits bistrots qu'ils choisissent à l'intuition, aux boutiques luxueuses, aux façades ponctuées de sonnettes en cuivre ouvragé dans les ruelles sombres, mystérieuses, jusqu'à la langue, familière et étrangère, Florence ressemble à un décor de théâtre, aussi irréel que le rapport entre le père et sa fille. Tels les personnages de Henry James, ils vont, vaquent, baguenaudent pendant que les démons s'agitent dans les profondeurs et massacrent leurs vies.

Elle s'en veut, se trouve injuste, un chien qui creuse le sol où le cadavre est enterré au lieu de batifoler à la surface.

Sauf qu'elle tient le premier rôle dans cette comédie apparemment légère d'un long week-end intime et complice où ils communient dans le plaisir partagé de l'art et de la découverte, leur conversation inlassablement nourrie par leurs promenades et leurs observations. Sauf qu'elle se tait sur le seul vrai sujet qui compte, socle de leur relation, le secret qui désormais l'obsède.

Et comme son père ne lui pose pas l'ombre d'une question qui les sortirait de cette fiction florentine dont ils sont les acteurs, elle lui en veut de manquer de courage autant qu'elle.

Ils s'abritent derrière la langue étrangère, derrière leur statut de touristes, derrière une bonne humeur volontaire, ils s'efforcent à l'humour.

Avec un accent atroce, le docteur Monsigny s'évertue à préciser que Catherine est sa *figlia* car on les prend facilement pour un couple, malgré la différence d'âge. Catherine lui conseille d'assumer, c'est parce qu'elle est *chiara* blonde et lui *rossiccio* châtain et, son insistance à nier le rend d'autant plus suspect. Et puis, c'est plutôt flatteur, au fond. Pour lui.

Il fait mine de rire. Il n'y a pas que son accent italien qui sonne faux.

Tout en arborant un visage de joyeuse surprise, elle compte les jours qui ne sont que cinq, jusqu'à celui du musée. Leur troisième.

Les touristes sont clairsemés, le seul groupe est japonais et reste agglutiné autour de sculptures sans attrait pour les Monsigny qui se sentent maîtres des lieux.

Le tableau devant lequel Catherine s'abîme est une Annonciation de Vinci et c'est sans doute la ressemblance de la madone avec sa mère qui l'a d'abord arrêtée. Elle n'en prend conscience que lorsque son père la rejoint, pour la troisième fois, devant le tableau.

– Elle te ressemble. C'est ça qui te fascine ?

– Non, je n'y pensais pas. Je lui ressemble ?

Elle scrute alors le visage au regard résigné, à la paupière tombante, elle essaie d'imaginer Marie riante et voit effectivement se dessiner le visage de sa mère sur la photo.

Elle sent le trouble de son père immobile derrière elle, regardant par-dessus son épaule et il lui semble, tout à coup, qu'ils ne sont venus à Florence que pour ce tableau-là, qu'il est la clé de leur voyage.

– Je le trouve mystérieux. Un mélange d'acceptation et de refus, de résignation. C'est étrange. Ça ne t'ennuie pas si on s'en va ? Je n'ai plus envie de voir quoi que ce soit après ça.

Il ne lui refuse jamais rien, de toute façon. Comme cette constante adhésion à ses envies et caprices l'irrite, elle se force à lui prendre le bras, propose qu'ils aillent s'installer dans un café.

Elle y pense tout au long de la galerie, en descendant l'escalier, en retrouvant le trottoir et la ruelle qui les conduit vers un marché couvert. Elle passe la main sous le bras de son père. Ils cheminent du même pas régulier.

Elle se dit qu'elle ne peut pas laisser passer l'occasion, c'est trop bête, trop bête d'avoir peur de transgresser on ne sait quel tabou. Elle demande :

– Comment est-ce qu'elle t'a annoncé qu'elle m'attendait ?

Elle a continué d'avancer et l'arrêt soudain de son père la tire brusquement en arrière, la fait trébucher. Il semble tellement démuni qu'elle plaisante pour cacher son malaise :

– Je me doute bien que ce n'était pas un ange !

Il est pris de court, à court de mots, interloqué, incapable de dissimuler son embarras.

Ce séjour à Florence devait les protéger du passé, de la tension qu'il sent monter en Catherine depuis qu'elle s'est lancée dans ce malencontreux procès. Le dépaysement, la découverte, l'exotisme devaient les abriter, leur fournir un décor, des sujets, les abstraire du réel et il a suffi d'un tableau pour les replonger dans les sables mouvants du passé mort vivant.

Il pense à toute vitesse, décide d'improviser un récit joyeux, léger, à l'opposé de la réalité dont il brouille toutes les images qui se bousculent dans sa mémoire : le petit café bruyant, son regard tout à la fois droit et tremblant, sa voix rauque, si basse qu'il doit tendre l'oreille et son choc à lui, sa colère et enfin sa promesse, tenue jusqu'à aujourd'hui compris. Il la tiendra toujours. Il commence par gagner du temps pour apaiser son affolement.

– Pardon, chérie. Jusqu'à ce que tu mentionnes l'ange, je ne comprenais pas… Tu es passée de l'Annonciation à… nous. Je comprends, la madone te ressemble, c'est toi et c'est donc ta mère en même temps, bien sûr. Elle ne l'a jamais vu. Je veux dire, le tableau. C'est quand je t'ai vue devant… laisse-moi me rappeler, je te raconterai ça en chemin.

Il attend qu'ils trouvent une table tranquille sur une terrasse couverte, qu'ils commandent un *vino bianco*, que le garçon les serve. Lui-même sert alors à sa fille son récit improvisé. Et, d'abord, il la regarde droit dans les yeux, caractéristique première du mensonge annoncé, que Catherine n'a pas encore appris à reconnaître.

Jeunes mariés depuis deux mois, installés depuis six semaines, ils ont remis à plus tard un voyage de noces encore au-dessus de leurs moyens. À Florence justement. Notant un rendez-vous, le docteur découvre trois jours complets barrés par une main inconnue sur son carnet professionnel. Interrogée, sa jeune femme prend un air mystérieux, c'est une surprise qu'elle lui prépare. Elle le veut pour elle toute seule, trois jours durant.

Le premier jour, elle l'emmène dans un magasin de bricolage et l'oblige à acheter de la peinture, des planches, une armoire, des tissus.

Le deuxième jour, elle l'aide à vider entièrement la pièce qui jouxte leur chambre.

Le troisième jour, elle prépare un dîner aux chandelles, revêt une longue blouse plissée qu'elle retient sous la poitrine avec un ruban et lui tend... un test de grossesse positif.

– Et tu n'avais rien compris ?

– Ben non.

– Mumm. C'est joli comme histoire. Et Florence, vous n'y êtes jamais allés ?

– Jamais. Il a fallu que j'assure ma clientèle, puis après, tu étais bébé et après...

Les voilà en zone interdite. Catherine ne pousse pas son avantage, elle a eu sa pâtée, elle le délivre, annonce qu'elle a faim, c'est l'heure de chercher le restaurant du jour.

Elle essaie de ne pas penser qu'il fait avec elle le voyage prévu avec sa femme. Elle ne voit pas quel sens donner à cette décision. Elle ne comprend décidément rien au comportement de son père. Pourquoi la priver de souvenirs inoffensifs dont la douceur aurait atténué la brutalité des évènements qui allaient suivre ? A-t-elle eu tort de jouer le jeu de l'oubli ? A-t-elle tort de vouloir savoir aujourd'hui ? Elle aimerait que la vie tranche pour elle.

Alourdi de leurs silences couverts de mots, le séjour lui semble chaque jour plus interminable. La présence de son père, attentif, trop, maladroit, souvent, voulant à tout prix, tout le temps lui faire plaisir, lui donne envie de hurler. Hurler pour rompre un silence dont elle est la première responsable.

Elle comptait sur ses uniques vacances avant mars pour se délasser, laisser derrière elle Myriam, la Creuse, la vie, l'amour, le passé, le présent et l'avenir, autant de bouchons de liège qui resurgissent à la surface avec d'autant plus de force qu'ils ont été profondément enfoncés sous l'eau.

Tout cela la rend folle.

Le cinquième jour lui paraîtrait infini s'il n'était le dernier. Elle se réconforte à l'idée que le don de son temps à son père lui achète sa liberté à venir. Il ne pourra plus se plaindre qu'elle le néglige.

Elle s'était promis de lui trouver un cadeau à Florence. Elle le lui offre à l'arrivée à Paris avant qu'il ne file prendre son train gare de Lyon. Elle sait que c'est un cadeau méchant. Il lui semble pourtant inévitable. Elle devait le lui faire. Libre à lui de s'en débarrasser.

Son cadeau est une reproduction joliment encadrée de l'Annonciation de Vinci.

Monsigny s'en doute un peu quand il voit le paquet rectangulaire, en soupèse le poids. Il ne pourra l'ouvrir qu'une fois rentré chez lui où, dans la solitude de sa chambre à Gaillac, il n'aura pas à dissimuler son expression d'amertume et de chagrin qui lui donne l'air d'un vieillard à l'agonie.

22

AU LIEU DE TAM-TAMS, le rythme syncopé du rappeur. Au lieu de pagnes, l'uniforme du moment, jeans de marque, robes moulantes, talons vertigineux et baskets. Pour le reste, un rituel collectif, évoquant des cérémonies traditionnelles, réunit une quarantaine de potes dans un sous-sol loué pour l'occasion. Projection d'images vidéo qui voient se succéder les mêmes visages et les mêmes corps que sur la piste où les membres de la tribu lèvent les bras, ondulent du bassin et martèlent d'une même voix : « *Suck my dick.* » Une farandole survoltée est lancée, se disloque. On se tient par la taille, par les épaules, on s'enlace brièvement pour un mime de copulation parodique, on rit fort, on ébauche une salsa frénétique, les cheveux moites collent aux fronts, les rouges à lèvres stridents bavent aux commissures, Catherine, en pleine transe chorégraphique, répète à l'infini le mouvement de se jeter en avant dans un élan brutal, de repartir en arrière dans une désarticulation des membres. Elle aimerait bien dissoudre toute pensée, atténuer les flashes malvenus qui l'encombrent.

Fêtarde estampillée qui n'a plus goût à la fête, elle ne se reconnaît pas. Une paroi de verre la sépare des autres, ses amis, ses familiers. Elle fait les gestes, prononce les paroles attendues, mais elle est ailleurs. C'est pareil dans le travail, jour après jour. Elle a l'impression d'être dans un film de Carpenter où un alien envahit le corps d'un humain dont il garde l'apparence et le fonctionnement en en contrôlant les actes.

Elle est « agie ». Son alien vient du passé, mais elle ne l'identifie pas.

Elle se dit, se répète que son père possède la clé, qu'elle doit l'interroger, ce qui est une blague. Elle n'a pas su passer à l'acte pendant leur tête-à-tête florentin, que peut-elle espérer à distance ?

Ils ne se sont jamais parlé, ce qui s'appelle parler. Le silence est un couvercle sous lequel ça grouille, ça mijote, ça crie peut-être, qui maintient en surface le vide de la politesse formelle, des sentiments convenus.

L'image de la Cocotte-minute serait plus juste. La vapeur brûlante n'est transmise que par la soupape qui tourne en sifflant discrètement. Il faudrait faire exploser l'engin, attaquer directement la fragilité de son père, et elle n'est pas prête à affronter les conséquences d'un deuxième effondrement paternel. C'est ça, la vérité, elle est lâche.

Elle s'élance hanches en avant, se recroqueville, bras en coquilles.

Une main saisit sa taille, arrête son va-et-vient.

Stéphanie lui hurle dans l'oreille :

– C'est juste mortel, non ?

Catherine acquiesce, faussement réjouie. Elle sent son sourire accroché en demi-lune en travers du visage depuis qu'elle est arrivée. À force, il doit être un peu tordu.

Stéphanie roule des yeux, cache sa bouche des deux mains en porte-voix et articule :

– Tu l'as vu ?

Catherine secoue la tête d'un air entendu et gourmand à la fois, ce qui lui semble approprié à toute éventualité.

Stéphanie accroche cette fois une tête de « trop génial », lui prend la main et l'entraîne, scindant la foule qui se referme derrière elles, chaque étape de la progression entraînant sa kyrielle de baisers, claques dans le dos, clins d'œil, éclats de rire de principe.

Catherine se dit calmement qu'elle est en train de sombrer dans la folie. Ce n'est pas normal de se sentir étrangère à un monde aussi familier.

Stéphanie la pousse dans une pièce adjacente qui fait office de bar, buffet, vestiaire et s'enroule autour d'un garçon qui en renverse la moitié de sa bière, le liquide ambré dégouline sur le menton. Il se retourne, embrasse à pleine bouche son assaillante qui récupère la mousse du bout de la langue, pivote, étincelante, vers Catherine, grand geste du bras :

– C'est Fabien.

– Bonjour Fabien.

Il a une bonne tête, l'homme de la vie de Stéphanie, résolument quelconque, ce que ne camouflera pas longtemps sa dégaine d'adolescent incertain.

– Vous êtes… Catherine ! Mes respects !

Il lui baise la main. Elle va puer la bière. L'amour est une catastrophe. Qu'est-ce que Steph peut trouver à ce grand mou banal ?

– Viens, enchaîne l'amoureuse, on va fumer une clope.

Et les deux filles remontent l'escalier étroit jusqu'à la porte de fer qui ouvre sur une cour où un gigantesque cendrier déborde déjà de mégots.

– Alors ? T'as vu ?

Catherine démonte son sourire jusqu'à une dimension raisonnable.

– Ben oui.

– Et… ?

Oh là là !

– Il a l'air super.

– Attends, il est top. Il sort d'Harvard. Il m'adore.

– Ça se voit.

Catherine sent une vibration contre sa poitrine. Elle sort son portable de la pochette qu'elle porte en bandoulière. Ça alors, c'est dingue ! Elle se sent rougir.

– Excuse-moi.

Stéphanie lui pose la main à plat sur la figure :

– Vos traits se brouillent, fière amazone… C'est un mec ? Tu me raconteras ?

Elle virevolte sur un étrange glapissement et se retire.

Catherine appuie sur « Répondre » :

– Papa ?

– Je te dérange ? Tu es où ?

– Oh, à une fête, mais c'est drôle, je pensais à toi, justement.

– C'est gentil. Je voulais t'appeler avant que tu sois prise d'assaut par tes admirateurs. Une bonne année, ma chérie, un beau procès ! D'ailleurs… si tu es d'accord, j'aimerais bien venir.

– Quand ça ?

– Ben en mars, à Guéret, bien sûr. Il ne faut pas que ça te donne le trac.

– Écoute, on en reparlera, mais là, j'ai la tête vraiment ailleurs, tu me prends un peu au dépourvu… Ça doit être l'effet nouvelle année, histoire de bien la commencer… Écoute, je me disais… ça ne peut plus durer.

Elle l'a dit trop fort, presque crié, se retire à un angle de la cour, tout contre le mur, la tête penchée vers son portable, elle parle doucement maintenant, mais sans précaution, en vrac. Elle a besoin de savoir, elle veut en savoir plus long sur sa mère, sur sa mort, elle veut comprendre pourquoi il a accepté que l'affaire ne soit pas résolue, elle veut savoir le détail de l'enquête, où ça s'est passé…

Il balbutie, pourquoi, pourquoi maintenant, à quoi bon, ça ne servirait à rien, qu'à rouvrir de vieilles blessures, les siennes d'abord et tout ce qu'il a voulu lui épargner, ce dont il l'a toujours protégée…

– Pourquoi je ne suis pas morte avec elle ?

Sa pensée va vite maintenant. C'est vrai, elle était un témoin potentiel, même à son âge, elle était là après tout, peut-être même qu'elle en a vu plus que ce qu'on croit…

Il y a un long silence puis la voix triste et fatiguée de son père :

– C'était ma plus grande terreur. C'est de cela aussi que je voulais te protéger. S'il ne t'a pas vue, s'il ne savait pas que tu étais là, s'il le découvrait un jour, je ne voulais pas qu'il puisse te retrouver.

– Mais la presse…

– La presse en a parlé. C'est pour ça qu'on est partis, ailleurs, loin. Il ne fallait pas qu'on puisse t'identifier. Catherine, il s'est passé quelque chose. Tu dois me dire quoi. Pourquoi maintenant ?

La porte de fer s'ouvre dans son dos, la musique jaillit, un brouhaha. On l'appelle, le karaoké va commencer.

Elle crie qu'elle arrive.

– Je ne sais pas, papa. Je me sens prisonnière. Il faut me délivrer.

Les mots mélodramatiques lui apprennent ce qu'elle ressent. Arrivent ceux qu'elle ne lui dira pas, qui s'égrènent dans sa tête, syllabe après syllabe : je suis morte ce jour-là.

À la place elle dit :

– Il n'y a pas de meurtre de hasard.

Le silence encore.

– C'est des questions terribles que tu poses. Compliquées. Lourdes. Tu ne crois pas que c'est ce procès qui te tourne la tête ? Le pénal n'était pas un bon choix. Il est encore temps…

– Mais au contraire. Au contraire, bien sûr. Papa ! Je n'ai personne d'autre vers qui me tourner.

On l'appelle encore.

– Retourne à ta fête. Je n'esquive pas. On se parlera. Même si je ne crois pas… On en reparlera. Je te le promets. N'y pense plus. Amuse-toi. Crois-moi, il n'y a pas de pire prison que la mémoire. On en reparlera. Je t'aime très fort. Je suis là. Je t'embrasse, ma bichette. Très bonne année !

Elle déteste qu'il l'appelle bichette.

Elle regarde son téléphone amorphe, puis le ferme. En haut de l'escalier, une bouteille de vodka. Elle boit une rasade au goulot.

Elle va les scotcher au karaoke.

Elle enlève ses talons aiguilles pour descendre l'escalier, elle dégage une bretelle de soutien-gorge rouge qu'elle fait tomber sur son épaule, elle retire son chouchou et laisse ses cheveux tomber en cascade, une mèche sur l'œil.

Elle fait une entrée tonitruante :

– Rita Hayworth ! *Put the blame on Mame...*

Elle étend un bras fatal et appelle :

– Félix, Claude, Philippe. Vous ferez le chœur.

Sifflets, applaudissements.

Elle prend appui sur les mains de ses boys qui la hissent sur le petit podium. C'est un numéro qu'ils ont rôdé depuis leurs années de fac, un numéro d'autant plus attendu qu'il est connu.

Elle se place dos au public, elle ondule, la musique commence, elle se retourne les cheveux en pluie devant son visage qu'elle dégage d'un mouvement de tête. Sourire.

Elle chante.

Un flash vert émeraude.

Le doudou chéri, essentiel, inaccessible. La ceinture la retient sur son siège, son bras est court, trop court, le lange effiloché si loin.

Une ombre la recouvre, immense, masquant le ciel et le soleil. Elle lève la tête. Le flash vert émeraude. C'était alors. Rien d'autre, aucun autre détail, une présence seulement, pas du tout inquiétante. Elle n'a aucune raison d'avoir peur, n'en a jamais eu. Elle gémit un peu en rebaissant la tête vers son doudou. Elle dit :

– Reuteuteu.

Incroyable. Elle avait oublié. C'est comme ça qu'elle appelait son doudou, reuteuteu.

Et la grande silhouette ploie dans le ciel et ramasse le bout de chiffon, le remonte à sa portée, elle s'en saisit et l'agrippe, le suce de toutes ses forces, de toute son énergie. La main énorme, démesurée, à quelques centimètres de son visage, la fait cligner des yeux. Une main de feu, aux bouts des doigts rougis, estropiés, la main du diable.

Il est parti en lui laissant la peur qui monte en sanglots étouffés, elle est seule, abandonnée à l'orée du bois. Qui d'autre que l'assassin ? Qui l'a sciemment épargnée.

Pourquoi ce geste absurde et dérisoire, cette misérable tentative de rachat ? Pour qu'elle ne risque pas d'attirer l'attention par ses cris ? Pour qu'elle se rappelle que la caresse suit les coups ?

Elle chante. Elle pense : la gentillesse peut servir de camouflage à une férocité animale et l'amour sans bornes expose à un inéluctable abandon.

Elle voit les visages familiers. Au premier rang, Fabien et Stéphanie chantent en chœur. Tout le monde reprend le refrain, *Put the blame on men,* c'est ce qu'elle chante.

Elle salue. Tonnerre d'applaudissements. Elle indique ses chorus boys. Ils la soulèvent, la déposent au milieu de la foule.

Stéphanie et Fabien prennent sa place pour un duo : *I've got you* !

Sans moi, se dit Catherine qui se fond dans la foule.

Ils ont à peine entamé le refrain que le compte à rebours est martelé par le public échauffé.

Bonne année !

Catherine embrasse et se laisse embrasser.

Elle trouve une bouteille d'eau, en vide la moitié.

Et réattaque au champagne tiède.

Elle va danser. Elle s'emmerde. Elle boit jusqu'à la nausée. Jusqu'à n'en plus pouvoir.

Elle est incertaine sur ses jambes. A pas peur.

Elle retrouve son manteau, récupère son scooter, enfile son casque, démarre du premier coup.

Ça va aller. Elle est invincible.

Elle démarre en trombe, sans lumière, sans clignotant, entend qu'une voiture arrive sur elle, à pleine vitesse, a le réflexe de se rabattre contre une camionnette garée. Le bolide passe, la frôle, disparaît. Elle met pied à terre, complètement dessoulée, assez pour savoir qu'elle n'est pas en état de conduire.

Elle est calme, range son scooter sur le trottoir, accroche la chaîne, appelle un taxi, l'attend. Longtemps.

Dans la voiture, elle commence à trembler de tous ses membres.

Chez elle, elle se couche toute habillée. Elle grelotte. Elle va chercher une couverture, puis sa doudoune, recroquevillée sur elle-même.

Attend que le sommeil la délivre de l'année qui commence avec son cortège d'ombres que rien n'arrêtera.

23

La sonnette la réveille. Regard réflexe sur son téléphone. Il est trois heures. Elle est rentrée à trois heures. Il est quinze heures.

Tout engoncée, Catherine rejette l'amoncellement qui pèse, doudoune, couverture, couette, s'extirpe, se redresse, envie de vomir, attend que la pièce se stabilise.

La sonnette est maintenue appuyée comme une sirène de police.

Elle crie qu'elle arrive, sa voix aussi instable que le reste.

Elle s'arrête devant la porte, la main sur la poignée. Elle s'était juré de faire installer un judas.

– Qui est là ?

– C'est moi.

Elle ouvre aussitôt. Longue silhouette impeccable dans son pardessus droit, écharpe de cachemire nouée, petit sac de voyage, rasé de près, visage grave, son père a déjà son regard d'inquiétude. Elle se dit qu'il a toujours été au bord d'être beau, mais il manque au dessin régulier des traits, au nez fort et droit, au grand front dégagé, la touche divine de l'artiste qui donne la vie. Comme si le peintre avait renoncé à une ébauche bien partie qui ne lui donnait pas entière satisfaction. C'est la première fois qu'elle se dit cela et elle en reste muette et interdite.

Ce qu'il interprète à sa façon :

– J'aurais dû te prévenir.

Alors elle se voit dans le regard de son père et la culpabilité monte directement à l'étage de sa conscience.

– Non, non, excuse-moi, tu sais les réveillons…

Et quand il veut l'embrasser, elle s'écarte parce qu'elle se sent sale et puante et lui se fige, blessé, ainsi se rejoue l'histoire de leur relation en deux minutes chrono.

Elle passe outre sa nausée, son cerveau à la fois cotonneux et douloureux, le poids des larmes de la veille, va chercher à tâtons ses réflexes coutumiers et sourit. Ouf, ça, c'est fait. Puis, dans une mauvaise imitation de rire ironique, elle s'exclame :

– La nuit fut courte contrairement à la soirée. Entre, installe-toi, je vais prendre une douche. Et… mon petit papa chéri et adoré, tu me ferais un café comme tu sais. Bien noir, bien fort ?

Il entre, grommelle que c'est trop bête, il aurait dû appeler. Un 1er janvier, en plus. Il a été pris d'une panique idiote, comme s'il y avait urgence, qu'il ne fallait pas perdre une minute. Une de ces inquiétudes qui enlèvent toute raison. Il connaît la maison. Qu'elle prenne son temps. Il prépare le petit déjeuner.

Au moment où elle coupe la douche, elle entend la porte d'entrée, sort en trombe, drapée dans sa serviette, voit qu'il a laissé son sac et son écharpe.

Il va revenir.

Elle attrape un jeans et un pull, sa tenue du dimanche.

Elle s'enferme dans la salle de bains. Elle a effacé les restes de maquillage qui lui faisaient une bouille de clown triste. Elle se sèche les cheveux. Elle s'enduit de crème. Elle boit au robinet. Elle a soif comme une terre calcinée.

Elle ne pense à rien.

C'est son papa. Il est venu à son secours. Il est gentil. Il va la sortir de cet étrange labyrinthe qui s'est matérialisé autour d'elle, à moins qu'elle n'ait toujours vécu dedans sans en deviner la nature.

Ça sent le café et le pain grillé.

Le docteur Monsigny a toujours été un homme d'écoute, c'était son talent de médecin, mais les mots lui viennent difficilement.

Catherine se dit qu'elle est tout le contraire mais se retient, mâchonne sans précipitation les tartines de baguette chaude et croustillante.

Il a fait plein de courses. Jus de pamplemousse, des œufs, des fruits. Il a dû aller chez l'épicier sri-lankais, le seul ouvert les jours fériés.

Il refuse qu'elle l'aide, il débarrasse, fait la vaisselle, range. La kitchenette n'a jamais été aussi pimpante.

Elle meurt d'envie d'une cigarette mais se contient, assise sur le canapé, les pieds repliés sous elle. Il tire une chaise face à elle. Pantalon en velours côtelé gris, pli marqué, chemise à petits carreaux et gilet anglais anthracite. Mocassins américains, les mêmes depuis qu'elle a l'âge de se souvenir.

Elle n'a pas besoin d'actionner la fonction mémoire, pour réintégrer sa place d'enfant face à un adulte.

– Qu'est-ce qui te fait rire ?

– Non, rien. J'ai l'impression d'avoir douze ans.

– Je te rassure tout de suite. Tu ne les as pas. Et il y a longtemps que je te considère comme une adulte. Catherine, je vais te poser une question et je veux que tu me répondes sincèrement.

Le ton est calme et sérieux, le regard scrutateur.

– Tu as rencontré quelqu'un ?

– Euh, oui, enfin, non.

– Lequel des deux ?

– Je veux dire oui, j'ai rencontré quelqu'un, mais c'est juste quelqu'un, pas « quelqu'un » !!!! Tu vois ? Mais pourquoi tu me demandes ça ?

Il se lève et déambule, ce qu'il fait toujours quand sa nervosité l'empêche d'y voir clair.

– Tu ne m'as jamais rien demandé. Jamais posé la moindre question. Tu allais bien. Tu vas bien. Bonne scolarité, réussite dans ton travail.

Il décline les éléments de sa démonstration qui l'ont toujours rassuré : un bon élève est un enfant qui n'a pas de problème.

– Et puis tout à trac, tu veux qu'on parle, après cinq jours en tête à tête pendant lesquels tu n'as rien dit. Alors je pense que si tu veux en savoir plus long sur ta mère, c'est parce que tu commences ta vie de femme et peut-être de mère et que…

– Mais pas du tout !

– Tu y réfléchiras mais n'oublie pas que je te connais mieux que quiconque parce que je t'aime absolument.

C'est énoncé comme une théorie raisonnable qui l'émeut et l'irrite parce qu'à la fois vraie et choquante.

– J'ai eu le temps de réfléchir cette nuit et dans le train. Je vais te raconter ce que je ne pouvais pas dire à une adolescente. La seule question à laquelle je ne peux pas répondre, c'est qui a tué ta mère. Quand je l'ai rencontrée, j'étais au commencement d'être un vieux garçon. Seul. Atrocement seul. Je travaillais à l'hôpital de Clermont. Ma vie était routinière. Je rêvais d'autre chose, d'ailleurs, partir avec Médecins du Monde, je ne savais pas… faire quelque chose de ma vie.

C'est une nuit de fin d'été sans clarté. Un petit filet de lune, les étoiles absentes. Le genre de nuit qui n'aide pas à y voir clair. L'homme solitaire et triste marche au hasard des rues. Un bruit l'alerte. Surprenant dans la ville déserte. Un bruit de pleurs. Le passant qu'il est s'approche.

Sous la triste clarté d'un réverbère aussi solitaire que lui, il aperçoit alors, la tête appuyée contre son bras replié sur le dossier du banc, le dos secoué irrégulièrement, une jeune fille qui pleure.

Il ne veut pas lui faire peur. Il toussote pour qu'elle entende sa présence. Elle lève les yeux. La lumière jaune n'arrive pas à éteindre l'éclat de son visage. L'homme est saisi. Elle est la fragilité incarnée, elle est malheureuse, elle est perdue. Lui, le timide, a le sentiment d'endosser un nouveau costume enfin à sa mesure. Il n'hésite pas, tout lui semble simple et évident.

– Venez, je vous offre un verre.

Il lui tend la main, elle pose la sienne sur sa paume, le temps de se redresser et vite la récupère, l'enfouit dans sa poche avant de marcher à ses côtés, toute menue, si frêle, jusqu'à l'enseigne allumée d'un bar inconnu.

Toute la soirée, il garde vive la sensation furtive de leurs deux peaux effleurées.

Il se montre attentif, patient, il la fait parler. Ça, il a toujours su faire, écouter. Elle finit par tout dire. Sa liaison avec un homme marié qu'elle tente de quitter régulièrement et qui, toujours, revient la récupérer sans qu'elle réussisse à résister. Elle sait qu'elle gâche sa vie mais elle n'a pas la force de renoncer. Elle est professeur d'anglais, c'est le père d'un de ses élèves.

L'homme est touché par la naïveté et la confiance que lui manifeste la jeune fille. Elle est envoyée par le destin quand il veut transformer sa vie. Elle est le changement attendu, sa future raison d'être, il sera la réponse à sa déroute à elle.

Cela prend un peu de temps. Il est patient, compréhensif. Ils se revoient. Elle a rompu avec sa famille en Angleterre, mais elle lui a parlé de son enfance à la campagne.

Il fait sien son rêve de vivre dans un village, loin du monde, près de la nature, paisiblement, sans passion destructrice mais dans la douceur et la tranquillité.

Il se sent doux et tranquille.

Ce premier soir, quand il va payer au bar, il se regarde dans le miroir au milieu des reflets de verres et de bouteilles et se trouve beau, viril, séduisant. Il est un autre.

Il l'épouse. Elle est déjà enceinte.

Ils font ensemble les petites annonces. Ils calculent. Il y a pénurie de médecins dans la Creuse.

Catherine l'interrompt :

– La Creuse ?

– Oui, la Creuse. C'est ça qui m'a fait peur. J'ai pensé que tu avais rencontré quelqu'un là-bas et que l'histoire allait recommencer.

Catherine secoue la tête. Elle ne comprend pas.

– J'y ai vécu au paradis pendant quatre ans.

Cette simple phrase explique la familiarité des lieux, le surgissement des souvenirs qui s'en est suivi. À croire que jamais rien ne relève du hasard, si ce n'est l'étrange coïncidence d'avoir rebroussé le cours du temps, à l'aveugle, sans le savoir ni le vouloir, vers sa mère.

24

LA JEUNE ÉPOUSE assoupie tend son visage chaud comme un croissant sorti du four pour un baiser d'au revoir et resserre sa bouche autour d'une esquisse de baiser enfantin avant de se renfoncer dans l'oreiller tandis qu'il descend l'escalier sur la pointe des pieds pour ne pas la réveiller davantage.

Violet émerge de la salle de bains embuée, le corps dodu de Catherine est enveloppé dans une grande serviette, ses cheveux, duvet doré, dressés comme les plumes d'un oisillon.

– Regarde ce que j'ai trouvé dans les bois aujourd'hui !

– Oh, le joli petit garçon.

La petite fille rigole, secoue la tête.

– En tout cas, tu as bien fait de la ramener à la maison. Elle est très mignonne. Comment va-t-on l'appeler ?

– Grognon ?

– Nnnnnon, crie Catherine.

– Atchoum ?

– Nonnnnn, crie Catherine.

– Kate, dit la maman, *pretty girl* Kate.

Elle lui colle le petit corps rond et agité dans les bras pendant qu'elle va choisir un pyjama dans la commode et il s'essaie à la tendresse qu'il ressent fort, qu'il a du mal encore à transmettre par le corps et les caresses.

Il envie l'abandon confiant de la petite fille, sa façon de se lover contre lui, la tête sur son épaule puis de lui attraper une mèche de cheveux, de l'enrouler autour d'un doigt, de l'examiner de près, de la lâcher et de soudain serrer sa joue contre celle de son papa avec force et passion, et puis de l'enlacer à l'étouffer.

Il s'en veut du soulagement qu'il éprouve à remettre leur fille dans les bras de sa maman tellement plus à l'aise. Il se dit que la maternité sert à ça, neuf mois à ne faire qu'un, il y a de quoi surmonter toute timidité.

Il les regarde, sa femme, sa fille, la parfaite représentation du bonheur.

Il se dit qu'il a de la chance, qu'il est heureux, qu'il a la plus jolie femme de la terre, qu'elle a choisi de tout quitter pour fonder son bonheur avec lui, loin de tout, dans une dépendance totale et confiante.

Il se dit qu'ils n'ont besoin de personne. Une petite entreprise de vie en autarcie.

Pourquoi le destin vous fait-il goûter le mets le plus rare, le plus exquis, pour aussitôt vous l'enlever ?

Ce 12 avril 1988, la pluie a menacé tout l'après-midi. Le ciel réduit à un bloc compact noir avance comme une armée à l'offensive et puis soudain, se délite, se disperse dans les nuées.

Comme tous les jours, le docteur effectue sa tournée de l'après-midi. Précisément, il est chez une de ses plus vieilles et préférées patientes, Mélanie Rondeix. Il lui change son pansement, vérifie que la cicatrisation se poursuit normalement et lui donne les nouvelles du jour. La vache de Roland a une nouvelle fois pris la poudre d'escampette et, à son habitude, s'est posée en travers de la route à l'approche du premier véhicule à moteur, créant un embouteillage absurde sur une route si peu passante et la gamine des Michelon a fait une tentative de fugue, retrouvée sur un quai, attendant le train pour Paris. Sans billet, sans argent, elle voulait faire l'actrice dans la capitale. Tout ça parce que des copains l'ont surnommée Marilyn. Sans doute pour se moquer d'elle, car de Marilyn Monroe, elle n'a que la blondeur artificielle.

Et puis il rappelle gentiment à Mélanie qu'il est trois heures passées et qu'il a encore du monde à voir et qu'il va rentrer à point d'heure et que si sa femme demande le divorce, il fera citer Mlle Rondeix comme première responsable.

Et ils rient. Il sait qu'elle va aussitôt se rendormir comme elle était assoupie à son arrivée. À quatre-vingt-quinze ans, Mélanie est une petite flamme incertaine que le moindre soupir du destin menace d'éteindre.

Le docteur Monsigny est au volant quand il se fait biper. Les gendarmes l'attendent près de la Pierre Levée. Sa femme a eu un accident.

– Et Catherine ? s'écrie-t-il, s'attendant au pire.

– Votre fille va bien.

Mais le pire dépasse son inquiétude. Le pire, c'est sa femme massacrée, sa toute jeune femme, la liane qui l'a relié à la vie en acceptant de partager son existence de médecin de campagne, de vivre en pleine nature, dans un hameau à peine peuplé d'habitants vieillissants. Il disait qu'un jour, quand Catherine serait sortie de l'enfance, il installerait sa famille dans une grande ville, lumineuse et gaie, comme Toulouse, par exemple.

Mais il n'y aura pas d'après pour Violet, tuée à coups de poing, avec un acharnement qui dit la folie. Ou la passion. Qui fait de lui le premier suspect.

Il identifie le cadavre, à sa robe, à sa bague et à ses cheveux surtout. Il s'absente de son propre corps tandis qu'il répond aux questions, boit un verre d'eau qu'il vomit aussitôt, tente de se recomposer avant de rejoindre sa petite fille confiée à une secrétaire de mairie.

Catherine n'a rien pu voir, c'est la seule bonne nouvelle de la journée. La poussette était tournée vers le bois, pas vers la clairière.

Xavier Courtois qui a trouvé le corps lui a bien expliqué la situation. Les pleurs d'un enfant l'ont alerté tandis qu'il fouillait du bout de son bâton le pied des sapins à la recherche de champignons. Il était quatorze heures trente à peu près, il était parti juste après le déjeuner.

Il s'est laissé guider par les hoquets et a vu Catherine, sa petite main désespérément tendue vers son doudou hors de portée. Il le lui a donné. Elle l'a fourré dans sa bouche et s'est mise à téter, l'index frottant l'arête de son nez dans un mouvement incessant qui semblait la calmer. Il a jeté un œil alentour, appelé en haussant la voix.

En visite chez des amis, il ne connaît personne dans le coin. C'est seulement en avançant vers la clairière qu'il a vu la longue tache colorée de la robe à fleurs que portait Violet.

Il a appelé ses hôtes qui ont prévenu les gendarmes et il a attendu à côté de la poussette en parlant sans cesse à la fillette, lui racontant des histoires pour la distraire.

– Voilà, conclut Monsigny. Je n'ai gardé de contact avec personne. J'ai pu obtenir, non sans mal, qu'on change de nom, qu'on prenne celui de ma mère. Je voulais te protéger de tout, monter une barrière infranchissable autour de toi.

Catherine pense à cette sensation qu'elle a éprouvée sur la piste de danse. Elle a envie de lui dire que la barrière est bien là, mais qu'elle la coupe du monde plus qu'elle ne la protège.

Elle demande :

– Il avait les yeux verts ?

Son père sursaute :

– Qui ?

– Xavier Courtois ?

– Non. Ou je ne me rappelle pas. Pourquoi ?

– Pour rien.

Parce qu'il s'est tu si longtemps, le père inquiet, le veuf inconsolé, l'éducateur incertain ne sait plus s'arrêter. Chacune de ses échappées en monologue solitaire se conclut par un « Inutile de revenir sur tout ça » qu'il contredit aussitôt.

Il y a ce qui est dit, ce que Catherine entend. Que sa mère était comme elle en plus… en plus tout apparemment, figée par la mort dans une perfection inaccessible.

Sur ce premier chagrin d'adultère provincial, cette liaison d'avant lui, son père n'a rien voulu savoir, le sujet était douloureux, il respectait le silence de sa femme.

Sur l'endroit qu'ils habitaient dans la Creuse, il prétend avoir oublié, affirme que ça ne lui servirait à rien, finit par lui jeter que leur maison a été détruite. Oui, après le meurtre, dans un incendie provoqué par un feu de cheminée.

Elle reste interdite. Ce n'est pas rien. Quand ? Après leur départ à Bordeaux ou avant ?

La veille.

Le déménagement avait eu lieu. Ils ont passé la nuit chez des voisins. L'alerte a été donnée au petit matin. Symboliquement cela n'a fait qu'ancrer sa décision de rompre tout lien avec le passé.

Catherine demande :

– Comment ils s'appellent les voisins ?

– Ils sont morts. C'étaient des gens âgés.

– Mais tes patients… tu avais des amis quand même… Il y a des gens qui m'ont connue, qui ont connu maman.

– Quatre ans, c'est peu. Je serais incapable de te dire.

Elle essaie de le convaincre. Il doit comprendre que maintenant, c'est irréversible, elle en sait trop long quoique pas assez.

Catherine insiste :

– Elle avait un amant ?

– Non.

– Comment peux-tu en être sûr ? Et cet homme, l'homme marié ? Il n'aurait pas pu revenir pour la reconquérir ?

– Elle me l'aurait dit.

Catherine pense à tout ce qu'elle-même n'a pas dit à son père, depuis l'enfance, jusqu'à aujourd'hui, à tout ce qu'elle ne lui dira pas. Elle ne sait pas ce qu'est un couple, ni l'intimité qu'il suppose, mais elle sait un peu, déjà, ce que sont les gens et une chose est sûre : son père n'est pas un homme de l'intime. Et si Catherine s'est toujours protégée de son affection inquiète, pourquoi en aurait-il été autrement avec sa mère ?

Il se pose d'emblée en juge. Comme moi, pense-t-elle.

Mille hypothèses nouvelles surgissent :

– Tu en as parlé aux gendarmes ? C'était une piste.

– Non. Je ne voulais pas qu'en plus on salisse sa mémoire.

– Mais papa…

L'entêtement paternel dresse un mur infranchissable. Elle n'arrive pas à comprendre. Il aurait préféré laisser le crime impuni plutôt que de voir révélé un banal petit secret.

– Qu'est-ce que j'aurais pu leur dire ?

– Tu avais des éléments, le père d'un élève…

– Et risquer de bousiller la vie d'une famille ? J'ai toujours essayé d'être conscient des conséquences de mes actes. Et tu vois, j'ai eu raison de ne rien te dire, à voir comment tu t'emballes, ton imagination battant la campagne…

Voilà une expression bienvenue, se dit Catherine.

Il ne veut pas céder, elle non plus.

– Dis-moi au moins notre nom de famille. Son nom de jeune fille. Donne-moi quelque chose.

– Qu'est-ce que ça t'apprendra ?

– Ce sera une base pour chercher, remonter l'histoire.

– Vingt-trois ans après ?

Il reprend la litanie de sa vieille argumentation. N'a-t-elle pas bien vécu, jusqu'ici, dans son ignorance ? Elle va gaspiller son temps, son énergie, quand elle a une vie à construire, une carrière à consolider. Le hasard l'a menée en Creuse, mais ce n'est rien de plus qu'un accident de parcours. Et s'ils sortaient manger un morceau, voir un film peut-être, ça leur changerait les idées ?

Elle se ferme, par réflexe. S'il croit qu'il va la détourner de ses préoccupations aussi facilement ! Elle lui en veut, violemment, de toujours décider, comme un vieux Zeus enkysté dans ses certitudes, ce qui peut, ne peut pas, doit et ne doit pas, ce qui est bien ou mal pour le reste du monde !

Elle explique qu'elle doit travailler. Les semaines à venir vont être chargées et elle doit profiter de chaque jour férié pour avancer dans son dossier d'assises.

Il comprend. Comme toujours, il comprend. Mieux, il lui propose son aide. Puisqu'il est là, qu'elle profite de lui, il est à sa disposition. Il doit bien avoir une compétence qui lui soit utile.

Elle voit aussitôt la possibilité de faire d'une pierre deux coups. L'occuper pour mieux s'en débarrasser et lui faire décortiquer le rapport du légiste auquel elle n'a rien compris.

Le ciel se dégage, la lourdeur s'allège.

Ce n'est pas si compliqué, le rapport parent-enfant, il suffit de distribuer les rôles avec équité et de les inverser au besoin. Il suffit, une fois encore, de jouer la comédie.

25

Catherine est sur son lit, ses papiers dans un désordre organisé autour d'elle. Elle a laissé son ordinateur à son père pour qu'il poursuive ses recherches.

L'appartement est minuscule, Catherine n'a qu'à tourner la tête pour le voir, installé au comptoir de la cuisine, prenant des notes de sa petite écriture torturée. Dès qu'il sent le regard de sa fille, il lève les yeux, esquisse un sourire.

C'est doux et confortable.

Il a décroché un rôle dans la vie de sa fille, il est heureux de se sentir utile. En une journée, enfermé avec elle, il a retrouvé des couleurs, son regard s'est animé. S'il pouvait rester à cette distance, ce serait idéal, mais Catherine sait qu'à la première occasion, il se collera en ventouse comme un coquillage qui ne se détache que brisé. Est-ce que le reste du monde avance en tâchant de ne pas se prendre les pieds dans ses nœuds de contradictions ?

– Tu veux un thé, chérie ?

– Oui, merci.

– J'ai aussi des tuiles aux amandes.

– Mmmm, super.

Elle replonge le nez dans ses papiers mais son esprit navigue en haute mer où une idée, l'idée, flotte à portée de main.

Elle serait tout à fait capable de supporter la cohabitation avec son père, deux trois jours. Il possède, en sa faveur, une capacité d'écoute infinie, il sait mettre en confiance, il n'émane rien de menaçant de sa physionomie sous contrôle strict. Il pourrait remplir, à Paris, la même fonction que Louis en Creuse.

Et qui sait ? La cohabitation et l'intimité du travail pourraient l'inciter à parler, à continuer de parler, à retrouver des noms, des contacts, à raconter les mille petits riens qui, peu à peu, ramèneraient sa mère à la vie. Comme cette solution l'arrange, elle ne voit rien à lui opposer si ce n'est la contrainte de la cohabitation et la perte momentanée de sa liberté, « momentanée » étant le mot clé.

Elle reprend ses notes d'entretiens avec Olivier et Louis. Elle est toujours à la recherche d'indices, de pistes qui lui permettraient de retrouver le couple esclavagiste. Mais rien, pas de nom de rue, pas de patronyme échappé au cours d'une conversation. Elle peut toujours plaider le cauchemar d'un enfermement avilissant qui, par contraste, rendait sa vie avec Gaston si rassurante qu'il aurait été absurde de la mettre en danger, mais un témoignage direct du couple ou d'un des enfants, assigné par la justice, aurait davantage de poids.

Le seizième arrondissement, c'est tout ce qu'elle a et c'est trop et trop peu. Pour retrouver une famille bourgeoise ayant ramené du Gabon une jeune Noire qui vivait avec eux comme domestique, il lui faudrait un détective privé qu'elle n'a ni les moyens, ni le droit d'employer.

Le soir, devant un couscous royal, Catherine, fourbue par la nuit agitée, les émotions, le travail, les révélations, les décisions à prendre, se laisse porter par le confort d'être prise en charge, financièrement aussi. En plus du couscous, elle a pris une pastilla et compte bien terminer par des gâteaux au miel avec le thé à la menthe.

Le vin lourd lui monte un peu à la tête et elle jouit du plaisir de pouvoir parler de l'affaire, avec une liberté inhabituelle, sûre de la bienveillance de son interlocuteur. Têtes penchées, comme des conspirateurs, le père et la fille chuchotent.

Catherine, en roue libre, essaie la théorie que Gaston ait pu se suicider après avoir assassiné sa mère.

– Pris de remords six ans plus tard ? Et puis à la campagne, on se suicide davantage par pendaison.

– Les cas au cyanure existent aussi, je vérifierai, tu verras. C'était le grand truc des espions, non ? Et la nazie, la femme de Goebbels, elle a tué toute sa famille comme ça, non ?

– Avec des exemples pareils, tu vas passer pour une douce dingue.

Elle se représente le pauvre Gaston en OSS 117 camouflé et doit convenir que…

Le docteur a repris son sérieux. Il n'a aucune hypothèse sur la mort de Mme Villetreix mère parce qu'il n'a pas de rapport médical. Mais si crise cardiaque il y a bien eu, c'est vrai que l'empoisonnement au cyanure en présente les symptômes, pour peu que le corps ne soit pas examiné rapidement.

– De toute façon, je ne vais pas demander une exhumation de la vieille. Il faudrait que l'initiative vienne d'ailleurs et je ne vois pas d'où. Mais le suicide tient la route quand même. Gaston ne se sentait pas à la hauteur de sa nouvelle situation, sa mère lui manquait, il craignait d'avoir un cancer…

L'œil narquois de son père finit par lui renvoyer le message qu'elle s'étourdit pour lutter contre le vent puissant de la mise en garde de son patron.

– Tu as raison, je me fais un film. Au temps pour moi ! Pardon, papa, je t'ai fait perdre ton temps.

– Ah non, je suis ravi. Je ne me suis pas ennuyé une seconde, ça me change.

Il l'a dit sans plainte ni amertume, c'est délicieux de lui voir l'œil brillant et la voix énergique, de sentir son plaisir d'être là, d'être en vie tout simplement. Sans plus réfléchir, Catherine lui fait part de son idée de prolonger leur collaboration.

Chassez le naturel, il revient traditionnellement au galop, comme le Monsigny de toujours revient en force dans la seconde qui suit. Ne va-t-il pas l'encombrer ? L'appartement est petit. Il serait ravi, bien sûr, mais il devrait peut-être prendre un hôtel…

Par réflexe, Catherine force son enthousiasme, appuie son sourire qui s'enfonce douloureusement dans ses joues. Non, ce sera amusant, au contraire. Ils camperont. Et comme elle est tentée de dire : « Tu as raison, laissons tomber », elle s'exclame :

– Allez, papa, dis oui, sois gentil !

Le portable palpite. Cédric. Un revenant. Le timing est amusant.

– Oui. Oui, j'ai eu ton texto, merci, et à toi aussi, bien sûr, une année de rêve. Je parle doucement parce que je suis au restaurant. Avec un homme… Oui, dans mon quartier. C'était super ! Oh, là, là, ça me rappelle… mon scoot… Il va falloir que j'aille le chercher… Écoute, je ne vais pas te raconter ma vie au téléphone. Viens ! Tu boiras le thé à la menthe avec nous !… Si je te le propose… À tout de suite.

Cédric est en bas de chez Catherine, le restaurant est à deux pas. Est-ce qu'elle lui fait un plan de coquette, rivalité, jalousie et autres chinoiseries ? Déjà, pour le réveillon, elle lui a asséné un mic-mac de mauvaises raisons pour ne pas le passer avec lui, prétendant détester ces réjouissances à dates fixes, prétextant de vieilles fidélités pour aller à la fête organisée par ses potes où elle ne voulait pas l'emmener parce que ce n'était pas le bon contexte.

Et là, apparemment, c'est le bon contexte. Elle veut lui présenter son fiancé ordinaire, celui de tous les jours – réveillon ? Histoire de bien enfoncer le clou ?

Il est à la porte du restaurant aux lanternes multicolores. Il pousse la porte. Un lourd rideau ferme un sas de protection avant l'entrée dans la salle.

Catherine regarde son père, narquoise :

– Tu vas rencontrer le quelqu'un qui n'est pas « quelqu'un » mais un peu quand même… Tu vois, ça vaut le coup de passer un peu de temps avec moi.

– Il a un nom ton quelqu'un ?

– Moi aussi, je sais faire de la rétention d'identité !

Ça lui a échappé, mais il rit et elle se redit qu'une partie de la carapace pourrait fondre et que ça vaut décidément le coup d'essayer et elle lui demande :

– Alors ?

Cédric reconnaît la voix de Catherine, écarte doucement le rideau et la voit, installée à une petite table sur la droite, le regard fixé sur son vis-à-vis, un homme à cheveux gris dont la silhouette, de trois-quarts dos, semble lointainement familière. Cédric marque un temps, saisi par une inquiétude qu'il ne s'explique pas.

– Sur le principe, je serais d'accord mais j'ai peur que tu le regrettes… est-ce que tu ne commences pas déjà à te poser la question ?

– Papa !!!

– Je te connais quand même !

– Et moi aussi, je te connais. Alors ? Arrête de faire l'intelligent, mon petit papa chéri, ça nous fera gagner du temps !

Cédric laisse retomber le rideau et s'enfuit.

Le mari de la femme du docteur, comme ils appelaient l'intrus dans leur histoire rêvée où les noms de la vraie vie n'avaient pas cours. Catherine avec son père ?

Est-ce un piège qu'ils lui ont tendu ?

Tout en marchant, il sort son portable, envoie un message.

Il n'aurait jamais dû la choisir comme avocate. Folie. Il devrait renoncer à elle. Folie de poursuivre un impossible rêve. Mais il ne peut pas. Il n'en a pas la force. Il faudra bien, un jour, réussir à se convaincre qu'il est responsable des évènements de sa vie pour enfin en contrôler le flot.

Aurait-il besoin que la vérité éclate quelles que soient les conséquences ?

Non, la mort brutale, inattendue, en coupant le fil d'une vie en interrompt d'autres qui se retrouvent amputées net, sans suite, sans conclusion, éternellement reliées à rien. Pressentait-elle la brièveté de son passage, elle qui disait à tout propos :

– La vie est injuste.

Leur amour serait-il resté impossible ? Se seraient-ils retrouvés plus tard ? Parier sur l'impossible, réécrire une histoire qui ne peut pas avoir lieu, voilà le danger. C'est ce qui l'a empêché de vivre jusqu'à Catherine, débarquée comme une chance miraculeuse de reprendre une histoire inachevée. S'il la conquiert, s'il la possède absolument, il sera libre. Enfin. À cette condition seulement.

Combien y a-t-il de façons de posséder quelqu'un absolument ?

Il irait bien revoir la serveuse dont il ne sait même plus le nom, une esclave-née, prête à tout. Mais il préfère qu'on lui résiste, comme Catherine lui résiste, et comme la victoire est à la hauteur du risque, ce sera elle et pas une autre.

Elle lui a dit que son père habitait dans le Sud et il serait venu lui rendre visite justement maintenant, après qu'elle l'a rencontré, lui, Cédric. Pourquoi la nuque du docteur l'a-t-elle figé sur place ? Tout cela est absurde. Il est absurde.

Son téléphone sonne. C'est elle. Non, c'est Paul. Il répond.

Oui, d'accord, il passera le prendre demain matin avant leur rendez-vous.

La vie continue.

Il faut décrocher ce contrat. À tout prix. Là aussi.

Les contradictions étant le fondement de tout équilibre, quand le texto de Cédric informe Catherine qu'il présente ses excuses mais qu'un empêchement de dernière minute le retient, elle est soulagée et terriblement déçue.

Son père aussi. Comme s'il voyait se refermer une brèche ouverte dans l'intimité de sa fille.

Catherine boude ses sucreries, repue, la conversation s'étiole après l'accord conclu d'une prolongation de quelques jours du séjour paternel et ils rentrent en silence, d'un pas las, jusqu'au petit appartement.

Une fois le canapé-lit ouvert, le camping des journées à venir mis en place, Catherine va se coucher, déterminée à prendre les choses comme elles viennent.

Le recueil de Rimbaud est sur sa table de nuit. Elle l'ouvre, regarde sa mère, son sourire à quarante carats. Violet. Elle hésite, referme le livre, le serre sur son cœur, va au-devant de son père qui sort de la salle de bains, en caleçon et tee-shirt. Il a un mouvement de recul qui attendrit Catherine. Il a toujours été prude.

Elle dit :

– En fait, j'ai une photo de maman.

Elle ne s'attendait pas à une telle commotion. Son visage se disloque avant de se remettre hâtivement en place.

– Ce n'est pas possible… Tu l'as là ?

Elle baisse la tête vers le livre qui s'ouvre à la bonne page. Son père tend la main.

Elle dit :

– Tu vas la reconnaître. Je pense que c'est toi qui l'as prise. Mais je ne veux pas…

Elle veut lui dire de s'asseoir, vaguement inquiète de son bouleversement, mais il a déjà attrapé le livre, saisi la photo dont elle comprend instantanément qu'il ne l'avait jamais vue, que ce n'est pas lui qui l'avait prise, que ce sourire radieux s'adressait à quelqu'un d'autre.

Mortifiée, elle fait semblant de le croire quand il fait semblant de reconnaître le cliché. Qu'il avait oublié… mais oui, bien sûr, ça lui revient, ils étaient en promenade…

Ainsi se referme le premier jour de l'année sur un même mensonge à prises multiples.

26

DEPUIS LA PLACE D'ITALIE, le temps de deux stations de métro, le docteur Monsigny se demande comment on peut survivre dans cet enfer urbain.

Un homme dort dans les tremblements réguliers et bruyants des passages de train, mais personne ne prête attention à l'amas de duvets, encadré par des sacs de plastiques boursouflés, d'où émergent des chaussures usées d'un côté et un bonnet crasseux de l'autre.

Plus loin, un couple de jeunes au chien aussi efflanqué qu'eux se désaltère à un robinet, des barquettes vides à leurs pieds.

Dans le wagon, malgré la foule, un guitariste au visage livide, les yeux cernés, chante en mauvais anglais une chanson de Bob Dylan dans l'indifférence générale. *Once upon a time you dressed so fine...*

Collée à son portable à breloques, une adolescente poursuit une conversation intime avec une copine. Elle parle fort pour se faire entendre et hausse encore le ton quand quelqu'un hurle : « La porte » ! Les portières s'ouvrent en fracas, une grosse dame et son caddy restent obstinément plantés au milieu du passage, elle fixe le mur où les publicités rayonnent d'immenses visages réjouis, de dents trop blanches, de corps trop minces, de couleurs plus vives que la vie même. Un voyageur proteste et la bouscule pour gagner la sortie.

Tout le monde est habillé de deuil dans ce sombre sous-sol, gris et noir, les jeunes gens portent des sacs à dos qui, au moindre cahot, heurtent les autres passagers. On s'en accommode, apparemment on s'accommode de tout, du laisser-aller, de l'indifférence, de la solitude.

La lassitude règne.

Le guitariste descend avec sa maigre récolte, passe dans la voiture suivante.

Un junkie lui succède et, d'une voix monocorde, s'excuse de déranger, mais il n'a pas de travail, récite-t-il sans conviction, pas de logis et, à défaut d'une pièce ou d'un ticket-restaurant, réclame un sourire d'une voix plaintive.

Bonne chance.

Le suivant sort de prison et demande qu'on l'aide à ne pas y retourner.

Monsigny descend. Rien ne le presse. La rue à ciel ouvert semble un paradis, la traversée de la Seine évoque le grand large.

Après la gare de Lyon, il s'échappe par les rues adjacentes, tombe sur une petite place intégralement chinoise où des vendeurs d'électronique, de téléphones portables, d'ordinateurs, proposent des réparations en tout genre à des prix follement bas.

Quand il rejoint la rue du Faubourg-Saint-Denis, il se retrouve en Inde ou au Pakistan. Vitrines bruyantes, rutilantes de saris aux fils d'or, aux teintes d'orange et d'ocre et de vert pistache. Les épiceries exotiques, elles, sont incolores, remplies de caisses entassées, sans informations écrites, les clients savent ce qu'ils cherchent et où le trouver.

Il remonte le long du métro aérien, tombe sur un marché bruyant, bigarré, entre Afrique et Maghreb. Il s'arrête au carrefour Barbès-Rochechouart. Il est épuisé. Ça promet. Il tient le plan de Paris ouvert sur le dix-huitième dans la main droite, dans la gauche, la feuille où la large écriture affirmée de sa fille a noté l'adresse de l'association et indiqué le chemin pour s'y rendre depuis la station de métro.

Daniel est prévenu de sa visite. L'enquêteur novice a décidé de commencer à la source qui démarre dans un immeuble lézardé comme après un tremblement de terre. La porte s'ouvre d'elle-même à la première poussée, mais Monsigny frappe quand même pour prévenir de son arrivée.

Une voix nasillarde l'apostrophe, en même temps qu'un clairon retentit :

– Entrez ! Vous êtes le père de Catherine. Enchanté ! Je vous sers un café ? Excusez-moi.

Le grand type barbu, en jeans, baskets et sweat-shirt, interrompt le clairon en répondant au téléphone. Des banderoles roulées, des piles de tracts encombrent la pièce. Même dans ce calme relatif, dans ces bureaux déserts, la cohue et le désordre règnent avec la même désinvolture que dans le métro.

– Devant le squat de la rue de Montreuil. Rendez-vous à huit heures. J'ai prévenu Morin, il va envoyer une équipe. Je dors là-bas et, en cas de descente, je te préviens, tu feras le relais.

Monsigny, naïvement, n'avait pas imaginé cette vie pour sa fille. L'univers des avocats, pour lui, c'est la robe, les prétoires solennels, une clientèle riche, un monde de notables.

Daniel sert le café dans des gobelets en carton. La cafetière électrique doit rester branchée en permanence, le goût est fade, le liquide tiédasse un peu gras.

Daniel l'achève avec son ton gentil, un peu condescendant :

– C'est la première fois que vous venez à Paris ?

– J'ai l'air tellement provincial ?

– Non, non, c'est pas ça, mais…

Mais le père de Catherine se voit à travers les yeux du militant chargé d'énergie : un homme d'un autre temps à l'élégance désuète, épargné par les réalités sociales et la dureté de la vie. Comme si l'on pouvait se fier aux apparences…

– Vous êtes occupé, je ne vais pas vous faire perdre trop de temps. Je crois que Catherine vous a expliqué…

– Comment va-t-elle ? On ne la voit plus en ce moment.

– Elle travaille beaucoup et cette affaire…

– Je vais avoir besoin d'elle, là. Il faut qu'on frappe fort sur les occupations. Les immeubles vides à Paris, je ne sais pas chez vous, mais ici, c'est un pur scandale.

– Ce n'est pas vraiment sa spécialité…

– Il va y avoir de la violence. On a toutes les chances de se faire embarquer… sans autre forme de procès. On sera dans son domaine.

La violence, le domaine de sa fille. Logique.

– Elle est efficace. C'est la première fois qu'on a quelqu'un de son gabarit. On ne va pas la garder longtemps. J'aime beaucoup Catherine, mais elle est davantage là pour se servir que pour servir.

Monsigny camoufle soigneusement sa satisfaction. Il répète qu'il ne veut pas déranger davantage Daniel qui a l'air occupé.

– Je vous ai tout préparé là.

Le gars est efficace. C'est une bonne surprise.

La photo a été prise pendant une petite fête. Daniel tient par les épaules une jeune femme café au lait, plus charmante que jolie, sa chevelure abondante tenue par un ruban. Le visage est large, le nez un peu cabossé mais les yeux sont grands et brillants et le sourire en tire-lire, mutin, prêt à exploser, évoque l'enfance.

– Vous n'aurez qu'à me découper pour ne garder qu'elle. Je n'ai aucun ego.

– C'est Myriam ? Elle a l'air bien. Catherine la décrit plutôt morne, éteinte. Évidemment, en prison…

– C'est un caméléon. Dans la vie aussi. Parfois, c'est la victime type, humble, incertaine, un peu faux-jeton même et puis… Prenez son mariage. Je n'y croyais pas une seconde mais elle a tout fait, pris l'initiative, tenu des années. Je sais qu'il y a des antécédents historiques de femmes africaines envoyées pour repeupler les campagnes, mais vous imaginez le choc des cultures… dans tous les sens du terme.

Daniel a joint au dossier une carte du salon de coiffure tenu par la « cousine », mais il ne pense pas qu'elle puisse en dire tellement plus long. La réticence de Myriam à parler de son passé ne date pas d'hier. C'est un peu la règle, explique-t-il, en professionnel. L'association essaie toujours de convaincre les victimes de porter plainte pour que les salauds perdent leur sentiment d'impunité et les sans-papiers celui de n'avoir aucun droit. Mais la peur des représailles est plus forte. C'est périlleux de s'attaquer à ceux qui ont le pouvoir quand on n'a rien.

– Et puis, il y a le côté : « Bon, je suis là, je m'en suis sorti, inutile de revenir sur le passé. »

– C'est une attitude sage aussi.

– Oui, mais c'est comme ça que rien ne bouge. Enfin… Ne désespérons pas, laissons infuser davantage.

Sur l'ancien quartier de Myriam, Daniel n'a aucun élément supplémentaire. Elle sortait peu, ne connaissait pas les commerçants, n'a pas repéré de monument particulier, même pas une station de métro.

– Enfin, c'est ce qu'elle dit. Elle en sait forcément plus long. Il faut la convaincre de parler, la convaincre que ça lui sera utile. Elle a un bon instinct de survie et un sens pratique inoxydable.

– Pour l'instant, elle refuse même de parler à Catherine. Silence total.

– Elle a peur.

Daniel dit cela sur un ton d'évidence. Monsigny entend « peur » en écho à « silence », et un trou se creuse dans sa poitrine. Deux mots siamois, l'un suivant l'autre et *vice versa*. Le silence signe la peur.

Puis Daniel parle, les mots disparaissent et le flux sanguin reprend son rythme ordinaire :

– Vous ne voulez pas qu'on dîne tous les trois pendant que vous êtes à Paris ? De la cuisine éthiopienne. C'est un restaurant que je veux faire découvrir à Catherine. Ce serait amusant, non ?

– Je lui en parlerai.

Il pense : « Cuisine éthiopienne, ce sera sans moi. »

Il se lève, remercie, s'apprête à repartir.

Il pense au quelqu'un d'hier, à Daniel aujourd'hui et qui encore ?

Son intuition l'a trompé. S'il y en a plusieurs, c'est qu'il n'y en a aucun.

Sur le trottoir, il cligne des yeux, surpris par une sortie inopinée du soleil. Il soupire. S'il arrivait à épater sa fille à défaut de la soulager. Ou même à la soustraire à ce monde où elle n'a pas sa place. Elle n'est pas armée pour affronter la noirceur du monde, ses injustices.

Le sentiment, une nouvelle fois, que le destin aveugle et froid conduit sa vie au précipice le désespère, mais il passe outre puisqu'il faut bien vivre.

27

PAS BESOIN DE NOTICE EXPLICATIVE, ce sont deux flics, habillés à l'identique, jeans, baskets, blouson, sauf que le jeune, la trentaine, a la boule à zéro pour tenter de dissimuler un début de calvitie. Le plus vieux, la cinquantaine, serre régulièrement le genou de son collègue et lui lance des regards d'encouragement. Ils sont témoins dans l'affaire que Catherine plaide et leur déposition consiste à réciter un texte appris d'avance. Elle les imagine se mettant d'accord sur leur récit, comme des enfants qui se croient malins, et transmettant leurs consignes au contrôleur de la RATP par qui le scandale a commencé :

– Donc, le mec est là, toi t'es là, et nous on arrive ici. Lui, il te bouscule, nous, on intervient parce que tu nous as appelés.

Depuis le début de l'audience, le client de Catherine n'arrête pas de lui secouer la manche comme une cloche d'église. C'est un collègue renvoyé devant le tribunal pour rébellion et outrage à agents lors d'un contrôle dans le métro. Elle a été flattée qu'il fasse appel à elle, cela témoignait de sa réputation grandissante. Elle s'est étonnée des regards goguenards qu'elle s'attirait en annonçant la bonne nouvelle. Maintenant, elle sait : aucun collègue ne veut plus défendre les causes perdues d'un énervé congénital.

Agité comme une tique, il prend la parole à tort et à travers, est en train de se mettre sérieusement à dos la présidente qui l'a déjà rappelé à l'ordre à deux reprises. Catherine, par cinq fois, lui a lancé des regards d'alerte. Il ne lui lâche pas la manche, elle se penche vers lui. Il a posé son dossier sur le banc le plus proche, un dossier plus gros que celui de son avocate. Il en a sorti les photos prises à la station République par des caméras de surveillance.

Catherine se tourne vers lui qui parle, qui parle tout le temps, qu'on l'écoute ou pas, une caricature de la profession :

– On voit bien là sur les photos, ils n'ont rien pu voir d'où ils étaient. Moi, regarde, regarde, j'étais déjà passé. Ils m'ont rattrapé, ont fait sauter mon portable… J'avais la serviette dans ma main droite, le portable à gauche.

Catherine chuchote, exaspérée :

– Roland, si tu continues, je te mets une mandale.

La présidente intervient :

– Si les dépositions des témoins vous intéressent si peu, vous pourriez au moins les respecter assez pour faire silence.

– Pardon, madame la présidente.

Roland furieux se détourne de la barre, s'adosse au banc pour bouder.

Catherine lui fait signe de reprendre une posture digne et respectueuse.

Ça y est, les trois ont raconté leur histoire, la même, au mot près. Ils sont trop cons. Et très contents d'eux-mêmes.

Leur avocat, spécialisé dans la défense de la police, n'a même pas l'air effondré. Il a l'habitude. Il fait avec. C'est une bonne rente.

Tout le monde se rassemble devant la présidente pour examiner les photos des caméras de surveillance. Elles ont beau avoir été sélectionnées avec soin, elles contredisent les témoins, matériellement.

In petto, Catherine comprend les flics. Elle voit d'ici Roland les prenant de haut, sans même envisager de suspendre sa conversation au téléphone le temps de montrer son titre de transport.

Mais ils n'avaient pas à le menotter pour l'emmener au poste… La garde à vue est dans le colimateur des médias, les abus sont tels que tout le monde se sent concerné. C'est un argument de poids.

Roland hèle la présidente avec véhémence, Catherine tente de le couvrir avec humour :

– Il n'a pas l'habitude, madame la Présidente.

Puis elle tourne le dos à la cour, se met directement face à Roland et chuchote en articulant pour la précision :

– Ta gueule, Roland, laisse-moi faire ou c'est moi qui te laisse faire tout seul.

Il baisse la tête, penaud, et semble, cette fois, avoir compris.

Une audience épuisante.

Remportée haut la main ! Ce qui se saura dans leur petit milieu. Finalement, ça valait le coup de s'occuper de cet emmerdeur.

Elle va remettre sa robe au vestiaire, vérifie qu'elle a le temps d'aller manger un morceau à la buvette. Un plat du jour et un café. La table des habitués est pleine, mais on n'attend jamais vraiment. Tout le monde mange en vitesse, échangeant vannes, rumeurs de nominations, mutations et potins de cours.

Catherine apprend vite. Elle connaît la valeur des détails. Un président de tribunal donne le *la*. Plus on en sait sur lui, mieux on peut affûter sa plaidoirie. Elle glisse le nom du président Perret croisé à Guéret.

Unanimité de ceux qui connaissent : tatillon mais juste.

Finalement, elle a écrit à Myriam, comme si de rien n'était, pour lui proposer un rendez-vous. Si la détenue ne lui répond pas, elle consultera Renaud, mais c'est difficile de travailler sans communiquer avec sa cliente.

Vibreur. Daniel.

– Je l'imaginais pas comme ça, ton père.

– Ah, tu l'as vu ? Comment alors ?

– Je ne sais pas… plus moderne. Plus rond. Tu ressembles à ta mère, non ?

– Il paraît.

– Tu me la présenteras ?

– Elle est morte. Non, ne t'en fais pas. C'était il y a longtemps… Dis-moi, tu m'appelais pour une raison précise…

Daniel rétropédale comme un malade. Trouve la parade. Myriam. Bien sûr. Sans-papiers mode d'emploi.

– Ton père m'a parlé de tes soucis. Fais-toi violence, Catherine, sois gentille, empathique…

– Tu veux dire, plutôt qu'anti…

– Je sais que tu te méfies du sentimentalo-compassionnel, mais avec une fille comme ça, c'est ce qu'il faut. Elle en a chié toute sa vie, elle a été du mauvais côté de la loi quand elle n'avait rien fait de mal… Sa culpabilité, je n'en sais rien, mais je ne crois pas que ce soit une tueuse… Faudrait voir les chiffres, mais les gens en situation irrégulière commettent des délits, volent, dealent parce qu'on ne leur laisse pas trop le choix, mais ils ne tuent pas. Ils sont venus pour vivre, libres, mieux…

Catherine se dit qu'il pourrait témoigner, à condition de ne pas en rajouter dans la légitimation du délit qui serait peu appréciée. Il ne fait pas Parisien ramenard prétentieux. Il est sympathique, il a de la conviction. Et il le fera. Pour elle, il le fera.

Elle avale son café en vitesse, se dirige vers la sortie, se rappelle *in extremis* qu'elle a trois dossiers à retirer, rebrousse chemin. Passe au cabinet. Doit repartir à Nanterre aussi sec.

Tant qu'elle y est, si elle pouvait faire un crochet par Versailles…

Versailles ! Ses escaliers ! Elle a bien fait de s'accorder une pause-déjeuner.

Au moment de partir, le patron l'appelle.

– Ça s'arrange avec votre cliente ?

– Je l'espère. Je lui ai envoyé une carte d'anniversaire en lui proposant une date de rendez-vous. Pas de réponse. Mais bon… Je me demandais… ?

Elle se lance. La mort de la mère, l'éventualité de faire procéder à l'exhumation… Elle se défait lentement sous le regard consterné de Renaud.

– Vous n'avez pas besoin que je commente, je pense. Dans quinze jours, je vous veux dans mon bureau avec un condensé de l'affaire et votre axe de défense. Pas d'élucubrations, pas de roman. Les faits et votre ligne directrice. Ce qu'on appelle aujourd'hui un pitch !

Elle se retire en marchant le plus silencieusement possible, ce qui est ridicule, mais instinctif.

Elle papote dans la salle des avocats à Bobigny quand son portable sonne, numéro inconnu.

La voix est basse et retenue, mais elle reconnaît Myriam :

– Merci pour votre carte. C'est gentil d'y avoir pensé.

– Myriam, on n'a pas le droit de… d'où téléphonez-vous ?

– Ne vous inquiétez pas, on m'a prêté un mobile. Personne ne sera au courant. Je voulais vous dire, pardon, merci et d'accord pour vous voir le 8 février.

Le temps de balbutier un « d'accord » hâtif, Catherine a raccroché, regarde son mobile comme s'il allait lui exploser entre les mains. Il ne lui manquait plus que ça. Elle essaie de réfléchir aux conséquences possibles de l'initiative de sa cliente. Myriam a dû emprunter un mobile clandestin. Il n'y a plus qu'à espérer qu'on ne le retrouve pas, que l'appel ne soit pas repéré…

Et puis une collègue l'aborde, commence à lui raconter dans le détail l'affaire de viol collectif dont elle s'occupe. Catherine s'échappe et ne reprend plus souffle jusqu'au soir quand elle monte son escalier en bâillant sans précaution. Elle en a plein le dos, les jambes, les épaules, la tête, saturée. Il a plu. Elle aurait pris froid que ça ne l'étonnerait pas. Cédric n'a pas rappelé et ça sent le poireau dans l'escalier.

Plus elle s'approche de sa porte, plus l'odeur tient… De la soupe ! Mon papa chéri aurait eu l'idée de génie de nous mitonner de la soupe…

Elle ouvre. Ça va embaumer toute la nuit, mais qu'importe. Puis, elle marque un arrêt stupéfait, s'empêche de rire parce que, clairement, c'est de sa faute à elle.

Les jambes du pantalon retroussées jusqu'aux genoux, l'élégant docteur Monsigny a les pieds trempés dans une marmite d'eau fumante. Il lève un sourcil interrogateur et de son ton le plus caricaturalement maître d'école, lance :

– Tu n'as même pas de bassine !

– Je sais, je suis nulle ! Tu as tellement marché que ça ?

– J'ai tout fait à pied. Je ne comprends rien aux bus et le métro me déprime. Tu sais que tu as un petit marché épatant le mercredi ?

– Première nouvelle.

– Comment est-ce que tu te nourris, ma fille ?

– Sushis, essentiellement.

Eh bien, ce soir, elle a droit à un souper maison de soupe et poisson en papillote, le chablis est au frais, l'enquêteur au rapport.

Il a adoré la « cousine ». Tania.

Elle se rappelle très bien Myriam. À cause du 11 septembre. Rien de tel qu'un événement traumatique pour fixer les souvenirs.

Catherine reste impassible, comme si cette phrase ne faisait pas écho à leur situation. Elle prend le temps de s'asseoir parce que son père aime aller dans les détails et il commence son récit avec un soupir d'aise, le gros sel est souverain pour les pieds endoloris.

La boutique est calme. Tania est assise sur un fauteuil pivotant et parle au rythme lent et apaisant de son mouvement régulier vers la droite puis vers la gauche. Elle est très jolie avec ses grands yeux étirés et sa longue bouche qui appuie fort chaque syllabe de chaque mot et se déforme selon les sons. Elle est coiffée d'un réseau de minuscules tresses qui dessinent des formes géométriques régulières sur son crâne, très rond. Elle porte d'immenses anneaux aux oreilles et une mini-jupe en cuir noir. Elle se rappelle bien comme Myriam a parlé, parlé, une vraie toupie, de sa grand-mère, de son enfance de princesse, de ses méchants patrons, de leurs mauvais traitements, de son angoisse qu'ils puissent la retrouver. Le seul mot de police la terrorisait. La « cousine » se rappelle un détail : Myriam est entrée en France avec un passeport en règle qui ne l'est sans doute plus. De toute façon, ses patrons tortionnaires l'avaient planqué. Et elle a demandé à la coiffeuse si c'était très cher de se procurer des faux papiers.

C'est là que Tania la Française l'a envoyée à Daniel. Elle n'aime pas être mêlée à des affaires douteuses.

Monsigny pose la question quand elle lui vient spontanément, intuitivement :

– Je sens... J'ai l'impression qu'elle ne vous a pas bien plu.

– Je n'aurais pas aimé la coiffer !

Tania éclate de rire pour atténuer son exclamation spontanée. Elle adore son métier. Elle a tout de suite envie de tripoter les cheveux des gens, de créer une harmonie entre la coiffure et la personne.

– Mais je comprends aussi. Moi, j'ai eu une vie facile et quand on n'a connu que des obstacles, de la douleur, on devient... Égoïste n'est pas le bon mot. Mais je sentais qu'elle regardait autour d'elle, mon salon, mes bijoux, avec envie. Comme si elle me calculait, mine de rien. Mais je reconnais, c'est normal. À sa place, je serais sans doute pareille.

Catherine soupire :

– En voilà une que je ne déplacerai pas à Guéret.

– Je te raconte les choses comme elles ont été dites, mais ça ne préjuge en rien de la culpabilité de ta cliente.

– Il faut que je réfléchisse.

– Ah, j'espère que tu approuveras mon initiative.

Il lui indique sa sacoche où elle fouille et sort une affichette représentant Myriam et demandant que toute personne qui l'aurait connue se manifeste.

Demain, il ira la déposer chez des commerçants à quatre points différents du seizième arrondissement. Il est certain que ça va donner des résultats.

Après le dîner, il prend sa voix de papa d'avant, sévère et sans réplique, pour l'envoyer au lit, et ajoute, d'une voix faussement accusatrice, qu'il s'occupera de la vaisselle car il adore ça. Il est touchant parfois, pense Catherine en remontant la couette sur son nez. Elle attrape son téléphone et compose un texto pour Cédric : « Tu as jusqu'à vendredi pour rencontrer mon papa ! Tant pis. »

28

C'EST UN RESTAURANT DÉPOUILLÉ où seules des photos, noir et blanc, de grandes dimensions, assurent l'exotisme avec leurs paysages d'étendues désertiques et d'étranges villages. La raideur des banquettes, compensée par des amas de coussins, est, pour Daniel, à l'image du docteur Monsigny, rigide mais néanmoins affable.

Le militant est enchanté de partager la dernière soirée parisienne du père de Catherine, une faveur qu'il asssimile à un bon signe, sans trop approfondir, si ce n'est que Catherine a envie que Daniel entre dans son intimité familiale.

Pendant qu'ils font assaut d'amabilités, Catherine pense à Cédric. Elle se demande pourquoi elle mourait d'envie de le présenter à son père, elle ne voit pas l'intérêt d'officialiser leur liaison, si on peut appeler cela comme ça, et se dit au passage que le mot même est étrange, liaison. Est-ce à son père ou à elle-même qu'elle veut prouver que le cordon la relie ailleurs ?

Que Cédric fasse le mort ou la tête, son absence profite à Daniel qui ne mégote pas ses efforts de séduction. Le pauvre peut faire les pieds au mur, le docteur Monsigny ne se laissera pas circonvenir, persuadé par avance qu'aucun homme n'est digne de sa précieuse fille. En attendant, le protecteur des sans-papiers la décharge d'avoir, une nouvelle fois, à écouter son père rendre compte de sa mission impossible conclue par un échec attendu. Dans cette époque paranoïaque où chacun se croit l'objet d'une surveillance machinale et systématique, il suffit d'être démuni pour rester invisible. Sans portable, ni carte de crédit ou de transport, les pauvres sont intraçables.

Elle regarde son père parler et s'agiter comme une pie, métamorphose consécutive à sa grande solitude. Sa joie d'exister à nouveau dans le regard des autres parade malgré lui. Il mime le geste de la pharmacienne passant le doigt sur le visage de Myriam comme pour en effacer la couleur avant de dire, délicatement, que les gens de couleur sont rares dans sa clientèle. Même les baby-sitters. La mode est plutôt aux Scandinaves dans le quartier.

Il fait des mines, encouragé par le rire flatteur de Daniel à qui il veut plaire pour séduire sa fille. Parce qu'elle le voit plus clairement, elle commence à lui pardonner ses maladresses d'antan. Il n'avait pas de références, il a dû endosser le rôle du père sans mode d'emploi et y ajouter celui de mère, contre nature. L'enfant qu'elle était le sentait. Elle s'est coulée dans le personnage de petite fille modèle qu'il lui avait inventé.

Claude Monsigny, père modèle et Catherine Monsigny, petite fille modèle.

Il vient la chercher à un goûter d'anniversaire. Il n'y a que des mamans. Il est le seul homme. Les femmes ont l'art des échanges insignifiants où les paroles importent peu mais marquent le lien, l'échange, la communauté. Il remercie, emprunté.

Elle l'est à son tour, par un effet de miroir, dit « merci, au revoir », comme il faut, avec un sourire convenu.

– Tu ne m'embrasses pas ?

La maman de Justine, une affectueuse, une démonstrative, lui ouvre les bras, l'enserre, la câline, fait claquer ses baisers. Catherine est gênée, comme devant une accusation tacite lancée à son père. Elle meurt d'envie de s'abandonner mais se ferme, par solidarité.

Sur le trottoir, sans qu'aucune chaleur ne circule sous sa peau pourtant douce, son papa lui prend la main qu'il ne tient que pour la guider, la protéger pas pour le plaisir de la proximité. Un grand froid la saisit, symptôme de manque, parce qu'elle a refusé l'embrassade chaleureuse, maternelle, de la maman de Justine. Elle se met à sangloter.

Son papa s'alarme. Ça s'est mal passé. On n'a pas été gentil avec elle ?

Elle hoquette :

– Maman me manque.

Il la lâche aussitôt. Ce n'est pas méchant. Il est blessé, offusqué et, surtout, il ne sait pas quoi faire car la spontanéité ne figure pas dans sa panoplie. Il pose sa paume en haut du crâne de sa petite fille en larmes et grommelle qu'il est désolé. Elle se sent coupable et ravale son immense chagrin.

Ce n'est pas sa faute à lui. C'est comme ça. Aujourd'hui pas plus qu'alors, elle ne sait qui il est. Qui était-il avec sa femme ? Elle n'a aucune représentation de ce qu'est un couple. Est-ce pour cela qu'elle est aussi brutale avec les hommes ?

Dans ses flashes de la toute petite enfance, misérablement rares, surgissent la voix, le rire, l'odeur de sa mère mais de son père, rien. Comme s'il n'avait pas été là.

Aurait-il pu l'adopter et en camoufler toutes les traces ?

Mais sa mère a existé. La photo en est la preuve. Elle-même en est la preuve. Elle reconnaît en elle, pas seulement les traits, mais l'énergie, la confiance de la femme sur la photo. Elle ne se voit ni en son père, ni en ce qu'il lui raconte de sa mère.

Elle sort du bain, dégoulinante, il l'enveloppe d'une grande serviette. Il lui frictionne le dos. Il reste à bonne distance toujours. Il est gêné par ce corps d'enfant.

Un homme inhibé ? Un homme amoureux.

Elle n'a plus jamais dit que sa mère lui manquait et réservé ses chagrins à la solitude silencieuse de la nuit.

Daniel vient de s'adresser à elle. Qu'est-ce qu'il a dit ? Il a parlé de dessert. Les deux hommes la regardent. Elle s'est sérieusement absentée.

Elle prend l'air stupéfait :

– Il y a des desserts en Éthiopie ?

– Dis, si on te dérange, on peut s'installer au bar.

– Pardon, mais je pensais à une affaire que je dois plaider demain.

– On est ici et maintenant.

– C'est ma faute. Catherine a déjà entendu mon récit dans le moindre détail.

– Papa, je suis assez grande pour assumer ma grossièreté toute seule.

Elle aspire l'air, bloque son ventre. Ce ton détestable. Celui de son père. Oh si, elle peut se reconnaître en lui quelquefois.

– Je voulais vous en parler, Claude, elle est très mal élevée, votre fille. Je reconnais que le matériau n'est pas de premier choix mais quand même…

Sourires contraints autour de la table. Ce n'est pas drôle, mais la tentative part d'un bon sentiment.

– Et je voulais te dire aussi, à propos de Myriam. J'ai pensé à un couple de l'association qui l'a hébergée plusieurs semaines. J'ai noté leur téléphone.

Son père, roi de l'encouragement comme principe d'éducation, surenchérit :

– C'est bien, ça, ça peut être intéressant, plus que mes vaines recherches.

– Pas vaines du tout, papa.

Petite réparation qu'il entend comme une excuse. Il lui tapote la main avec un bon sourire, s'éclipse. Il va payer, il sait très bien faire ça. Elle sera sa complice.

Elle se tourne vers Daniel. Qu'il oublie pour une fois son principe de base qu'il est là pour aider, pas pour juger et que sa subjectivité doit rester dans l'escalier.

C'est très sérieux, elle veut savoir si, comme Tania, il a eu des réticences vis-à-vis de Myriam.

La question anodine semble le prendre de court. Il en a le souffle momentanément coupé. Elle ne le quitte pas des yeux :

– Quoi ?

– Quand on est dans la merde, on se débrouille, on manipule, il n'y a pas à juger de ça.

– Daniel ! Quoi ? Qu'est-ce qu'il s'est passé avec Myriam ?

Il se tortille, comme soumis à la question. Elle ne lâchera pas. Il le sait, il cède.

– J'ai couché avec elle.

– Vous avez eu une histoire ?

– Non, pas une histoire. Je sais pas, deux ou trois fois…

– Elle a habité chez toi ?

– Non, ça je ne voulais pas.

– Vous n'avez quand même pas fait ça au bureau ?

– Une fois, si. Écoute, je n'ai pas à te raconter tout ça, ça ne te regarde pas.

– Un peu que ça me regarde. Ça me regarde aussi en tant qu'avocate. C'est une de tes pratiques régulières ?

Le docteur Monsigny revient, sourire content :

– Bon, on y va ?

– Oui, dans cinq minutes… Tu veux bien nous attendre dehors ? Rassieds-toi, Daniel, s'il te plaît.

Daniel reste debout. Il est consterné, se raccroche à l'addition, c'est lui qui invitait, c'était son idée.

– Laisse tomber, Daniel, assieds-toi.

Monsigny voit bien que l'atmosphère a viré, il s'éclipse. Parfois, son allégeance se révèle utile.

Catherine n'est plus la copine, elle bosse. Daniel a déjà vu cette part d'elle, en acier tranchant si nécessaire, attaquer témoins ou flics, mais jamais lui, jamais sur ce ton qui interdit qu'il se dérobe. C'est comme ça.

– Ça n'était jamais arrivé, ça n'est jamais arrivé depuis.

– Tu veux dire qu'elle t'a violé ?

– Si tu le prends sur ce ton… Non, elle ne m'a pas violé, c'est malin ! Elle m'a séduit, au vrai sens du terme.

– Raconte.

Un soir de déprime au bureau. Tout le monde vient de partir après une de ces réunions interminables et vaines qui tournent au règlement de comptes personnel sous couvert de désaccords idéologiques entre les fervents qui prônent la violence pré-révolutionnaire et les prosaïques, dont il est, qui parent au plus pressé.

Il n'a pas envie de rentrer chez lui, sceptique sur sa vie d'adolescent vieillissant, incapable de rien construire, planqué derrière un engagement qui ne change rien au monde, mais masque sa peur personnelle du temps qui passe sur un être figé.

Le bureau est sinistre, il fume une clope, ouvre la fenêtre, s'accoude. Même dans cette rue encaissée, le printemps se renifle dans la douceur de l'air, un petit croissant de lune accroché au-dessus des toits, la rumeur de la ville où les autres s'activent, s'aiment, jouissent et, sur le trottoir d'en face, une silhouette qu'il scrute, reconnaît. Il appelle :

– Myriam ? C'est toi ? Qu'est-ce que tu fais là ? Monte.

C'est une femme caméléon. Elle porte une petite robe nouée, des sandales. Ses cheveux grignotent son visage, elle a les yeux cernés de khôl, des boucles dorées aux oreilles. Il est content de la voir. Elle tombe à pic.

Il le lui dit.

Lui annonce la bonne nouvelle. Il lui a peut-être trouvé un boulot. Pas grand-chose, mais ça dépannerait une copine. Il faudrait aller chercher des enfants à l'école tous les jours, pendant dix jours. Les faire goûter. Bon, elle connaît. C'est dans le quartier.

Après coup, il a interprété la petite moue, l'expression de sa déception. Elle veut, vaut mieux que ça, ne s'en contentera pas, mais l'impression s'efface à peine esquissée.

L'arrivée de Myriam absorbe l'air du petit bureau. Il fait lourd et étouffant.

Elle dit : « Plus tard », elle ne le quitte pas des yeux. Elle dénoue le lien à sa taille, la robe s'ouvre et pendouille sur les hanches. Son ventre est rond et luisant, ses cuisses musclées, les seins sont petits, pointent sur le côté. Il ne sait pas si elle est belle mais c'est un corps de femme offert, dans lequel il est tentant d'enfouir sa solitude et son inquiétude. Elle parle cru dans son oreille tout du long et c'est long, elle sait le retenir, le relancer, elle gémit et crie, s'accroche à lui, rit. Il lui semble n'avoir jamais connu de femme aussi vivante.

Après, elle va pisser, revient, enfile sa robe, la noue et dit :

– Quand tu m'appelleras, je viendrai.

– Et tu l'as rappelée ?

D'un ton las, Daniel dit, trois fois.

– Pourquoi pas plus ?

– Elle voulait se marier.

– Ha ! Je vois. Elle te l'a dit comme ça ?

– Comme ça.

Il ouvre les mains, secoue la tête.

– On en est restés là.

Quand je pense que j'ai envoyé une carte d'anniversaire à cette pute ! se dit Catherine sans logique. Puis soupire car elle vient de perdre un bon témoin.

29

CATHERINE s'éjecte du sommeil en panique, le buste à l'équerre, les jambes à moitié basculées hors du lit, elle n'a pas entendu le réveil, elle est en retard, ça ne lui arrive jamais, c'est une catastrophe. Elle attrape son téléphone, 08 : 42 disent les chiffres, implacables. L'information complémentaire peine à se faire entendre dans le tohu-bohu de son affolement : c'est samedi, c'est le week-end, elle peut, doit paresser, un peu.

Y a-t-il rien de plus doux que ce rab de temps, cadeau tombé du ciel ? Elle se renfonce dans les oreillers, les mains à l'abri sous la couette remontée, bien au chaud, elle referme les yeux. De la douceur, juste un peu de douceur en molleton contre la rudesse du monde.

À propos…

Elle attrape mollement son téléphone, vérifie ses mails. Tiens, Cédric, un revenant. Il attendra.

Stéphanie lui rappelle leur rendez-vous gym-déj. Bon.

Viagra, on vire, bites colossales, on vire, pétition pour la défense des libertés, on vire.

Olivier Huguenot… Olivier… ce serait… Clic, ouverture. C'est.

Elle pose la main sur l'écran, referme les yeux. Allons, allons, pas de quoi se mettre dans un état pareil. Elle y retourne sans se presser.

Louis m'a annoncé votre venue dans quinze jours. Je commence le ménage, les vitres surtout, j'aère le tapis rouge qui pue la naphtaline, pour la manucure, j'attends la veille du soir où vous viendrez dîner. Voulez-vous ? Fixez la date et je retrouverai ma tranquillité coutumière. Dites non et il vous faudra vivre dans l'éternel regret de m'avoir si peu connu. O.

C'est que tu sais que tu es adorable, cher O, cher homme.

Mais comme il ne faut pas avoir l'air, elle ne répondra pas tout de suite.

Elle répondra tout de suite. Il ne joue à aucun jeu, elle ne va pas s'y mettre sous prétexte de sophistication, de je contrôle, de jeu de rôles, de jeu drôle.

Ce qui la ramène à son papa. La petite tension, compagne discrète mais permanente de son séjour, s'est révélée à Catherine, disparaissant à la seconde où il est parti prendre son train.

Elle referme les yeux. Spontanément, il a recréé le couple qu'ils avaient été. Et ce n'est pas entièrement sa faute.

Le jour où elle a compris qu'il était vital de s'arracher au plus vite, elle a sorti le bistouri sans état d'âme. Elle aurait dû le garder à portée de main.

Elle a dix-sept ans et un amant tout neuf. Le premier. Et ça lui plaît. Elle l'a choisi, repéré en ce début d'année d'hypokhâgne. L'heure était venue. C'est un prof. Un jeune prof. Le seul qui soit un peu rock n'roll. Marié. Elle sent son regard depuis le début de l'année. Elle sent son plaisir quand elle prend la parole et bataille ferme sur son dada du moment, la mesure du temps qu'elle associe à la perte de la liberté individuelle. L'horloge marque le début de l'oppression. Le temps mesuré exactement emprisonne, il est entre les mains du pouvoir. Le prof rigole. Sans mesure du temps, comment nous retrouverions-nous chaque jour en cours ?

« À l'heure où l'ombre de la tour touche au pied du marronnier, nous nous retrouverions. Par désir et par plaisir. »

Voilà, les mots sont lâchés. Deuxième étape, elle achète deux places pour le concert de Bruce Springsteen et propose qu'il l'accompagne.

Troisième étape, délicatement, elle retire ses scrupules l'un après l'autre, comme des aiguilles d'oursin, le rassure sur une affaire certifiée sans suites.

Elle ne peut pas lui dire qu'elle l'a choisi parce qu'il est marié. Elle ne peut pas lui dire non plus qu'elle est convaincue qu'il est un adultère habituel.

La campagne est rude, mais le jeu en valait la chandelle qu'ils brûlent par les deux bouts, sans jamais l'épuiser.

Il a un pote qui lui prête son appartement. Ils s'y retrouvent l'après-midi et un soir, ils l'ont à disposition pour toute la nuit. Et en profitent. Elle rentre à quatre heures du matin. Sur la pointe des pieds. Rien ne bouge.

À midi, c'est la confrontation.

Le docteur, les yeux cernés, n'ose pas la regarder, il prépare des œufs brouillés pour le brunch du dimanche. Lui demande si elle s'est occupée de contraception.

– Mais oui, bien sûr.

Genre, pour qui me prends-tu ?

Il se retourne soudain, son visage en masque livide.

– Oui, eh bien, tu dois comprendre qu'il va falloir choisir.

Elle se demande tout à coup s'il a l'intention de lui faire un examen comparé des différents moyens à sa disposition.

– …entre lui et moi.

Elle éclate de rire. Elle ne peut pas s'en empêcher. Son rire est méchant, elle l'entend, exagéré, strident. Elle essaie d'en adoucir la sauvagerie par les mots :

– Mais la question ne se pose pas. Et si elle devait se poser en des termes pareils, ce serait lui, bien sûr !

Et l'anathème sort, spontané pour une fois.

– Tu es monstrueuse.

Brutal zoom arrière. Le mot l'éloigne instantanément à une distance infinie du pauvre vieux sec et coincé, qui n'est plus qu'une silhouette minuscule, indifférente. Le lien est rompu. Dans la foulée, elle rompt aussi avec son amoureux.

Le père ni l'amant n'y comprennent rien.

Elle se met à travailler comme une cinglée, elle veut accomplir une très belle année de prépa et fuir à Paris pour y faire son droit.

Elle le décrète. Si son père veut lui couper les vivres, elle trouvera du boulot. Elle n'a peur de rien, elle a d'autant moins peur qu'elle a enfin déterminé, sans l'ombre d'un doute, ce qu'elle veut faire de sa vie. Elle ne peut pas savoir alors, ni aujourd'hui, que sa volonté est sa plus grande force et sa plus grande faiblesse. Ses certitudes s'imposent rarement mais une fois là, elles ne souffrent aucun obstacle.

Son père en est la première victime. La détermination de sa fille le soumet. Il s'incline, ne proteste pas. Il met en place son dispositif de défense en forme de tranchée profonde et solide, faite pour durer : la culpabilisation.

C'est de bonne guerre.

L'amant est ravagé de chagrin, l'attend au coin de la rue pour pleurer, supplier. Elle détecte un plaisir masochiste, une mise en scène complaisante. Elle observe ses réactions en entomologiste intriguée, horriblement neutre. Devant si peu de répondant, il se lasse, démontrant qu'elle avait vu juste. Elle en garde une méfiance imparable des démonstrations majuscules.

Eh bien oui, on reconnaît les grandes douleurs à leur mutisme.

Elle rouvre les yeux, vérifie son emploi du temps, elle avait calculé l'aller-retour Guéret dans la journée, elle peut décider de prolonger jusqu'au week-end. Elle tape rapidement une réponse à Olivier. Sans façon, elle ne lui fait pas de charme, elle propose le 8 février, vendredi soir, après la prison. Ce sera du réconfort d'une façon ou d'une autre.

La vie a son système de signalisation, il suffit de suivre les flèches.

Ça, c'est fait. À Cédric maintenant. Porté disparu, qu'est-il devenu ?

Un mail d'excuses ! *Damned*, l'aurait-on changé ?

Il a quelque chose à fêter. Qui justifiera amplement son silence de ces derniers temps. Se laisserait-elle inviter dans le meilleur chinois de Paris ? Il a cru remarquer que tout ce qui était asiatique trouvait grâce à ses yeux. Ce samedi soir ? Si par miracle, elle est libre ?

Elle l'est. Il tombe à pic. Ce sera le repos après les abdos.

Stéphanie a une petite mine. Elle porte une de ces tenues insensées dont elle a le secret, même pour la gym, super sexe. Justaucorps rouge à décolleté plongeant, collant à rayures sur un corps mollasson et voûté. Le cheveu en berne, l'œil en creux, lèvres serrées, elle fait chaque exercice à fond, sans précaution, elle va s'asphyxier.

À la sortie de la douche, Catherine demande de quoi elle se punit. La présentation de Fabien aux parents se serait-elle mal passée ?

– Ne m'en parle pas.

Ce qui présage d'un déjeuner où elles ne vont parler que de ça. Où Stéphanie ne va parler que de ça. Elle a besoin d'écoute, pas de commentaire.

Marco, le patron de leur cantine, les adore. Il juge de leurs états d'âme par leurs commandes. La plâtrée de frites bien grasses suivie d'un fondant au chocolat avec crème fraîche sent le désespoir et la défaite amoureuse. Marco bichonne ses deux clientes comme jamais.

Catherine susurre qu'il serait la solution parfaite pour Stéphanie avec sa douce bedaine, son crâne étincelant, sa moustache grisonnante, sans parler de son bon métier si sûr, bien sûr.

La bouteille de sancerre dont elle a bu les trois quarts permet à Stéphanie de sombrer dans l'humour plutôt que dans la plainte.

Rassérénée, elle rentre se coucher et Catherine préparer les guerres à venir, la bataille de Creuse en tête et sa présentation à Renaud en vedette américaine.

Elle ouvre le chapitre « Personnalité de l'accusée » :

L'orpheline privée de ses parents par la guerre, puis arrachée à sa grand-mère aimée pour tomber sous le joug de gens qui l'exploitent, la terrorisent quand ils sont supposés la protéger...

Elle mâchonne son stylo. Quelque chose l'a chiffonnée dans le récit de Daniel, elle sait maintenant quoi. Elle l'appelle, lui demande si Myriam l'a « séduit » en professionnelle... et comme il ne comprend pas, elle précise :

– Comme une pute.

Cette question simple le plonge dans un embarras absurde. La pudibonderie serait-elle du genre masculin ?

– Je ne fouille pas dans ton intimité, Daniel. Je te demande si elle avait un savoir-faire de... mercenaire ? Ça doit se sentir, non ?

– La vérité, c'est que je me suis posé la question.

– Ah !

– Ça ne prouve rien.

– Certes.

– Je ne suis pas très pratiquant...

– Je comprends.

Il biaise en prévenant Catherine que, « au fait », le jour où les militants qu'elle représente passeront en justice, un paquet de potes se réunira devant le Palais.

– Oh non, encore une manif !

– C'est bon pour toi, non ?

– Daniel, soyons clairs, ce n'est pas bon pour mes clients, c'est bon pour votre pub à vous. Le tribunal apprécie rarement ce qui ressemble à des pressions.

Il ne tiendra aucun compte de ses arguments, de toute façon, inutile de se fatiguer. Elle n'a plus besoin de ça, elle en a fait le tour. Elle décide que ce sera sa dernière prestation pour l'association et boucle la conversation par un :

– Myriam, quoi qu'il en soit, n'avait rien d'une vierge effarouchée.

Daniel émet un borborygme mi penaud, mi faraud, qui est une confirmation.

Myriam n'est pas fichée, l'enquête de gendarmerie l'aurait signalé. Soit, elle ment sur toute la ligne, soit elle a tapiné, faute de mieux, après son départ de chez ses geôliers.

Vu qu'elle doit tenter de recréer un climat de confiance entre elles deux, Catherine ne compte pas l'attaquer, bille en tête, sur le sujet.

Poser éventuellement la question à Renaud.

Elle finit de parcourir le rapport d'expert. L'intelligence de Myriam a été évaluée comme moyenne. Aucun trait particulier relevé. Pas de trace de traumatisme. La grand-mère a bien fait son travail, dirait-on.

Myriam n'a pas une grande estime d'elle-même.

Ça ira très bien comme ça, inutile de demander une contre-expertise. Les faits présentent un problème plus délicat. La mort par empoisonnement est indéniable et il n'y a aucun autre suspect. Même si la culpabilité de Myriam n'est qu'une conjecture, un des éléments à charge est le temps qu'elle a mis à appeler les secours. Elle dit s'être réveillée et l'avoir trouvé mort. En bas. Devant la télévision allumée. Or il a souffert avant que son cœur lâche, ce qui a dû faire un peu de bruit. En même temps, si elle dormait, elle dormait. Et leur chambre n'est pas directement au-dessus du salon.

À tout le moins, l'avocate peut plaider le bénéfice du doute.

Il n'y a vraiment que du circonstanciel.

L'accident ne tiendra pas la route, mais elle ne veut pas encore écarter l'hypothèse du suicide. La vérité est qu'elle meurt d'envie de plaider l'innocence, parce qu'elle rêve de triomphe et que ce serait le plus éclatant.

Elle décide qu'elle a bien mérité le bon bain moussant dans lequel elle manque s'endormir, ce qui la détend avant de se préparer pour Cédric qui va avoir droit au grand jeu, décide-t-elle : soutien-gorge pigeonnant, gilet savamment déboutonné et jupe droite étroite. Bas résille, bottines.

Et rouge à lèvres.

Devant le miroir, elle se regarde, pense à Myriam et se demande qui est la pute.

30

La jupe remontée jusqu'à la taille, à califourchon derrière Cédric, Catherine se prend pour une aventurière. Elle n'avait pas pensé au problème de la moto, mais, sans marquer de pause, sans chichi donc, a roulé jusqu'en haut des hanches le cylindre moulant, et élastique, Dieu merci. Du coup, c'est lui qui a jeté des regards gênés autour de lui et qui semble rassuré, à l'arrivée, que la rue minuscule derrière la gare de Lyon, où niche le restaurant nouvellement ouvert, soit parfaitement déserte.

Hormis le petit autel garni de fleurs et de dons au bouddha débonnaire, on dirait un restaurant américain, moderne, design. Peu de tables. La leur, réservée, est isolée. Sur l'assiette de Catherine, une rose rouge. Est-ce pour compenser celle qu'il n'a pas déposée sur son palier ou est-ce pour confirmer que c'était bien lui ? Mais alors, lui aussi, dans la maison en ruine ? Les yeux décidément très verts de Cédric pétillent, mais il ne répond pas à son interrogation muette. Il est changé, se dit-elle, détendu, content.

– Je t'expliquerai plus tard. Dis-moi, toi. Où en es-tu ? Comment vas-tu ? Mais d'abord… je peux voir ma bague ?

Elle le regarde, l'air bête. La bague, quelle bague ?

– Tu décides de me présenter à ton père sans avoir officiellement demandé ma main ! Il faut faire les choses dans l'ordre. Alors où est ma bague de fiançailles ?

Elle rougit. Il prend un masque d'homme blessé et digne.

– Très bien, n'en parlons plus. Mais la prochaine fois que tu me demandes en mariage, ce sera à genoux, la main sur le cœur. Et la réponse n'est pas garantie.

Elle rit plus fort que la plaisanterie ne le mérite. Encore un jeu de rôles. Bien vu, Cédric. Subtil.

Ils n'ont pas besoin de commander, il a préparé le menu à l'avance et revient à un ton de simple curiosité pour ce qui prend rapidement l'allure d'un interrogatoire. Son père a quel âge ? Il fait quoi ? Soixante-dix ans ? À la retraite ?

Oui, elle est une enfant de vieux mais sa mère était très jeune, ça compense. Morte, quand elle était enfant, elle n'a pas envie d'en parler. Son père était médecin, à la retraite. Non, il ne s'est jamais remarié.

Et sa famille à lui ?

Il adorerait lui présenter ses parents. Banlieusards. Père ouvrier dans le bâtiment. Mère au foyer. Fils unique. Il les lui présentera si elle n'a pas peur de s'encanailler.

Elle s'offusque. S'il voyait le genre de clients qu'elle défend ! Il rigole. Comme tous les bourgeois avec une conscience de classe, elle se croit sincèrement socialement mobile. Mais en France, la mobilité sociale n'existe pas. C'est chacun chez soi avec ses rites et ses codes.

Elle rétorque qu'il a si bien planqué son attirail de prolo qu'il est indécelable, puis coupe court, pour un retour à la case départ.

– Allez ! Dis-moi ce qui te rend si joyeux !

Plus de faux-semblant, plus de banderilles non plus. Cédric ne se fait pas prier pour annoncer qu'en dépit d'une compétition rude et d'enjeux colossaux, c'est son agence qui a décroché le contrat sur lequel il planche depuis des semaines. Il lui en avait touché deux mots, elle se rappelle ? Il raconte la présentation de leur projet de maquette devant l'état-major du quotidien, la batterie de questions qu'ils ont dû affronter, auxquelles il a fallu réagir à chaud, puis la deuxième réunion où ils ont élaboré leurs nouvelles propositions sur la base du premier projet. Bref, *ils ont gagné*, face aux Anglais ! C'est la revanche de Trafalgar, l'honneur de la France bafouée est enfin sauf, Jeanne d'Arc vengée !

– La une en particulier, je pourrai te montrer la maquette du numéro zéro dans un mois, la une est méconnaissable, le graphisme, la photo d'appel en haut de page, centrée, horizontale.

Il griffonne sur la nappe en papier pour qu'elle mesure la taille des titres, le rendu des titres et du contenu affichés comme un générique de film. D'ailleurs, sur le Net, une partie du contenu sera en film. Tout le monde y croit à mort. C'est sa première soirée de libre. Ils ont travaillé nuit et jour, passé des heures à la rédaction, vu le travail de près. C'est passionnant. Un journal est un organisme vivant, jusqu'à la dernière minute, il suffit qu'une nouvelle tombe et c'est comme une cellule qui transforme tout l'organisme.

Catherine essaie de feuilleter à l'envers l'album photos de sa mémoire : Cédric le beau mec arrogant, le paumé qui ramasse une serveuse et la bouscule sans précaution, l'aguicheur, l'amant, le sûr et l'incertain et maintenant le passionné, disert, enthousiaste, rajeuni. Elle se dit qu'il lui plaît, comme ça, sous cet angle-là et pourtant…

Il s'interrompt, la regarde, le visage encore animé, heureux, mais quelque chose dans son regard reste sombre, opaque. Quand il la fixe comme cela, elle se sent dévorée. Pour rompre le malaise, elle brise le silence :

– J'adore tes yeux.

– Oh non, pas mes yeux verts ! Pas toi.

D'un air désespéré, il roule ses iris sur fond blanc comme pour s'en débarrasser.

– Je n'y suis pour rien. Ils ont sauté une génération, me viennent de mon grand-père maternel venu de Kiev, avec un zest du côté de mon père qui a hérité d'une petite auréole claire de sa mère, ma grand-mère paternelle donc, encore vivante, la pauvre, agrippée à la vie mais dans quel état !

Les plats se succèdent, au même rythme que son débit animé, essoufflé, petites bouchées cuites à la vapeur, champignons noirs, soupes, salades aux saveurs délicates, inhabituelles.

Peu à peu, c'est comme s'ils faisaient enfin connaissance, repartant de zéro, après avoir effacé les épisodes précédents, les ombres du passé peu à peu dissipées par une lumière sans obstacles.

À son tour, elle lui parle de son travail, de ses inquiétudes, de son excitation ridicule la première fois qu'elle a déposé sa robe au vestiaire, comment elle a observé la nonchalance d'avocats admirés pour en copier la désinvolture, comment il lui semble maintenant agir davantage à sa façon, trouver ses marques peu à peu. Elle lui explique l'enjeu des assises, l'incertitude face à un jury populaire, à l'opposé du jury professionnel dont on connaît, bon an mal an, le fonctionnement.

Et il propose des toasts, au monde judiciaire qui a permis leur rencontre, aux Chinois dont la cuisine les réunit, à l'avenir plein de promesses de leurs carrières réciproques, à l'éternel retour, aux yeux verts, à leur charme irrésistible et à la question du soir :

– Chez toi ou chez moi ?

– Chez moi.

Mais d'abord, il l'emmène sur les quais, pose sa bécane et l'entraîne dans une promenade d'amoureux jusqu'au square du Vert-Galant où ils font semblant de ne pas voir les sans-abris, accroupis avec leurs chiens, les mains tendues vers un feu de bois improvisé. Ils s'enlacent et s'embrassent face à la Seine dans la lumière artificielle et puissante d'un bateau mouche d'où les touristes ravis fixent sur leur mémoire digitale cette image sortie tout droit de Hollywood.

Catherine sourit :

– Tu as vu *Charade* ?

Et elle lui raconte Audrey Hepburn tombant amoureuse de Cary Grant dont elle ne sait jamais s'il va la tuer ou l'épouser. Il y a une scène sur un bateau mouche qui est le plus merveilleux cliché du Paris pour touristes. Elle lui montrera le DVD.

Elle s'entend faire des projets. Ça la change. Ça lui plaît.

Cédric s'est transformé en prince charmant mais s'il joue ce rôle aussi bien pour la séduire, c'est qu'il est cela aussi et s'il se donne tout ce mal, c'est qu'il mérite qu'elle y réponde et elle lui murmure qu'elle se sent bien avec lui et il chuchote que lui aussi et que même, ils se sentiront encore mieux ensemble dans un grand lit, défaits de leurs oripeaux pour partir à la recherche…

Il prend un étrange accent belge, une voix rocailleuse :

– Pour partir à la recherche de l'homme nu.

Et explique que c'est du Simenon dans le texte. Il lui racontera.

Il semble qu'ils en ont pour toute une vie à se raconter ce qu'ils savent et découvrir ce qu'ils sont.

Au lit, c'est l'affrontement. Une joute entre jeu et combat. Troublante, excitante et dérangeante. Catherine se dit qu'à l'opposé du sexe fonctionnel, hygiénique, la vérité est là dans ce mélange contradictoire d'abandon et de refus. Elle se retient de lui faire mal quand elle l'embrasse, quand elle le rudoie, le provoque, elle lui en voudrait presque de faire monter le désir comme une menace de désintégration, elle a envie de le frustrer, de le torturer, de le dominer et puis, il prend le dessus et la soumet.

Ils inventent un présent sans durée, échappé à la continuité des jours.

Au matin, elle bouillonne d'énergie, son corps est une machine parfaitement huilée, son visage, aperçu en vitesse dans la salle de bains, est arrondi, rougi, comme celui d'une enfant. Elle se réjouit de voir son réfrigérateur encore plein des provisions paternelles. Elle lance ses propositions, d'une voix claire, à l'homme encore enfoui dans la tiédeur des draps :

– Œufs brouillés ? Jambon ? Café ? Clémentines ?

Et il répond que lui c'est Cédric, puis enchaîne les onomatopées pleines de mmmm et de o doux et de a abandonnés et elle se moque, tout en constatant, sidérée, qu'ils ont peu mais bien dormi ensemble. Ils ont dormi, se sont reposés l'un contre l'autre sans se gêner et elle n'en revient pas, n'a pas envie d'en revenir. Elle prépare, pare une table comme elle n'a jamais fait. Au centre, trône la rose symbole.

Il la rejoint, en caleçon et tee-shirt. Ce beau corps d'homme mûr, qui l'a sortie des mignardises de la jeune fille, est tout à elle. Elle aime son aisance à assumer un commencement de ventre, ses cuisses amollies, elle adore sa façon de l'attraper au passage quand elle se déplace, pour l'amener contre lui, de lui embrasser la hanche, de lui prendre la main le temps d'une caresse. Il a l'autorité de sa virilité, mais elle a la ressource d'une guerrière. Ils sont à égalité.

Elle lui raconte le rêve de la nuit quand elle s'est retrouvée captée par un rayon vert qui l'empêchait de bouger, qui s'est éteint d'un coup, la laissant dans le froid.

Il veut bien être son rayon vert, lui en raconte la légende.

Plus tard, beaucoup plus tard, quand ils acceptent de se laisser rattraper par l'heure commune et leurs travaux obligés, acceptent de se séparer pour se retrouver au souper, qu'ils se rhabillent en jouant à se déshabiller, se piquant une chaussette, un tee-shirt pour retarder le moment de la séparation, quand le moment arrive, qu'il vérifie qu'il a ses clés, ses gants, qu'il lui manque… un baiser, elle dit :

– Au fait, la rose. Tu m'as dit : plus tard. On est plus tard.

– Oui, plus tard que ce plus tard-là.

Elle ne fait pas vraiment attention à cette réponse au tac au tac qui dit le refus pur et simple. Ou peut-être qu'elle l'entend justement et a besoin de se débarrasser d'un soupçon de doute qui viendrait gâcher la perfection de leur rencontre toute neuve.

– Non, maintenant. Pas de mystère. Tu as dit, « plus tard », pas : « plus tard que plus tard ». Allez, s'il te plaît. Ça va me tracasser.

Et il saute le pas de la vérité. Elle essaiera, plus tard, de se rappeler qu'il aurait pu lui mentir.

– C'était moi.

Elle ne comprend pas jusqu'à ce qu'il enchaîne les mots, épisode par épisode.

– C'était moi, la rose sur le palier.

– Et dans la Creuse aussi, dans la maison abandonnée ?

– Oui, c'était moi. Je t'ai suivie. Je voulais te surprendre et puis… je n'ai pas osé.

Oh, ça ne suffit pas. Ça veut dire quoi ?

Il essaie d'expliquer son étrange plaisir à voir sans etre vu, à se fondre dans l'ombre, à la suivre comme une proie.

Elle se sent froide et lisse, un galet dans un torrent glacé. Cela s'entend dans sa voix.

– À me faire peur aussi. Dans la nuit, c'était toi ? Pourquoi ?

– Pour rien. Comme ça. C'était con. C'était avant.

– Mais…

– Non, ne m'en veux pas. Je te demande pardon.

– Il y a autre chose, je sens.

Il rit. Qu'est-ce qu'elle va imaginer ? Bien sûr que non.

Il ment. Tout est faux, le rire, les mots, la gêne camouflée.

– Comme on a dit ? À tout à l'heure ? Tu me pardonnes ?

Elle dit oui, distraitement.

Elle a envie qu'il parte.

Il le sent. S'en va.

Le lit vide, l'appartement désert, le silence, l'abandon et un malaise qui monte, lui tord le ventre, hors de proportion, démesuré, grotesque. Sur le point de pleurer, elle ouvre grand les fenêtres, change les draps, fait la vaisselle, sort ses dossiers et s'attable.

31

14 h 06. Encore une heure à attendre.

Le dossier est devant Catherine, bien net. Elle sait par cœur ce qu'elle va dire, mais la proximité de ses notes la rassure. Elle vérifie l'ordre des pages, un accident est si vite arrivé. Et maître Renaud lui accorde une heure, c'est énorme, quatre cents euros, prix d'ami, et pour elle, c'est gratuit. C'est hors de prix, donc exorbitant. À tout le moins précieux.

L'essentiel de sa plaidoirie tient en quelques grandes lignes. Ensuite, elle répondra aux questions et posera les siennes. Triées, réduites à l'essentiel. Il n'aime pas le superflu ni le gaspillage. C'est grotesque d'avoir les mains moites et la gorge sèche. Les fluides ont le chic pour se répandre à de drôles d'endroits, parfaits témoins, objectifs et précis, du malaise, de l'incertitude.

Qu'est-ce que ce sera quand elle y sera pour de bon, en direct, aux assises !

Son cauchemar de la nuit. Elle est nue, bien sûr, dans un tribunal gigantesque. Les jurés, la cour sont tous tellement loin qu'elle ne distingue pas leurs visages. Le silence pèse et l'écrase. Qui défend-elle ? De quoi s'agit-il ? Elle n'en a pas idée mais on attend pourtant qu'elle parle. La parole est à la défense. C'est la voix de Dieu descendue du ciel. Disparaître. L'angoisse l'a réveillée.

Elle se lève. Elle sait ce qu'elle a à faire : monter sur son scooter, rouler jusqu'à Guéret, voir Myriam, lui poser deux questions et rentrer pour son rendez-vous avec Renaud.

La voix de Cédric au téléphone :

– C'est parce que je t'ai suivie ?

– Non, je t'ai dit : j'ai laissé trop de retard s'accumuler. Il faut que je rattrape et je n'aurai qu'un rendez-vous avec Renaud. Je dois le préparer.

– C'est parce que je t'ai suivie. Tu aurais préféré que je te mente ?

– Non. Écoute, je n'ai pas la tête à ça. N'en parlons plus. Je te rappelle.

Elle a tellement la tête à ça qu'elle n'a pu penser à rien d'autre. Pourquoi ne pas lui dire : oui, je me sens trahie. Je ne sais pas qui tu es. Je ne peux plus croire à aucun des personnages que tu joues parce qu'il y en a trop.

Des hurlements qui n'ont rien d'humain. Des bruits de coups réguliers, implacables. Le silence. La silhouette immense devant elle qui lève les yeux. Le rayon vert. Le doudou. La succion affolée.

Une mémoire inventée, des souvenirs recomposés, dit son père.

Elle lui a arraché un nom. Son doigt tremblant cherchant sur la carte.

Sa supplication :

– N'y va pas. Ne retourne pas vers le passé. Il est hors de portée.

– L'assassin de maman vit quelque part, libre avec un secret qui nous concerne. Et tu t'en fous ?

La souffrance dans le visage paternel.

– Comment peux-tu dire ça ? C'est monstrueux.

Monstrueux ?

Et s'il avait raison ? Si ça ne la regardait pas ?

Son ignorance ne l'a pas empêchée de vivre, d'être, de travailler, d'aimer ?

D'aimer, si. Mais ce n'est pas forcément à cause du secret. Peut-être qu'il lui manque simplement cette capacité-là, comme une allergie congénitale.

À huit ans, ses copines comparent leurs projets. J'aurai deux enfants, un garçon et une fille, Clovis et Lila. Moi, j'aurai trois garçons, Pierre, Paul, Jacques. Et la petite Catherine : moi, je n'aurai pas d'enfants, j'achèterai une décapotable rouge et je roulerai le long d'une corniche, il fera beau et je serai libre.

Si ce n'étaient pas ses mots, c'était son projet. Et ses copines la regardaient avec une pitié non déguisée. Et tu n'auras pas de mari ? Stupéfaction apeurée. Non, pas de mari.

Pas normale.

14 h 07.

Ce n'est pas possible. Son téléphone ment. Elle jette un œil sur la pendule de l'entrée qu'elle voit depuis son bureau. Non, le temps prend son temps. Elle n'est plus synchrone avec celui des autres.

Myriam encore plus grise, encore plus molle, encore plus vacante et son courage vacille. Elle n'aurait pas dû venir, elle a envie d'abandonner. Elle sort une des affichettes de son père et Myriam s'insurge :

– Vous n'avez pas le droit. Il fallait me demander.

Au moins, elle est réveillée.

– Est-ce que ces gens existent seulement ?

Un air de défi et puis elle crache :

– Ce qu'ils ont fait, le père, puis le fils, personne ne le saura. Je ne veux pas.

– OK, je vais les retirer. Mais, Myriam, c'est comme ça que je vous veux, vous comprenez, vivante, volontaire. Promettez-moi d'arrêter les comprimés dès ce soir. Et tant pis si vous dormez mal. OK ?

– OK.

Elle encaisse, farouche tout à coup, méconnaissable.

Puis, sans reprendre souffle, Catherine demande :

– Est-ce que vous avez tué Gaston ?

– Non.

Du tac au tac.

– On se revoit le 8 février.

Et tout le chemin du retour, exaltée, cinglée par le vent, une héroïne de cinoche. Pourvu que Renaud ne l'apprenne jamais. Tout ce qu'il déteste. Mais elle en avait besoin. Elle en a besoin. Marquer l'enjeu, marquer la relation, engager sa cliente pour s'engager avec elle. Et Myriam l'a compris. Elle en est sûre.

14 h 09.

Quand l'horloge se moque à ce point, il faut jouer l'indifférence, genre « j'ai tout le temps, j'appelle ma copine ».

Stéphanie chuchote qu'elle est en réunion, peut pas parler, raccroche. Pourquoi répond-elle au téléphone alors ?

Descendre boire un café au bistrot du coin ?

Et si elle tombe en chemin, se casse la jambe ? Si elle se fait renverser par une voiture ? Ne pas prendre le risque.

Elle est dingo. Faut se calmer.

Relativiser. C'est une séance de travail, *work in progress.* Elle n'a pas à être dans le résultat. Ce n'est pas ce qu'il attend d'elle.

Sa ligne intérieure sonne :

– Vous venez ? Je vous attends.

Son téléphone indique 15 h 00. Comme si le temps avait piqué un sprint après s'être lamentablement traîné.

Certains mystères ne peuvent pas être vaincus.

Elle frappe à la porte.

Elle entre.

Il sourit, elle s'assied, ouvre son dossier sur ses genoux, les papiers glissent, elle les rattrape au vol, referme le dossier, le pose sur la deuxième chaise.

Elle note qu'il a des feuilles blanches devant lui et un stylo décapuchonné. Quelque chose monte en elle, une flamme chauffe ses artères. Une envie, un élan, une excitation. C'est parti. Elle parle.

Ce qu'elle présente, c'est la version raisonnable, la base sur laquelle improviser. Après, selon les réactions du patron, elle proposera ses idées folles.

Tout le dossier de l'accusation repose sur du circonstanciel, du soupçon, des rumeurs. L'accusée qui ne rêvait que d'être acceptée, intégrée, qui espérait faire le bonheur d'un homme solitaire et triste, est rejetée, elle est l'étrangère. Sa différence seule est le socle sur lequel reposent les témoignages, en vérité inconsistants, de la partie civile.

Qu'a-t-elle fait de si répréhensible en profitant, avec son mari, avec son plein accord, des quelques biens qu'il possède ?

Une seule certitude : Gaston Villetreix a ingéré du cyanure. Comment ? Nul ne peut le dire. Le poison était à la portée de tous dans une grange ouverte.

Ah, mais le flacon a été retrouvé dans la cuisine des Villetreix et le poulet était fortement épicé…

Tous les témoignages indiquent que Myriam Villetreix pimentait ses plats. Ce soir-là comme les autres.

Alors quelles hypothèses ?

Sous le toit des Villetreix, il y a un loir, bruyant. Ils en ont souvent parlé. Gaston n'aurait-il pas pu aller chercher le cyanure, qui était à la portée de tous, dans l'idée de se débarrasser de l'animal ?

La préparation devant se faire avec un œuf dont le loir est friand, il était logique qu'il dépose le poison dans la cuisine. Et qu'il néglige d'en informer son épouse.

Catherine, en plein envol, évoque la possibilité du suicide, la légère dépression dont semblait souffrir Gaston, qui inquiétait Myriam.

Elle termine sur le mobile, sur sa vaine recherche d'un mobile. L'argent ? Son mari ne lui refusait rien. Quand Myriam Villetreix avait enfin trouvé la sécurité, une famille, une appartenance, tout ce que la vie lui avait refusé et dont elle rêvait, elle aurait détruit ce paradis enfin constitué ?

Deux solitudes s'étaient trouvées pour faire place à un couple, inhabituel, peut-être, hors normes, sans doute, mais constitué par des liens librement noués et que la mort seule a pu défaire.

– Et je demande l'acquittement, ne serait-ce qu'au bénéfice du doute. Voilà, en gros. Je n'ai pas encore le détail des témoins que je compte appeler à la barre, mais c'est dans ce sens que j'orienterai mes questions.

Elle se sent bien, libérée, plus elle parlait, plus elle avait le sentiment d'être dans le vrai. Sans l'ombre d'un doute.

Renaud laisse passer un moment de silence.

Il attaque en douceur. Il aurait préféré qu'elle ne plaide pas devant lui. Il souhaitait entendre, à froid, à plat, l'organisation de ses arguments.

Tant pis.

Il commence par lui dire qu'il faut choisir. Soit elle plaide l'innocence, en sachant que c'est un quitte ou double. Soit elle plaide le doute et argumente dans ce sens-là. Mais elle ne peut pas faire les deux. Il faut tracer une ligne claire pour les jurés. Surtout ne pas les embrouiller.

– De toute façon, vous ne pouvez jamais savoir avec certitude ce qui va sortir aux assises. Il faut vous rappeler constamment que le dossier n'est pas pris en compte. Ne vaut que ce qui est dit, là, en direct. Les témoins sont imprévisibles. Le procureur l'est moins, mais il ne vous préviendra pas de la teneur de ses arguments.

« C'est donc bien de réfléchir à différentes options pour ne pas être pris de court, mais une fois que l'on a choisi sa direction, à la minute où la plaidoirie commence, on ne godille pas, on trace.

« Dans cette histoire, la personnalité de l'accusée va peser énormément. Il faut savoir ce que vous pouvez attendre d'elle, mais ne pas espérer de miracle. N'essayez pas d'en faire quelqu'un d'autre que ce que les jurés auront sous les yeux et entendront.

À ce propos, Catherine évoque la confession de Daniel. Et si Myriam mentait ? Si elle n'était pas cette pauvre victime courageuse, mais une professionnelle du trottoir, une prostituée manipulatrice…

– Oui ?

– C'est une information potentiellement dangereuse. Vous me parlez de la personnalité de l'accusée. Imaginez que cela sorte, au hasard d'un témoignage, devant le tribunal… En dehors du récit de votre camarade, y a-t-il trace dans le dossier d'un quelconque doute, soupçon ?

– Ben non.

– Je vais vous dire une chose, Catherine, il faut nous méfier de nos propres préjugés, surtout ceux qui sont susceptibles de trouver écho chez les jurés. La femme noire, la femme africaine, dans le cliché populaire, est folle de son corps, nymphomane et menteuse. La vitesse à laquelle vous avez tiré des conclusions d'un événement qui peut être interprété très différemment est révélatrice. Pour le bien de votre cliente, n'y pensez même pas. Sauf pour la réfuter au cas où l'hypothèse serait soulevée devant le tribunal. Mais mettez-vous à jour avec vous-même. Autre chose, ne risquez l'hypothèse du suicide que si des témoignages l'appuient un peu précisément. Sinon, oubliez.

– Mais alors, je plaide l'innocence ou le doute ?

– Ça, c'est votre boulot. Je ne vais pas décider pour vous. Je voulais vous dire aussi, pendant la sélection des jurés, si vous pouvez donner l'impression que ceux que vous acceptez sont en quelque sorte élus, vraiment choisis, c'est un plus.

– C'est-à-dire que je dois récuser de façon un peu…

– Désagréable, oui. Vous avez une tendance naturelle, si je puis dire, à théâtraliser. Vous en faites, comme on dit. Ce n'est pas un reproche, ne vous inquiétez pas. C'est bien. Les assises sont le bon endroit pour ça mais pensez constamment, pendant les questions, pendant la plaidoirie, dans votre écoute même, que vous avez des interlocuteurs qui n'ont rien d'abstrait, dont vous voyez les visages, dont vous connaissez l'âge, la profession. Parlez-leur, pensez-y toujours. Et ne vous inquiétez pas. Ça ira très bien. Ça s'est arrangé avec votre cliente ?

Comme il la regarde ! Elle prend un air évasif. Mon Dieu, faites qu'il ne se doute de rien.

– Je crois. J'y retourne la semaine prochaine. Je voudrais d'ailleurs rester trois jours.

Renaud se contente de lever un sourcil.

– Oui, ça me permet de sentir les choses, l'atmosphère. Là-bas, on est sur une autre planète, vous savez.

– Pas tant que ça. Catherine ? Pas d'enquête, hein ? Ne vous emballez pas ?

– Non, non. Merci maître.

– Et bravo pour l'affaire Bouscard. Il fallait la dénicher la règle des vingt heures ! Votre père était content de son séjour ?

– Très, merci.

Elle retrouve son petit bureau bordélique, soulagée, très soulagée et se demande comment il fait pour être au courant de tout. Elle ne lui avait pas dit que son père lui avait rendu visite. Sophie ? Oui, bien sûr, Sophie. Sophie entend tout et sait tout.

Bon, ce n'est pas tout ça. Elle considère la pile des arrêtés à classer. La barbe. Elle n'aura jamais fini à 19 h 30 et elle avait tellement envie d'aller voir le Jim Carey. Et après, ce sera trop tard.

Le devoir d'abord.

Son téléphone vrombit. Les affaires reprennent. C'est Stéphanie et pas le moment. Mais elle se rappelle à temps que c'est elle qui a appelé sa copine qui ne fait que répondre à cet appel. Elle ne va quand même pas lui avouer qu'elle cherchait un passe-temps. Elle répond et improvise :

– Tu veux aller au cinoche à 20 heures ? Le Jim Carey.

– Ça ne t'ennuie pas si je viens avec Fabien ?

– ?????

Il y a des blancs faciles à interpréter. Stéphanie ne s'y trompe pas.

– Oh, écoute, je te raconterai (oh non !) mais tu ne peux pas imaginer tout ce qu'il a inventé pour me récupérer et… la vérité, c'est que j'en suis dingue et c'est comme ça. Voilà.

Voilà, se dit Catherine. C'est sa vie et pas la mienne. Jamais.

32

Après le passage souterrain, en haut des marches, se dresse le mur à la perpendiculaire du quai, où se détachent les lettres à la couleur aussi passée que la prospérité d'antan : LA SOUTERRAINE.

Dans le parking, la Golf est à sa place, la clé aussi. Le magasin de pêche, la terrasse vide du café, le Grand Hôtel somnolent, la maison à vendre, le marchand de meubles, la route bordée de grandes maisons bourgeoises aux jardins ouverts, le rond-point, la station-service, chaque étape marque un signe de bienvenue, rétablit le courant entre l'arrivante et la région. Le ciel est uniformément gris, la pluie régulière, la campagne recroquevillée sur elle-même, le temps ralenti. Sensation de douceur.

La semaine dernière, elle a tracé, aller, retour, l'œil sur la route, jouant son quitte ou double. Ce vendredi, Catherine sent l'emprise du lien invisible qui l'attache à ces lieux. Parce qu'elle sait que maintenant c'est l'endroit de son enfance ? Ou son envers.

L'étrange hasard qui l'y ramène n'en est pas un… Elle ne retourne pas vers son passé, c'est lui qui l'appelle, lui rappelle qu'il existe, qu'il est là pour elle, qu'il fait partie de sa vie. Il n'y a pas de hasard mais des panneaux fléchés à intervalles. Notre seule liberté consiste à choisir de les suivre ou de passer outre.

Le sommeil de Catherine est de plus en plus souvent hanté par la jeune femme souriante de la photo, vivante et muette. Parfois, ses lèvres s'agitent sur des sons inaudibles. Parfois, son visage ruisselle, mais elle continue de sourire pour l'éternité. Elle a l'âge qu'a sa fille aujourd'hui. Elle pourrait être une amie, une sœur. Elle est toutes les promesses que la vie ne tiendra pas. Sans rancœur, elle donne sa joie et sa confiance. Et son chagrin.

La photo dans son cadre en carton accompagne Catherine désormais. Elle l'a glissée dans une poche zippée de son sac, comme un talisman.

Dans l'enchevêtrement des tâches à accomplir, des problèmes à régler, retrouver les traces de la jeune morte ne fait pas figure de priorité. Vingt ans après, quelques mois ne font pas de différence.

À force de séjours, même courts, cette terre rétive l'acceptera et alors elle reviendra et cherchera activement les traces de sa mère vivante, tentera de résoudre l'énigme de sa disparition.

Même s'il n'y a pas de tombe à proprement parler, son père a bien voulu lui dire où il avait dispersé les cendres de sa mère. À la Rigole du diable.

Catherine ira s'y recueillir.

Plus tard.

Elle passe la sortie Saint-Vaury, où se trouve l'hôpital psychiatrique, se sait à mi-chemin.

Le problème Cédric s'est réglé en une seule phrase envoyée par mail, plus solennel que le SMS anecdotique : « Je ne veux plus te voir. »

Envoi.

Par retour, la note d'alerte de l'ordinateur précède le nom « Devers » affiché dans la boîte aux lettres et son cœur à elle s'affole. À sa fébrilité, elle mesure qu'elle attend sa réponse avec impatience, qu'un courrier, même de rupture, continue de tisser le lien. Danger. Elle efface la réponse sans lire, comme elle efface tous les mails qui suivent. Elle ne lit pas ses textos, ne répond pas à ses appels. C'est une violence nécessaire qu'elle se fait.

Le manque de lui surgit parfois si fort qu'elle brûle de l'appeler : Viens, là, tout de suite, je t'attends. Son attraction est à la hauteur du danger. Elle a rencontré Cédric pour faits de violence, il est à fuir, menteur, sournois, pervers. Tant pis pour la grâce des parenthèses, tant pis pour le plaisir vertigineux.

Tant pis. Sa signature d'antan est leur épitaphe.

L'amour n'est pas sa priorité, ni son souci et si elle s'autorise la petite douceur du dîner chez Olivier, c'est qu'il fait partie de la case travail. Priorité à Myriam. Rien d'autre.

Elle respire un grand coup. Voilà. C'est clair. Sa discipline en garde-fou, ses résolutions nouvelles dégagent l'horizon, elle a repris le contrôle de l'esquif chahuté par des vents contraires.

Et, dès son arrivée à la prison, elle est récompensée par la métamorphose de sa cliente. Son visage semble arrondi, adouci, son teint a la couleur unie d'un marron sorti de sa gangue, luisant et lisse, son œil pétille de vivacité et elle sourit, à peine entrée dans la pièce que Catherine a obtenue.

C'est le sourire timide d'une enfant inquiète.

Elle semble rassurée par la main que Catherine lui tend, la serre franchement et annonce fièrement qu'elle a suivi son conseil et refusé les médicaments qu'on lui apporte avec son repas. Elle parle fort et clair, son énergie est palpable. Elle exprime encore sa détermination à se battre.

– Eh bien ! s'exclame Catherine.

– Oui, oui, j'ai eu tellement peur que vous ne reveniez pas, de vous avoir déçue. Je n'ai que vous.

– Pas tout à fait. Il y a des gens qui vous aiment bien à Saint-Jean. Je dois voir Olivier tout à l'heure, il parle de vous très gentiment.

– Oh, lui, il est gentil avec tout le monde. Mais même lui, il n'a rien pu faire.

– Vous savez, dès le moment où une procédure était lancée, il ne pouvait pas grand-chose.

– On dit procédure quand ça ne va pas avec son mari ?

– Non, non, je parle de la procédure judiciaire qui fait que vous êtes ici. Mais qu'est-ce que vous voulez dire ? Que ça n'allait pas avec Gaston ?

– Expliquez d'abord, procédure. Parce que la vérité… je ne comprends toujours pas bien ce qui s'est passé. Le docteur est venu. Je l'ai appelé. Je n'ai rien caché. Il a parlé du cœur, il n'a jamais parlé de poison. À l'enterrement, tout était normal.

Ce n'est peut-être pas plus mal de tout reprendre par le début. Catherine explique que le cœur de Gaston s'est arrêté. Oui, quand on meurt, le cœur s'arrête mais là, son cœur a lâché, c'est ça qui l'a tué. Il n'y a pas eu d'autopsie puisque le médecin n'avait rien signalé de suspect, de bizarre.

– Le soupçon est venu après, à force d'en discuter, parce que la situation ne leur plaisait pas, parce que vous alliez tout vendre et repartir et que ça compte pour une famille, les biens. La propriété, ça doit rester dans la communauté. Les cousins vous ont trouvée bien pressée, comme vous aviez été bien pressée de faire enterrer Gaston. Ils se sont rappelés que le mort n'avait jamais eu le cœur fragile, qu'il était en bonne santé. Ils se sont rappelés qu'un jour Gaston avait dit que vous l'aviez menacé de sorcellerie.

Myriam en reste bouche bée. Puis éclate d'un rire sonore, spontané :

– C'était pour blaguer. Je lui disais qu'il avait épousé une négresse et qu'avec la magie noire je pouvais le transformer en pingouin s'il n'était pas gentil. Ou alors, il disait qu'il allait prendre plusieurs femmes, comme un Africain et moi je menaçais de le marabouter. On rigolait.

– Et puis, ils ont découvert que le cyanure n'était plus dans la grange mais dans votre cuisine.

– C'était pas moi.

– Oui, mais ils ont pris un avocat qui a monté un dossier et le juge a ouvert une enquête et vous êtes celle à qui la disparition profite et, comme il y avait un risque, à ses yeux, que vous disparaissiez, il a préféré vous mettre en prison.

– Et juste pour ça, on peut me laisser en prison pour toute la vie ?

– Je suis là pour que vous y restiez le moins possible.

– Allez-y. Posez-moi toutes les questions que vous voulez.

Catherine commence par sortir la boîte de chocolats qu'elle a planquée au fond de son sac et profite de la pause pour suivre le conseil de Daniel. Elle dit sa foi en Myriam, son admiration pour son courage et sa ténacité à reconstruire sa vie, sa certitude qu'elle a rendu Gaston heureux.

Ce préalable établi, elle explique les options : innocence et bénéfice du doute. Myriam choisit innocence, sans hésiter. Parce que c'est la vérité.

Catherine la croit mais lui conseille d'entendre les arguments contradictoires avant de trancher.

Elle revient d'abord sur la famille maltraitante. Une dernière fois : leur témoignage peut les aider. Myriam est certaine de ne pas vouloir donner leur nom ?

Ce sont des personnes qui connaissent des gens importants. Ils sont capables de lui faire du mal, elle en a peur, elle s'en méfie parce qu'elle les connaît.

– Mais on ne pourra pas prouver que votre histoire de mauvais traitements est vraie.

La détenue se contente de hausser les épaules et Catherine rejette, par principe, le doute qui vient de la traverser.

Elle décide d'avancer d'un pas d'autant plus déterminé que sa destination est floue et aborde la question du mariage. Il faut des papiers pour se marier. L'enquête de police n'a pas remis en cause la légitimité de l'union, mais le sujet pourrait surgir pendant les débats.

Myriam garde son air buté.

– J'avais les papiers, ce n'est pas un problème.

– Des faux ?

– Non.

– Vous étiez sans papiers. Vous avez fait comment ?

– J'étais sans papiers pour être en France. Mais je sais qui je suis.

– Je croyais que vos patrons avaient gardé votre passeport.

– Je me suis arrangée avec un employé de l'ambassade.

– Comment ça ?

– Gaston a donné l'argent. Mais ça, il ne faudra pas le dire.

– Mais Myriam N'Bissi, c'est votre vrai nom ?

– Mais oui. C'est moi.

Catherine n'aime pas les victimes, la voilà nantie d'une cliente pleine de répondant et d'agressivité, parfaitement capable d'avoir manigancé un meurtre.

Le client idéal n'existe pas, elle confirme.

Le terrain devient plus carrossable quand elle aborde la vie avec Gaston. Myriam l'évoque avec émotion. Sincèrement ? Le récit est aussi précis que s'il datait d'hier.

Un homme en pantalon gris et blouson de toile beige est là, sur le quai, en haut des escaliers. Il porte une pancarte où il a inscrit son nom, Gaston. Il fait plus jeune que sur la photo. Elle aussi lui en a envoyé une. Myriam lui sourit et il cligne rapidement des yeux, deux fois, comme s'il était surpris. Elle se dit qu'il n'a peut-être jamais vu de femme noire. Elle porte un pantalon et une veste neufs que Daniel lui a offerts, trop content d'être débarrassé d'elle.

Elle lève les yeux vers Catherine :

– Il ne vous a rien dit, Daniel ?

Catherine affiche un air d'interrogation surprise.

– Oh, ben alors…

– Non, dites-moi. Quoi ? Vous savez, je suis tenue au secret.

– Oh là là, ce n'est pas un secret !

Elle a l'air malicieux, pas du tout gêné.

– J'avais bien vu que je lui plaisais. Et moi, je me suis dit pourquoi pas ? Gentil, français… Je devais pas être la première, vu son boulot… Enfin, je l'ai demandé en mariage et lui : « Oh non, non, non, non. »

Elle imite très bien Daniel pris de panique, lapin filant à l'abri de son terrier. Catherine sourit, hésite :

– Vous voulez dire que vous…

– Ben oui. Il est mignon, Daniel.

L'avocate se demande ce qu'a pu être la vie sexuelle de sa cliente dans son drôle de parcours mais Myriam, elle, reste sur Gaston.

Donc, cette première fois à la gare, elle a fait attention. Elle est habillée à la française, hyper normal, hyper banal. Il attendait peut-être davantage d'exotisme. Elle a peur qu'il soit déçu.

Dans la petite camionnette où le silence règne, elle fait la conversation toute seule. Elle prend un accent africain exagéré pour raconter des copines imaginaires :

– Ouh ouh, si tu épouses un Blanc, il va te délaver, ma fille, c'est comme la Javel. Faut voir le marabout d'abord.

Elle lui raconte que les marabouts, c'est des commerçants. Ils commencent par rendre service, une fois, deux fois, amicalement, et quand il t'arrive un truc bien, ils disent que c'est grâce à eux et puis, ça se sait. On a confiance, on envoie les amis et là, ils commencent à se faire payer et hop, ils se paient une belle maison et tout le monde se dit qu'ils doivent être de bons marabouts pour réussir comme ça.

Quand il commence à rire, elle est soulagée. Il lui raconte les superstitions de chez lui. Et ça fait un premier petit pont. Le deuxième, c'est de se dire que chez elle comme chez lui, tout le monde sait qui tu es, qui sont tes parents et que, du coup, tu n'as pas à te poser la question de ton identité.

Elle hésite, mais elle s'était promis qu'il n'y aurait pas de mensonge entre eux et c'est plus facile pendant qu'il conduit et qu'il ne la regarde pas. Elle le prévient qu'elle a déjà connu des hommes. Deux.

Il répond :

– Moi aussi.

– Deux hommes ?

– Non, deux. Deux femmes.

Elle blaguait, il s'en rend compte. Quand ils arrivent à Saint-Jean, ils savent rire ensemble et ça aide à passer sur son choc à elle devant le village et les maisons fermées, et personne dans la rue.

– Pardon, l'interrompt Catherine. Je dois vous poser des questions qui…

– Non, je vous ai dit, vous pouvez tout me demander.

– Vous dites que vous avez connu deux hommes. C'était quand ?

– Le premier, c'était chez moi. Les premiers. À cause de la guerre. Mais ça, faudra pas en parler.

Elle n'en dira pas davantage. Catherine lui rappelle qu'elle doit en savoir le plus long possible, même si elle ne se sert pas des informations, parce que le pire est d'être confrontée à un témoin qui révèle un secret inattendu.

– Ne vous inquiétez pas. De toute façon, le sexe, c'est pas important. S'il faut, il faut, sinon, on s'en passe. Ça ira bien.

Myriam lui presse le bras, avec une mimique réconfortante dans une totale inversion des rôles. Myriam est intelligente, elle sait où elle veut aller, mieux que son avocate, elle anticipe les questions, décide de ce qui jouera ou pas. Oui, elle a l'aplomb d'une sorcière qui lit dans les pensées.

Catherine secoue la tête. Renaud n'a pas tort, elle se trimballe un paquet de stéréotypes.

33

LA CIRCULATION EST CALME, Catherine a le temps. Le froid est coupant, les arbres dénudés, impatients de se rhabiller de vert, absorbent la pluie fine qui commence à tomber. Elle va faire une petite entorse à ses engagements personnels, justifiée par avance si elle lui permet de se débarrasser d'un faux problème,.

Devant le Shopi, à l'abri de l'auvent, deux indigènes tapent la converse, accoudés à leurs caddies et s'interrompent pour suivre la nouvelle venue des yeux, sans marquer ni curiosité, ni émotion, ni gêne. Ils la regardent.

Un travailleur en salopette, sa baguette sous le bras, regagne, sans hâte, sa voiture en double file.

Catherine verrouille la sienne, fait quelques pas, revient, la déverrouille. Une habitude à prendre. À désapprendre.

En ajustant la photo dans son cadre cartonné comme référence, la main en auvent pour protéger le cliché, Catherine trouve la bonne distance avec le panneau « Lavaveix-les-Mines » et élimine ses derniers doutes. Les lettres du panneau coïncident avec celles de la photo.

Pour s'en assurer définitivement, elle vérifie les détails, la maison visible à l'arrière sur la droite… Catherine glisse vers la gauche sans penser qu'elle se retrouve au milieu de la chaussée, déclenche un klaxon simultané au coup de volant donné par l'automobiliste surpris. Tout aussi surprise, Catherine fait un bond jusqu'au bas-côté, la photo tombe, le cadre se disloque et le carton se retrouve instantanément cloqué par la pluie.

Catherine essaie fébrilement de le remettre en place, elle se sent punie, pauvre Pandore. Est-ce un signe qu'il ne faut pas y aller ou le contraire ?

Elle glisse le cliché sous son imperméable, regagne sa voiture, pousse le chauffage à fond, l'humidité a pénétré ses os, elle frissonne, effleure la photo déposée sur le siège passager.

Elle va sécher, il sera facile de remettre le cadre en place.

Son père n'est pas le photographe. Il ne connaissait pas la photo. Pourquoi a-t-il menti ?

Pourquoi mentir devant une photo innocente ?

Pas si innocente que ça. Le sourire éperdu que la jeune fille adresse à l'objectif est pour la personne derrière l'objectif.

Oh, et puis qu'est-ce que j'en sais ? se dit Catherine, se déjugeant instantanément comme autorité dans le domaine amoureux. C'était peut-être une copine. Ou l'autoportrait d'une beauté narcissique.

Belle, elle l'est ! Pourquoi cette beauté serait-elle venue s'enterrer ici avec un homme pas très rigolo ?

Peut-être faudrait-il arrêter de voir des secrets et des mystères partout ? On rencontre un homme, on tombe amoureuse, on le suit. Basta.

La pluie se conjugue maintenant à une brume intermittente, déposée par paquets irréguliers, camouflant la route. En mode pleins phares, on n'y voit plus rien du tout. Il faut sans cesse varier l'éclairage. C'est aussi angoissant qu'un film d'horreur, et le paysage, dans le jour tombant, renforce l'atmosphère inquiétante.

Tout en roulant, Catherine verrouille ses portières. Elle se sent ridicule, mais il n'y a personne pour le savoir.

Elle roule lentement. La nuit tombe d'un coup, dirait-on. L'avantage est qu'on peut voir les rares voitures arriver de loin et anticiper le croisement où elle craint toujours de se rabattre de trop, de se retrouver enlisée dans le fossé, alors, elle ralentit presque jusqu'à l'arrêt et cède le passage à l'autochtone plus habile.

Je suis une gourde, se dit-elle, et elle se demande comment on est passé de l'ustensile simple et pratique à l'adjectif dénigrant.

C'est la question qu'elle pose à Olivier quand, enfin, elle franchit sa porte et oublie instantanément le temps infini qu'il lui a fallu pour arriver à bon port. Elle y est. Il fait chaud, ça sent les lentilles. Plusieurs lampes allumées font obstacle à la nuit.

Et Olivier a la réponse. Ce n'est pas la dernière fois qu'aux problèmes les plus incongrus, il a la solution immédiate.

L'explication vient donc, avant même un bonjour :

– Parce que, au départ, la gourde est une courge qu'on a vidée pour en faire un récipient. C'est un fruit creux. Ce que vous n'êtes pas, rassurez-moi.

– Je me le demande !

– En même temps une calebasse, ça peut servir de tam-tam.

– Oui, merci, ça pourrait être une définition de mon métier. Donnez-moi à boire avant que je sombre dans le désespoir.

– Rouge, blanc, bulles ?

– Rouge, merci.

Et c'est dingue, le charme agit à nouveau, mieux encore car il n'y a plus l'aspérité de la nouveauté. Olivier est aussi familier que sa région.

Quinze fois, elle s'est retenue de poser des questions à Myriam sur la femme du gentil voisin, comment elle est, ce qu'elle fait. Ç'aurait été si peu professionnel et si révélateur, ne serait-ce qu'à ses propres yeux.

Et voilà qu'à peine assise elle s'entend demander :

– Vous êtes séparé de votre femme ?

– Ça se voit, non ?

– Et c'est indiscret de vous…

– Essayez toujours.

– Pourquoi vous êtes-vous séparés ?

– Ce n'est pas la bonne façon de poser la question. Mais je vais quand même y répondre.

– Vous auriez dû faire juge ! Ou instituteur !

– Oh non, justement. La réponse directe, c'est d'expliquer qu'on s'est mariés jeunes et qu'on n'a pas grandi dans la même direction. Mais, je pourrais aussi bien répondre qu'on s'est séparés pour que je vous rencontre et dîne ce soir avec vous dans ma maison écologiquement correcte.

Le ventre d'Olivier s'est creusé, une petite poche où niche encore sa femme si douce. Toujours en jeans et chemise. Son corps de garçon et ses longs cheveux lisses presque blonds. Catholique pratiquante. Pas bégueule, mais sérieuse, engagée. En amour aussi.

Claire. Modèle rare. Élise, son élue.

Tellement claire et tellement rare que la question du choix ne se pose pas. Un enfant, une fois l'appartement assuré. Un deuxième à venir quand la progression familiale, du confort de base à l'accès au superflu, le permettra. Aucune tension visible, aucun désaccord apparent, un devoir tacite et obligé, le bonheur. À tout prix. Le bonheur des magazines. Une image, une jolie vitrine. Élise veut arrêter de travailler, mais ne le dit pas. Olivier monte une boîte d'informatique déficitaire qui lui prend tout son temps. Le samedi soir, ils jouent au tarot avec des couples qui leur ressemblent.

Élise traîne une dépression camouflée en fatigue chronique, s'enferme dans une relation fusionnelle avec leur fils, Gaspard. Olivier a de moins en moins de raisons de rentrer chez lui.

Et Élise, femme courageuse, transgresse tous ses interdits, et prend un amant, un acte violent de pure provocation.

L'univers d'Olivier se fissure et s'effondre. Il devient très con.

Elle est remariée avec un troisième gars, un type sympathique et rassurant qui lui va bien.

La poche s'est déjà refermée.

– Mais ce n'était pas la bonne question…

– Non parce que la réalité est qu'on est séparés et qu'on était sans doute programmés pour faire route commune pendant sept ans et donner naissance à un garçon qu'on élève du mieux qu'on peut et qui m'exaspère et me comble simultanément.

Catherine et Olivier, évitant par un accord tacite la référence risquée à un passé concret, partent alors sur une intense et vaine confrontation du destin programmé et du libre arbitre, vaine car il s'agit de foi plus que d'argument. Catherine se sent terriblement intelligente avant de commencer à s'ennuyer un peu et surtout à se l'avouer, précautionneusement. Olivier est parfois pédant et sentencieux. Il navigue dans l'abstrait et fait le beau un peu platement. Elle le sait, s'interdit simultanément de le savoir car alors… alors elle se projetterait dans un avenir sans attrait quand elle a envie de rêver. Encore un peu.

Heureusement la discussion est entrecoupée de petites tâches ménagères partagées. Goûter les lentilles au lard, vérifier l'assaisonnement, mettre la table à la va-vite et, finalement, manger devant la cheminée, les assiettes sur les genoux.

En quelques minutes, la voix d'Olivier, qui continue pourtant de raconter on ne sait quelle histoire à tiroirs, s'estompe et disparaît dans un silence qui n'a rien de confortable.

Catherine lutte contre le sommeil parce qu'elle veut entendre. Il fait chaud sous le pull de sa maman et le silence est plein de colère. Elle veut entendre ce qui se passera quand elle sera couchée. Si on l'oublie, si elle devient légère comme une plume, aussi invisible qu'une chaise ou un tapis, alors elle saura pourquoi elle pleure.

Pas par caprice, comme on le lui répète. Par peur. Il ne faut pas faire de caprice, Kate, ce n'est pas bien.

– Vous vous endormez ?

– Non, pardon, je dormais ?

– Vous étiez ailleurs et c'est ma faute. Vous voulez rentrer ?

– Oh non !

Elle corrige, confuse :

– Non, nous n'avons même pas parlé de Myriam.

– Vous voulez dormir ici ?

Allons bon !

– Je veux dire, la nuit est épaisse de brouillard, vous risquez de vous perdre et j'ai une chambre d'amis.

Allons bon ! Pas l'ombre d'une ambiguïté.

Pourquoi est-elle si déçue quand il se comporte comme elle le souhaite ? Incertaine et embrouillée, elle qui sait toujours ce qu'elle veut, pourquoi ne sait-elle plus ?

Même la muraille qu'elle a élevée entre Cédric et elle est plus une défense hâtivement improvisée que l'expression claire de sa volonté.

L'idée du retour sous la pluie l'épuise par avance, alors elle dit oui, que c'est une bonne idée. Elle est fatiguée.

La chambre est parfaite, petite comme une cabine de bateau, un lit pour deux, une commode, les murs couleur de champignon.

Il lui apporte une grande chemise, une bouillotte brûlante autour de laquelle elle se love pour sombrer dans un univers sans décision, sans volonté, comme si la vie devenait un film projeté dont elle est l'actrice en même temps que la spectatrice passive. Ce qui est reposant et angoissant.

Olivier conduit une voiture, Élise est assise à côté de lui. Il se retourne vers Catherine à l'arrière, lui envoie un baiser du bout des lèvres et prend sa femme par les épaules.

Il a choisi.

La lumière est violente. Il fait froid.

Élise se retourne à son tour, Catherine reconnaît sa mère qui arbore le sourire radieux de la photo et la voiture s'éloigne de plus en plus vite.

Catherine est sur le bord de la route. D'autres voitures passent et s'éloignent. Personne ne la voit, personne ne l'entend.

Un rayon de soleil lui chauffe le cou. Il filtre par les volets fermés. Il y a une robe de chambre sur le lit. Elle l'enfile et descend, le visage plissé de sommeil et de marques laissées par l'oreiller. L'odeur du café la guide.

Olivier travaille à son ordinateur. Sans quitter l'écran, il demande si elle a bien dormi.

Elle dit oui, on dit toujours oui à la campagne parce qu'on est supposé bien dormir. Elle sait cela. Et de fait, elle a bien dormi, il est onze heures.

– Vous n'aviez pas de rendez-vous, j'espère ? J'ai hésité à vous réveiller.

Une énorme culpabilité envahit Catherine, ses hôtes ont dû s'inquiéter.

Olivier les a prévenus.

Il est trop cool, trop parfait, elle a envie de lui demander de quel droit il prend tout en charge et si bien, et pourquoi rien ne semble jamais le contrarier. Elle comprend Élise qui a dû vouloir faire péter cette nonchalance efficace. Catherine se rappelle qu'elle n'est pas du matin.

Elle se rappelle qu'elle a été du matin avec Cédric. Chagrin.

Elle dit :

– Oh, merci.

Et bien sûr, dans sa perfection, Olivier la laisse boire son café, toaster son pain et tremper ses tartines, sans bouger de son travail.

Après, elle lui demande s'il voudra bien témoigner au procès pour que les jurés se fassent une représentation de Myriam telle qu'elle était. La question lui échappe, mais il ne s'en émeut pas :

– Elle ne vous a jamais fait d'avance ?

– Myriam ! Non. Ce n'est pas le genre. Ou alors vous me prenez pour le coq du village.

Elle enchaîne vite :

– Et les cousins. C'était quoi leur rapport avec elle ?

Oui, c'est un bon témoin. Il évoque de façon très vivante, très simple, la stupéfaction incrédule quand Gaston annonce l'arrivée d'une fiancée potentielle.

Les blagues un peu lourdes et les commentaires goguenards se succèdent, jusqu'à l'acceptation de l'inévitable qui n'est pas de la résignation, mais plutôt un véritable accord collectif, proche de l'engouement.

Il faut dire que Myriam en fait des tonnes pour être admise dans cette micro-société. Elle se fait humble, demande conseil pour tout, depuis la marque de la lessive la meilleure et la moins chère, jusqu'au terreau recommandé pour le persil et la coriandre. Elle rend service à tout bout de champ, un peu de repassage par-ci, un bouquet de fleurs des champs déposé au passage. Il n'y a qu'Olivier pour refuser son aide.

Catherine sourit :

– Chez vous, la femme n'est pas ménagère.

L'état de grâce au village, durement acquis, et la lune de miel conjugale, facile et déterminée, durent deux ans à peu près. Les premières orties apparaissent quand le couple part en villégiature et s'attire l'opprobre général. Pourquoi aller voir ailleurs quand on vit à la campagne ? C'est bon pour les gens des villes. Et puis ça coûte. Gaston a peut-être des biens mais ils ont été durement accumulés pour durer, pas pour être gaspillés.

Et puis Myriam, quoi qu'elle en ait, est différente. Elle chante quand elle fait la vaisselle, elle retrousse sa jupe pour passer la serpillière, elle va pieds nus. Peu à peu, sa joie de vivre s'érode, elle se retrouve embourbée dans le train-train dont Gaston a retrouvé le rythme pépère qui lui convient. Elle devine les commentaires, commérages qui se font dans son dos. Ce n'est pas méchant, c'est une façon de s'intéresser à la vie qui va, à ses accidents et Myriam garde une saveur de nouveauté.

C'est alors qu'elle commence à venir voir Olivier quotidiennement, à s'incruster sans qu'il réussisse à vraiment l'aider. Chacun doit inventer sa façon de vivre avec les autres. Il n'y a pas de mode d'emploi.

Évidemment, après la mort de Gaston, tout a pris des proportions autrement conséquentes.

– Son arrêt cardiaque a choqué tout le monde. Et Myriam, se sentant suspectée, a été maladroite. Elle ne parlait plus à personne, tournait la tête pour ne pas voir les cousins, se méfiait du facteur, du boulanger quand il faisait sa tournée. Et du notaire qu'elle a réussi à se mettre à dos aussi. Ce qui n'a pas aidé. Et ne vous aide pas non plus. Je veux dire, mon témoignage.

Oh, mais si, après, c'est ce qu'elle en fera, les questions qu'elle posera. Avertie, elle ne sera pas obligée de naviguer à vue. Elle referme son carnet rempli de notes. Elle redoute qu'Olivier demande à la revoir quand elle prend congé, elle est déçue quand il ne dit rien et soupire en démarrant. Leur mode de relation est en place et elle le trouve nul. À moins que ce ne soit elle.

34

OUI, NULLE, pense encore Catherine, en sortant les bagages du coffre de la Golf. Annoncée pour la veille, arrivée le lendemain, elle fait montre d'une désinvolture que ne méritent pas ses hôtes délicats et attentifs.

Une fenêtre s'ouvre à l'étage de la maison de brique, Jean-Claude passe la tête, demande si elle a besoin d'aide et rigole quand elle commence à s'excuser.

Françoise surgit derrière son mari, l'air ravi de la voir.

Du haut de leur petite quarantaine, ils n'ont pas l'âge d'être ses géniteurs, mais elle se sent prête à les adopter en tant que parents idéaux qui, loin de questionner, douter, critiquer, l'acceptent avec générosité, gentillesse, tolérance et, même si elle n'en comprend pas le ressort, avec affection.

Elle tempère aussitôt son enthousiasme du rappel cynique qu'il se comportent sans doute ainsi avec tous leurs hôtes, en bons commerçants, ce qui la fond dans la foule anonyme. Elle n'est qu'une cliente, banale.

Banal n'est pas un qualificatif qu'elle s'applique ordinairement. Quelque chose en elle, décidément, ne tourne pas rond.

Jean-Claude toque contre la porte encore ouverte. Il lui apporte des pommes de terre, des courgettes, une salade de leur potager. Et puis des œufs. « Des vrais ! »

comme il dit avant de proposer son aide à Catherine, perplexe devant le cadre de carton qui refuse de retrouver ses marques.

Il faudrait tout démonter, puis reconstituer après avoir consolidé l'ensemble et « dégondolé » le carton. Si elle veut…

Elle veut, reconnaissante, aimerait bien qu'il recompose pareillement sa vie de ses grandes mains noueuses d'artisan aux manœuvres délicates.

– De l'argentique. On voit la différence, dans le tirage. Du boulot de professionnel. Vous avez vu, il y a encore le tampon du magasin !

Non, elle n'avait pas vu. C'est un peu effacé, mais on voit des lettres « ri » et puis « ga » et un « d » à la fin. Elle pense : le puzzle maternel. Un de plus à reconstituer.

– Et ça vous dit quelque chose ?

Il ne comprend pas la question.

– Le sigle d'un magasin de la région, un magasin de photos ?

– C'est d'ici ? La photo ?

Elle explique sa théorie que la photo a été prise à Lavaveix. Elle a peut-être été tirée ici aussi.

Il lui demande si elle a chiné le cliché à cause de la ressemblance et elle explique, d'un ton neutre, que c'est normal, la ressemblance, vu que c'est sa mère, que c'est la seule photo qu'elle possède d'elle. Alors si Jean-Claude réussit à réparer tout ça, elle lui en sera vraiment reconnaissante.

– Laissez faire…

Laisser faire les autres, c'est tout ce qu'elle souhaite à ce moment.

Il a démonté le cadre, se concentre sur les petites pièces qu'il rassemble. Il ne pose aucune question, se contente de suggérer qu'elle interroge l'encyclopédie universelle de la région, Louis, qui circule, glane toutes sortes d'informations, tient un registre des évènements, les petits évènements, ceux qui font la vie, des gens aussi, de tous grades. Il aura peut-être une idée.

Pendant qu'il travaille, Catherine essaie d'ordonner l'emploi de son temps, mais les éléments de sa vie chevauchent le cours de son boulot, jusqu'à ce qu'elle se sente aussi disloquée que le portrait maternel.

Elle prépare un café. Ils bavardent. Jean-Claude va chercher un peu de colle, des ciseaux, du carton. Son atelier est un bric-à-brac rempli de solutions.

– Françoise se moque de moi. Je garde tout. N'empêche que ça sert.

Tout en bricolant, il raconte qu'il était photographe dans une autre vie. Il habitait La Courneuve. La photo, ça reste son dada. Il n'a jamais réussi à en faire une profession. Il a travaillé justement dans un de ces magasins qui faisaient du développement et du tirage avant que tout se mécanise mais lui, il aurait voulu être un Doineau ou un Boubat.

Catherine n'y connaît rien. Il lui montrera, il a tous les livres, conclut-il avec une ironie douce-amère.

– Elle avait quel âge sur la photo, votre maman ?

– Je ne sais pas. Vingt et quelques.

Elle ne sait pas précisément. C'est le seul âge qu'elle connaisse à sa mère, cette créature éphémère, née toute faite, sans origine, sans passé et morte, le temps de laisser une trace en trois D, Catherine, chargée de la sauver du néant.

La colère la prend, comme le souffle d'une explosion. Woufff. Ce n'est pas normal, ce n'est pas juste que son père en sache aussi peu, comme s'il avait épousé une Myriam, une étrangère sans papiers, sans identité, à cette grosse différence près que Gaston s'est montré autrement curieux de sa jeune Gabonaise que le docteur Monsigny de sa jeune Anglaise.

Qu'est-ce que c'est que cette famille sans ancêtres, sans histoire ?

Elle qui se sentait libre de son manque de racines et d'attaches, se sent entravée par l'absence, par l'absente.

Elle sait gré à Jean-Claude de sa discrétion. Elle ne saurait comment répondre à des interrogations banales, celles qu'on pose sans y penser à des inconnus, celles qu'elle a toujours esquivées.

Il parle de sa vie à lui. Il raconte qu'ils ont échoué ici par hasard, il y a dix ans. Avec Françoise, ils pensaient faire de la brocante avec l'étranger, économiser pour partir ailleurs et puis, le coin a agi comme un charme. Un endroit où tout le monde se connaît.

– Où tout le monde connaît tout de tout le monde.

– Ce n'est pas mal aussi, vous savez. Comme on suit de près les affaires des autres, on voit les gens à l'œuvre, avec leurs passions, leurs chagrins, leurs difficultés, à tous les âges de la vie. Je crois qu'on en sait plus long que les citadins qui voient tout de loin et en gros. Nous, on est dans le détail. C'est comme en photo. Les détails racontent l'essentiel.

L'amazone cinglant la ville sur son scooter, libre et solitaire, protégée par son anonymat, entend promiscuité dans proximité.

– C'est parce que vous êtes jeune. Et puis, il en faut pour tous les goûts. Vous allez bavarder, ici, avec Louis ? Bon, j'embarque le cadre, je vais le mettre sous presse pour le sécher.

Voilà, il est parti.

Elle tourne en rond. Pas envie de travailler, pas envie de lire, pas envie de téléphoner. Léger moment d'abattement, petit trou de solitude dans lequel elle tombe, paralysée. Comme un écho aux propos de Jean-Claude.

Elle met de l'eau à chauffer. Elle sort ses affaires.

Elle classe ses dossiers, les dispose sur le bureau, récupère son carnet de moleskine. Elle était une autre personne quand elle l'a acheté.

Il y a combien de temps qu'elle n'a pas vérifié son portable ? Elle se précipite. Il n'a plus de batterie. Elle ajuste le chargeur.

Six appels, trois SMS et cinq courriels.

Elle s'accroche à cette bouée jetée par sa vie d'avant.

Le bureau, Sophie et ses dernières nouvelles du front : une certaine Brigitte Raymond pour une affaire de stups, complicité, son amoureux avait planqué sa came chez elle. Catherine trouvera le reste des rendez-vous de la semaine sur son mail. Stéphanie a vu le sac dont Catherine rêve, un peu cher, mais c'est bientôt les soldes. Son père, inquiet de ne pas avoir de ses nouvelles. Elle lui en veut ? Cédric qui ne comprend pas son message. Elle lui en veut ?

La concomittance l'amuse.

Et puis Évelyne qu'elle ne situe pas tout de suite. Une consœur. Message interminable, voix de dépression chronique dont Catherine se souvient enfin. Elle voudrait lui refiler un dossier, enfin surtout un client, des petites escroqueries mais en nombre, un escroc, quoi, un Rom, très… très séduisant, enfin, elle a déconné et il faut qu'elle arrête. On dirait une junkie et Catherine percute tout à coup. C'est de notoriété publique. Dès qu'elle a une cause perdue, Evelyne tombe amoureuse, le syndrome de l'infirmière qui devrait commencer par se soigner elle-même. À voir. Catherine aime bien les Roms, leur sens de l'honneur. Leur côté vieille France, enfin, vieille Roumanie plutôt. Et pour conclure, Stéphanie en larmes, tu peux me rappeler, Fabien est un salaud ! À se demander si le modèle négatif idéal que lui propose sa copine n'est pas la vraie raison de leur amitié. De toute façon, elle ne se sent pas de jouer les crics. Qui sera son cric à elle ?

Les trois SMS, c'est Cédric, elle efface sans lire.

Se repent, trop tard, ils ont disparu.

Les courriels, que du boulot, boulot, boulot, puis Olivier.

Son cœur bat un temps pour rien, elle le lira plus tard.

Et Cédric Devers. Niet.

Elle laisse l'appareil en charge.

Elle fait pareil, s'allonge pour se recharger, s'endort.

Toc-toc-toc.

Des gouttes d'eau tombent sur sa tête et résonnent. Elle est dans un ascenseur, arrêté à mi-étage, le vide au-dessous d'elle, au-dessus. Panique.

Toc-toc-toc.

Elle émerge dans une grande inspiration d'air.

C'est Louis.

Oh là là, quelle heure est-il ? Elle est fraîche. Oui, à voir la tête de Louis, elle sent la sieste à plein nez. Et à l'entendre :

– Je me suis trompé d'heure ? Désolé !

– Non, non, c'est moi, entre.

Et hop, la bise.

Elle n'explique pas trop. Ne s'explique pas trop cet envahissant sommeil après une nuit de onze heures. Café. Encore.

Assis à la table de la cuisine, il lui fait la converse pendant qu'elle s'active. Son œil s'arrête sur la photo, il suspend son bavardage, prêt à dire autre chose, elle en jurerait, se tait et retourne le cliché, comme on fait pour se donner une contenance.

Il s'exclame, soulagé, dirait-on, d'avoir matière à commentaire :

– Ça alors ! Ça vient de Trilabaud… Qu'est-ce qu'on a pu le charrier sur son nom, le pauvre homme !

– Tu le connais ?

– Oui, il est bien vivant le vieux Trilabaud, à la retraite depuis longtemps. Mais quand même, ça, c'est dingue.

À sa façon de dire dingue, Catherine entend que la coïncidence est énorme. Bien plus que la présence du tampon d'un photographe local sur une photo ancienne. Elle se pose en face du journaliste, attend ses explications.

Il dit :

– La ressemblance. C'est dingue comme elle te ressemble, la fille sur la photo.

– Pas tant que ça, c'est ma mère.

– Ah. C'est ça !

On n'y pense pas parce qu'une mère, c'est forcément plus vieux que son enfant, réfléchit Catherine.

– Oui, elle est très jeune. Je veux dire, elle est morte jeune, donc, elle est. Mais il y a autre chose, Louis. C'est quoi ? Tu connaissais cette photo ?

– Non, mais… le visage… enfin ton visage…

Mal à l'aise, il se justifie par avance de ce qui va suivre. Mais quoi ? Il était certain de n'avoir jamais rencontré Catherine avant ce premier jour à Guéret mais… elle lui était familière. Une impression de déjà-vu. Vague.

Il s'abîme dans la contemplation la photo :

– C'est un visage qu'on n'oublie pas. Une histoire non plus… Mais je n'ai pas trouvé le lien immédiatement… J'ai fait des recherches, parce que j'étais curieux, agacé de ne pas me rappeler. Et puis, c'est un peu ma marotte. J'étais à peu près sûr qu'il s'agissait d'un fait divers. Ils sont rares ici, je t'ai dit, celui-là, c'est sûr qu'il a marqué les esprits. Moi, à l'époque, je n'étais pas là, j'étais pensionnaire à Clermont.

Catherine n'arrive même pas à ordonner assez sa pensée pour y trouver des questions, il y en a trop. Elle aimerait juste qu'il en vienne au fait.

Louis piétine la même idée en boucle. Il est désolé, ne pensait pas… c'est sûrement douloureux.

– Non, non, dis. Quoi ? Vas-y maintenant, crache le morceau… Pourquoi tu hésites ?

– Comme tu m'avais dit que tu ne connaissais pas la Creuse, j'ai vraiment cru que c'était une coïncidence…

À la dérobée, il jette des regards vers son cartable.

– Tu as quelque chose pour moi ? Sur le meurtre de ma mère ?

Un calme olympien descend sur Catherine, elle s'éloigne d'elle-même et de sa confusion. Elle sert le café. Il faut rassurer Louis. Il a besoin de temps. Il ne faut ni le presser ni le forcer. Elle retrouve les réflexes professionnels.

Mais lui aussi, du coup.

Il préfère commencer par Myriam si elle veut bien, histoire de ne pas tout mélanger.

Elle acquiesce, même si elle bout de curiosité.

Sur Myriam, il a une bonne et une mauvaise nouvelle.

Elle choisit la mauvaise d'abord.

35

À QUATRE-VINGT-HUIT ANS, Éliane est une active. Ce dimanche après-midi, elle ratisse les feuilles mortes, les met en sacs. Elle travaille lentement, mais sa vivacité passée se reconnaît à ses gestes précis, alertes.

Ce qui tracasse Éliane, c'est que Gaston soit mort avant l'heure.

Le cœur qui lâche, c'est une chose mais l'empoisonnement…

Louis est patient. Il laisse venir, crée des embranchements, dégage le chemin par des :

– C'est quand même mystérieux…

Ou bien :

– D'après les gendarmes…

– Pour ce qu'ils savent les gendarmes… Si encore, c'était des sérieux… mais tu te rappelles l'affaire du pilote. Je l'avais quand même bien vu tomber, le parachute !

– Ben, Eliane, ils ont cherché quand même !

Les voilà repartis sur cette vieille histoire d'un mystérieux pilote éjecté d'un mystérieux avion, tombé en plein bois, qui a nourri toutes les conversations il y a cinq ans de cela. Après quelques jours de vaines recherches, les gendarmes ont fini par mettre le témoignage essoufflé d'Éliane sur le compte de l'âge et de l'ennui ou de la lubie, et Éliane par l'apprendre. L'ensemble des services de gendarmerie est alors tombé au plus bas dans l'échelle personnelle de la vieille dame, encore plus bas que le pilote éjecté et jamais retrouvé, au grand dam de leur témoin têtu qui n'en démordra jamais, plus entêtée qu'un pivert à la tâche.

La grange des cousins Villetreix, personne n'y va jamais, la porte bloque un peu, il faut tirer sec, le bruit est terrible, sauf si on la soulève légèrement pour qu'elle ne racle pas le sol.

Éliane est dans son fauteuil près de la fenêtre, avec le journal régional.

Elle a dû s'assoupir parce que le grincement la réveille.

Myriam, en salopette, une drôle de tenue pour une femme quand même, repousse le battant avec précaution. À ses pieds, un bocal en verre. Elle porte des gants de jardinage, ce qui est bizarre aussi. Ça se sent qu'elle n'est pas à son aise. Mais il est possible qu'elle soit allée emprunter un truc sans prévenir. Tout le monde sait que ça s'entend qu'à moitié en France-Afrique. Avec ce pauvre Gaston pris au milieu.

Le cyanure, Éliane a su dans le temps que les cousins Villetreix en avaient récupéré, et puis elle n'y a plus pensé. C'est en apprenant que Gaston avait été assassiné au cyanure, qu'elle s'est souvenue du bocal en verre dans la grange. Elle en parle à Louis parce qu'ils discutent mais les gendarmes n'ont qu'à se débrouiller sans elle puisqu'ils ne la croient pas, de toute façon.

Et Louis de conclure :

– Les gendarmes l'ont interrogée, elle a dit qu'elle ne savait rien. Je ne pense pas qu'elle revienne là-dessus. Mais si elle changeait d'avis, ce serait un témoignage à charge embêtant.

– J'aurais préféré qu'elle voie Gaston sortir de la grange, c'est sûr, mais, de toute façon, surtout avec l'antécédent de l'avion, je n'aurais aucun mal à discréditer son témoignage.

Louis n'est pas naïf, mais cette brutalité le choque. En son for intérieur, il espère qu'Éliane n'aura pas à venir témoigner. L'avocate est déjà passée à la suite.

– Et la bonne nouvelle ?

Elle en jugera par elle-même.

Louis vient de quitter Éliane et n'a eu qu'une dizaine de kilomètres à parcourir. Il se gare sur le bas-côté de la route, passe sous le fil électrifié et longe le champ, l'œil fixé sur les vaches qui paissent tranquillement. Il se méfie des vaches à cause d'un accident quand il était petit.

Elles sont deux à lever la tête, mollement intriguées. Le temps d'enregistrer une présence, d'hésiter à aller voir de plus près et puis… non, la flemme l'emporte sur la curiosité, elles baissent à nouveau leurs têtes dans un mouvement synchrone, et il arrive, sain et sauf, en haut d'un creux où quelques hêtres tordus entourent une mare stagnante. De la crête du coteau, on découvre une maison, prolongée d'une véranda de bois inhabituelle, au sommet d'une large ondulation dominant le vallon où deux étangs sont réunis par un bief. Un petit bois commence sur la gauche. Un ânon surveillé par sa mère gambade dans le pré qui mène à l'habitation. À quelques mètres, un homme, ventripotent mais solide, nettoie une cabane.

À la campagne, on peut ne pas avertir de sa visite, mais on annonce son approche.

– Docteur Blanchard ! C'est Louis Bernier. Je suis venu voir à quoi ressemblait votre petit paradis.

Il tombe à pic, la cabane est nettoyée et Blanchard, ravi, propose une petite mousse sur la terrasse.

Les deux hommes remontent vers la maison et Louis s'installe face au superbe paysage romantique à la Corot, pendant que Blanchard va leur chercher des bières. Cet îlot paisible, accroché par l'arrière au village, invisible, insoupçonnable, évoque effectivement le paradis.

Ils ne se connaissent pas bien, mais depuis longtemps, ce qui compense, et Blanchard, veuf depuis peu, se montre ravi de la visite de Louis, prêt à lui accorder du temps.

Le journaliste évoque l'époque où les autopsies, faute de spécialiste, étaient pratiquées sur les tables de ferme par le docteur du coin, sans que personne s'en plaigne, jusqu'à ce que Blanchard évoque, de lui-même ou presque, la mort de Mme Villetreix mère et la coïncidence des symptômes identiques à ceux de Gaston, qu'il a interprétée comme une faiblesse congénitale tuant le fils après la mère. Il n'en a rien dit aux gendarmes parce que la question n'a pas été posée.

Tout le monde sait que Blanchard est un bon docteur, dévoué, toujours prêt à se déplacer, alors, on ne va pas lui chercher des poux parce qu'il n'a pas envisagé un meurtre dans un pays où il n'y en a pour ainsi dire jamais, à part le marchand d'électro-ménager, pris en embuscade par un éleveur endetté, dont on parle encore, trente ans après, comme si c'était hier.

Myriam lui avait dit que son mari se plaignait de douleurs, qu'il était fatigué, mais Gaston avait dit que non, qu'est-ce que c'était que ces histoires. Gaston ne savait pas se plaindre, il n'avait pas été élevé comme ça.

Le docteur a signé le permis d'inhumer, sans plus attendre.

La pauvre Myriam, dans tous ses états, n'arrêtait pas de pleurer et s'en voulait d'avoir dormi pendant que son mari passait. Blanchard l'a rassurée comme il a pu, de toute façon, ça n'aurait rien changé. Mais elle répétait que c'était trop triste de s'en aller tout seul

L'affaire tourmente encore le docteur parce que cet homme droit craint d'avoir manqué de jugement. L'évocation de la noce lui redonne des couleurs. C'était une grande première au village, ce mariage bicolore. Sur le moment, tout le monde en était fier. Et cette pauvre fille qui n'avait connu que des malheurs. Elle lui a apporté des papiers de l'ambassade, dans une langue incompréhensible. Il lui a demandé de faire établir une traduction des documents et s'en est contenté. Elle n'était peut-être pas à jour pour le séjour en France, mais elle le serait, une fois mariée. Jouir d'une vie normale, ce n'est pas tant demander à la vie. Là-dessus, il n'a pas de doute d'avoir bien agi.

La protection des innocents pourchassés est une tradition locale. Comme tous ces enfants juifs recueillis pendant la guerre. Une bonne tradition. Et ce n'est pas parce que ce n'est pas la guerre et qu'il n'y a pas danger de mort immédiate qu'il faut laisser les gens dans la panade.

Même que, quand Myriam est devenue française, ils ont fait une petite cérémonie à la mairie pour dire bienvenue et merci d'avoir choisi la France et Gaston. Blanchard rigole : toutes les occasions de boire un coup sont bonnes à prendre, la mairie était pleine.

– Il a l'air sympathique, cet homme, dit Catherine. Merci. Tu me rends un sacré service. Tu vas pouvoir en faire quelque chose de toutes ces histoires ?

– J'y pense. Plus tard peut-être. À la retraite. Pour laisser des traces de ces vies que plus personne ne raconte. Tu imagines, dans trois cents, quatre cents ans, quand on voudra reconstituer le passé, on croira que nos vies ressemblaient à un téléfilm. Je ne vais pas t'embêter avec ça. Ma femme dit toujours qu'il n'y a que moi que la banalité intéresse.

– Rien de tout ça n'est très banal…

– Rien n'est jamais banal.

Elle profite du mot.

– Allez, Louis, courage. Je ne sais rien de la mort de ma mère, juste qu'elle a été assassinée. Je me retrouve sur les lieux, complètement par hasard et j'en ai marre d'errer dans le noir. Alors, si tu peux m'aider un peu…

Comme il hésite encore, elle précise qu'elle a eu tort de ne pas s'en préoccuper plus tôt, que c'était à cause de son père qui voulait l'en protéger, lui aussi a eu tort, et…

Et elle penche le buste vers le journaliste, joignant les mains, malgré elle, dans un geste de prière, son regard : une supplique à lui tout seul.

Louis commence par le détour des noms. Ses recherches dans les archives départementales lui ont appris que la belle victime s'appelait Mertens. Pas Monsigny.

Elle se le répète intérieurement : Mertens, Catherine Mertens.

C'est le nom qui doit être inscrit sur son acte de naissance. Son père s'est toujours occupé des papiers, mais il n'a pas pu effacer toute trace de son identité. Comptait-il lui révéler, un jour, son nom d'origine ?

Elle se rappelle.

Elle part seule pour Paris, le lendemain de ses dix-huit ans. Elle va loger dans un foyer tenu par des bonnes sœurs dans le quinzième arrondissement.

Son père fait semblant d'être comme d'habitude. Mais il ne l'est pas. Il n'arrête pas de se cogner, il égare ses lunettes. Le gratin de pâtes brûle, immangeable. Ils vont au restaurant. Catherine a hâte d'être à demain. Elle est incapable de prendre en charge le chagrin paternel. Aucune sympathie. Il lui pèse. Point. Elle se dit qu'elle a bien raison de partir. Si elle avait pu partir plus loin, à l'étranger, elle l'aurait fait, mais elle veut faire du droit pénal, à Paris. Le cordon ombilical ne sera jamais assez long pour couvrir cette distance.

C'est ce qu'elle se dit.

Elle l'écoute d'une voix distraite quand il lui parle du dossier qu'il a préparé et qui reste toujours dans le tiroir de droite de son bureau. Au cas où il lui arriverait quelque chose, sa fille y trouvera tout. Les papiers de banque, les démarches à accomplir… À sa façon méthodique, il fait dans le détail. Explique qu'il y a une enveloppe pour chaque domaine.

Elle n'entend qu'une chose, alors, qu'il la culpabilise, lui laisse entendre qu'il va mourir. Aujourd'hui, elle se dit que c'est bien dans le caractère d'un homme d'ordre, organisé, qui se rassure en anticipant les problèmes.

Elle se dit aussi que le dossier recèle peut-être également des explications, des détails, telle leur vraie identité.

Des détails.

Le diable est dans les détails.

Une chose est sûre. À ce stade, elle n'attendra pas que son père meure pour aller voir.

Une seule photo de la morte est parue dans toute la presse mais ce visage s'est imprimé dans la mémoire de Louis adolescent, pas seulement parce qu'elle était jeune, jolie, mais qu'il y avait vu une gravité, comme le pressentiment de son destin tragique.

– Ma femme dit toujours que j'ai beaucoup trop d'imagination pour un journaliste.

– Vous avez la photo ?

– J'ai tous les articles. Des photocopies.

Cette fois, le regard de Louis se fixe sur le cartable de cuir à la poignée usée, dont le rabat ferme par un petit loquet qui remonte et bloque, une fois glissé dans un anneau. Il se penche, appuie et tire, remonte le rabat et Jean-Claude toque et entre.

Catherine est soulagée.

Elle n'aura pas à découvrir son histoire devant témoins.

Elle interroge Louis du regard. L'apéro, c'est un peu tôt pour elle mais peut-être pas pour Louis. Elle sourit pour le rassurer qu'il n'y a pas de souci, il a bien fait, elle est prête, tellement prête qu'elle peut attendre sans impatience.

Pour elle, ce sera plutôt un thé, c'est la bonne heure, une bonne idée. Louis et elle en ont terminé. Parfait timing.

Elle demande d'un ton anodin :

– Tu peux me laisser les documents ?

Louis sort une chemise cartonnée, la lui tend, dans un geste de transmission, solennel.

Elle dit :

– Merci. Beaucoup.

Elle va déposer la chemise dans sa chambre d'où elle ressort aussitôt.

Elle serait d'accord pour arrêter le temps, mais Louis se lève, elle le suit, et leurs déplacements déjà les emportent à plus tard, la rapprochent du moment où, de retour dans sa chambre, seule…

36

CATHERINE A TENU, petite capitaine courageuse, faisant mine de s'intéresser à la conversation banale, pendant qu'intérieurement les sentiments contradictoires de la rancœur, de la méfiance et de l'amour trahi n'en finissent pas de virer de bord, soufflant la tempête, annonçant le naufrage, elle a tenu, l'air paisible, jusqu'à la porte de sa maisonnette d'où elle regarde Louis monter dans sa voiture en lui proposant d'aller questionner Trilabaud, ce qui ne donnera probablement rien, à son âge, la mémoire s'efface, mais ce sera sympa de prendre des nouvelles du vieux photographe.

Catherine hoche la tête : que la déferlante d'informations soit un peu plus ou un peu moins lestée ne changera rien à l'éventuel naufrage de ses certitudes.

Louis démarre, fait demi-tour, s'arrête, descend sa vitre :

– Tu as une idée de la date à laquelle la photo a été prise ?

Elle réfléchit vite : sa mère porte une alliance, elle n'est pas enceinte. Elle est morte le 12 avril 1988.

– Entre 85 et 87, je dirais. Printemps ou été, vu sa robe.

– Je ne te promets rien mais on ne sait jamais.

On ne sait jamais.

Les articles, classés par ordre chronologique, couvrent une période d'un mois.

Le premier est illustré d'une photo de la scène de crime, où l'on voit surtout les voitures de gendarmerie,

La page intérieure reproduit une petite carte, le nom du lieu-dit, Pierre Levée, le village le plus proche, Meynard, et deux croix, l'une pour marquer l'emplacement du cadavre, l'autre… l'enfant dans la poussette, elle.

Une photo du promeneur, Xavier Courtois, et son témoignage.

Comme dans un conte, guidé par des pleurs incongrus, il tombe sur cette petite fille bien propre, bien habillée, le visage déformé par les larmes et la peur.

Tout se brouille. Catherine pose la main contre sa poitrine pour écraser son cœur qui menace de transpercer sa peau. Elle ne lutte pas, ne pourrait pas, contre les sensations d'incompréhension, de choc, de panique, contre les cris, les hurlements de peur et de souffrance qui n'en finissent pas de retentir dans son cerveau saturé. Elle n'a pas pu les inventer. Ces stridences inhumaines. Elle ne dormait pas. Elle n'a peut-être pas vu l'agonie de sa mère, mais elle l'a vécue.

De toutes ses forces, elle se rend invisible, ne respire plus. Disparaître pour ne pas être anéantie à son tour. Elle a enfoncé ses petites mains entre la toile de la poussette et son dos. Ne pas toucher la petite guirlande de boules multicolores. Fermer les yeux pour ne pas être vue. Baisser la tête, l'arc de son dos douloureux étiré par la tension. Éloigner les cris, les étouffer dans un cocon d'ouate. Picotements dans les jambes. Résister. La bulle finit par se mettre en place, colmatée de partout, il suffirait d'un rien pour la faire éclater, et justement, enfin, rien. Tout s'arrête. La vie s'arrête. Le silence de la solitude absolue, sans recours, sans issue. Seule au monde, abandonnée et si petite.

Elle a froid, si froid qu'elle se met à trembler convulsivement. Elle va chercher un gilet, une écharpe, s'emmitoufle.

Cette bulle, c'est son havre, encore aujourd'hui, l'abri aux parois invisibles où personne n'aura jamais le droit de pénétrer, qui l'isole du monde pour toujours. On n'invente pas des sensations aussi précises

Bien après, elle lit. Battue à mort. Le visage réduit en pulpe. Le crâne défoncé par le choc contre un tronc d'arbre. Une violence de dément.

Pas de témoin. Une enquête de voisinage minutieuse. L'entêtement des gendarmes. La présence de l'enfant comme un surcroît d'horreur.

Les hypothèses se succèdent. La morte, sentant le danger, aurait dissimulé la poussette derrière un arbre, pour s'avancer vers son meurtrier et l'éloigner de sa fillette.

Une rencontre de hasard. Un vagabond parti sous d'autres cieux. Il a eu le temps. Trois heures passent entre le meurtre et l'arrivée du promeneur alerté par des pleurs d'enfant.

Un enquêteur affirme que ce dossier-là ne sera jamais refermé tant que…

Tant que rien.

L'enquête piétine.

Le mari est mis hors de cause grâce au témoignage de la patiente chez qui il était en visite à l'heure du crime.

La morte est une victime au-dessus de tout soupçon, dévouée à sa famille, s'occupant de sa fille à temps plein, Creusoise d'adoption aimant la nature et la solitude, réservée, son côté anglais.

Que des généralités. Le portrait-robot d'une femme que personne ne connaissait parce qu'elle n'avait jamais laissé personne entrer dans son intimité, à l'exception de sa fille et de son mari.

Un journal publie le témoignage d'une voisine qui venait garder la petite fille quand la maman partait faire de grandes balades solitaires. Sinon, on la voyait toujours avec sa fille dans son porte-bébé, plus tard dans la poussette. Quand elle faisait ses courses.

Une famille sans histoire.

Jusqu'au meurtre.

Catherine a tout en main. Les lieux, les gens. Elle voit bien que l'enquête a été menée avec sérieux, avec cœur, et elle n'essaiera pas de retrouver l'homme ni la voisine, ni le boulanger ni les gendarmes, parce que c'est trop tard. Il est clair que toutes ces informations arrivent trop tard et ne changent rien. Même si elle était accessible, l'identité du meurtrier ne pallierait pas l'absence de sa mère.

Le meurtre de Violet Mertens ne sera jamais élucidé et Catherine continuera de vivre avec le mystère maternel, avec le mystère de sa mort. Oui, son père a peut-être raison, en savoir plus ne change rien. Elle n'est pas plus avancée aujourd'hui qu'hier. On ne vient pas à bout du mystère des autres, il n'y a pas de réponse à l'énigme de la mort.

Reste ce fourmillement interne qui s'obstine : elle était là, elle est l'unique témoin. Quelque chose en elle sait, possède une petite clé.

Pour quoi faire ?

Son père a raison : c'est trop vieux, trop loin. Elle s'est construite sur l'absence et l'abandon, en dépit d'eux. Pourquoi prendre le risque de démolir ce bâti qui est son identité d'aujourd'hui ?

Une photo de son père, une couverture sur les épaules, le visage de pierre, fermé, effrayant, à l'entrée d'un long cauchemar après l'effondrement d'un bonheur encore en travaux.

On monte sa maison pierre par pierre et, avant même d'avoir posé le toit, un cataclysme la transforme en monceau d'allumettes sans qu'on puisse jamais savoir qui a, un jour, détruit votre univers, ni pourquoi.

Elle commence à comprendre l'entreprise colossale de prendre sa fille sous le bras, de l'emmener, de lui donner une autre base, un socle tout neuf pour qu'elle, au moins, ait autre chose sous les pieds que des sables mouvants, qu'elle ne sache jamais que la réalité peut avoir l'effet d'une gangrène fulgurante qui dévore en quelques minutes le tissu des rêves.

Elle reconnaît sa dette.

Il a fait de son mieux, avec ses moyens.

Elle se promet de l'aimer, ou tout du moins d'arrêter de lui marchander les témoignages d'une affection même feinte. Mais ce n'est pas elle qui l'a empêché de vivre. Il s'est empêché tout seul. Elle n'endossera pas cette responsabilité-là.

Elle scrute le visage de la petite morte.

C'est un autre visage, inconnu.

Le noir et blanc renvoie la photo à une époque ancienne. La jeune femme, elle-même, est hors du temps. Le regard dirigé en bas, à gauche, est voilé par la paupière. C'est un regard de pose, fixé sur rien.

Les lèvres au repos dessinent une moue un peu boudeuse. Les traits sont détendus. La seule trace de vie est une mèche rebelle, plaquée derrière l'oreille. À cause du petit épi bloqué à l'angle du front, on devine le geste impatient de la main qui a repoussé les cheveux gênants. Les yeux sont allongés, tombants, les cils sombres. Le dessin naturel des sourcils très arqués, épais, donne du caractère au visage qui, sinon, se dissoudrait dans la légèreté des traits à peine esquissés. Le nez n'est pas grand, un peu en trompette. Les oreilles sont très longues, tout en hauteur. Elle porte une chemise sombre à col blanc.

Belle sans doute. Comme une image. Déjà morte.

Catherine continuera de chérir l'autre photo, celle dans laquelle elle préfère se reconnaître, qui affirme un allant et une confiance dont elle ne saura jamais ce qui les a défaits.

La défaite de sa mère ne sera pas la sienne.

Elle range les articles, regarde la carte qui localise la scène de crime, enfile un bonnet, puis un manteau, attrape les clés de la voiture, se met au volant et ne démarre pas.

Elle écoute attentivement une voix intérieure.

Pourquoi aller sur les lieux de la mort, rendre une visite qui ne servirait qu'à remuer les cendres pour attiser une pauvre braise d'émotion factice ?

Elle a décidé d'en rester là, qu'elle s'y tienne.

Elle bascule la tête en arrière, sa colonne se détend, ses cervicales retrouvent un peu de souplesse.

Elle est épuisée.

Elle va laisser les morts enterrer les morts, reprendre le chemin de la vie, le seul qui vaille, s'occuper de l'avenir de Myriam dont le sien dépend aussi.

Elle retourne à la maison. Elle s'accroupit devant la cheminée. Elle monte le petit bois en bûcher, place un allume-feu au centre, tricherie de citadine, l'embrase et nourrit le feu hésitant de branches courtes judicieusement placées, jusqu'à ce que les flammes grandissent et se mêlent. Alors, elle place deux bûches en contact, ménageant un espace où l'air peut circuler. Pas peu fière, elle s'installe dans le fauteuil, la théière brûlante à portée de main, un paquet de biscuits sur les genoux, la chaleur est parfaite, elle a des provisions pour toute la soirée, il lui semble être la rescapée miraculeuse d'un accident terrible.

C'est avec une douceur nouvelle et sans s'étonner une seconde de la coïncidence qu'elle répond à la sonnerie qui annonce que son père l'appelle.

Oui, elle va bien. Sa voix ? Elle est fatiguée et à moitié assoupie, sans parler du biscuit qu'elle a dans la bouche. Mais justement elle pensait à lui. Elle sera contente qu'il vienne la voir plaider. De toute façon, elle aura le trac. Un peu plus, un peu moins…

Non, rien de nouveau.

Et qu'il ne s'inquiète surtout pas. Elle a décidé d'aller de l'avant sans s'encombrer d'avant, de laisser le passé derrière elle.

Elle ajoute :

– Derrière nous.

Elle est émue d'entendre sa voix à lui se détendre et s'adjure solennellement de ne plus jamais aviver l'angoisse ni les insécurités paternelles.

– Tu sais, papa, tu devrais cultiver la nonchalance, ça irait bien avec tes allures de gentleman anglais,

Il se racle la gorge :

– C'est drôle que tu dises ça. Ta maman pensait aussi que j'avais l'air d'un Anglais.

La vie semble simple. Qu'il puisse mentionner sa mère, naturellement, comme une présence dans leur vie, semble à Catherine le meilleur des signes.

Louis ne se doute pas du cadeau qu'il lui a fait. Il l'a libérée.

C'est peut-être même le signe avant-coureur de la disparition de cette bulle enfin touchée du doigt et reconnue comme une carapace isolante. Peut-être fallait-il revenir dans le lieu de son invention pour l'y abandonner définitivement ? Quelque chose va l'y aider dans la douceur morne de cette vie de campagne qui lui permettra peut-être de faire pousser les racines qui lui ont manqué.

Elle embrasse son père, promet de le rappeler dès son retour à Paris.

D'un clic déterminé, elle ouvre le courriel de Cédric et s'étonne de le découvrir drôle et persistant, plutôt que plaintif et défensif.

Pourquoi éviter la passion et ses risques ? Cédric a agi comme un amoureux timide et maladroit, impulsivement, sans envisager les conséquences, il lui a tout avoué et elle lui a claqué la porte au nez. Il lui manque, la vie est courte, les risques, la passion, ou ne serait-ce que le jeu amoureux, en font partie. S'ils s'arrêtent, on est mort. A pas peur.

Elle rédige trois lignes en forme de convocation : jour, heure, adresse, signées « Tant mieux », et reçoit la réponse instantanée et réjouissante : « Avis de temps meilleur. Oui. Votre mieux. »

Elle n'envisage pas une seconde que la source de sa décision soit dans le dossier de Louis, exactement comme l'entêtante odeur de charogne contraint le chien à creuser la terre jusqu'à en trouver l'origine.

37

CATHERINE traverse le mois de février en brasse coulée. La préparation des assises est son oxygène, le reste ressemble à une plongée plus ou moins longue en apnée. Tout du long, Cédric souffle un vent vivifiant sur ses jours et ses nuits, parce qu'il bouscule, plus qu'il ne rassure, imprévisible, changeant, rendant impossible toute routine, toute habitude. Ils n'ont plus jamais évoqué sa filature ponctuée de roses inquiétantes. Sa séduction tient aussi à ses ombres, à ses secrets, Catherine le reconnaît et se veut cohérente. Il accepte ses humeurs et ses absences, n'attend pas qu'elle soit autre, elle aime qu'il ne lâche jamais prise. Elle veut lui rendre la pareille et l'accepte tel que, au jour le jour.

– Catherine, vous avez les photos ?

– Oui, monsieur.

Elle n'a pu les regarder qu'une fois, se contentant, ensuite, de les désigner par leur numéro. Elles ont été trouvées sur Internet, l'endroit le moins sûr de la terre où tout le monde croit pouvoir abriter ses secrets, en les affichant publiquement. Le procès, tenu à huis clos, commence.

La victime, douze ans, a été régulièrement violée, soumise aux fantasmes inventifs de son père qui œuvrait devant une caméra et monnayait les images à un large public. La mère a renié sa fille qu'elle accuse de vouloir détruire la famille, d'être la responsable, l'aguicheuse, coupable d'avoir séduit son propre père. La gamine sait qu'elle n'aura plus de famille, plus de soutien, qu'elle se met hors la loi de sa communauté, mais elle a aussi compris que c'est sa seule chance d'existence. Catherine l'a prise en charge, reste à ses côtés constamment, la protège du mieux qu'elle peut, s'étonne de s'identifier à elle.

Renaud est particulièrement brutal avec les témoins, retors avec l'accusé qu'il met d'abord en confiance sur une définition commune de la virilité, des pulsions qui en découlent, avant de le clouer au pilori, hagard, balbutiant, humilié.

Il soutient sa petite cliente du regard, parfois d'une pression de la main. Il la décrit comme une héroïne et lui permet d'en devenir une, lui propose une belle image d'elle-même à laquelle se raccrocher.

Catherine sait qu'il ne la lâchera pas après le verdict. C'est pour cela aussi qu'il est bon avocat. Il est cohérent. Il ne cantonne pas son engagement au prétoire. Ici, il a la partie belle, mais il la veut triomphante. Pour l'enfant, c'est vital.

Catherine écoute, apprend.

L'avocat de la défense s'appuie sur la culture d'origine de l'accusé où un père a tous les droits sur ses enfants. Il insiste sur les difficultés conjugales de son client dont l'épouse, trop souvent mère, se refuse à lui. C'est un terrain délicat et traître où son client va finir de sombrer.

Catherine aurait plutôt évoqué une misère économique et sociale qui fait perdre toute notion de bien et de mal, aurait plaidé la prise de conscience entamée par l'accusé depuis son incarcération.

Elle n'a aucun mal à se projeter en défense, peut même imaginer d'affronter Renaud en combat singulier, son éventuelle victoire signant son émancipation.

Celle qu'on nomme la victime a su transformer son statut en arme mortelle. La dernière parole de l'accusé est de dire qu'il est désolé, mais il en semble si peu convaincu que son avocat même grimace devant cet ultime clou enfoncé dans son cercueil par le père incestueux.

Catherine emmène la petite fille hors du tribunal pendant que le jury délibère.

L'enfant est maigre à faire peur dans son col roulé sombre, pantalon large. Elle essaie d'évincer son corps à tout prix. Elle n'a jamais pleuré, farouche, déterminée. La haine l'a sauvée. Une haine froide et rude. Si la police n'avait pas tiré l'affaire au clair, ne l'avait pas sortie de là, et si la justice ne l'avait pas épaulée, elle aurait, un jour, fait justice elle-même, se serait retrouvée au banc des accusés. Catherine en a la certitude.

Une peine incompressible de quinze ans.

La mère crache en direction de sa fille qui ne tourne même pas le regard, entièrement concentrée sur l'accusé qui, debout, reçoit la sentence et ne la comprend pas jusqu'à ce que son avocat lui en explique les conséquences.

Ce que Catherine lit à ce moment sur le visage de leur cliente, plutôt que le triomphe de la vengeance accomplie, c'est un chagrin et une douleur inouïs. Tout est toujours plus compliqué qu'il n'y paraît.

Catherine soupire.

Ce soir, elle dort chez Cédric et elle espère de tout son cœur qu'il sera, comme il sait être parfois, gentil et doux et réconfortant.

De fait, c'est encore une nouvelle face qu'il lui présente, inattendue. Il semble incertain, déstabilisé. Du coup, au lieu de lui raconter les contradictions complexes que le jugement du jour a fait surgir chez elle, elle s'inquiète pour lui, l'interroge. Revers professionnels ? Problèmes familiaux ? Mauvaises nouvelles ?

Il dit non, non, lui demande de ne pas s'inquiéter.

C'est troublant de lui découvrir une fragilité qui empêche même la parole chez cet homme qui a le verbe facile. Elle l'enregistre comme une touche supplémentaire au portrait de cet amant versatile, capable, sur une réflexion qu'il juge blessante, de la planter en plein restaurant et de disparaître pendant deux semaines, tout en s'autorisant, sous couvert d'humour, de lui balancer une réplique cinglante et méprisante qui la laisse défaite, au bord des larmes.

Peut-être que le ballet est d'autant plus beau qu'on ne sait pas sur quel pied danser ? Ne jamais pouvoir se reposer sur de l'acquis est un gage de mouvement, donc de vie.

Ce soir, pourtant, elle se dit que ses comportements caractériels sont l'expression d'un mal-être qui ne demande qu'à être guéri. Par elle, bien sûr.

Et, bien qu'il ait quinze ans d'avance, elle se sent plus forte et mieux armée que lui.

Pour couper court aux questions, Cédric investit la cuisine où il prépare un risotto, la laissant sur le canapé avec la presse du jour, la télécommande de la télévision à portée de main. Elle n'est pas d'humeur à écouter la rumeur du monde. Elle se pelotonne contre les coussins, les jambes repliées sous elle et s'abandonne à la rêverie, son repos de guerrière.

Elle pense à son arme secrète, ne peut s'empêcher de sourire avec une forme de méchanceté dont elle n'est pas consciente.

Car elle a couché avec Olivier. N'y a pas résisté. Parce qu'il est le contraire de Cédric, stable et sûr, toujours le même, d'humeur égale.

Le rituel s'était instauré de lui-même, innocent. Quand elle rend visite à Myriam, elle voit Olivier, passe boire un thé ou dîner, selon leurs emplois du temps. Parfois ils ne parlent pas du tout, écoutent de la musique, font une balade, parfois elle lui demande conseil, se sert de lui comme d'un interprète d'une langue inconnue et lui raconte, en échange, les derniers potins parisiens.

Un jour, elle arrive chez lui, irritée par tout, y compris sa gentillesse imperturbable, son accueil rustique et chaleureux. Pourquoi n'esquisse-t-il jamais le moindre geste de séduction, pourquoi ne prend-il pas la peine minimale de vérifier si, par hasard, elle ne serait pas une touche possible ?

Quand il l'embrasse en guise de bienvenue, elle prolonge un peu leur étreinte. Sous prétexte de l'aider, elle le frôle, s'excuse. Elle le sent affecté et apeuré en même temps, ce qui décuple son irritation.

Elle finit par tapoter le divan, à côté d'elle, avec un regard d'invite sans équivoque.

Aussitôt, à ce souvenir elle rit intérieurement, il saute de son fauteuil comme s'il campait sur un ressort contenu depuis trop longtemps et la rejoint en deux bonds, incroyablement emprunté, lui prend la main, la serre convulsivement. Son désir à elle faiblit instantanément en découvrant qu'il attendait l'occasion sans oser la provoquer. Elle l'aide comme elle peut, la tête sur son épaule, le rétablissant, l'établissant dans son rôle de mâle, et se sent d'autant plus injuste de bouder son plaisir qu'il s'en montre plus inquiet que la plupart des amants qu'elle a pu connaître.

Elle n'en a usé qu'une fois. Si Cédric l'apprend, il la tue.

Toute la soirée, derrière leurs propos anodins, elle se demande ce qui a pu le déstabiliser de façon si flagrante, finit par demander s'il a une grosse, grosse bêtise à se faire pardonner.

Il rétorque agressivement :

– Pourquoi tu dis ça ?

– Parce que tu as l'air contrarié… comme si tu t'en voulais de quelque chose. Mais si tu me dis que tu n'as rien…

– Effectivement, rien, je n'ai rien.

Elle baisse les armes, car la soirée est, par ailleurs, plaisante, le risotto aux cèpes magnifique, le DVD de Cukor, irrésistible, et l'amour même, différent. Il la prend, littéralement, la pénètre sans précaution et

Catherine découvre un plaisir délicieux à se soumettre, sans jeu, ni résistance, à plus fort qu'elle.

Il gît sur le dos, l'œil au plafond, plongé dans des pensées indéchiffrables. Elle se love contre lui, dans le fantasme délicieux d'être la poule d'un caïd. Quand il bascule vers elle, en appui sur un coude, elle lui tourne le dos pour qu'il se plaque contre elle et la serre. Ce qu'il fait aussitôt. Il n'y a jamais de malentendu entre leurs corps.

Elle ne voit pas qu'il allait parler. À aucun moment, elle n'a compris qu'il essaye de lui dire quelque chose de terrible et qu'à chaque tentative avortée, il se sent soulagé du risque auquel il vient d'échapper.

Et là, il remet lâchement, définitivement à plus tard. Il lui parlera une autre fois. Il n'y a pas urgence. Il a peur de la perdre, peur de sa réaction dont les conséquences pourraient être lourdes. Sa peur se divise en peurs multiples, un monstre auquel il pousse une nouvelle tête chaque fois qu'il se voit confesser la vérité à Catherine. Mais s'il continue de taire le secret qui repose entre eux, il va grandir et tout envahir et tout pourrir.

Ne sachant pas, des deux maux, lequel est le pire, il ne tranche pas.

38

En dépit de l'horlogerie, le temps s'étire et parfois s'accélère sans qu'on n'y puisse rien.

Cédric avait prévenu qu'il partait tôt, il est parti. Catherine, bien que réveillée, s'est retournée en grognant pour signifier qu'elle ne voulait pas être dérangée. Elle reste enfouie sous la couette, les yeux fermés et y reste assez longtemps pour être sûre qu'il ne reviendra pas, ayant oublié lunettes, téléphone, clés, les faux départs sont une de ses spécialités.

Elle se lève en se projetant chez elle-chez lui, plus tard. Chez eux. Jouer à comme si. Jouer à la poupée. À la maison de poupée.

Pendant que le café percole, elle fait le lit avec soin, ouvre les fenêtres, range les verres qui traînent.

Au lieu de la cuisine, elle investit le salon, enfoncée dans le fauteuil club, les pieds sur la table basse. Elle mettrait bien le canapé à angle droit pour marquer l'espace plus clairement et les fauteuils en oblique, sans symétrie.

Il faudrait repeindre d'une couleur un peu audacieuse et déplacer le bureau de Cédric contre le mur de la chambre. Il profiterait mieux de la lumière extérieure. Elle s'installe dans la chaise pivotante, tourne une fois sur elle-même, effleure le bord de la table du bout du doigt, le bord seulement parce que le plateau est jonché de carnets d'esquisses, dont elle feuillette l'un. Parfois, il croque des moments, et Catherine apprécie son coup de crayon, parfois il élabore davantage et elle aime moins. Un énorme livre de photos sur les sous-sols parisiens qu'ils ont regardé ensemble, l'autre jour, encombre la surface.

Elle le pose sous le bureau pour dégager un espace vierge. Elle va travailler un peu, quand même.

Elle repousse le livre des deux pieds contre le mur. Il bute sur quelque chose, elle se baisse pour voir, c'est une boite à gâteaux métallique, décorée d'un dessin plutôt mièvre : une calèche, un fringant officier, une blondasse en robe longue…

La cache à sucreries ?

Amusée, elle l'ouvre.

Ce sont des lettres dans des enveloppes adressées à Cédric Devers.

Pincement.

Des lettres d'amour forcément, gardées précieusement, ce qui indique une histoire pas finie. Pourtant, les enveloppes ont jauni, l'écriture a pâli... la tentation est grande.

Catherine les éparpille de la main, en prend une, la repose.

Elle aperçoit un coin de photo, n'y résiste pas, la sort de sous le courrier et la vérité est qu'elle n'est même pas surprise. Comme si elle s'y était attendue, comme si c'était écrit depuis le début.

C'est exactement la même photo de sa mère devant le panneau de Lavaveix.

Dans sa tête retentit une ritournelle nauséeuse : Je le savais, je le savais, je le savais… Elle couche avec l'amant de sa mère, le sourire radieux et amoureux s'adresse à Cédric. L'ombre du doute ne s'insinue pas une seconde, cette ombre qu'elle a laissée planer entre eux, l'origine de sa bascule constante entre attraction et répulsion.

Elle se sent d'autant plus souillée, salie, abusée, qu'elle se sait complice. C'est comme un inceste à distance, de la pire espèce, avec une morte.

Elle y est allée, gaiement. Y est retournée quand il avait renoncé. La responsabilité est partagée également, sauf qu'il est venue la chercher, qu'il a entamé la partie. Quel plaisir pervers il doit éprouver à retrouver chez la fille des expressions de la mère, à provoquer les mêmes réactions sensuelles chez la jeune après la jeune d'avant.

Elle laisse la boîte ouverte sur le bureau, va s'habiller en hâte, sans faire de toilette, sans même démêler ses cheveux en vrac, elle rassemble ses affaires, ne rien oublier surtout. Ne laisser aucune chance de lien, même provisoire.

Elle revient à la table. Sur l'écran de son téléphone, elle déchiffre un texto de Cédric : « Tu es le soleil de ma vie, le rayon de miel de mon cœur, tu me manques déjà. »

Écrivait-il les mêmes mots à Violet ?

Elle efface le texto, oui, confirmer, supprimer. Merci.

Elle regarde la boîte, prend une enveloppe, sort la feuille, découvre une écriture penchée et régulière, élégante avec ses petits traits nets, horizontaux à la place des boucles. Il n'y a pas de signature. La date est inscrite : « 14 septembre 1986. »

La lettre commence par : « Mon toi. »

Non, elle ne peut pas, replie le papier, le remet dans l'enveloppe, en repère trois autres encore cachetées, au fond de la boîte, les recouvre instantanément.

Elle va laisser un mot cinglant. Il ne s'en remettra pas. Elle griffonne d'une plume rageuse :

Ne m'approche plus jamais, espèce d'enfoiré.

Tu es vraiment un pauvre type, un moins-que-rien.

Elle rature.

Menteur pervers hypocrite, je me sens sale de t'avoir connu. Oublie-moi.

Non, le silence est la meilleure des réponses.

La boîte lui en dira suffisamment long.

Sophie la regarde débouler, sourcil levé :

– Vous ne deviez pas prendre votre matinée ?

– J'ai changé d'avis, mais je peux repartir si je dérange.

Sophie replonge la tête vers son cahier de rendez-vous et Catherine fait claquer la porte de son bureau-cagibi.

Elle n'a aucune raison d'aller au palais. Elle n'a aucune raison de rien.

Elle sort le dossier Myriam et laisse rapidement tomber.

Elle décide d'aller voir Oscar à la Santé.

Pas vu depuis longtemps. Lui a de vraies raisons de se plaindre et d'être malheureux. Ça lui fera du bien, se dit-elle en pensant à elle-même.

Il est entré dans une équipe de bras cassés pour un braquage perdu d'avance, tout cela pour les beaux yeux de Mina, une demi-pute qui lui avait fait miroiter une vie rangée de petits-bourgeois en pavillon meulière. Le braquage a mal tourné, Oscar s'en est pris pour dix ans et Mina l'a promptement laissé tomber.

Bien pire que moi, se redit Catherine sans le penser vraiment.

À partir de 15 heures, le harcèlement commence, téléphone, textos, elle ne répond ni ne lit.

Elle a décidé, sait que rien, jamais, ne lui permettra de pardonner cette trahison-là.

Tout en faisant semblant de s'agiter au boulot, elle ne pense qu'à ça, elle se convainc qu'il l'a choisie exprès, qu'il l'a pistée toutes ces années. Elle calcule les dates, il était tout jeune, lycéen encore et Violet déjà dans la Creuse, déjà mariée et elle déjà née.

À moins qu'il n'ait été l'amant d'avant le mariage. Violet était apparemment une menteuse-née.

Pauvre papa qui l'a crue de bout en bout.

Elle ricane. Une belle occasion ratée, quand même, parce que la personne la plus à même de lui raconter sa mère et en détails, s'il vous plaît, c'est bien lui. Mais en vérité, elle n'a plus envie d'en savoir plus long sur cette femme. Tu parles d'une victime ! Voilà sa théorie amplement validée : Violet n'est pas un pauvre petit oiseau tombé sur un méchant prédateur. Une rivale en plus ! Merci beaucoup. Rivale de sa propre fille !

Catherine se dit rageusement que Cédric a dû la trouver bien terne en comparaison, si disponible, libre, fidèle…

L'idée la cloue à un carrefour, elle est arrêtée au feu rouge qui passe au vert sans qu'elle bouge. Les klaxons la tirent de sa stupéfaction, elle pousse sa bécane jusqu'au trottoir, la hisse d'aplomb et, sentant ses jambes se dérober littéralement sous elle, elle s'assied sur le macadam, se prend la tête entre les mains.

Une voix de vieille dame la sort de son engourdissement :

– Vous avez eu un accident ? Ça va ?

Elle se lève pour prouver que oui, ça va, non, pas d'accident, pas ce genre d'accident, et va s'affaler dans le bistrot le plus proche, commande ce qu'on conseille en cas de choc, un cognac. Elle n'en a jamais bu mais, ça marche, lui donne un coup de fouet.

La question palpite en majuscules tonitruantes dans sa tête : SI CÉDRIC ÉTAIT L'ASSASSIN DE SA MÈRE ?

Ça expliquerait qu'il ait voulu la retrouver, elle, unique témoin, s'assurer qu'elle ne savait rien, ne le reconnaissait pas. Risqué, certes mais on a vu des situations plus absurdes. Peut-être même souhaitait-il, au fond, être reconnu, accusé et pouvoir se libérer du fardeau de sa culpabilité.

Elle regarde l'heure.

Oui, cela change tout, car, avec une solution à la clé, le temps mérite d'être remonté. Et si elle peut confondre Cédric, sa victoire sera double et sa libération totale.

Elle rebrousse chemin et retourne chez lui. Sa moto n'est visible nulle part. Elle commence par écouter ce qu'il a laissé sur sa messagerie : il risque de finir un peu tard, qu'est-ce qu'elle dirait d'un souper aux chandelles ? Puis elle lit le texto qui a suivi :

« Dis oui, allez dis oui. »

Il n'est pas repassé par chez lui.

Elle monte, ouvre, tout est en place.

Elle mélange les enveloppes dans leur désordre initial, referme le couvercle, repose le gros livre sur le plateau de la table et pousse la boîte contre le mur. Elle jette un œil attentif, s'assure qu'elle n'a laissé aucune trace de ses recherches.

Elle entend la clé dans la serrure, se tourne vers la porte, se fige.

Cédric ne semble pas étonné de la voir.

Est-ce un piège ? L'a-t-il suivie ?

Est-il rentré entre-temps et a-t-il vu la boîte au milieu de la table ?

Catherine, toutes antennes sorties, tente de capter l'atmosphère, de décrypter un non-dit potentiel, tout en arborant le visage le plus normal possible, trop normal pour être naturel. Regard détendu, inexpressif, sourire de même.

– Tu es restée ici toute la journée ?

– Non, je suis repassée, j'avais oublié mon chargeur.

– Reste. Moi, j'ai terminé. C'est une bonne surprise.

– Oh, j'adorerais…

Elle ne parle jamais comme ça.

– ... Mais j'ai promis à Renaud de terminer un dossier et je dois filer au bureau en parler avec lui. J'en ai pour une partie de la nuit.

– Je peux venir chez toi. Je te ferai à dîner pendant que tu bosses.

– Merci, mais je travaille au cabinet. Il faut que j'y aille, là, vraiment.

Il ne la quitte pas du regard, sceptique. On dirait qu'à son tour il cherche à lire ce qui est caché. N'a-t-il pas jeté un œil en direction de son bureau, sous le bureau ? C'est dingue d'ailleurs qu'il ait laissé un indice aussi compromettant en évidence, comme s'il voulait qu'elle le trouve. Il voulait qu'elle le trouve. Ils sont en train de jouer à double bande, peut-être.

Catherine s'efforce de penser à autre chose. Il risque de sentir sur quel sujet son esprit est bloqué. Il l'attrape par le poignet, un peu rudement. Elle se dit, il sait, il va me zigouiller, là, tout de suite.

Il l'attire vers lui, renifle bruyamment dans son cou, comme s'il voulait s'emplir de son odeur, ou lui dévorer la nuque.

– Dommage. C'était bien. J'aime bien quand tu es là. Tu as eu mes textos ?

– Oui, merci.

Elle est nulle dans ses dialogues à la normalité volontaire. Personne n'est jamais aussi banal. En tout cas pas elle.

– Même pas eu le temps de te répondre. C'était gentil.

– Je suis gentil.

– C'est vrai. Tu me libères ?

– J'hésite.

– Si je perds mon boulot, tu vas devoir m'entretenir et tu connais mes goûts de luxe.

– Aïe, argument de choc.

Mais il l'a lâchée, elle lui fait un baiser de loin.

Elle file.

Elle a l'impression d'avoir échappé à un énorme danger. Ce qui est absurde. S'il avait voulu lui régler son compte, ce serait fait depuis longtemps.

Elle détient de la dynamite et se demande comment la faire exploser sans sauter elle-même. À qui parler ? Stéphanie est une vraie concierge et elle a beau faire toutes les conneries de la terre, elle n'est pas de bon conseil.

Sophie ? Non, ne pas mélanger le boulot et l'intime, surtout celui-là.

C'est comme Renaud. Il n'a pas à savoir qu'elle peut disjoncter à tout moment pour cause de traumatisme ancien, qu'elle est un cas de pathologie lourde, donc peu fiable.

Son père ? Il réagira frontalement et elle a beau être dans une confusion totale, elle se voit soudain en possession d'un secret qui pourrait bien ouvrir la boîte de Pandore du passé, juste au moment où elle était déterminée à la laisser fermée. Si elle tient bien entre ses mains le meurtrier de sa mère, elle trouvera le moyen de le punir, quels que soient les risques.

Or son père ne la laissera jamais s'exposer.

Louis ? Un journaliste ? Folie.

Reste Olivier.

Ou personne.

Peut-on se tromper à ce point sur quelqu'un ?

39

« Le passage à l'acte peut s'accomplir dans un état de dédoublement qui fait que le meurtrier tue sans savoir qu'il l'a fait. Le présent de l'acte reste figé dans l'instant mais ne se transforme pas en souvenir.

On retrouve le même phénomène dans les évènements traumatiques, trop douloureux pour être confrontés.

Le meurtrier amnésique pourra recommencer car, en revanche, son inconscient se souvient de l'impunité dont ils ont profité l'un et l'autre.

La compréhension de son acte, la reconnaissance de sa responsabilité, voire l'évocation très directe du meurtre permettant de s'en réapproprier le souvenir qui surgit alors avec une acuité intense, peuvent amener à l'effondrement psychique du meurtrier, incapable d'assumer la mémoire, donc la culpabilité de son acte.

Les témoignages recueillis indiquent bien que la part la plus grande de notre mémoire est inventée, soit à partir de récits, soit par recomposition, soit par pure imagination.

La violence conjugale est amenée à se reproduire immanquablement. La pulsion destructrice de faire disparaître la femme, de la réduire à rien, mais aussi simplement de la soumettre, peut avoir des origines diverses liées à l'histoire de l'homme. Dans ce cas, il n'y a pas effacement de l'acte mais déresponsabilisation. L'homme est aussi sincère dans sa fureur pendant qu'il frappe que dans son repentir pendant qu'il s'excuse en promettant que plus jamais. Il est d'autant plus convaincant qu'il veut s'en convaincre lui-même. Mais il recommencera. Toujours. Le schéma de violence vient de sa personnalité mais aussi des partenaires qu'il choisit et qui le choisissent. Comme dans la majorité des couples, c'est la rencontre de deux névroses, ou de deux pathologies, parfois bénéfique aux deux, parfois fatale. Sans pouvoir généraliser avec certitude, l'homme violent, de même qu'il frappe avec fureur et se repent dans les larmes et les supplications, est souvent un homme caméléon, délicieux, séducteur, attentif, puis froid, coupant, méprisant, ses alternances de mode relationnel se succédant parfois sans transition. Narcissique, il a du mal à voir un sujet dans l'autre. »

Dans cette dernière phrase particulièrement, Catherine pense reconnaître un portrait exact de Cédric.

L'amnésie n'est pas envisageable, car il ne conserverait pas les lettres de Violet, ni sa photo, s'il avait effacé le souvenir de son acte.

L'affaire Monique Lemaire, loin d'être un accident de parcours, établit clairement qui il est.

Catherine a révisé son jugement impulsif de fond en comble.

Violet a eu un petit moment de faiblesse, dans l'ennui de sa campagne, son mari si occupé, une petite fille lui prenant tout son temps, elle n'a pas su résister à l'arrivée d'un tout jeune homme séduisant et éperdu. Il est aisé de se représenter le jeune Cédric partant à l'assaut de cette charmante Bovary.

Mais c'est un gamin et elle aime sa famille, jamais elle ne privera sa fille d'un père et d'un entourage stable. Honnête et droite, plutôt que d'écrire une lettre, ce qui lui semble lâche, elle lui donne rendez-vous pour lui expliquer qu'ils ne doivent plus se voir, lui signifier leur rupture, définitive. Elle choisit son mari. Elle est désolée, mais il n'y a pas de retour possible. Elle lui demande pardon de lui avoir fait croire à une histoire qui était sans avenir.

Cédric refuse de l'admettre. Il l'aime, elle l'aime aussi, l'amour est ce qui compte, il la prend telle que, avec son enfant aussi, il le lui a dit, promis.

Du haut de ses vingt ans et quelques, Violet prêche la raison : il est jeune, il n'a même pas de métier, c'est déraisonnable. Elle ne pourrait que l'encombrer. Quand le temps sera venu, il rencontrera la femme avec qui faire sa vie. Et puis, on ne construit rien de solide sur la destruction. La vie est faite de choix successifs. De renoncements aussi et le bonheur ne naît pas nécessairement de la gratification immédiate de ses désirs, mais du renoncement au profit de valeurs supérieures.

Catherine, en dépit de son émotion devant cette évocation touchante, est certaine qu'elle prête un langage improbable à Violet qui aimait la poésie, pas les traités de psychologie fumeux, ni les conseils de magazines féminins.

Elle poursuit néanmoins sa reconstitution.

Cédric est partisan de la gratification immédiate. Et tandis que Violet jette un œil vers la poussette où la petite Catherine dort, il prend sa maîtresse par les épaules pour qu'elle le regarde lui. C'est la première fois que Violet amène sa fille à un rendez-vous.

Il parle avec un débit de plus en plus serré, la secoue comme s'il voulait faire pénétrer ses arguments au plus profond de la jeune femme fragile qui, en dépit de la fureur qui monte, continue de raisonner, d'expliquer, finit par dire qu'elle va partir, puisqu'il refuse de l'entendre, qu'elle est désolée que ça se termine comme ça.

Elle pleure un peu peut-être, elle éprouve plus de chagrin que de peur quand elle lui tourne le dos déclenchant une montée de la violence puis son déchaînement. Il la tient par une épaule, lui donne une gifle, puis un coup de poing qui la laisse groggy. Elle se débat, tente de lui échapper, il la rattrape, l'excitation monte et il frappe, frappe jusqu'à ce qu'il ne reste rien de sa beauté, de son rire, de sa vivacité, rien qu'un corps désarticulé, silencieux et répugnant.

Il a mal aux mains, aux bras, il est épuisé, il doit partir au plus vite, s'assurer qu'il ne laisse aucune trace. Des pleurs d'enfant montent dans le silence.

Il hésite. Cela pourrait attirer l'attention, donner l'alerte trop tôt, trop vite. Toute sa fureur est tombée.

Quand il tourne le dos à la scène de crime, elle disparaît aussi de sa mémoire. Il ne ferait pas de mal à une mouche, encore moins à une enfant.

De loin, il comprend la situation. La petite fille tend la main vers une tache claire, une poupée, un jouet tombé au sol. Il s'approche, ramasse ce qui est en fait un bout de chiffon blanc et le place dans la main de la petite fille qui lève les yeux vers lui.

Arrêt sur image. Les yeux verts du tueur, le regard confiant de l'enfant.

Dernière trace de son méfait dans sa mémoire, cet instant où il se dit qu'elle n'oubliera jamais son visage, qu'elle est la Nemesis qui, un jour, risque de le condamner.

Est-ce qu'avant Monique Lemaire il a exercé sa violence sur d'autres femmes ? Rien d'inscrit à son casier, mais les femmes sont bêtes.

Comme je l'ai été, se dit Catherine.

Aujourd'hui la situation est claire.

Cédric s'est assuré qu'elle ne le reconnaissait pas et il veut la posséder comme il n'a pas réussi à posséder sa mère. Il est fou, cliniquement.

Le train entre en gare de La Souterraine, pour la dernière fois peut-être. C'est l'ultime ligne droite avant le procès qui s'ouvre dans deux jours.

Son père va la rejoindre mais Catherine lui a demandé d'aller à l'hôtel car elle ne sera disponible pour le voir qu'après le procès, elle veut rester totalement concentrée.

Elle se jure qu'elle vient de se laisser aller à ressasser le puzzle Cédric pour la dernière fois. Avant le verdict.

Cédric ne se méfie pas, n'a aucune raison de se méfier. Elle a argué des assises sur lesquelles elle voulait se concentrer pour ne plus le voir. Il n'a pas insisté, respectueux, l'homme caméléon.

Elle ne se sent pas vraiment en danger, même si elle vérifie parfois qu'elle n'est pas suivie, lève la tête en montant l'escalier pour vérifier que personne ne l'attend dans les étages.

Elle a même rédigé, en se sentant ridicule, une lettre à ouvrir en cas de mort violente, accusant directement Cédric Devers.

Après les assises, elle décidera d'un plan qui le confondra.

Après les assises.

Jean-Claude et Françoise lui ont préparé un dîner qu'elle n'a qu'à réchauffer. Ils ne veulent pas entendre ses remerciements, ils la laissent à ses préparatifs. Elle leur a expliqué la concentration obsessionnelle que nécessite un tel procès.

Il n'y a pas eu à le dire deux fois.

Quand même, elle ferme à clé la porte de la petite maison avant de se coucher, mais dort d'une traite, se réveille tôt avec un sentiment d'impatience qu'elle imagine celui d'un acteur qui approche du jour de la générale.

Elle prépare le choix de vêtements qu'elle va proposer à Myriam, ne pas trop en faire dans l'effacement ni dans la mise en valeur. Une jupe un peu évasée couleur caramel et un pull beige, ou bien un pantalon gris avec un chemisier blanc.

Myriam choisira.

Myriam choisit le pantalon et un pull à elle, jaune vif. Elle n'en démord pas, c'est ce qu'elle est, qui elle est.

Comme l'attitude est la bonne, Catherine accepte son choix sans discussion.

L'avocate et sa cliente partagent la même impatience. L'équipe est constituée. Elles se sont familiarisées l'une avec l'autre pendant leurs rendez-vous périodiques et Catherine s'est persuadée qu'elle savait déchiffrer le non-dit derrière les mots de sa cliente.

L'une comme l'autre voient le bout du tunnel et même si celui de Myriam risque de conduire à un autre tunnel d'emprisonnement, au moins, il sera défini et son terme marqué. Tout est préférable à l'incertitude.

Derniers conseils déjà prodigués :

– Soyez vous-même, soyez naturelle, directe. Tout le monde est sensible à la dissimulation, la pressent, et elle vous serait automatiquement défavorable. Personne ne s'attend à ce que vous soyez l'innocence incarnée. Cela n'existe pas. N'hésitez pas à prendre le temps de la réflexion avant de répondre. Les jurés ont le droit de faire passer des questions au président du tribunal, donc pas de parano si vous voyez des papiers circuler sur la table. C'est normal. Rappelez-vous aussi que les jurés ne sauront que ce qui est dit devant eux, pas ce qui est dans le dossier. Ne vous y référez donc pas.

Myriam sourit avec une patience d'ange, sans rappeler à son avocate qu'elle lui a déjà tout dit plein de fois. Elle espère que cette novice sera plus sûre d'elle et confiante pendant le procès qu'avant. Catherine Monsigny croit émettre des ondes de certitude et d'assurance que démentent sa fébrilité quand elle cherche un papier pourtant à sa place, ses hésitations sur ce qu'elle a déjà mentionné ou pas, ses petits rires nerveux quand elle utilise un mot pour un autre.

N'a-t-elle pas récemment parlé du traître mot : confiance. Se corrigeant aussitôt, « maître mot, bien sûr ».

Elle est incroyablement naïve pour une avocate. C'est un atout pour Myriam. Elle n'impressionnera pas les jurés, elle risque, au pire, de les émouvoir et ils voudront peut-être même aider la débutante maladroite.

Myriam a toujours pensé que la vie se jouait sur un coup de poker. Simplement, il faut ne pas se tromper de moment et éviter de trembler au moment d'agir. Ce procès a failli l'engloutir parce qu'elle ne s'y attendait pas. Elle a fait du chemin depuis, elle s'y est préparée.

Le premier avocat commis d'office ne lui a pas fait bonne impression et le pseudo-ténor vedette de Limoges était le contraire de ce qu'elle voulait : une femme, jeune de préférence, pour qui le procès soit un gros enjeu auquel devait se mêler un investissement personnel, affectif.

Il s'est avéré que l'engagement de Catherine auprès de l'association n'était pas vraiment celui d'une militante, ce qui, finalement, est une très bonne chose car un militantisme voyant aurait pu irriter le jury.

Non, décidément, Myriam trouve que tout va pour le mieux. D'un air apeuré, elle pose encore quelques questions à son avocate qui se rassérène en rassurant sa cliente.

Catherine promet de revenir demain, veille du procès, pour éviter que le temps de l'attente ne semble infini à sa cliente et ne lui coupe les jambes.

Myriam la remercie. Pas forcément pour les mêmes raisons, elle aussi souhaite voir son avocate, une dernière fois, avant l'ouverture du procès.

Le maton vient chercher la détenue.

Myriam, négligemment, le charge des vêtements apportés par Catherine, ce que note l'avocate sans repenser au téléphone que sa cliente s'était procurée en détention, l'esprit trop occupé ailleurs pour en tirer des conclusions utiles, trop certaine d'avoir cerné Myriam pour remettre en cause ce qu'elle sait d'elle.

C'est dommage, car elle comprendrait que madame Villetreix, ex-N'Bissi, comme tant d'autres avant elle, multiplie les masques et sait retourner une situation en son contraire en un tournemain.

Tandis que le gardien avance dans le large couloir en direction des grilles, Myriam fait demi-tour, revient vers Catherine et lui dit d'une voix basse et pleine de ferveur :

– Rappelez-vous ce que je vous ai dit. Je suis innocente. Ne l'oubliez jamais. Innocente.

40

Tant que le docteur Monsigny roule sur l'autoroute, l'œil sur la circulation, l'oreille sur France Culture, son esprit, bien cadré des deux côtés, ne bat pas la campagne où il n'est pas encore.

Après Limoges, à proximité d'Aubusson, sa mémoire, malgré lui, commence à émettre. La familiarité du paysage, ses ondulations irrégulières, sa banalité spécifique, ses brefs éclats modulent une fréquence qui rend le passé audible. La lumière nette précise les contours, unifie la campagne subtilement changeante, rappelant les promesses de bonheur non tenues. En quelques minutes, le décor retrouvé avive la douleur tapie, confirme que la cicatrisation reste impossible. Il ne saura jamais s'il y avait vraiment un autre homme, s'il s'est raconté des histoires, si tout n'est advenu qu'à cause de son abyssale insécurité.

Il voudrait se concentrer sur Catherine pour laquelle il vient, pour laquelle il a voulu abolir toutes traces du passé jusqu'à les effacer de sa propre mémoire. Sans doute l'aurait-il accompagnée aussi si elle avait plaidé ailleurs, mais ici où l'ironie du destin l'a menée et les a ramenés, il doit être présent, vigilant, à l'écoute de sa propre terreur. De toutes les improbabilités… C'est une malice du diable de les faire revenir ainsi sur les lieux du crime.

En vérité, il ne se leurre pas. Il attendait qu'un jour Catherine lui demande des comptes, ne serait-ce que le jour où elle aurait à son tour un enfant, où elle aurait besoin de s'inscrire dans une histoire, dans une lignée.

Lâchement, il espérait être mort avant d'avoir à dire que la vie n'est pas un conte de fées et que Catherine n'est pas née de la rencontre magique entre Peau d'Âne et le Prince.

Toutes ces fois où il a dû broder sur le récit de la rencontre qu'elle lui réclamait, auquel il a fini par croire, à force.

C'était par une nuit d'orage et de tonnerre.

La petite fille imite son papa qui gronde et tonne, étend les bras pour signifier la pluie qui englobe toute la ville.

Le prince médecin refuse depuis longtemps tous les beaux partis qui lui sont proposés car il n'aime aucune de ces jeunes filles, infirmières, étudiantes, jolies, brillantes, charmantes. Elles le laissent indifférent. Il attend, il est prêt à attendre le temps qu'il faudra et même au-delà, sûr qu'une femme et une seule lui est destinée et qu'il la reconnaîtra au premier coup d'œil.

– Il se trompait ! s'exclame Catherine en pouffant.

– Il se trompait.

Il a rabattu sa capuche et s'abrite sous un parapluie qui l'empêche de voir alentour. Si bien, qu'avançant d'un pas rapide, il ne voit pas la pauvresse, recroquevillée sur son banc, mal abritée par les branches d'un grand chêne. Heureusement le destin veille et un éclair blanc illumine soudain la scène, dans un craquement qui laisse croire que le ciel va se fendre en deux et ne jamais se retrouver entier. C'est très impressionnant.

La jeune fille pousse un cri, le parapluie se replie, ou peut-être est-ce l'inverse. Le prince médecin se tourne dos au vent pour remettre son pépin en état et c'est là qu'il la voit.

Un petit coin de parapluie, contre un coin de paradis.

Il ne regrette rien.

Lui-même a survécu à l'enfance à force de fictions. Il s'en est raconté, des aventures, des sauvetages, des rencontres inespérées, la reconnaissance, la noblesse, la gloire. Ce sont les rêves qui permettent d'avancer même quand ils sont totalement illusoires, surtout quand ils sont totalement illusoires.

Il est persuadé que la force de Catherine, son courage et sa réussite viennent en partie du mythe de son origine. Née d'un conte de fées, son berceau dûment entouré de fées protectrices, elle s'est toujours sentie soutenue.

L'avantage du trac qui le ronge de retourner sur les traces de son passé est qu'il réduit celui qu'il éprouve devant l'épreuve professionnelle que va affronter sa fille.

Ça aussi, il a toujours essayé de le lui cacher. Ses insomnies les veilles d'examen, son attente d'anxieuse des résultats. Il mettait un point d'honneur à ne jamais montrer d'impatience, n'exigeait même pas qu'elle l'appelle dès qu'elle savait, se contentant d'attendre son retour à la maison, tant qu'elle était à Lyon, et le soir quand elle fut installée à Paris.

Oui, un père très cool. Tellement angoissé en réalité.

Catherine a bien réservé la chambre à son nom. L'hôtel n'existait pas de son temps. Il ne peut s'empêcher de noter qu'il doit être bien pratique pour les couples adultères. Arrêter ça aussi, arrêter d'adjoindre adultère à couple.

Catherine lui a tacitement reproché de n'avoir jamais refait sa vie, mais elle lui aurait infiniment plus reproché le contraire, il en est convaincu.

Elle le regarde depuis la porte-fenêtre. A-t-elle le droit de mettre une deuxième fois à bas l'édifice de son passé recomposé ?

Il est assis dans un fauteuil de jardin, profitant du rayon de soleil, un livre ouvert sur les genoux, les yeux fermés, la tête renversée en arrière, tout à fait immobile. Elle le voit mort, se demande s'il lui manquera, n'en est pas certaine, s'en veut d'avoir même pu penser cela et l'appelle pour rompre le charme bizarre de ce moment arrêté.

Il cligne un moment des yeux, désorienté, vieilli, ralenti, pense-t-elle, impitoyable.

Est-ce qu'on ralentit en vieillissant pour retarder l'heure de la mort ?

Elle l'embrasse avec un élan affectueux qui veut masquer son embarras de tant de vilaines pensées et qu'il reçoit, au sortir de sa rêverie, comme une preuve supplémentaire qu'il a raison de lui cacher ses angoisses.

Les deux trouvant leur compte dans la même dissimulation, ils partent, contents, vers le restaurant, en haut de la rue centrale, sur la place qui fait rond-point. Dès qu'ils sont assis, elle voit que son père a recommencé à se ronger les ongles, regarde immédiatement ailleurs, fait semblant de n'avoir rien remarqué.

Elle annonce d'un ton catégorique qu'elle ne veut pas parler boulot et ne fait qu'en parler.

Lui écoute, comme si c'était sa fonction sur terre. D'ailleurs, il lui semble n'avoir jamais rien à dire, tellement rempli des récits des autres qu'il n'y a plus place pour sa propre histoire.

Catherine pratique la méthode Coué. Elle se félicite d'avoir requinqué sa cliente, de l'avoir préparée au mieux, transformant un torchon délavé en serviette empesée.

Renaud a approuvé son plan de plaidoirie. Elle va mâtiner le bénéfice du doute, c'est-à-dire l'absence totale de preuves contre sa cliente, sans le nommer, avec sa certitude personnelle que Myriam est innocente.

– Si tu l'avais entendue ! Il suffit qu'elle le redise avec ce même ton fort et émouvant devant le jury, ils vont vibrer, c'est sûr.

– C'est fou quand même de se retrouver aux assises avec un dossier si peu consistant.

– L'argent, toujours l'argent. À qui profite le crime ? Sans compter qu'elle était la mieux placée pour empoisonner Gaston. Mais justement, je compte beaucoup sur l'évaluation de l'accusée. Myriam est très intelligente. Je ne m'en suis pas tout de suite rendu compte. Or, intelligente comme elle est, elle aurait pris ses précautions pour tuer sans attirer les soupçons.

– D'après ce que tu me racontes, elle n'aimait pas son mari.

– Gaston ? Si, à sa façon.

– Enfin, pas ce que j'appelle aimer.

Son père aura du mal à se poser en arbitre du grand amour si elle lui apprend que sa femme, Violet, jeune mariée, a eu une liaison et qu'elle a été tuée par son amant secret, qui, lui aussi, l'aimait follement.

C'est une sensation d'une méchanceté si virulente qu'elle reste, un moment, sans voix. À croire qu'elle en veut à son père de la mort de sa mère, ce qui est terriblement injuste. Elle revient à Myriam, s'explique patiemment, ce qui est une façon de faire amende honorable pour une pensée qu'il n'entendra heureusement pas :

– Elle était reconnaissante à Gaston de tout ce qu'il faisait pour elle. Elle aurait été heureuse de tout partager avec lui, mais elle n'allait pas se priver sous prétexte qu'il n'était plus là. Les épreuves rendent réaliste. J'ai fini par bien l'aimer, cette fille. Elle a une force vitale, un courage, une manière de prendre sa vie en main, malgré les obstacles, qu'on peut lui envier.

– Il faut aimer l'accusé pour bien le défendre.

– Peut-être à mon niveau, mais Renaud, lui, est capable de s'engager tout entier, efficacement, alors même qu'il ne sent pas son client. Au fait, tu ne vas pas t'ennuyer, tout seul ? C'est gentil d'être venu si tôt mais…

– J'ai l'habitude d'être seul et j'aime bien me sentir près de toi.

– Alors, si la situation te convient…

Joignant le geste à la parole, avec un petit sourire d'excuse et un baiser sonore, elle l'abandonne à la porte du restaurant. Il sent et comprend sa fièvre. Il ne s'attarde pas sur l'admiration qu'elle a toujours portée à son patron, une admiration méritée, qu'elle aurait pu parfois reporter sur son père. Allons, c'est son rôle de veiller dans l'ombre, sans gratification autre que les résultats qui en résultent.

Catherine appelle Olivier pour vérifier qu'il a bien reçu sa convocation. La vieille Éliane n'est pas citée comme témoin. Les cousins, partie civile, elle en fait son affaire. L'expert psychiatre qu'elle a fait venir de Paris va établir le parfait équilibre, l'intelligence et la résilience de sa cliente. Même les traumatismes de son enfance ont été digérés et les coupables pardonnés.

Ce serait à double tranchant s'il y avait la moindre preuve de la culpabilité de Myriam, car elle serait alors irrévocablement responsable, mais, en l'occurrence, sa démonstration évoque tout sauf le portrait d'une criminelle potentielle.

C'est vers cette démonstration que tendront ses questions.

Même Daniel va faire l'aller-retour finalement. Il est passé plusieurs fois à la télévision, il a une petite notoriété et il est sympathique.

Depuis sa confession, il est terrorisé à l'idée que quelqu'un pose la question de ses relations personnelles avec Myriam, ce qui nuirait durablement à ce qu'il considère, encore et contre toute logique, comme une carrière.

Catherine l'a persuadé qu'il n'y avait aucun risque que le sujet intervienne dans l'interrogatoire.

Elle compte bien présenter la rencontre improbable de Myriam et Gaston comme un conte de fées.

Tout le monde aime les contes de fées, tout le monde a envie d'y croire. La pauvre exilée sans papiers, sans argent, sans avenir, croisant un vieux paysan, en guise de prince, plus moderne, entreprenant et courageux que bien des citadins, est l'héroïne d'une histoire à faire rêver.

Quitte à partir du cynisme originel de Daniel… elle n'est pas sûre encore de lire la petite annonce parodique mais n'en élimine pas l'éventualité, pour mieux faire ressortir la beauté naïve et sincère du mariage improbable. Dès qu'elle repasse les éléments dans sa tête, l'inquiétude surgit : ne s'appuie-t-elle pas naïvement, comme une jeune bécasse, présomptueuse, sur la théorie du *story telling*, cette tarte à la crème d'aujourd'hui ?

Mais non, elle-même adore les histoires, comme tout le monde.

C'est sa dernière rencontre avec Myriam avant le tribunal. La date de péremption des doutes et vices cachés est largement dépassée. Catherine détend son visage en une ombre de sourire, affermit son regard, se redresse, et dès que Myriam la rejoint, elle se lève, lui tend la main, dit un simple bonjour, sobre.

Myriam a-t-elle des questions, des inquiétudes, des hésitations ?

L'interrogation nécessaire appelle un « non » automatique.

Au grand désarroi de l'avocate, Myriam annonce qu'elle a l'intention de mentir sur un détail sans grande importance mais qu'il vaut mieux neutraliser.

Le cœur de Catherine se resserre brutalement à l'idée d'une révélation dont Myriam veut la rendre complice à la veille du procès.

C'est pour les papiers, continue Myriam sans laisser d'espace à une quelconque interruption. Elle préfère dire qu'elle les a récupérés chez ses patrons avant de s'enfuir, parce que, si elle commence à raconter que Gaston les a achetés pour elle, ça fera comme s'il l'avait achetée, elle, et puis ça pourrait provoquer des ennuis au gars de l'ambassade. Myriam y a pensé toute la nuit, la vérité ne pourra que tout compliquer.

Ce n'est effectivement pas de première importance, d'autant que personne ne peut démentir une affirmation dont Myriam seule a la clé.

Catherine qui a senti le vent du boulet, rassurée et sereine, rappelle à sa cliente qu'elle n'a pas l'intention de parler à sa place. Son rôle est de poser des questions, celui de Myriam de décider ce qu'elle dit et comment et pourquoi. Autre chose ?

Non, c'est comme Catherine vient de dire. Elle répondra aux questions et, comme elle fait confiance à son avocate pour bien les poser, il n'y aura pas de problème

Quand elles vont se séparer, Myriam se lance dans un petit discours préparé. Avant même de connaître le résultat de son procès, elle veut exprimer sa reconnaissance à Catherine. Elle était méfiante et inquiète au début et elle n'a pas été très gentille, mais son avocate a su la rassurer et elle est persuadée maintenant qu'elle n'aurait pas pu mieux tomber, elle est même fière d'être la première affaire importante de Catherine, et confiante que ça leur portera bonheur à toutes les deux.

Catherine remercie, fait semblant d'être également optimiste, instantanément anéantie, en réalité, d'entendre clairement posé l'enjeu qu'elle évite d'envisager. Tandis que le trac s'installe en maître des lieux, d'une voix posée, elle réaffirme sa confiance dans Myriam et dans son dossier.

Tandis qu'elle rejoint sa voiture, elle ne peut s'empêcher d'entendre, en légère cacophonie dans sa tête, les voix de ceux qui ont vu en Myriam une manipulatrice sachant parfaitement où elle allait.

41

LA SALLE DE TRIBUNAL est en bois blond. Au fond, derrière le président et ses assesseurs, les deux grandes fenêtres sont surmontées de rosaces en vitrail, l'endroit n'est pas si imposant en lui-même mais le rituel va le sacraliser.

Le banc de la presse, face à Catherine, est vide, momentanément, espère-t-elle.

Les jurés potentiels remplissent la salle. Ils viennent de voir le petit film qui leur explique les assises et leur déroulement.

L'avocate a devant elle la liste des noms, les dates de naissance, les professions. D'un geste automatique, elle vérifie que, sous sa robe, elle a bien noué son écharpe blanche porte-bonheur.

Depuis qu'elle est installée à son pupitre, Myriam à sa gauche, Catherine se sent étonnamment calme. Si sa vie personnelle est pour le moins chaotique, la certitude d'être professionnellement à sa place lui donne un sentiment d'équilibre et de force.

Myriam a bien fait d'arborer son pull jaune, il affirme l'innocence qui n'a rien à craindre, rien à cacher.

À l'arrivée des cousins, partie civile, elle les a salués de la tête. Ils n'ont pas répondu et continuent de l'ignorer, bien qu'assis en face du banc de la défense à quelques mètres à peine.

Leur avocat, très jeune, a un épi dressé sur le côté du crâne. Il s'agite beaucoup, brasse ses papiers, chuchote à l'oreille de ses clients.

Louis vient s'installer à sa place de journaliste, lui adresse un petit signe discret au passage.

Dans la liste des jurés potentiels, elle a repéré deux femmes au foyer qu'elle pense récuser mais, pour le reste, elle n'anticipe rien. Elle se fie à son instinct.

Chaque juré appelé se lève, passe devant elle. La démarche martiale du premier qu'elle récuse trahit l'opinion toute faite, incapable d'intégrer le moindre argument contraire. Elle se rappelle la leçon de Renaud et lance son « Récusé ! » comme une accusation. Le type est surpris, humilié, ceux qui attendent, encore assis, sont soudain inquiets. C'est un examen qu'ils passent, dont ils ne connaissent pas les critères.

Pendant la sélection du jury, Myriam se tient bien droite, les bras posés sur la tablette devant elle. Elle suit la procédure avec intérêt, sans jamais trop s'attarder sur l'un ou l'autre.

Catherine lui a bien expliqué le rôle joué par chacun. Le sien consiste à être naturelle, ni séduction, ni agressivité. Sérieuse et attentive. Pas de sourire, pas de rire, elle est la veuve d'un homme qu'elle aimait.

Quand la cour revient, il y a, en tout et pour tout, quatre personnes dans la salle, dont le docteur Monsigny, assis au dernier rang où il s'efforce à l'invisibilité. À part un petit sourire d'encouragement, à peine perceptible, il évite de trop regarder sa fille.

Le président résume l'affaire depuis la mort de Gaston, le diagnostic de crise cardiaque, le permis d'inhumer, jusqu'à la découverte du poison, le lien établi entre les symptômes d'empoisonnement au cyanure et ceux de M. Villetreix, la décision d'exhumer le corps et les résultats d'autopsie.

L'histoire de Myriam est ensuite évoquée. La naissance au Gabon, la mort de ses parents qui reste un événement un peu flou et en dates et en circonstances.

Myriam explique qu'elle était petite et que sa grand-mère a essayé de la protéger en lui en disant le moins possible.

– Admettons, murmure le président.

Son arrivée en France en toute légalité, au service d'une famille dont on n'a jamais retrouvé la trace, les mauvais traitements qu'elle y aurait subis, sa fuite. Comme prévu, lors de l'interrogatoire de l'accusée, c'est là-dessus que le président attaque le plus vivement.

Comment se fait-il qu'on n'ait pas trouvé trace de son entrée en France ? Ses patrons avaient rempli les papiers pour elle. Ils ont peut-être donné un faux nom.

Catherine ne bronche pas mais se demande comment elle va justifier ses papiers de mariage.

Le président continue. Pourquoi a-t-elle, dans un premier temps, affublé ses patrons maltraitants d'un nom parfaitement imaginaire, pourquoi maintenant refuse-t-elle d'établir leur identité ? Veut-elle les protéger ?

Myriam affirme qu'elle avait peur pour sa grand-mère et puis pour elle-même. Maintenant, c'est le passé, elle ne leur en veut même pas. Sa vie a commencé après.

Le président insiste. Myriam a prouvé qu'elle pouvait mentir, inventer, pourquoi la croirait-on dans le reste de ses dépositions ?

Avec une belle dignité, Myriam dit qu'alors, elle avait peur. Quand on a peur, on se protège avec les mensonges. Maintenant elle n'a plus peur.

Pourquoi ?

– Mon mari m'a enlevé la peur. Je pouvais avoir confiance en lui. Je n'ai jamais eu de doute. Ces gens-là n'ont plus place dans ma vie.

Catherine parcourt les visages des jurés.

Oui, ce moment a un impact.

Elle note juste les mots, peur et mensonges.

C'est intéressant que Myriam ne lui ait jamais dit les choses en ces termes-là. Du coup, cet aspect délicat de son histoire devient un point fort. Pourvu que sa cliente reste bonne jusqu'au bout.

Elle l'est encore pour raconter son désir d'échapper à une vie incertaine et inquiète en se mariant. Non, elle n'envisageait pas un mariage d'amour. Elle laisse entendre que l'amour est un luxe dont profitent ceux qui n'ont pas de problème de survie. Ce qu'elle a d'abord vu, c'est la gentillesse de Gaston. Jamais il ne lui a fait sentir qu'elle était différente.

Différente ?

À cause de sa couleur. Elle voyait bien le regard des enfants et des adultes aussi, quand elle s'est installée. Mais chez Gaston, jamais. Il était même fier d'elle et elle voulait qu'il ait raison de l'être.

– Un mariage idéal en quelque sorte ? questionne le président avec une légère ironie.

Myriam baisse la tête, reste silencieuse.

Quand elle la relève, deux larmes coulent qu'elle essuie rapidement :

– Pour moi, il l'était.

Les cousins lèvent les yeux au ciel, manifestent un amusement déplacé car le moment est réellement émouvant.

La salle est clairsemée. Le banc des journalistes s'est rempli de presse locale uniquement, les petits mails envoyés à ses contacts de la presse nationale sont restés lettre morte. Une équipe de la télévision régionale a enregistré quelques images avant le début de l'audience. Ils doivent être au bistrot.

À ce stade, Catherine s'en fiche, l'enjeu est ailleurs, il est plus grand qu'elle. Elle est embarquée, elle ressent une confiance démesurée.

Sur la différence d'âge qu'évoque le président, Myriam rétorque qu'elle ne se sentait pas tellement plus jeune que son mari. Les épreuves l'avaient mûrie avant l'âge et lui, finalement, avait été relativement épargné par la vie. Sa mère l'avait toujours choyé, il n'avait jamais eu de soucis d'argent, il était bien intégré dans son village. Et avec tout ça, il avait beaucoup de fantaisie, d'humour, ce qui l'aidait quand elle avait ses humeurs noires.

Ah, humeurs noires !

Oui, il lui arrivait de ressasser des images du passé, de penser à sa grand-mère…

Si, elle a bien essayé de la retrouver, mais là-bas, ce n'est pas comme ici. Difficile de savoir ce que deviennent les gens quand ils retournent au bled, enfin à la brousse.

Une vie qui laisse bien peu de traces concrètes, insiste le président.

Une vie de clandestin, conclut Myriam.

À sa façon, sans avoir l'air, elle a toujours le dernier mot.

Catherine voit que le président s'en irrite.

Elle en touchera deux mots à sa cliente, discrètement, dès que possible. En attendant, elle ne pose pas de questions supplémentaires, elle y reviendra plus tard, elle ne veut pas risquer de gâcher l'effet favorable de cette première audition.

Le président passe aux expertises psychiatriques. Le premier expert a beau avoir un micro branché, il parle à côté, inaudible, dans un jargon incompréhensible. Ça tombe bien, il n'a rien à dire.

Le deuxième, mandaté par Catherine, récuse toute notion d'affabulation. L'accusée a un sens précis du réel. Quand elle ne veut pas se livrer, elle ne dit rien. Elle a menti, tout d'abord, à l'association, parce que l'idée d'un retour en arrière était insupportable, mais elle savait qu'elle mentait.

Ça a été la condition de sa survie dans des circonstances pénibles : du passé faire table rase pour avancer. Ce n'est pas à proprement parler du refoulement, mais une volonté délibérée d'échapper à un statut de victime.

Il parle simple, clair et fort dans le micro.

Les jurés se détendent après la tension induite par l'obscurité du premier psy.

Pendant la déposition du médecin légiste, Catherine prend ostensiblement la main de sa cliente pour la réconforter.

Puis elle attaque, en consultant ses notes de façon répétée, questionne la façon dont le poison a pu être administré ou avalé. Ses effets, ses symptômes, son goût.

Semer imperceptiblement le doute sur les certitudes médicales.

La journée passe vite. Pendant la première pause, elle appelle Renaud depuis la salle des avocats pour l'informer de la tenue générale. Il la met en garde contre trop de confiance. Aux assises, tout peut arriver, il est impossible de deviner comment les jurés reçoivent les arguments, qu'elle reste vigilante.

Elle sent, derrière la rugosité, son appui et sa confiance.

Finalement, c'est bien le même message qu'elle fait passer à Myriam. Pas trop d'assurance, laisser la place à l'autorité du président.

Elle comprend au quart de tour, c'est, décidément, une bonne cliente.

Son père reste invisible. Il ne sort pas de la salle pendant les interruptions.

Quand le docteur Blanchard témoigne, il doit affronter une batterie de questions sur ce qui est qualifié de grave erreur de jugement.

Catherine vient à sa rescousse, lui offrant la possibilité de faire valoir que les symptômes observés, à cause du temps passé avant l'examen du corps, pouvaient parfaitement cadrer avec une simple crise cardiaque, d'autant que, médecin de famille, il avait déjà mis son patient en garde contre son goût pour le tabac et lui avait rappelé l'antécédent maternel.

Pour la première fois, Catherine aborde, avec prudence, la mort de Mme Villetreix mère, laisse le soin aux jurés d'additionner deux plus deux.

Le bon médecin, humilié, quitte la salle d'audience rapidement et ne revient pas assister à la suite.

La journée se termine sur les dépositions des cousins.

L'un après l'autre explique la même chose, fait valoir l'attachement à Gaston, cet homme bon et naïf dont la mort ne devait pas restée inexpliquée. Ils jouent sur la corde classique du lien familial, de l'affection ancienne et de la fidélité aux disparus.

Catherine se fait un plaisir de les retourner sur le gril.

Sans Myriam, ils sont les héritiers incontestés de Gaston. Or ce dernier avait manifesté à plusieurs reprises son désir d'assurer à son épouse une vie sans souci après tant d'aventures terribles, comme ils en ont eux-mêmes témoigné.

Ils affichent, en retour, une large ouverture d'esprit, parlent de l'accueil chaleureux réservé à l'étrangère. L'héritage n'a rien à voir là-dedans.

Peu à peu, de question anodine, en question insidieuse, on voit poindre, malgré eux, leur inconfort face à des « façons » différentes.

Certes, Gaston appréciait, dans une certaine mesure, les changements apportés par Myriam à sa vie mais, à la fin, il s'en plaignait souvent.

– Vous a-t-il jamais dit regretter son mariage ?

– Directement, non, mais il le laissait entendre. Moi, je crois qu'il avait peur de voir disparaître en fumée tout l'héritage familial.

– Lui ou vous ?

Myriam boucle la journée.

D'une voix hésitante, elle retrace son arrivée à Saint-Jean et son désir d'être aimée de toute la famille, son besoin d'appartenir à une communauté, elle qui en a toujours été privée.

Pas un mot contre les cousins.

Pas un.

Du respect, une attente et même, peut-être en rajoute-t-elle un peu alors, elle dit comprendre leur démarche et leur incertitude. Elle-même voudrait savoir ce qui s'est vraiment passé. Bien sûr qu'elle a peur d'aller en prison. Mais il n'y a pas que ça. Elle est bien placée pour savoir qu'elle n'a pas fait de mal à son mari. Elle souffre qu'on puisse la soupçonner d'avoir empoisonné un homme qui a été constamment bon avec elle. C'est vrai que Gaston était plus sombre, ces derniers mois avant sa mort, elle s'était inquiétée pour sa santé, comme le docteur Blanchard l'a dit. Elle lui en avait parlé. On lui avait raconté la mort d'Etienne qui s'était jeté dans le puits et elle était bien contente que le puits ait été fermé.

– Vous envisagiez un suicide ?

– Oh non, quand même pas !

Elle s'est exclamée avec une parfaite spontanéité, exactement comme si elle l'avait, de fait, envisagé mais ne pouvait pas s'y résoudre.

Catherine chasse rapidement l'impression étrange que sa cliente joue un rôle. Très bien, certes, mais un rôle de pure fiction. Elle a observé les jurés.

Eux ne connaissent de Myriam que ce qu'elle leur livre en direct. Ils sont attentifs, sérieux et, sur ce dernier témoignage, ils sont six à prendre des notes.

Il est temps que la journée se termine. Catherine est épuisée.

42

LE DOCTEUR MONSIGNY se demande quand sa fille, quittant l'enfance pour l'âge adulte, a commencé à lui échapper. C'est un mouvement lent dont il n'a pas deviné la progression, mis devant le fait accompli de sa décision : « Je ferai mon Droit à Paris. »

Si jeune encore, si petite, si frêle, elle porte sa robe noire avec aplomb, assume le respect et l'attention que commande son costume. Il n'a aucun mal à distinguer les traces estompées de l'enfance, les joues larges et rondes, comme celles d'une poupée russe, la lippe boudeuse lorsqu'il lui refusait quelque chose, à regret toujours, il aurait voulu la gâter constamment, mais il était déterminé à être un bon éducateur.

Tout pour éviter de commettre la même erreur, de s'attacher trop à une personne, d'en dépendre au prix de sa vie, surtout elle qui ne pouvait que s'envoler un jour.

Un jour venu trop tôt. À cause de lui.

Il sait bien pourtant que pour retenir, il faut lâcher. Et de façon réflexe, il a refermé la main sur son trésor et l'a à moitié étouffé.

Il avait appris sa leçon. Il espérait bien l'avoir apprise. Qu'elle se sente libre, toujours, pour qu'elle reste prisonnière, toujours.

Daniel témoigne. Il est intimidé.

Difficile de ne pas se sentir mis en cause dans un lieu où l'on juge.

Quand Monsigny s'est levé, avec tout le monde, hier, à l'entrée de la cour, il a été saisi d'une panique absurde, comme si on allait tout à coup pointer un doigt vers lui et le sommer de répondre de tout son passé, devant les jurés, la cour, le public.

Il peut comprendre la légère fébrilité de Daniel qui est parfait, sans doute bien préparé par Catherine. Il raconte la fragilité de Myriam quand elle est arrivée au bureau de son association, son courage aussi. Il confirme, penaud, avoir fabriqué une affichette moqueuse dont l'intention n'était pas méchante. Quand on est sans cesse confronté à la rudesse de certaines vies, on a besoin de ce petit exutoire qu'est l'humour. Et c'est vrai que, s'il a eu, d'abord, du mal à croire à l'histoire de Gaston et Myriam, la suite lui a donné tort.

Oui, Myriam N'Bissi a été logée quelques jours chez un couple de militants.

Habituellement, l'association aide les sans-papiers à préparer un dossier, les accompagne dans leurs démarches. Avec Myriam, c'était plus facile parce qu'elle parle très bien, lit et écrit le français sans problème.

Quand l'avocat de la partie civile l'interroge sur son rôle éventuel d'entremetteur, il répond avec calme et simplicité. Il n'est pas favorable aux mariages blancs pour la simple raison qu'il en a vu les conséquences, à son sens désastreuses. D'ailleurs, Myriam ne lui a jamais demandé ce type de service. Elle rêvait de se marier, oui, comme une midinette qui voit dans le mariage la solution à tous ses problèmes et la garantie du bonheur.

– Prête à tout ?

– Beaucoup de jeunes femmes rêvent du mariage comme de la panacée. Mais pas à n'importe quel prix. Myriam était comme ça.

Il explique qu'après le mariage, il n'a plus eu de ses nouvelles, jusqu'à la mort de son mari. Explique aussi que c'est dans l'ordre des choses. L'association existe pour affronter des problèmes spécifiques. On ne va pas voir son médecin quand on est en bonne santé.

Il est charmant de voir Catherine s'efforcer à un ton froid et distant pour interroger un témoin qu'elle connaît si bien.

Quand l'épouse du couple hébergeur passe ensuite, Monsigny apprécie la finesse de sa fille qui n'a pas voulu que seuls des hommes témoignent en faveur de sa cliente.

La militante a une cinquantaine d'années, ses longs cheveux grisonnants pendent sur ses épaules, elle porte une tunique et un pantalon large. L'espèce humaine a le goût de l'uniforme, pense Monsigny.

Elle raconte avec la sérénité vibrante d'une croisée le besoin de Myriam de rendre service, de répondre, autant que faire se peut, aux actes de gentillesse par des actions concrètes. La sans-papiers en aurait presque trop fait, il fallait l'empêcher de prendre en charge le ménage, la vaisselle, etc. Discrète aussi, elle parlait peu d'elle-même.

Quand Olivier Huguenot vient témoigner, le docteur Monsigny plisse les yeux malgré lui.

Très éloignée de son aisance face à Daniel, quelque chose chez Catherine, une façon de redresser le buste, de rosir légèrement, donne à penser qu'elle est sensible au charme de cet homme.

Monsigny n'entend plus rien, l'œil rivé à sa fille. Il sait bien qu'un jour, cela arrivera, il s'y est préparé comme il a pu, mais elle lui a déjà tellement échappé qu'il sait la fragilité de leur lien. Il suffira qu'au lieu de passer, un homme se pose aux côtés de Catherine pour que le fil se rompe de lui-même.

Si Monsigny était plus sûr de l'évidence et de la force de leur relation, il serait moins inquiet. La vérité est qu'il ne sera jamais en repos. Certains secrets rendent fragiles.

Il se détend peu à peu. Ce Creusois plaît à Catherine mais rien de plus. Ce n'est pas l'homme qui devait les rejoindre au restaurant. Il a bien senti la différence dans la voix de sa fille, entendu la provocation, le défi, l'incertitude, tellement emmêlés dans les fils de sa propre inquiétude qu'il y a peut-être lu davantage qu'il n'y avait. Apparemment cet homme-là a disparu de sa vie. Elle n'en a plus jamais parlé. Il serait ici, il serait venu la soutenir.

Le docteur aurait vraiment préféré fêter l'anniversaire de Catherine ailleurs que dans cette région symboliquement chargée.

Pas seulement symboliquement. Depuis qu'il est arrivé, Monsigny a l'impression que des témoins du passé vont surgir à tout moment. Mais non, vingt ans, c'est une éternité aujourd'hui. Malheureusement, le sommeil sait abolir la distance avec les contrées les plus lointaines, comme en témoigne sa première nuit creusoise dont il a émergé étouffant si fort qu'il a couru ouvrir la fenêtre, pour se pencher le plus loin qu'il a pu, aspirer l'air à grandes goulées.

Dans ce rêve atroce, Catherine, enfant et femme en même temps, pointe le doigt vers lui et crie, « C'est toi, c'est pas toi. »

Il ne sait pas toujours faire la différence entre les images issues du réel et celles nées de son imagination si active qu'elle le fait parfois douter de ses perceptions.

Il aurait peut-être dû entamer le long processus de l'analyse qu'on lui conseillait, pour faire son deuil. Il trouve l'expression obscène. Jamais il ne prendrait le risque qu'on le défasse de son armure rudimentaire et grossière, fabriquée au fil du temps sans laquelle il serait mort de douleur, sans laquelle chaque saveur de la vie serait un poison.

Olivier Huguenot a quitté la salle, l'avocat des cousins est en pleine plaidoirie.

Catherine secoue la tête et griffonne quelques notes.

Pour conclure, l'homme à l'épi s'adresse directement à Myriam :

– Grâce à votre mariage, vous êtes devenue la maîtresse…

Suspense général auquel Monsigny, tiré de ses sombres pensées, participe à plein : une révélation ? Si tard dans le procès ?

Il guette sa fille, la voit interroger sa cliente du regard, mais Myriam lui renvoie une mimique de totale incompréhension.

– … de votre vie. De là à penser que vous pouviez régner sur celle des autres… Oui, vous poursuiviez un rêve, un rêve sans bornes et ce tribunal, en entendant la partie civile et la prière de ces deux cousins meurtris, va poser les bornes que la loi et la décence commandent.

Monsigny regarde l'heure. Ce sera terrible pour Catherine de plaider en fin de journée, quand tout le monde marque une fatigue évidente aggravée par l'emphase absurde du jeune avocat.

Le procureur a la parole. Il récapitule l'affaire, clairement, succinctement, résume l'ensemble des témoignages avec un bel esprit de synthèse. Son argumentation représente qu'il y va effectivement de l'intime conviction. La sienne est que Myriam Villetreix est coupable. Certes, sans évidence directe, sans preuve matérielle, mais suite à un faisceau précis d'évidences indirectes qu'il reprend une à une : pas d'autre suspect, les moyens et le mobile d'accomplir le meurtre. Si effectivement Myriam a tué son mari, comme tout porte à le croire, c'est un crime particulièrement abject…

Catherine regarde Myriam et lui fait glisser un petit mot. Elle sourit avec confiance.

Elle joue sa partition pour les jurés.

Le président, au vu de l'heure, décide que la plaidoirie de la défense aura lieu le lendemain matin.

Catherine plaidera le jour même de son anniversaire. Ce sera dur mais la suite semble encore plus terrible au docteur : leur repas de célébration en plein territoire miné. Il se raccroche à ce que Catherine lui a dit, qu'elle le rejoignait dans son désir d'aller de l'avant sans l'encombrer de l'avant.

En utilisant le même mot pour indiquer hier et demain, elle a sans doute voulu enlever de l'importance au passé, dire qu'il fallait s'en éloigner pour progresser. Surtout, Catherine ne ment pas. Trop entière, trop absolue. Comme sa mère.

Une pizza, la télé et un valium. Plus qu'une journée à passer.

Au matin, il retient une table dans un restaurant que le patron de son hôtel lui a recommandé, ouvert depuis peu, en pleine campagne. Un endroit neuf, sans référence, sans ombre.

Il pleut mais cela peut être agréable de déjeuner devant un bon feu de cheminée, et ensuite, retour à Paris. Il va l'emmener en voiture, restera deux jours. Il a l'intuition qu'elle aura besoin de réconfort, elle ne peut pas gagner ce procès. Dans une autre ville peut-être, mais pas ici. Ou peut-être souhaite-t-il qu'elle perde et n'ait que lui vers qui se tourner, pour contrer sa peur du jour où elle n'aura plus du tout besoin de lui.

Quand il entre dans le tribunal, Catherine est déjà là. Elle a la tête de travers. Le trac l'aurait-il empêchée de dormir ? Mais ce ne sont pas les traces d'une absence de sommeil, plutôt celles d'un tourment. Il la connaît si bien. Elle évite de regarder Myriam. Concentrée sur ses notes.

Elle se lève, elle commence.

Elle débute en citant le procureur :

– Oui, ce serait un crime abject, le plus abject des crimes, le genre d'acte qu'on ne saurait attribuer à la légère. Or voilà une affaire où tout le monde a fait son travail, honnêtement, sérieusement, en toute bonne foi.

Quels que soient ses soucis, Catherine a la voix ferme, elle est partie pour une longue plaidoirie.

Elle revient sur l'inquiétude des cousins, légitime et touchante, sur le professionnalisme des gendarmes. Or, après un travail aussi minutieux, une fois les réponses les plus précises portées aux questions multiples, que reste-t-il ? Des présomptions.

Des présomptions que l'avocate maintenant reprend une à une pour les réduire à de l'improbable.

Un village où chacun rentre chez l'autre, aucune porte fermée à clé. Où tout le monde a accès à ce poison terrible et en connaît les effets, mais auquel personne ne pense quand Gaston meurt. Parce que personne ne peut imaginer qu'on voudrait tuer cet homme qui s'est enfin fait une vie à sa main. Cet homme bon qui est heureux de rendre enfin heureuse une femme accablée par la vie.

Elle reprend le portrait de Myriam, son histoire, explique logiquement que, devenue veuve, elle a voulu quitter ce lieu de son bonheur devenu celui de son malheur. C'est une errante et puisque la sédentarité et le calme lui étaient refusés, quoi de plus logique que de repartir ?

Oui, cette femme passe les obstacles, comme elle a appris à lire et à écrire si bien notre langue en travaillant sur les livres d'études des enfants dont elle avait la charge. Comme elle a constamment rendu, du mieux qu'elle pouvait, l'aide qu'on lui accordait…

Et Catherine termine en faisant à son tour appel à l'intime conviction des jurés, car la sienne est faite depuis tous ces mois où elle a vu sa cliente, l'a entendue raconter, expliquer. Oui, sa cliente est innocente, voilà pourquoi elle demande l'acquittement pur et simple, faute de preuves et d'explications probantes opposées à l'abondance des témoignages rendant absurde et folle l'hypothèse du meurtre.

Myriam prend la parole en dernier pour remercier tout le monde d'avoir pu défendre son honneur.

La cour se retire.

Myriam articule un merci ému en direction de Catherine qui hoche simplement la tête et rassemble ses papiers d'un air affairé.

Oui, il s'est passé quelque chose.

Il faudra bien deux à trois heures d'attente pour le verdict. Monsigny hésite. La situation est inattendue. Là où la jeune avocate débutante devrait être radieuse et rassurée, on dirait qu'elle a mordu un citron amer.

Il décide de se mettre en bordure d'allée et d'attendre qu'elle lui adresse un signe lisible. Il se lève quand elle approche, l'embrasse et la félicite. Quel que soit le résultat, c'était une belle plaidoirie. Elle a bien mérité son cadeau !

Elle semble tomber des nues : ah oui, c'est son anniversaire.

Il interroge :

– Qu'est-ce qu'il se passe, Catherine ?

Elle l'entraîne à l'extérieur, traversant le hall d'un pas rapide, s'arrête juste pour écouter Louis qui la félicite, lui aussi. Elle remercie avec un pauvre sourire.

Le flic à l'entrée l'appelle :

– Maître Monsigny ?

Elle pâlit, se retourne. Il a un mot pour elle.

C'est Daniel qui s'excuse, il a dû repartir aussitôt.

Elle froisse le papier, l'enfourne dans sa poche.

Dehors, loin des oreilles indiscrètes, elle dit à son père :

– Ce qu'il se passe ? Je viens de défendre quelqu'un qui nous a menti de bout en bout. Je viens de peut-être sauver la mise à une femme que je soupçonne fortement d'être une criminelle et de m'avoir manipulée tout du long. Voilà !

Monsigny essaie de dire qu'elle a, de toute façon, fait son travail, comme elle devait, qu'elle n'a rien à se reprocher, ce n'est pas elle qui posera le verdict.

– En tout cas, si elle est relaxée et que le proc fait appel, je ne la défendrai pas une seconde fois. Et je lui dirai pourquoi.

– Pourquoi ? Qu'est-ce qu'il s'est passé ?

– Il faut que j'appelle Renaud.

Et elle s'éloigne sous la pluie continue, le laissant orphelin, dans un monde décidément à l'envers.

43

CÉDRIC se contraint à ne pas dépasser la limitation de vitesse sous la pluie continue qui zèbre le défilement du paysage et le tourbillon de ses pensées. Ses traits obliques et serrés emprisonnent l'esprit, empêchent les images de s'évader, soulignent ses regrets qui se multiplient à l'approche de sa destination.

Il est concentré, dédoublé.

Depuis trois jours, il ne pense qu'à Catherine et son procès, crève de curiosité, d'envie d'avoir des informations et de remords de ne pas être sorti du mensonge.

Trop tard pour ça maintenant.

Il avait préparé la boîte en fer, il attendait le moment juste en cours de soirée, ou peut-être celui de son arrivée, quand, dès la porte franchie, il lui avouerait tout.

Il a eu peur. Il s'est tu.

Comme il n'est pas venu témoigner après le meurtre de Violet, par peur des conséquences. Inutile de se voiler la face. Il avait peur pour lui. Il le savait alors, il le sait aujourd'hui, il le saura toujours.

Il aurait dû tout dire à Catherine tout de suite, avant même de se laisser prendre au jeu de la séduction. Il a eu peur. Pour les mêmes mauvaises raisons. Il n'aurait même pas dû chercher à rencontrer Catherine. C'était pervers, malsain. Il aurait pu, au moins, aller au bout de son intention. Puisqu'il avait conservé les lettres, puisqu'il avait sorti la boîte, préparé les mots qui précéderaient la révélation. Cette boîte, jamais ouverte pendant toutes ces années, qu'il a conservée pourtant, pensant cent fois s'en débarrasser et renonçant toujours.

Une manière de faire pénitence ?

Montrer les lettres à Catherine, qu'elle les lise, qu'elle découvre l'histoire, en direct, sans intermédiaire. Au lieu de quoi, il avait craint de tout gâcher et remis à plus tard. Un plus tard qui ressemblait à jamais. Les lettres prouvent qu'il a mis fin à la liaison, lui, pas elle. Il veut convaincre Catherine qu'il n'a rien à voir avec la mort de sa mère.

Alors qu'il a tout à voir avec son meurtre. Le reste... est indéfendable.

Catherine s'abrite dans la voiture et vide son sac sur le siège jusqu'à ce que la petite poupée de chiffon en tombe. La surprise qu'elle voulait faire à Myriam pour le dernier jour du procès, juste avant le verdict, comme un porte-bonheur et un gage de complicité, le jouet enfourné dans ses bagages à la dernière minute, quand elle s'est rappelé l'avoir pris dans la maison. Une super-idée bien malvenue, le jouet finit par parler.

Sans doute, ce jour où elle cherchait ses clés, à son retour de Creuse, saisie de peur devant l'étrange rose posée sur son paillasson, une couture a-t-elle cédé quand elle a extirpé le trousseau attaché à la poupée.

Ce matin, avant de partir au tribunal, Catherine veut nouer un joli ruban en guise de paquet-cadeau. Elle retourne la petite Créole pour la plier. Le chiffon bariolé noué sur la tête est défait, l'étoupe de rembourrage commence à sortir et c'est en la renfonçant que Catherine aperçoit le bout de carton jaune clair, le sort et découvre qu'il s'agit d'une vieille carte d'identité parfaitement française, avec photo, jamais renouvelée mais indéniable. Myriam Malévat est née à Saint-Denis, cinq ans plus tôt que ce qu'elle affirme.

C'est l'information de trop, surgie trop tôt ou trop tard, trop compliquée, trop hâtive.

Sa plaidoirie commence dans quarante minutes. Elle reprend la carte pliée en deux, délivrée par la préfecture de Paris, ornée d'une photo de Myriam adolescente, indiquant une adresse dans le vingtième arrondissement. Elle la remet en place dans la tête en chiffon, enfouit la poupée au fond de son sac à main.

Le passé peut se parer de toutes sortes d'interprétations. Toutes les hypothèses sont envisageables. Myriam est peut-être un assassin, ou peut-être pas. Tout ce travail pour se persuader de son innocence ne pouvant pas être réduit à rien, elle s'appuie sur sa conviction, efface tout ce qui la contredit, ne conservant que son désir de gagner, d'être bonne, de mener à bien une entreprise de plusieurs mois, d'aller au bout. Ainsi font les acteurs qui jouent malgré le deuil ou la maladie.

Elle découvre que son métier peut être de pure représentation, qu'il s'agit, au bout du compte, de faire croire à une illusion comme un charlatan de foire.

Elle compte maintenant sur son patron pour décider de ce qu'elle doit faire. Elle n'est même pas sûre que le mariage soit valable. Est-ce qu'on épouse une personne ou une identité ? Pour quelle raison Myriam s'est-elle lancée dans cette aventure invraisemblable ? Catherine en imagine une kyrielle, dont ce vieux rêve absurde de repartir de zéro, avec les moyens d'entamer une nouvelle vie. Sauf que ça a marché. Ce qui est dingue, c'est que ça a marché.

Elle se concentre, clarifie ses idées pour présenter la situation le plus clairement possible à son patron. Elle appelle.

En entendant sa voix blanche, Renaud, très calme, lui demande si les choses se sont mal passées. La plaidoirie ?

La plaidoirie a été aussi bonne que possible, étant donné les circonstances.

Elle raconte les circonstances.

Pour une fois, Renaud est pris de court.

Il va la rappeler.

Elle se rencogne dans son siège, ferme les yeux.

Cédric ne les a parcourues qu'une fois, il y a deux heures de cela, mais les dernières lettres de Violet sont imprimées dans sa mémoire.

Il a d'abord pris la boîte, déterminé à trancher, une fois pour toutes. Soit il s'en débarrasse, soit il donne tout à Catherine.

Il ôte le couvercle de métal.

Il s'aperçoit tout de suite que ni la photo, ni les enveloppes jamais décachetées ne sont à leur place. Il revoit le visage de Catherine, surprise par son retour. Il a pris son étonnement pour argent comptant, sans chercher à l'interpréter. Comme il n'a pas interprété les échappatoires et le silence qu'elle n'a cessé de lui opposer ensuite.

Il a décidé que le refus de Catherine de le rencontrer avant le procès était légitime, qu'elle avait besoin de se concentrer sur son affaire, comme lui s'était concentré sur sa maquette. Il s'est même dit qu'ils étaient pareils pour ça.

D'ailleurs, avec le même raisonnement imbécile, il a justifié de ne pas aller la soutenir à Guéret parce qu'elle souhaitait mener ce combat-là, seule. C'était une chose qu'il comprenait.

Alors qu'en vérité, à si peu de distance de ses premières assises, elle s'est découverte trahie, manipulée, a choisi de se taire sans lui laisser la moindre chance de s'expliquer.

Pourquoi s'est-elle dérobée, elle qui a plutôt l'habitude de chercher l'affrontement ?

Parce qu'elle voulait se concentrer sur sa priorité, son procès tout proche.

Il décachette les deux enveloppes.

Mon amour, je t'en supplie, ne m'abandonne pas. Je t'en ai trop demandé, j'ai eu tort. Tu me manques, j'ai l'impression que je vais mourir. Tu me rattaches à la vie, toi et ma fille. Je ne veux pas qu'elle grandisse à l'ombre de mon chagrin. Je vais quitter mon mari. Pas pour toi. Pour moi. Mais reste dans ma vie, s'il te plaît. Je ne te demande rien, simplement de pouvoir t'aimer à distance, sans peser. Du moment que tu continues de m'envoyer des petits signes de présence et d'affection, cela ira. Je comprends que tu as ta vie à construire, que tu ne peux pas t'encombrer d'une famille, jeune comme tu es, mais laisse au moins l'avenir ouvert. Parle-moi. V.

Mon très cher,
Le silence est la pire des punitions. Je n'ai pas mérité ça. Je sais que tu vas venir aux prochaines vacances. Voyons-nous une dernière fois. Je serai raisonnable.

Il enfourne les deux lettres dans sa poche, referme la boîte et la jette dans un sac, avec une brosse à dents et une paire de chaussettes, il ne réfléchit pas, il y a urgence. Il a trop tardé toute sa vie. Il prend sa voiture, fait le plein.

Il l'attendra le temps qu'il faudra, après le verdict, après les célébrations, il ne la quittera pas des yeux et, dès qu'il la verra seule, il lui demandera de lire, juste ça et après, ils parleront. Elle comprendra. Il faudra qu'elle comprenne.

Catherine n'est pas pressée de connaître le verdict. Même si elle gagne, la victoire sera amère.

Elle aurait dû dire à son père de se taire.

À qui parlerait-il de toute façon ?

Elle se voit radiée du barreau.

Ce qu'elle a fait est peut-être hors limites.

Cédric d'abord, Myriam maintenant, son anniversaire, du mensonge à tous les étages, un passé boueux. Plus rien n'a de sens.

Renaud rappelle et donne ses instructions. Attendre le verdict. Quel qu'il soit, dire à Myriam qu'elle lui enverra sa note d'honoraires et lui donner sa poupée, sans un mot, sans explication. Qu'elle oublie tout ça. Qu'elle s'en lave les mains.

Un avocat prend un client à un moment donné, sur une affaire donnée. Peut-être Myriam a-t-elle vécu des choses encore plus terribles que l'histoire qu'elle s'est inventée. Peut-être pas.

C'est une affaire terminée.

L'important est que rien ne rattache Catherine à l'information. Elle n'en a parlé à personne, bien sûr ?

À personne.

Demi-mensonge. À son père, c'est comme à elle-même. Ou comme à personne.

Elle reste dans sa voiture. Quand elle voit quelqu'un approcher, elle se planque.

Il faut impérativement retourner cette journée en positif. En faire quelque chose de lumineux, d'ouvert. Quelque chose qui lui redonne foi en l'avenir. Il doit y avoir moyen.

Se dire que le hasard n'existe pas. Son anniversaire, sa première plaidoirie en assises, son retour sur la terre où sa mère est morte, la présence de son père, sa conviction d'avoir trouvé l'assassin, ou plutôt qu'il l'a retrouvée.

Et, tout à coup, elle sait.

La pluie fait du jour la nuit. Entre chaque passage d'essuie-glaces, Cédric voit un nouvel élément se mettre en place. Le passé se projette sur le pare-brise de sa mémoire. Il n'y peut rien, s'y abandonne. Au début de leur courte histoire, aux temps de l'exaltation et de la simultanéité, Violet et lui étaient convenus d'un code pour réussir à se joindre en cas d'urgence. Deux sonneries. Raccrocher. Rappeler.

Il fait un temps de rêve ce 16 avril 1988. Il a prévu d'aller à la pêche avec Arthur qui ne désespère pas de lui faire partager sa passion.

Le téléphone sonne dans l'entrée, deux fois. Puis se tait.

Quand ça sonne à nouveau, Arthur décroche et raccroche, puisque personne ne répond à ses questions.

Cédric prétexte un courrier à poster, va jusqu'à la cabine du village et appelle l'encombrante amoureuse avant qu'elle ne rappelle et l'expose, parce qu'il a peur du scandale qui lui créerait des obligations inenvisageables, parce qu'en vérité, il ne l'aime déjà plus.

Elle décroche instantanément. Elle parle vite et bas, son mari va rentrer. Il sera en visite tout l'après-midi. Cédric a eu ses lettres ? Non ? Elle l'attendra à 14 heures, elle sera avec sa fille, qu'il soit tranquille, il n'y aura pas de scène, elle le lui jure. Quatorze heures, dans la clairière de la Pierre Levée.

Il se dit qu'il faut en finir et donc en passer par là. Il dit oui, du bout des lèvres. Il entend un bruit de porte derrière elle, elle raccroche.

Il espère encore qu'elle ne viendra pas, sera empêchée.

Son coup de foudre, trop merveilleux pour qu'il en mesure les conséquences, s'est transformé en plaie irritante. C'est la faute de Violet. Elle attend trop de lui, elle n'est plus qu'exigences, soupçons, elle fait des scènes et pleure en lui demandant pardon.

C'est trop pour lui.

Il est d'une humeur massacrante, il se prépare à une entrevue larmoyante face à une femme hystérique avec laquelle il n'aurait jamais dû entamer quoi que ce soit. Il se dit, c'est la dernière corvée et après, libéré.

Sans se douter qu'il ne sera jamais libéré de cette histoire, qu'elle le rongera toutes ces années, l'empêchera d'en construire une, comme s'il ne méritait pas ce que tout le monde a le droit de vivre.

Rencontrer la petite fille en chair et en os, ça lui fait un coup. Elle a de grands yeux gris au regard scrutateur. L'index frotte l'arête du nez avec l'espèce de lange blanc sale qui termine dans sa bouche, enfourné par le pouce qu'elle suce.

Un petit animal qui le laisse indifférent. Il se demande ce qu'il fait là.

Pour se donner une contenance, il s'accroupit à sa hauteur, elle cligne des yeux, les plisse, puis les ferme, à cause du soleil.

– Laissons-la, elle est au bord de s'endormir. C'est son heure.

Il regarde la jeune femme, il voit la mère de famille, un autre monde. Il aimerait être loin. Il n'a rien à dire. Elle se tait aussi. C'est bizarre.

Ils font quelques pas hésitants. Il n'y a pas si longtemps, ils s'étreignaient, leurs chairs comme deux aimants de même intensité. La distance est bien plus grande que les quelques centimètres qui les séparent.

Il n'essaie pas de dissimuler son air boudeur.

Il la regarde quand elle s'arrête, l'obligeant à s'arrêter aussi.

– Pardon.

Elle est poignante de tristesse et de renoncement.

– Je t'ai fait venir pour rien. Tu peux partir.

Il est sûr que ses derniers mots ont été :

– Je ne te donnerai plus signe de vie.

A-t-il seulement hésité un quart de seconde ?

Il s'éloigne, si soulagé qu'il a envie de chanter.

C'est la vérité.

Il rejoint le chemin forestier qui mène à la route, entend que quelqu'un vient, en face, et se planque. Parce que c'était la règle de leur secret. Ni confidence ni témoin, se méfier de tout et surtout de tous dans cette petite société avide des transgressions des autres.

L'homme qui passe lui semble âgé et sombre, quelconque, bien habillé, les cheveux châtains bien lissés en arrière. Un bourgeois en balade, plongé dans ses pensées. Pas menaçant pour trois sous.

44

PLUS TARD, Catherine n'aura aucun souvenir des heures écoulées entre sa décision et le moment où elle est sortie du tribunal après le verdict.

Myriam, pleurant de joie, prend la poupée sans marquer la moindre inquiétude. Catherine lui annonce qu'elle doit partir et ne fêtera pas la victoire avec elle. Après coup, elle se dira que c'était injuste, si Myriam était innocente, de l'abandonner ainsi.

Son père l'attend dans le hall, l'œil inquiet pour changer.

Elle ne dit rien jusqu'au trottoir :

– Je veux bien qu'on prenne ta voiture. Elle est où ?

Il fait un geste vague vers le parking, prend le coude de sa fille pour la guider vers la Twingo de location et Cédric s'enfonce dans son siège et les suit des yeux. L'homme a vieilli, ses cheveux sont gris, son dos voûté mais c'est bien le promeneur qu'il a croisé, il y a vingt ans, quand il venait de quitter Violet. Pour toujours.

Avec courtoisie, l'homme ouvre la portière pour laisser Catherine s'installer à la place du passager. Elle monte dans la voiture, l'homme se met au volant, démarre.

Cédric le voit de trois quarts dos et reconnaît, sans surprise, l'homme aperçu dans le restaurant marocain, le père de Catherine, le mari de la femme du docteur.

L'homme qui se dirigeait vers la clairière de la Pierre Levée, vers sa femme amoureuse d'un autre, était le père de Catherine.

Cédric est foudroyé par une honte ancienne, qui le transperce comme un éclair.

Sa réaction, à la mort abominable de Violet ? L'épouvante. Il a partagé ostensiblement l'horreur exprimée par tous, a décampé comme un trouillard et a attendu, avec une angoisse profonde, la convocation de police, la mise en cause, les conséquences pour lui, pour son petit confort, avant d'enfin se rassurer qu'il n'y aurait ni convocation ni mise en cause, que la vie continuerait comme la mer se referme sur un naufrage et l'engloutit, permettant aux autres embarcations de poursuivre leur route.

Il n'a pas suivi l'affaire, il n'a rien voulu savoir. Il ne s'est pas posé la question du coupable, n'a pas envisagé une seconde qu'il ait pu croiser le meurtrier en la personne de cet homme bien habillé et songeur. À sa façon, il a tué Violet une seconde fois.

Est-ce cette culpabilité enfouie qui l'a contraint à rencontrer Catherine ?

Peu importe, après tout. Il a une dette colossale dont il ne sait pas encore comment la régler.

Il trouvera. Il va improviser.

Il a une seule certitude : cette fois, il ne lâchera pas.

Cédric laisse un petit vieux en voiture électrique s'interposer, puis une camionnette, avant de s'engager derrière la Twingo.

À la seconde où son père démarre, elle assise à ses côtés, chaque parole, chaque événement se grave en Catherine, précis, indélébile. Le temps se fige dans une parenthèse qui pourra se rejouer à la demande, un présent éternellement présent, jamais passé.

Le docteur Monsigny dit d'abord :

– Une triste victoire, ma pauvre chérie. Mais une victoire quand même. D'autant plus remarquable que tu as dû plaider, malgré tes doutes et que tu l'as fait admirablement.

– Je veux voir l'endroit où tu as jeté les cendres de maman. Maintenant.

Il pile, déclenchant le klaxon furieux d'un vieux monsieur effaré qui suivait dans sa voiture électrique et a freiné à bloc pour s'arrêter à quelques centimètres du pare-chocs.

– Catherine ! Tu m'avais dit toi-même que tu ne voulais plus revenir sur le…

– Tout m'y ramène. J'ai besoin d'elle, après ce qui s'est passé, ce jour de mon anniversaire, j'ai besoin d'elle, besoin de me recueillir au dernier endroit qui porte le souvenir d'elle et, surtout, il faut que je te parle et je ne peux le faire que dans le lieu où elle repose.

Il la regarde longuement.

Le vieux les double en essayant de les anéantir sous son regard de noir reproche. Le père et la fille sont imperméables à tout ce qui n'est pas eux.

Le visage de Catherine semble avoir diminué de volume, pâle, sillonné de plis de réflexion.

On ne discute pas face à pareil tourment. On n'essaie même pas de dire qu'on ne se souvient pas de l'emplacement précis. On dit, oui la Rigole du diable. On affirme qu'il sera facile de retrouver ce lieu dont Violet aimait les rochers, les cascades multiples, le sombre mystère et la cristalline gaieté.

Catherine dit :

– Décidément.

Il y a du sourire dans sa voix.

Il s'étonne.

– Il pleut. Il pleuvait aussi quand vous vous êtes rencontrés. Il n'y a que toi pour te balader en été avec un parapluie.

– Sauf que c'était l'automne

– Ah, c'est drôle, j'ai toujours cru que c'était l'été.

Il pourrait avaler sa langue quitte à en crever, si c'était possible, mais Catherine ne semble pas avoir percuté et il poursuit rapidement :

– Elle rêvait de t'y emmener quand tu pourrais commencer à escalader la rocaille sans danger. C'est toi qui as raison, c'est bien d'y aller.

– C'est loin ?

– Une quarantaine de minutes.

Elle bâille, sans précaution, se laisse aller contre le siège. La détente lui fait sentir la fatigue, le relâchement de la tension accumulée lui enlève toute force.

Elle va lui parler. Il saura quoi faire comme Renaud a su quoi faire.

Elle se dit qu'elle est encore bien jeune et que ce sont des affaires d'adultes. Elle a le temps de devenir adulte.

Elle glisse dans un faux sommeil, bercée par le va-et-vient des essuie-glaces.

Elle ouvre les yeux à l'arrêt de la voiture. Ils sont sur un parking vide, à proximité d'une maisonnette fermée à laquelle on accède par un petit pont au-dessus d'un étroit torrent.

Il est peut-être encore temps de la faire renoncer.

– C'est lugubre par ce temps. Tu es sûre de vouloir grimper là-haut sous la pluie ?

– Oui, je dois y aller. Mais je comprends que toi... Dis-moi où c'est, tu n'auras qu'à m'attendre dans la voiture.

Comment se rappeler l'endroit précis ? Il ne veut pas la décevoir, mais surtout, en se montrant accommodant, il espère qu'elle ne se mettra pas à raisonner, qu'elle restera dans cette humeur nostalgique, loin des calculs de dates. Il lui indique un chemin qui descend abruptement puis monte et contourne les énormes rochers plats semblables à des animaux préhistoriques, massifs. Il lui précise que c'est un surplomb sur la rivière, que c'est de là qu'il a éparpillé les cendres.

– Mais tu voulais me parler ?

– Après. Je vais d'abord parler à maman.

Elle le dit sans ironie.

Qu'est-ce qu'elle a à lui dire ? Quel conseil espère-t-elle d'une morte ? Il l'oblige à enfiler le Kway qu'il a dans son coffre.

– Mon prudent petit papa. Jaune ! Tu me verras de loin.

N'y avait-il pas de l'ironie cette fois dans son exclamation ?

Mais non, Catherine est directe, brutale dans son incapacité à dissimuler.

Il dresse l'oreille. Un bruit de moteur ? Seulement le souffle du vent qui redouble dans l'étrange défilé.

Monsigny est nerveux, inquiet. Que ne donnerait-il pour être à demain, reparti.

Aucune voiture ne surgit. Il a rêvé. Sans s'en rendre compte, il ronge le contour de ses ongles, tire sur les petites peaux avec ses dents, des petites taches de sang éclosent sur ses doigts.

La silhouette de Catherine diminue, visible quand même dans son nylon jaune, avec son écharpe blanche porte-bonheur flottant au cou.

Drôle de porte-bonheur.

Exactement ce que se dit Catherine quand la soie lui fouette le visage. Peut-être qu'elle la jettera dans le torrent pour qu'elle aille rejoindre sa mère dans un ailleurs où on se moque de la chance et du bonheur.

Elle a la tête trouée. Elle essaie de se rappeler ce qui la chiffonne et rigole doucement. Qu'est-ce qui ne la chiffonne pas ?

La pluie ne la chiffonne pas, ni le froid, au contraire. Ils la cinglent et la réveillent, lui rappellent qu'elle est en vie et qu'il y a toujours une issue à tout. L'effort pour grimper lui redonne du tonus, vire les mauvaises sécrétions. Arrivée en haut, elle n'est même pas essoufflée.

Tu parles de chutes ! Une rigolade de rigole, mais un à-pic sérieux.

La forêt soupire et l'apaise.

Elle trouve une bonne roche, plate, proche du vide et s'y assied.

Elle murmure :

– Envoie-moi un signe. Que je sache si je dois chercher la vérité, ta vérité. Si Cédric…

Elle tend l'oreille, regarde et reste pétrifiée en entendant un murmure en réponse :

– Catherine. Catherine, il faut m'écouter.

Ce n'est pas une voix de femme, c'est même une voix familière mais qui ne devrait pas s'élever ici. C'est pire qu'un blasphème.

Elle se lève, se retourne. Cédric, fantôme entre les arbres, immobile, un bras devant lui, paume levée, tel le dompteur devant un animal rétif. Il parle bas, comme s'il craignait d'être entendu :

– Pardonne-moi.

Un court instant, elle se demande s'ils ne sont pas deux, un Cédric parisien et un Cédric creusois, chacun prenant le relais de l'autre. C'est comme de la magie noire. Le « pardonne-moi » résonne en elle, lui fouette les sangs.

– C'est plutôt ma mère qui doit te pardonner !

– J'allais tout te dire, je te jure, je n'ai pas eu le courage…

– Bien sûr ! Te fous pas de ma gueule !

– C'est bien ton père, l'homme avec toi ?

– Oh oui ! Il est juste à côté. N'approche pas ou j'appelle !

– Tu n'as pas peur de moi !

Oh si, elle a peur. Elle hurle à pleins poumons :

– Papa !

Il ne peut pas l'entendre. Il est trop loin.

Cédric semble sonné. Effaré, choqué. Il s'est déplacé, lui barre le chemin par lequel elle est arrivée, mais elle peut tenter de fuir par la forêt, sur la gauche, par où il est lui-même passé. Loin de lui couper les jambes, la peur lui donne des ailes.

Elle s'élance dans la pente, court de toutes ses forces, redoublant le chahut du vent qui s'engouffre entre les branches, le bruit de la cascade dont elle se rapproche, le battement du sang dans ses tempes. Puis elle sent, tout à coup, que rien ne la menace, que personne ne la suit.

Elle se retourne, aucune silhouette ne surgit, aucun bruit de course. Hésitante, elle revient sur ses pas, lentement, progresse difficilement dans la montée abrupte et s'arrête. L'eau n'a pas arrêté son cours ni le vent son élan, mais la scène se déroule pourtant dans un silence irréel. En haut de la butte, sur le plat du rocher, deux silhouettes sont étreintes dans un corps à corps presque immobile.

C'est son père. Il l'a entendue, il est venue à son secours, elle est sauvée. Mais Cédric est jeune et robuste. Le docteur ne fera jamais le poids.

Le soleil se met de la partie, émerge des nuages, l'éblouit. La main en visière, elle approche, distinguant peu à peu la gabardine beige de Cédric et le pardessus gris de son père.

Dans un étrange mutisme, les deux hommes se neutralisent comme s'ils n'osaient pas se porter de coups. Ou ne pouvaient pas. Leurs souffles mêmes sont contenus. Ils se tiennent mutuellement par le col et les deux corps sont tordus par la tension et l'effort de dominer l'autre.

Le pied de Cédric s'enroule entre les jambes de Monsigny qui perd l'équilibre, bascule lentement et se retrouve plaqué au sol par son adversaire.

Catherine cherche une arme des yeux, repère une pierre épaisse à l'angle pointu.

Cédric plie un bras, le lève pour assommer l'homme au sol. Catherine s'élance, et, d'un seul mouvement, saisit la pierre, s'approche des deux hommes, absorbés l'un par l'autre.

Elle tient le morceau de rocher à bout de bras, Cédric lève la tête, relâche sa prise, Catherine abat la pierre de toutes ses forces. Un flot de sang jaillit de la tête de Cédric qui s'affaisse sur le côté et reste immobile, à moitié couché sur son adversaire qui remue faiblement.

Catherine vacille, retrouve son équilibre. Son père a les yeux ouverts, il respire, tourne la tête de droite et de gauche, comme s'il n'en revenait pas d'avoir encore l'usage de ses membres. Il se dégage du corps de Cédric, commence à se redresser tandis qu'elle se penche pour l'aider. Dans un mouvement gracieux, son écharpe blanche volette jusqu'au sol.

Son père est un peu groggy, un filet de sang coule sur son front.

Elle dit :

– C'est lui.

Il dit :

– Oui, je l'ai reconnu. Son amant. Le tien aussi.

Elle essaie de dire, non, ce n'est pas ce qu'elle voulait dire.

Elle flageole sur ses jambes, s'accroupit pour ne pas tomber.

– C'était ça, ta surprise. Vous m'avez tendu un piège, tous les deux.

Le visage de son père est méconnaissable, il n'exprime rien, froid, implacable, déterminé. C'est un autre homme, buté, les traits aigus.

Il se penche pour ramasser l'écharpe blanche de sa main gauche. Elle suit son geste. Elle voit sa main sur fond blanc, l'alliance en or, anneau épais, voit surtout les ongles rongés jusqu'au sang, les petites peaux effilochées, reconnaît, sanguinolente, la main du diable.

C'était cette main-là, ce jour-là, la même main immense ramassant le tissu blanc.

– Tu étais là. Ce jour-là, tu étais là.

Il se penche à son tour vers elle, l'écharpe tendue entre ses mains, il va la lui mettre autour du cou pour lui tenir chaud, parce que c'est son allié, son protecteur, son papa.

Il dit d'une voix incrédule qui retient la colère :

– Tu es comme elle. Pour ça aussi, comme elle.

Ça n'a pas de sens. L'écharpe tendue est aussi bizarrement menaçante que la voix, ce qui n'a pas de sens.

Catherine recule la tête en arrière, puis, toujours accroupi, son corps suit, d'un petit saut. Si elle se lève, il l'attrapera.

Mais c'est son papa. Elle n'a rien à craindre de son papa. Ce devrait être son ultime certitude, sauf qu'alors, la dernière pièce se met en place. Son anniversaire en mars, la rencontre en automne.

Elle dit :

– C'était toi, papa. C'est pas toi, mon papa.

Il revit son cauchemar, en trouve la clé, mais cette fois, rien ne l'en réveillera. Il n'aurait pas dû revenir, il n'aurait pas dû se taire, il n'aurait pas dû... Ses yeux béants ne distinguent plus les traits du visage de Catherine qui se confondent avec ceux de sa mère. Cette fois, il va peut-être se racheter et la sauver. Il voit, par-dessus l'épaule de sa fille, ce qu'elle ne soupçonne pas, qu'elle est dos au vide, il lui tend une main ouverte tandis qu'elle saute sur ses pieds d'un bond qui doit la mettre à distance. Les talons dans le vide, elle bascule en équilibre instable sur ses orteils, elle sent le gouffre l'aspirer, trop tard pour s'en arracher.

La main du tueur lui saisit l'épaule pour la ramener en avant vers la terre ferme. Elle veut lui échapper, se dégage d'instinct, dans un mouvement brusque, dégage son épaule de l'emprise de son père. Déséquilibré, perdant son dernier appui, c'est lui qui tombe tête la première, rebondit sur les roches et s'écrase au fond de la rigole où, sans marquer de pause, l'eau rebondit, joyeusement indifférente.

45

CATHERINE ne le sait pas, mais la parenthèse est close. Elle fait ses premiers pas dans une mémoire nouvelle qui commence à trier les futurs souvenirs sur lesquels on se construit, ceux qu'on garde comme des crampons solides, ceux qu'on efface parce qu'ils contredisent la personne qu'on a décidé d'être.

Les faits demeurent en dépit de la mémoire, détachés l'un après l'autre, quelques secondes ralenties jusqu'à l'immobilité.

Plutôt qu'une image, c'est la sensation de la chute de celui qu'elle appellera toujours son père qui la fait regarder en contrebas le cadavre désarticulé, figé dans une posture artificielle, sur lequel l'écharpe blanche, plus légère, a atterri, symbole de solitude, la solitude de la mort, linceul aussi pour le corps disloqué.

Elle pose la paume de sa main devant sa bouche pour retenir le cri, le choc, la sidération.

Cédric est sérieusement amoché, ses cheveux sont poisseux de sang et de pluie, mais il vit. Le portable ne passe pas. Catherine n'ose pas retourner le blessé, elle enlève son Kway et l'en couvre. Deux enveloppes ont glissé sur le sol, à hauteur de sa hanche. Elle reconnaît l'écriture penchée et jaunie que la pluie commence à effacer. Elle les met à l'abri dans la poche de sa jupe. Elle agit en automate, comme lors d'un accident quand l'organisme noie tout le système sensible de giclées continues de morphine.

Elle redescend vers la route, l'œil fixé sur l'écran, jusqu'à ce que le réseau s'affiche et appelle le numéro de Louis pour qu'il envoie des secours à la Rigole du diable.

Elle remonte alors. Elle pose sa main sur celle de Cédric pour que la vie circule entre eux et ne s'interrompe pas. Elle lui parle, comme on parle aux proches plongés dans le coma.

Le temps est long et court. Long tant qu'il s'agit de maintenir la vie par les mots, la présence, la concentration, court dès que les secours arrivent.

Ça grouille de monde, d'agitation, et elle a peur que le fil de vie qu'elle maintient entre elle et Cédric ne soit rompu, qu'il ne meure, laissé aux mains d'étrangers qui n'ont pas idée de ce qui s'est joué sur la falaise.

Louis est là, dieu merci. Tandis qu'on la couvre d'une couverture, qu'elle regarde, impuissante, la civière emmener le blessé, il lui tend une flasque et elle avale deux gorgées d'un liquide rude qui la fait tousser et pleurer en même temps.

Le docteur Monsigny s'est brisé la nuque, il est mort sur le coup, la rassure-t-on. Il faut, paraît-il, compter les petites bénédictions de la vie même si elles sont dérisoires.

Aux gendarmes, elle dit la vérité, toute la vérité, rien que la vérité. Une manière d'expier pour les mensonges des autres.

Louis l'attend, prêt à la conduire jusqu'à la maison d'hôtes. Elle veut aller à l'hôpital où Cédric est soigné. Elle ne peut rien envisager tant qu'elle n'a pas la certitude qu'il s'en sortira.

Louis propose de rester avec elle, il l'emmènera quand elle sera prête. Elle dit non, ça risque d'être long, elle sera bien là, dans la salle d'attente. Il s'impose, en dépit de ses protestations. Elle lit dans son regard qu'il s'inquiète pour elle et elle n'a pas de quoi le rassurer.

Il appelle Jean-Claude et Françoise, il lui en rend compte.

Pour la distraire, il lui apprend que les cousins vont faire appel. Il dit que sa plaidoirie a été fort appréciée. Qu'on a parlé de l'affaire sur France Inter et sur RTL.

Il dit qu'il est désolé pour son papa, qu'il espère qu'il n'a pas remué, malgré lui, en ressortant ses vieux articles, des choses qui auraient dû rester enfouies.

Elle essaie de lui expliquer que les forces en mouvement qui ont poussé jusqu'aux évènements de ce jour étaient bien plus puissantes que lui ou elle ou qui que ce soit.

Ils finissent par être virés de l'hôpital, on lui promet qu'elle pourra voir Cédric le lendemain.

Elle est accueillie par ses hôtes comme une malade, incapable de rien avaler, hors le petit comprimé qu'elle accepte avec reconnaissance, qui, effectivement, la plonge dans un sommeil d'oubli.

Les jours qui suivent s'inscriront dans sa mémoire comme la tournée des adieux.

Elle n'imagine pas de revenir jamais. La cicatrisation doit être définitive.

Myriam a recouvré la liberté en attendant l'appel.

Catherine n'esquive pas, lui donne rendez-vous et lui suggère de dire la vérité, toute la vérité. Elle lui donne les noms de trois confrères qui sauront la renseigner sur les conséquences de son usurpation d'identité.

Myriam clame son innocence. Elle n'a tué personne et si elle a changé d'identité, c'est parce qu'elle était en danger.

Catherine ne veut rien savoir.

Myriam insiste sur l'engagement de Catherine. Elle a bien écouté sa plaidoirie. Elle penche maintenant, comme l'avocate, pour l'hypothèse de suicide de Gaston.

Ce qui l'arrangerait, bien sûr.

Catherine ne penche pour rien, elle se retire. Elle se contente de conclure par une phrase dont Myriam ne tiendra pas compte :

– On ne peut pas vivre sous une fausse identité, on est forcément rattrapé, un jour ou l'autre, par qui on est vraiment.

À Saint-Jean, Catherine subit le regard lourd de reproches des femmes des cousins, ce qui est de bonne guerre, et elle sent bien que sa visite, au vu et au su de tous, met Olivier mal à l'aise. Elle a désormais une perception plus fine de ce qui s'agite sous les apparences et n'est pas sûre que ce soit un cadeau. C'est peut-être la clé du monde adulte, une fois cette porte-là franchie, elle se referme, empêchant toute marche arrière.

Quoi qu'il en soit, le moment de grâce est passé. Olivier est toujours aussi charmant et sympathique, un peu lâche aussi, découvre-t-elle. Un peu mou, un peu planqué.

Venir témoigner en faveur de l'accusée a été un acte quasi héroïque pour quelqu'un qui a choisi une vie tranquille. C'est un acte qu'il regrette peut-être sans se l'avouer, car sa vie à lui continue ici, dans une petite communauté dont il faut respecter les règles. Ce qu'elle peut comprendre, mais comprend aussi que c'est un scénario où elle n'a pas de rôle à jouer.

Elle demande et obtient l'autorisation d'enterrer son père sur place, dans un petit cimetière de village que lui a indiqué Louis.

Pas d'incinération, pas de cérémonie romantique. Laissant les morts enterrer les morts, elle ne retournera jamais sur sa tombe.

Qu'il ne soit pas son père biologique ne change rien à ses yeux. Il a été son père, il a fait de son mieux.

Elle lui doit d'être ce qu'elle est aujourd'hui.

Elle n'a pas à pardonner à l'amoureux dépossédé qui a préféré garder pour toujours une femme morte plutôt que de la perdre vivante. Elle veut croire que l'amour a d'autres faces et qu'elle sera, quand son tour viendra, mieux aimée.

Elle n'essaiera pas de retrouver son père biologique. À quoi bon ? Elle est issue d'une liaison avec un homme qui ne voulait pas changer de vie. Pourquoi viendrait-elle aujourd'hui lui demander des comptes ? Il ne sait sans doute même pas qu'elle existe et il n'est rien pour elle.

Il y a eu assez de dégâts comme ça.

Ces quelques jours où elle continue d'habiter chez ses hôtes charmants qui l'entourent toujours sans lui peser, elle a l'impression de faire des nœuds, pour arrêter tous les fils effilochés de sa vie, certaine qu'elle va enfin commencer à en tisser l'étoffe, avec une trame et des couleurs de son choix.

C'est avec beaucoup de soin et de délicatesse qu'elle tranche celui qui la lie à Cédric, une rupture nécessaire si elle veut dégager le chemin qui mène à sa mère.

À chacune des visites qu'elle lui rend, Cédric pleure. Remords et culpabilité se bousculent de n'avoir jamais pu être entendus. Elle les écoute, les reconnaît, elle éprouve les mêmes. Ils s'en déchargent en partie, même s'il leur faudra vivre avec.

Chacun de son côté.

Elle entend son récit, elle lit les lettres de sa mère.

À voix haute. Devant Cédric.

Ils échafaudent des théories. Que Claude Monsigny a surpris l'ultime conversation entre sa femme et son amant.

Qu'il a décidé de les prendre sur le fait.

Que sa vieille patiente, avec sa mémoire défaillante et son sommeil plus étendu que ses veilles, lui a fourni un faux alibi sans le savoir.

Qu'il n'avait pas l'intention de tuer, qu'il était hors de lui.

Que peut-être même il a réussi à effacer de sa mémoire un meurtre qui l'aurait empêché d'être le père de sa fille.

Catherine est persuadée d'avoir superposé trois mains en un seul souvenir. Celle de Cédric, celle de son père et celle de Courtois, chacun, dans sa situation particulière, ayant tenté de réconforter l'enfant chagrine.

Elle garde pour elle l'ultime mensonge qu'elle ne partagera jamais avec personne : il a épousé une femme déjà enceinte d'un autre.

Au bout de toutes ces visites, au bout de la longue convalescence du blessé, une bifurcation les attend. Ni l'un ni l'autre n'ont envie de suivre la même route. Ils n'ont pas besoin de mots pour partager leur certitude. Ce moment de leur séparation est peut-être celui où ils sont le plus proches. Ce qui leur permet de s'inscrire mutuellement dans la vie de l'autre, comme une étape essentielle par laquelle on ne passe pas deux fois.

Cédric échappe enfin à son passé, Catherine accepte le sien.

Ils ne se reverront jamais.

46

Le temps incertain hésite entre le froid et le chaud et les alterne sans ménagement. Pareil pour le soleil intermittent qui joue la lumière et finit par miser sur l'ombre.

La verrière de la gare transmet les humeurs du ciel en les exagérant. Dans le train même où le néon l'emporte, la question ne se pose plus : il fait artificiellement beau et chaud.

Catherine entre dans la voiture de première, vérifie les numéros des places.

Les premiers sièges, à l'entrée du wagon, sont occupés par un homme jeune, enfin, un homme de son âge, et tout son barda. Elle aimerait se guérir de cette certitude qu'elle est plus vieille que le reste du monde. À vingt-six ans et demi.

Il lève le nez de son roman. Dégaine sympathique, visage rond, pommettes marquées, yeux bruns.

Sa place à elle est juste devant la sienne, côté fenêtre.

Elle enlève son manteau en cachemire et le replie à l'envers avec un soin touchant. Il est encore flambant neuf.

Elle lisse sa robe chasuble qui dégage ses jambes, s'installe, carnet, dossier, portable et se met illico au travail.

Elle sent cette présence confortable derrière elle,

l'intègre dans son plaisir du voyage, sans y prêter plus d'attention.

Le contrôleur arrive, accompagné d'un couple qui aimerait voyager côte à côte.

Le contrôleur s'adresse au jeune homme, serait-il d'accord pour céder sa place en avançant d'un rang ?

Catherine suit la conversation d'une oreille distraite.

Avancer d'un rang, c'est s'installer à côté d'elle.

Elle lève la tête.

Le jeune homme lui demande si la place est libre, si elle veut bien…

Elle veut bien, le couple remercie avec effusion, le contrôleur a l'air satisfait de celui qui a accompli son devoir, ce court instant annonçant un monde d'harmonie qui réjouit les cœurs.

Catherine échange un sourire un peu goguenard avec son nouveau voisin qui replonge dans son livre comme elle dans ses papiers. La proximité n'enlève rien à la douceur de sa présence, légère et bienveillante.

Puis elle n'y pense plus.

Son plan de plaidoirie est fait. Il lui reste deux mails à écrire.

Le rire éclate à ses côtés, franc, sonore. Il ne s'adresse à personne, il est la réaction spontanée d'un lecteur captivé qui ne semble même pas conscient d'avoir été bruyant.

Catherine ne se rappelle pas un seul roman qui l'ait amusée au point d'en rire tout fort. À part les dessins de Glen Baxter.

Elle se demande si son voisin les connaît et s'ils l'amuseraient.

Elle est intriguée. Elle jette un œil vers le mystérieux bouquin sans parvenir à en déchiffrer le titre.

Le voisin ne rit plus, sourcils froncés, concentré. Son visage est joliment expressif. Il a des pommettes très marquées dans un visage plat, un grand nez et une bouche sinueuse. Il n'est pas beau, impressionnant, beaucoup de caractère. Il pourrait être d'origine tartare, rêve

Catherine qui s'en fait une représentation romanesque, n'ayant jamais vu de Tartare de sa vie.

Le Gengis Khan civilisé referme le volume, elle détourne le regard pour s'épargner un flagrant délit d'indiscrétion.

Il se lève, se déplie en grande hauteur, il est immense, un peu voûté. Il a de longs bras et des mains solides.

Résignée, elle attend qu'il récupère manteau et valise.

Non, il disparaît vers les toilettes.

Flûte. Il a emporté son livre.

Quand il revient, elle n'y tient plus, s'excuse, c'est quoi ce livre qui fait rire aux éclats ?

C'est un roman dont elle n'a jamais entendu parler. Elle prend un air attentif, elle lit peu, il a l'air d'être un grand lecteur. Il va la prendre pour une idiote inculte.

Il lui raconte qu'une copine le lui a offert pour le voyage, que ce n'est pas vraiment un roman, que ça parle de la nature, autrement. Difficile à raconter, mais...

Il referme le livre. Il se tourne vers elle. La conversation s'engage.

Sans fin.

Merci à la Creuse d'avoir toujours accueilli et protégé l'étrangère que je suis et merci à tous ceux qui m'ont aidée à ne pas m'y perdre, Nanée Chevrier, encore et toujours, Isabelle Bize, Daniel Taboury, Jean-Marie Chevrier, Patrick Aïta, Philippe Bequia.

Merci à Claire Doubliez, Jean-Alain Michel, Annie Astier de m'avoir initiée au monde judiciaire, à Sylvain Tesson et à François Raffinot d'avoir aidé mes recherches sur la mesure du temps, merci à Samba, Banta, Apollinaire et Mamoutou pour leurs récits.

Et à Sandrine Treiner, Marie Descourtieux et Sandrine Dumas, pour leur soutien, leur attention critique et leur inébranlable affection, la mienne ne l'est pas moins.

DU MÊME AUTEUR

Aux Éditions Albin Michel

SECRETS DE FAMILLE, Albin Michel Jeunesse, 1998.

L'HOMME QUI N'ÉTAIT PAS MORT, Albin Michel Jeunesse, 2001.

DOUBLE JE, 2002.

LE PASSÉ N'OUBLIE JAMAIS, 2003.

CETTE FILLE EST DANGEREUSE, 2004.

BELLE À TUER, 2006.

TUER N'EST PAS JOUER, 2008.

Chez d'autres éditeurs

COURRIER POSTHUME, Régine Deforges, 1990.

MORT SANS LENDEMAIN, Ramsay, 1992.

COMME UN COQ EN PLÂTRE, Baleine, 1996.

DODO, « La Série Noire », Gallimard, 1999.

SUEURS CHAUDES, « La Série Noire », Gallimard, 2000.

« SPÉCIAL SUSPENSE »

MATT ALEXANDER
Requiem pour les artistes

STEPHEN AMIDON
Sortie de route

RICHARD BACHMAN
La Peau sur les os
Chantier
Rage
Marche ou crève

CLIVE BARKER
Le Jeu de la Damnation

INGRID BLACK
Sept jours pour mourir

GILES BLUNT
Le Témoin privilégié

GERALD A. BROWNE
19 Purchase Street
Stone 588
Adieu Sibérie

ROBERT BUCHARD
Parole d'homme
Meurtres à Missoula

JOHN CAMP
Trajectoire de fou

CAROLINE CARVER
Carrefour sanglant

JOHN CASE
Genesis

PATRICK CAUVIN
Le Sang des roses
Jardin fatal

JEAN-FRANÇOIS COATMEUR
La Nuit rouge
Yesterday
Narcose
La Danse des masques
Des feux sous la cendre
La Porte de l'enfer
Tous nos soleils sont morts
La Fille de Baal
Une écharde au cœur

CAROLINE B. COONEY
Une femme traquée

HUBERT CORBIN
Week-end sauvage
Nécropsie
Droit de traque

PHILIPPE COUSIN
Le Pacte Pretorius

DEBORAH CROMBIE
Le passé ne meurt jamais
Une affaire très personnelle
Chambre noire

VINCENT CROUZET
Rouge intense

JAMES CRUMLEY
La Danse de l'ours

JACK CURTIS
Le Parlement des corbeaux

ROBERT DALEY
La nuit tombe sur Manhattan

GARY DEVON
Désirs inavouables
Nuit de noces

WILLIAM DICKINSON
Des diamants pour Mrs Clark
Mrs Clark et les enfants du diable
De l'autre côté de la nuit

MARJORIE DORNER
Plan fixe

FRÉDÉRIC H. FAJARDIE
Le Loup d'écume

FROMENTAL/LANDON
Le Système de l'homme-mort

STEPHEN GALLAGHER
Mort sur catalogue

LISA GARNER
Disparue
Sauver sa peau
La maison d'à côté

CHRISTIAN GERNIGON
La Queue du Scorpion
Le Sommeil de l'ours
Berlinstrasse
Les Yeux du soupçon

JOSHUA GILDER
Le Deuxième Visage

MICHELE GIUTTARI
Souviens-toi que tu dois mourir
La loge des innocents

JOHN GILSTRAP
Nathan

JEAN-CHRISTOPHE GRANGÉ
Le Vol des cigognes
Les Rivières pourpres
(Prix RTL-LIRE 1998)
Le Concile de pierre

SYLVIE GRANOTIER
Double Je
Le passé n'oublie jamais
Cette fille est dangereuse
Belle à tuer
Tuer n'est pas jouer

AMY GUTMAN
Anniversaire fatal

JAMES W. HALL
En plein jour
Bleu Floride
Marée rouge
Court-circuit

JEAN-CLAUDE HÉBERLÉ
La Deuxième Vie de Ray Sullivan

CARL HIAASEN
Cousu main

JACK HIGGINS
Confessionnal

MARY HIGGINS CLARK
La Nuit du Renard
(Grand Prix de littérature policière 1980)
La Clinique du Docteur H.
Un cri dans la nuit
La Maison du guet
Le Démon du passé
Ne pleure pas, ma belle
Dors ma jolie
Le Fantôme de Lady Margaret
Recherche jeune femme aimant danser
Nous n'irons plus au bois
Un jour tu verras...
Souviens-toi
Ce que vivent les roses
La Maison du clair de lune
Ni vue ni connue
Tu m'appartiens
Et nous nous reverrons...
Avant de te dire adieu
Dans la rue où vit celle que j'aime
Toi que j'aimais tant
Le Billet gagnant
Une seconde chance
La nuit est mon royaume
Rien ne vaut la douceur du foyer
Deux petites filles en bleu
Cette chanson que je n'oublierai jamais
Où es-tu maintenant ?
Je t'ai donné mon cœur
L'ombre de ton sourire

CHUCK HOGAN
Face-à-face

KAY HOOPER
Ombres volées

PHILIPPE HUET
La Nuit des docks

GWEN HUNTER
La Malédiction des bayous

PETER JAMES
Vérité

TOM KAKONIS
Chicane au Michigan
Double Mise

MICHAEL KIMBALL
Un cercueil pour les Caïmans

LAURIE R. KING
Un talent mortel

STEPHEN KING
Cujo
Charlie

JOSEPH KLEMPNER
Le Grand Chelem
Un hiver à Flat Lake
Mon nom est Jillian Gray
Préjudice irréparable

DEAN R. KOONTZ
Chasse à mort
Les Étrangers

NOËLLE LORIOT
Le tueur est parmi nous
Le Domaine du Prince
L'Inculpé
Prière d'insérer
Meurtrière bourgeoisie

ANDREW LYONS
La Tentation des ténèbres

PATRICIA MACDONALD
Un étranger dans la maison
Petite Sœur
Sans retour
La Double Mort de Linda
Une femme sous surveillance

Expiation
Personnes disparues
Dernier refuge
Un coupable trop parfait
Origine suspecte
La Fille sans visage
J'ai épousé un inconnu
Rapt de nuit
Une mère sous influence

JULIETTE MANET
Le Disciple du Mal

PHILLIP M. MARGOLIN
La Rose noire
Les Heures noires
Le Dernier Homme innocent
Justice barbare
L'Avocat de Portland
Un lien très compromettant
Sleeping Beauty
Le cadavre du lac

DAVID MARTIN
Un si beau mensonge

LISA MISCIONE
L'Ange de feu
La Peur de l'ombre

MIKAËL OLLIVIER
Trois souris aveugles
L'Inhumaine Nuit des nuits
Noces de glace
La Promesse du feu

ALAIN PARIS
Impact
Opération Gomorrhe

DAVID PASCOE
Fugitive

RICHARD NORTH PATTERSON
Projection privée

THOMAS PERRY
Une fille de rêve
Chien qui dort

STEPHEN PETERS
Central Park

JOHN PHILPIN/PATRICIA SIERRA
Plumes de sang
Tunnel de nuit

NICHOLAS PROFFITT
L'Exécuteur du Mékong

PETER ROBINSON
Qui sème la violence...
Saison sèche
Froid comme la tombe
Beau monstre
L'été qui ne s'achève jamais
Ne jouez pas avec le feu
Étrange affaire
Le coup au cœur
L'Amie du diable
Toutes les couleurs des ténèbres

DAVID ROSENFELT
Une affaire trop vite classée

FRANCIS RYCK
Le Nuage et la Foudre
Le Piège

RYCK EDO
Mauvais sort

LEONARD SANDERS
Dans la vallée des ombres

TOM SAVAGE
Le Meurtre de la Saint-Valentin

JOYCE ANNE SCHNEIDER
Baignade interdite

THIERRY SERFATY
Le Gène de la révolte

JENNY SILER
Argent facile

BROOKS STANWOOD
Jogging

WHITLEY STRIEBER
Billy
Feu d'enfer

MAUD TABACHNIK
Le Cinquième Jour
Mauvais Frère
Douze heures pour mourir
J'ai regardé le diable en face
Le Chien qui riait
Ne vous retournez pas

THE ADAMS ROUND TABLE PRÉSENTE
Meurtres en cavale
Meurtres entre amis
Meurtres en famille

Composition Nord Compo
Impression CPI Bussière, décembre 2010
à Saint-Amand-Montrond (Cher)
Éditions Albin Michel
22, rue Huyghens, 75014 Paris
www.albin-michel.fr

N° d'édition : 19575/01. – N° d'impression : 103371/4.
Dépôt légal : janvier 2011.
ISBN : 978-2-226-21869-8
ISSN : 0290-3326
Imprimé en France.